선암여고 탐정단

탐정은
연애 금지

선암여고 탐정단

탐정은
연애 금지

박하익

황금가지

선암여자고등학교 2학년 1학기 중간고사
제1교시 추리 논술 영역(탐정의 이해)

문제 1.

다음 〈보기〉를 읽고, '선암학사의 여학생 귀신'의
세가지 유형을 참고하여 각각 알맞은
해결책을 제시하시오. ····**7**

문제 2.

그룹 '슈가 걸즈'의 멤버 래인의 비밀을
파악하고, 하라온의 숨겨진 의도와의
연관성을 서술하시오. ····**145**

문제 3.

사라진 책가방이 다시 나타난 원인을 분석한 뒤,
채율이 라온과 체결한 조약의 정당성에 대한
자신의 견해를 피력하시오. ····**279**

문제 1

다음 〈보기〉를 읽고, '선암학사의 여학생 귀신'의
세가지 유형을 참고하여 각각 알맞은
해결책을 제시하시오.

3월은 학생 탐정에게 그 어느 때보다 중요하다.

선암여자 고등학교 탐정단 대장, 2학년 1반 윤미도는 언제나 탐정단 부원들에게 그렇게 역설하곤 했다.

"유능한 탐정은 사건이 일어나기 전부터 수사에 착수하지. 아무 일도 일어나지 않은 평화로운 시절에 개처럼 눈을 번뜩이며 부지런하게 정보를 축적해 놓아야만, 결정적인 시기에 통찰력을 발휘할 수 있어. 겉보기에는 똑같이 책가방 메고 왔다 갔다 하는 것처럼 보여도, 일반 학생과 학생 탐정은 다른 거야. 엉? 뭐가 다르겠어? 학교에 대한 관심. 주변 학생들에게 대한 관심을 갖고 있느냐 아니냐의 그 사소한 차이인 거야."

열여덟 살 파릇파릇한 단발머리 소녀에게는 어울리지 않을, 언뜻 들으면 교장 선생님 훈화 말씀과 별 차이 없어 보이는 말들이 다량의 아밀라아제와 함께 분사되곤 했다.

"신학기가 시작되면 말이야. 전교생이 진급하고, 새로운 친구를 사귀게 된단 말이지. 우리는 이 중요한 시점을 놓치지 않고 변화하는 교우 관계의 흐름을 손바닥 보듯 훤히 파악해야 해. 동서고금을 통틀어 사건의 시작은 뭐다? 갈등이야. 인간 사이의 갈등!"

학교 강당 다락방 사무실에서 대장은 네 명의 단원들을 돌아보며 눈을 맞췄다. 이번 시험에 이 문제 꼭 출제하고 말겠노라고 선언하는 교과 담임들처럼 비장한 태도였다.

"한 사람이 해치우기에는 방대한 작업이야. 그래서 전교 36학급을 네 사람이 9개씩 맡아서 조사하게끔 나누어 봤어. 물론 내가 하나씩 철저한 검증을 하기는 하겠지만, 자신이 없는 사람은 작년도 파일을 참고로 하면서 열심히 발로 뛰어 봐."

준비해 놓은 자료를 단원들에게 나눠주면서 미도는 바닥에 걸리적거리는 쓰레기들을 못마땅한 얼굴로 쳐다보았다. 청소 당번을 정한 표를 벽에 붙여 놓기는 하지만 강제력이 없다 보니 사무실은 점점 시궁창이 되어 가고 있었다. 지난달 먹은 햄버거 포장지, 과자 봉지, 국물도 버리지 않은 컵라면 용기 등등이 바닥과 책상 위에 놓여 악취를 풍기고 있었다. 몇 번이나 잔소리를 했지만 멤버들은 비웃기만 할 뿐이었다. 대장도 청소 안 하잖아!

이제는 몸소 청소를 하려고 해도 엄두가 나지 않는 수준에 이르렀다. 컵라면 용기 안에 둥둥 떠 있는 바퀴벌레 시체를 보니 치가 떨렸다.

'일단 바쁜 일만 끝내고 나면, 다 함께 대청소하는 날이라도 잡아

야겠어.'

처음으로 자료를 받은 예희가 불평했다.

"난 전부 1학년이네? 곧 오디션도 있는데 하기 편한 우리 학년으로 바꿔 주면 안 돼?"

그 어떤 19금 장소라도 무사통과할 수 있는 성숙된 외모를 가진 예희는 스타를 꿈꾸는 2학년생이었다. 주말마다 용돈을 아껴 로또를 구매하는 미래지향적이고 성실한 면도 가지고 있었다. 예희의 맞은편 책상에 앉아 있던 커트 머리가 두 팔을 번쩍 들어 올렸다.

"앗싸. 난 전부 2학년이다. 같은 학년이면 훨씬 쉽지롱!"

커트 머리 소녀, 성윤의 돌돌 말려 올라간 교복 셔츠 사이로 드러난 팔뚝과 손목에는 자연스럽게 힘줄이 잡혀 있었다.

대장은 미안한 얼굴로 예희를 쳐다보았다. 수행평가도 제때 안 내서 선생님들도 포기한 애한테 신입생을 맡길 수는 없잖아 하는 표정이었다. 그렇다고 상급생을 맡아 조사하는 건 날라리로 지냈던 예희의 과거 전력상 껄끄럽다.

예희는 수락한다는 뜻으로 고개를 끄덕였다.

"하재는 1학년 3개 반하고, 2학년 3개 반, 3학년 3개 반을 맡아 줘. 괜찮겠어?"

"으응."

하재는 건성으로 종이를 받아들고는 자신의 옆에다 놓았다.

"근데 너 지금 뭐하냐?"

타자를 치느라 여념이 없는 그녀의 옆에는 클리어 파일 더미가 잔뜩 놓여 있었다. 사무실 벽을 둘러싸고 있는 책장에서 빼 온 자료들이었다. 안에는 미도와 탐정단 멤버들이 전교생, 교직원, 이웃 주민 들을 대상으로 미행과 염탐, 서류 빼돌리기 등을 통해 수집한 개인정보들이 말끔하게 정리되어 있었다.

하재는 타자를 치던 손을 멈추고 미도와 아이들 쪽으로 얼굴을 들었다.

"생각해 봤는데…… 사건이 터질 때 그 학생에 관한 정보를 얻기 위해서 사무실로 오는 거, 시간 낭비 같아. 언제 긴박한 사건이 벌어질지 모르잖아. 이번 신학기부터는 모든 자료들을 컴퓨터 데이터로 만들어 보려고. 이번에 새로 수집되는 정보도 다시 입력하고."

"혼자서 할 수 있겠어? 엄청 힘든 작업일 텐데?"

사무실 내에 있는 파일들 양을 가늠하며 예희가 물었다. 하재는 어깨를 으쓱했다.

"벌써 80% 정도 입력해 두었어. 조만간 선암여고 선생님과 학생들의 각종 신상 정보를 담은 빅데이터가 완성될 거야."

대장 미도는 눈을 가늘게 떴다.

기억을 더듬어 보면 사무실이 쓰레기통으로 변한 시기는 가장 성실하고 조용한 멤버 하재가 청소를 포기한 이후부터였다. 작년 가을 겨울처럼 일주일에 한 번씩, 한 명씩만 청소를 했어도 이 지경에 이르지는 않았을 터.

하재는 뜬금 없이 봄 방학식이 되던 날부터 쭉 저 상태로 자판만 두들기고 있었다. 하루에 몇 시간씩 즐기던 컴퓨터 게임도 완전히 접은 채로.

"학생 탐정단에 유익한 작업이라고 생각해."

12

하재가 묻지도 않은 말을 덧붙였다.

물론 그렇겠지만, 사람이 안 하던 짓을 하면 신경이 쓰이는 법이다. 수상스럽다. 슬쩍 모니터 화면을 보니 지금 입력하는 학생의 출석부 사진부터 작년 수학여행, 체육대회 때 찍은 학년 사진까지 전부 첨부되어 있었다. 학교에서는 일개 학년이 지나온 학사 일정을 사진으로 찍어 졸업앨범용으로 보관했다. 탐정단 담당 선생님인 노진권 교사를 닦달해 얻어낸 모양이었다. *대체 무슨 꿍꿍이지?*

무심코 마지막 멤버에게 발걸음을 돌린 미도는 화들짝 놀랐다. 자리가 비어 있었다. 방금 전까지 있었는데.

"어? 안 교수 어디 갔어?"

"도망갔어."

성윤이 옆자리에서 만화책 책장을 넘기며 무심히 말했다.

"언제?"

"아까, 대장이 우리한테 임무를 맡긴다고 할 때 듣자마자 그대로 문제집 챙겨서 나가던데?"

"왜 이야기를 안 했어?"

"난 당연히 대장이 눈치 챌 거라고 생각했지."

미도는 고래고래 소리를 지르며 발을 굴렀다. 우등생들만 들어간다는 선암여고 기숙사, 통칭 선암학사에 들어간 이후로 안채율은 탐정단 활동에 거의 참여하지 않았다. 탐정단 아침 회의 시간이 선암학사 아침 식사 시간과 겹친다는 이유로 지각하기 일쑤였고, 방과 후 활동은 '학사에 들어가야 해서' 못했고, 주말에 불러내려고 하면 '과외 때문에' 나오지 않았다.

"뇌 뒤. 요즘 범생이의 쏘울을 불사르는 모양인데……."

"이예희, 네가 애를 싸고도니까, 날 우습게 알고 매번 이러는 거 아냐. 이번만은 좌시할 수 없어. 탐정단인지, 선암학사인지 둘 중에 하나를 선택하게 만들 거야."

그 말을 들은 나머지 부원들이 모두 코웃음을 쳤다.

"꼭 그래야만 하겠냐?"

"당연히 우리가 버려지지."

"고맙다고 눈물을 흘릴걸."

"그리고 채율이가 널 우습게 보는 이유는 내가 싸고돌기 때문이 아니야."

예희의 말에 미도가 물었다.

"그럼?"

"네가 걔네 오빠한테 흑심을 품고 있어서지."

까르르. 대장을 비웃는 웃음소리가 개나리처럼 화사하게 사무실 전체를 휩쓸고 지나갔다.

* * *

신학기는 정말로 중요한 시기다. 누구처럼 학생 탐정의 자세를 들먹이지 않아도 학교 생활 대인관계의 대부분은 3월에 결정된다. 그리고 어떤 이에게는 그 시기가 생존의 골든 타임이 되기도 한다.

1교시 수업 종이 치고 탐정단 멤버들은 각기 사무실을 빠져나왔다. 마지막으로 나온 하재와 성윤은 문을 잠근 뒤 창틀에 놓인 사건

투고함 뒤에 열쇠를 넣어두었다. 작년 처음 사무실을 열 때는 멤버마다 하나씩 열쇠를 지급받았지만 누군가가 열쇠를 잃어버리고, 다른 사람의 열쇠를 빌리고, 그 열쇠를 또 잃어버리고, 이 사람 저 사람 손에 옮겨지던 다른 열쇠마저 분실된 후에는 이렇게 다소 엉성한 보안 방식을 채택하게 되었다.

열쇠를 세 개나 분실한 원흉은 하재의 손을 꼭 잡고 아케이드 다리를 지나 새로운 교실로 들어갔다.

작년에는 채율만 빼고 탐정단 네 명이 모두 같은 반이었지만, 이번에는 성윤과 하재만 빼면 모두 각기 다른 반이었다. 이과와 문과가 나뉘게 된 것도 한몫했다.

2학년 5반 교실 안에는 낯선 아이들이 가득했다. 그중에 몇몇은 초등학교부터 하재를 왕따 취급하던 아이들이었다. 그 애들이 주변을 두리번거리는 걸 보고 하재는 성윤의 팔을 꼭 잡았다. 아이들 중 대장격인 아이가 의미심장한 미소를 지었다. '우린 네 정체를 알지.'라고 말하는 듯한 미소. 성윤은 그 아이들을 한번 사납게 노려보고는 친구를 자리에 앉혔다.

하재는 선생님이 안으로 들어올 때까지 정신없이 손톱을 물어뜯었다.

"자, 지난번 수업 시간에 반장은 뽑았으니까. 이번 시간은 자기소개를 하겠다. 시간 부족하니까 짧게. 한 사람당 1분 넘지 않게 하자. 1번부터 나와."

문득 중학교 때의 일이 생각났다. 하재의 부모님은 10년이 넘는 기간을 이사도 가지 않고 이 근방 갈현동에서만 살았고, 학교도 모두 가까운 곳으로만 배정받았다. 음침하고 소심한 성격으로 학교 공식 왕따를 도맡아 하다가 초등학교를 졸업하면서 마음을 단단히 먹었다. 머리도 짧게 자르고, 새로운 친구들을 만들기 위한 전략도 짰다. 그러나 막상 중학교에 올라와 보니 초등학교 때부터 하재를 알던, 그녀의 소문을 들어온 아이들이 반을 넘었다. 의욕적으로 발표를 하고, 친구들과 농담을 나누어 보아도 낙인을 떨칠 수 없었다. 경멸하는 시선이 따라왔다. 무리하지 마. 다들 네 출신 성분을 알아.

"강미희예요. 합창부 활동을 하고 있고요. 에시드 제로 멤버 중에서는 로이 군을 제일 좋아해요. 작년에 K-POP 스타 나가서 예선 탈락했어요."

"작년에 6반이었던 김나진입니다. 음. 별명은 지구요. 머리가 커서. 헤헤. 헌드레드 게임에서 헌터랑 연금술사 플레이하고 있어요. 관심 있는 사람 있으면 함께해요."

처음으로 진지하게 사귄 친구는 자리를 바꾸면서 자연스럽게 다른 아이에게로 마음을 돌렸다.

다시 모든 건 원래 자리로 돌아왔다.

왕따의 상징 김하재.

어떤 해는 악의적인 따돌림의 표적이 되었고, 어느 해는 조용히 무시를 당했다.

"숫자 5를 좋아하고 주황색을 사랑합니다. 엄마가 아빠보다 좋아요. 군대 간 못생긴 오빠한테 가끔 편지 쓰고 있고요. 결혼 전에는 순결을 지켜야 한다고 생각하고 있어요. 참, 이름은 강은희입니다."

아이들 사이에 와 하는 웃음이 터졌다.

고등학교 올라올 때쯤 되니 무기력해졌다. 교복만 바꿔 입게 될 뿐 상급 학교로 진학한다고 해 봐야 달라지는 건 없었다. 언제나 아이들은 노는 아이들끼리만 놀고 즐거워한다. 가끔 같이 다니는 애들이 생기기는 했지만, 하재에게 매력을 느껴서 다가온 아이들은 아니었다. 같은 처지의, 다른 친구들과 끝내 어울리지 못하고 자투리처럼 남은 인생들이었을 뿐.

"탐정단에 들어오지 않을래? 지난 한 달 동안 널 지켜봐 왔어. 넌 훌륭한 탐정이 될 소질이 있는 것 같아."

"내…… 내가?"

같은 반이었던 대장 윤미도가 말을 걸어온 날은 작년 만우절, 비가 주룩주룩 내리던 2교시 쉬는 시간이었다. 삶이 바뀌리라는 기대조차 놓아 버렸을 때.

"넌 언제나 사람들을 관찰하잖아. 나는 네가 반 아이들을 열심히 관찰하는 걸 보았단 말이야. 정말 감동적이야. 나 같은 사람이 또 있다고는 생각하지 못했거든. 책도 많이 읽더라. 스릴러나, 추리물로 말이야."

물론 한 달 동안 열심히 반 아이들을 관찰하기는 했다. 학급 내 포식자들을 재빨리 파악하고, 그들에게서 가장 먼 자리를 확보하고, 또 비슷한 인종을 발견해 연합하지 않으면 1년 내내 괴로울 테니. 순전히 살아남기 위한 몸부림에서 비롯된 행동이었다. 매일 쉬는 시간마다 책을 읽은 건 같이 놀 친구가 없어서였고, 다른 사람과 시선을 마주치는 걸 피할 방패가 필요해서였다. 뭘 오해했는지, 미도는 자기네 무리에 하재를 끌고 갔다. 날라리 같은 예희와 힘 좀 쓸 것 같은 성윤을 보고 처음에는 불량서클인가 싶어 겁이 났다.

막상 들어가 활동해 보니 탐정단은 괴짜 클럽이었다. 우르르 몰려다니며 주변 학생들의 사생활을 조사할 뿐인, 참으로 쓸데없는. 수사라는 걸 해 봐야 같은 반 학생 이 모 양에게 남자친구가 있는지, 가출한 9반 윤 모 양이 어디로 갔는지나 교사들의 서열관계를 파악하는 등 자잘한 일들을 다루었다. 2학기에 7반 안채율을 영입하게되면서 굵직한 사건들을 해결하긴 했지만, 그 이전까지는 정말 잉여로웠다.

인생 가운데 가장 행복한 시간들이었다고나 할까.

"다음은…… 6번 김하재. 나와."

담임 선생님이 하재를 불렀다. 문제집 밑으로 만화책을 읽고 있던 성윤이 두 주먹을 불끈 쥐며 행운을 빌어 주었다. 하재는 자리에서 일어나 천천히 앞으로 나갔다. 나가는 동안 사람들의 시선이 얼룩처럼 몸에 달라붙는 기분이었다. 지루한 표정, 쑥덕거리는 몸짓까지 보고 싶지 않지만 모두 눈에 들어왔다.

'해 보자! 해 보는 수밖에 없어.'

봄 방학식이 있던 날, 단짝 성윤이 감기 몸살로 조퇴를 하는 바람에 새로 진급하는 2학년 예비 소집에는 함께 오지 못했다. 중학교, 초등학교 동창들은 맨 뒤쪽 책상에 외떨어져 앉은 하재를 둘러싸고 앉아 저희들끼리 키득거렸다. 차가운 눈보라 속에서 고립된 기분이었다. 머리를 숙인 채 손가락을 만지작거리며 보낸 한 시간이 영원처럼 느껴졌다.

'언제까지 이렇게 전전긍긍하며 살아야 할까. 나도 즐겁게 지내고

싶어. 애들이 부러워하는, 멋진 사람이 되어서…….'

가장 먼저 머릿속에 떠오른 건 예희였다.

예희는 어른스럽고, 멋진 외모를 가지고 있고, 성격도 시원시원하고, 특유의 붙임성으로 어디를 가든 사근사근하게 잘 녹아들었다. 탐정단 멤버들 가운데 가장 부러운 동경의 대상. 그러나 안타깝게도 그런 기질은 하재가 다시 죽었다 깨어나지 않는 이상 도달할 수 없는 인격이었다.

미도나 성윤은?

아이들에게 따돌림을 당하지 않지만, 그다지 닮고 싶은 타입은 아니었다. 미도는 너무 자기 페이스로만 밀고 나가고, 성윤이는 둔하다는 느낌이 강했다.

마지막으로 하재의 머릿속에 떠오른 건 채율이었다.

안채율.

골수 모범생. 깨끗한 피부에 긴 생머리, 까칠한 성격. 별반 사교성도 없고, 눈빛도 도도해서 잘난척한다는 오해를 사기 십상인 인상. 그럼에도 다른 아이들이 감히 함부로 대하지 못하는 아이. 심지어 은근히 동경하는 아이들도 많다.

'왜지? 도대체 채율이의 어떤 점이?'

국민 신동, 제2의 사라 플래너리로 불리는 안채준. 카이스트 재학 시절 외국 학술지에 발표한 암호 보안성 개선에 관한 논문으로 전 세계적인 주목을 끌었고, 지금은 미국으로 건너가 필즈 상(4년마다 열리는 국제 수학자 회의에서 뛰어난 업적을 올린 두 명의 수학자에게 주는 상. 토론토 대학의 교수 필즈가 창안하여 1936년에 처음 시상한 것으로, '수학의 노벨상'이라 불린다.) 수상자 밑에서 박사 과정을 밟고 있는 천재 소년이 쌍둥이 오빠였다. 준수하고 말끔한 외모, 매력적인 언변으로 팬 카페를 여럿 거느린 안느님. 채율의 어머니는 아들을 팔아 쓴 육아 서적으로 교육 전문가 행세를 하며 베스트셀러 작가로 이름을 날리고 있었다.

까놓고 말해, 안채율은 인간 그 자체보다 그 인간을 둘러싼 껍데기가 화려해서 주목받는 스타일이었다.

'그래, 성격만 놓고 본다면 나랑 채율이는 큰 차이가 없어.'

하지만 누구는 교실에서 눈치를 보며 살았고, 누구는 당당하게 고개를 들고 살았다. 내년이 수험생이 되는 해라고 보면 사실상 고교 생활의 마지막인 2학년, 학창 시절의 대미를 장식하는 이번 한 해를 평생 소원을 이룰 기회로 삼고 싶었다.

야망은 단 하나.

인기인이 되는 것.

다른 사람을 배려하고, 잘 챙겨줘서 인기가 많은 그런 타입은 싫었다. 초등학교 중학교 때 여러 번 시도해 봤지만, 오히려 만만하게 취급받고 단물만 뽑혔다.

지향하는 건 안채율 같은 타입. 다들 친해지고 싶어 안달을 하지만 정작 본인은 무심하고 쌀쌀한, 하지만 오히려 그 점이 상대를 매혹시키는 냉담한 인기인이 되고 싶다. 스타성을 가진, 약간은 반항적인, 교실 속 앤디 워홀. 작년 기말고사에 출제되었던 그의 명언처럼 똥을 싸도 사람들에게 박수를 받을 유명인이 되고 싶다.

'그러려면 채율이처럼 화려한 껍데기가 필요해.'

봄 방학 내내 하재는 애벌레가 고치 속에서 변태를 준비하듯 탐정단 사무실에 죽치고 앉아 화려한 날개를 직조해 냈다. 여러 번 계획을 수정했고, 예상치 못한 상황에 대비한 연습도 해치웠다.

오늘은 드디어 첫 단추를 꿰는 운명의 날이었다.

"안녕하세요? 저는 김하재라고 합니다. 작년에 3반이었고요."

이때까지만 해도 느릿느릿한 하재의 말에 관심을 기울이는 사람은 없었다. 담임 교사도 팔짱을 끼고 '1분 안에 간략하게'라고 쓰인 칠판만 바라보고 있었다. 하재는 묵묵히 분필을 들어 칠판에 인터넷 사이트 주소를 적었다.

"제가 운영하는 블로그예요. 영적인 힘과 에너지, 그리고 마법을 소개하고 있어요. 마술이 아니라, 마법을요. 텔레비전에서 이은결 씨가 하는 것처럼 동전을 사라지게 한다거나, 비둘기가 나타나게 만드는 건 전 할 수 없어요. 마법은 간단히 말해 정신적인 힘으로 물질세계에 변화를 이끌어낼 수 있다고 생각하는 건데요……."

아까까지만 해도 아무런 관심을 기울이지 않던 아이들이 눈을 동그랗게 뜨고 하재를 바라보고 있었다. 목 뒤가 홧홧하게 달아올랐다. 성윤도 상황이 어떻게 돌아가는 건지 모르고 주변만 두리번거렸다. 많은 사람들 앞에서 말하는 걸 극도로 싫어하는 친구가 책 잡히지 않고, 자기소개를 잘 마쳤으면 하는 마음에 합장까지 하고 있었는데 하재는 마법이 어떠니 운운하며 생전 처음 듣는 말들을 쏟아내고 있었다.

물론 하재가 그런 쪽에 관심이 있고, 관련된 책을 읽으며 이번 겨울에는 블로그까지 만들었다는 걸 알고 있었지만, 성윤이 아는 하재는 결코 자기 관심사를 대중 앞에 나서서 말하는 타입이 아니었다.

얘는 도대체 뭐지? 2학년 5반 아이들 사이로 호기심의 파문이 퍼져나갔다.

마법이니, 영적인 힘이니 어처구니가 없는 이야기를 하는 아이인데 어조나 표정은 진지했다. 핏기 없는 입술과 우울하고 음침한 기운이 감도는 눈을 보면 사후 세계와 모종의 연관성을 가진 타입처럼도 보였다. 정신병자 같은 걸까?

"저는 어린 시절부터 주변 사람들이 모두들 개인적이고 독특한 영적인 파장을 가진다는 걸 직간접적으로 체험해 왔어요. 그래서 사람들이 두렵고 무서웠던 때도 있었지만, 사춘기를 지나면서는 이런 생각을 하게 되었습니다.

어쩌면 내 능력으로 사람들을 도울 수 있지 않을까.

혹시 제 도움이 필요한 분이 있으시면 블로그로 문의해 주세요. 고민 상담을 들어드립니다. 다만 이쪽 영역이 민감한 부분이다 보니 알고도 말할 수 없는 때가 많고, 파장이 맞지 않으면 제게 돌아오는 안 좋은 기운도 생겨요. 모든 분들의 고민을 들어드릴 수 없습니다. 그 점은 미리 양해 부탁드려요."

"저기 질문이 있는데……."

지금까지의 자기소개와는 다르게 앉아서 듣고 있던 아이가 손을 들었다.

"네 능력으로 사람들을 돕는다고 했지? 그 능력이 뭔데? 사람들이 가지는 개인적인 파장은 또 뭐야?"

하재는 질문을 한 아이를 말없이 바라보았다.

9반 출신 윤희우.

하재는 빅데이터를 만들면서 같은 학급이 된 아이들의 신상은 모조리 암기했다. 반 아이들뿐만 아니라, 그 아이들과 친한 단짝들에 대해서도 최소 3번씩은 봐 두었다. 하재와 윤희우는 같은 학교를 나오지도 않았고, 같은 CA 활동을 한 적도 없었고, 이동 수업을 같이 들었던 적도 없는 무접점의 관계였다.

적절한 침묵이 사람들의 집중력을 높여 주었다.

"미리 말해 두지만, 난 미래를 맞히지 않아. 미래는 작은 변수 하나만으로도 수시로 달라지거든. 다만 과거는, 한 사람이 지금까지 살아온 인생의 자취는, 가만히 보고 있으면 느껴질 때가 많아. 막연한 느낌이라 그걸 말로 번역하는 과정에서 가끔 실수가 생기기도 해. 하지만……."

거기까지 뜸을 들이고 난 후 하재는 다시 입을 열었다.

"넌 감수성이 뛰어나고 음악적인 영혼을 가지고 있어. 악기를 잘 다루고, 동정심이 많아서 슬픈 영화를 보는 걸 힘들어 해. 건반 악기나 현악기보다는 타악기를 잘 다룰 것 같네. 텔레비전을 보다가도 기부 방송 같은 게 나오면 참여하지 않고는 견디지 못하고, 또…… 몸에서 동물의 기운이 느껴져. 활발하고 사교적인 게 고양이는 아닌 것 같고, 혹시 개 키우니?"

희우는 놀란 얼굴이었다. 옆에 앉아 있던 같은 반 출신 서달님이 대신 대답했다.

"얘네 집, 코카 키워. 초콜릿 색 털이 뽀글뽀글한 개. 드럼은 거의 신동 수준이고. 유니세프인지 월드비전인지 아무튼 자선단체 정기

23

후원자야."

하재의 눈길이 자연스럽게 달님에게 향했다.

"너는 어학에 관심이 많구나. 요즘 동생 일로 걱정이 좀 있고."

"헉, 맞아! 내 동생 요즘 게임 중독 치료 받아……. 헌드레드 페인이라서……."

"나…… 나는?"

그쯤 되자 자기소개 시간은 무의미해졌다. 아이들은 손을 번쩍 들어 어떻게든 하재의 눈에 띄려고 아우성쳤다.

"네 마음속에는 채울 수 없는 애정 결핍이 있어. 자주 남자친구를 바꾸면서 만족을 느끼려고 하지만 먼저 스스로 성숙해야 해."

"이제 할머니의 일은 잊는 게 좋아. 그건 네 잘못이 아니야. 돌아가신 할머니도 죄책감에 빠져 지내는 걸 원하지 않으셔."

한 아이는 울음까지 터트렸다. 하재는 조용히 고개를 숙인 뒤 자기 자리에 돌아가려 했다. 이번에는 담임이 팔을 잡았다.

"넌 이따가 나랑 면담 좀 하자."

하재는 선생님을 힐끔 보고는 고개를 절레절레 저었다.

"선생님, 그건 제가 대답할 수 없는 질문이에요. 이번에 사모님이 임신한 네 번째 아이가 아들인지 딸인지 말씀드리지 못해요. 생명은 소중하니까요."

아이들은 누가 먼저랄 것도 없이 하나둘 칠판에 적힌 블로그 주소를 적기 시작했다.

성윤이 '나는?' 하는 눈빛을 보내왔다. 탐정단 바로 옆자리에서 전교생의 신상 파일을 입력하는 걸 보고서도 트릭을 눈치 채지 못한 모양이었다. 양손으로 꽃받침을 만들어 얼굴을 감싸는 순수하고 맑은 눈동자를 들여다보고 있으려니 진심으로 친구의 장래가 걱정되었다.

"넌 공부 열심히 해야 해. 정말 열심히. 그래야 고생을 안 해."

성윤은 세상이 무너지는 표정을 지었다.

* * *

'내가 지금 뭐하고 있는 거야.'

채율은 기숙사 2층 열람실 한편에서 머리를 질끈 묶고 수학 문제를 풀고 있는 중이었다. 새벽 3시 30분. 소등은 11시이고, 원칙대로라면 생활실에서 룸메이트들과 단잠에 빠져 있어야 할 시간이었다.

선암학사는 동서양 양식이 절묘하게 조화를 이룬 개화기 시대의 건물이었다. 사실 입학 때부터 기숙사생이 되고도 남을 성적이었지만, 유학을 염두에 두고 있어서 입소할 필요를 느끼지 못했다.

열람실 바로 옆 206실과 연결된 석재 발코니에서는 달빛을 즐기는 고양이들의 합창 소리가 한가롭게 들려왔다. 사감 선생님이 먹이를 주지 못하도록 엄하게 단속하는 데도 도둑고양이들은 학사에 제 집처럼 머물고 있었다. 여유로운 털빛을 자랑하며 살아나가는 걸 보면 아무래도 학사에 그들이 잡아먹을 만한 쥐들이 다량 서식하는 모양이었다. 오래된 건물의 단점이었다.

'공부나 하려고 여기 들어온 게 아니잖아!'

기숙사 안에 머무르는 다른 학생들이 오해하는 것과 달리 절대로 학업에 정진하기 위해서 입소한 게 아니었다. 오히려 정반대였다. 그러나 소문은 의지와는 상관없이 퍼져나갔고, 그녀를 경계하는 무리들은 적의를 빛냈다.

"쟤 봐. 이제는 진짜 공부할 생각인가 봐."

"정신 차릴 때도 되었지. 작년에는 탐정단이니 뭐니 맛이 간 애들하고 어울려 다니면서 성적 왕창 떨어졌잖아."

"드디어 2학년 전교 1등이 바뀌는 건가?"

엄격한 사감 선생님 눈을 피해 참고서만 펴고 있어도 과목 선생님이 낸 숙제만 하고 있어도 수군수군 이야기 소리가 들려왔다.

'아니야, 아니라고!'

채율은 한 명 한 명 붙잡고 해명을 하고 싶은 심정이었다. 기숙사에 들어온 건 성적이 목적이 아니라, 모범생으로만 살아온 열일곱 해에 회의가 사무쳤기 때문이라고. 집에서 지내면 도우미 아줌마, 과외 선생님들이 수시로 미국에서 체류 중인 어머니에게 일거수일투족을 보고 하니 도망쳐야 했다고. 고3이 되면 좋든 싫든 공부만 해야 하지 않은가. 올 한 해만이라도 좀 다른 인생을 살고 싶었다.

새로 입소한 친구들과 다락방에 기숙사 전통으로 내려오는 입소 의례를 마쳤을 때만 해도, 생활실을 배정받을 때까지만 해도 희망에 부풀어 있었다. 동급생들과 아침부터 저녁까지 고뇌를 이야기하고 뜨겁게 우정을 불태우는 청춘 드라마나 영화의 한 장면 같은 기숙사 생활을 꿈꾸었다. 대립과 반목도 생기더라도 결국에는 '짜식, 나도 사실은…….' 하면서 서로 부둥켜안고 화해의 눈물을 흘리는 유치하지만, 따뜻한.『피터팬』에 나오는 시계 악어처럼 머릿속에 항상 초침 돌아가는 소리가 들리던 과거를 벗어던지고, 지금 즐길 수 있는 것들에 감사하며 살고 싶었다.

비바(Viva) 2학년!

그러나 현실은 냉정했다. 학사는 선량한 모범생들이 가득 찬 연구원 같은 게 아니라, 앞뒤로 폐쇄된 계급사회였다.

"알겠니? 그러니까 우린 진골인 거야."

처음 방을 배정받고 짐을 풀 때였다. 같은 반이자, 같은 방을 쓰게 된 정다은이 새로 들어온 룸메이트들에게 이상한 이야기를 꺼냈다.

"진골? 지금 골품제 이야기하는 거야?"

신라 시대에는 왕이 될 수 있는 계층으로 성골과 진골이 있었고 그 아래에 두품제를 두어 백성들의 신분을 구분했다. 진골도 왕족이지만, 성골 쪽이 보다 직계였고, 두품제의 최상층인 6두품은 계급 상승에 한계가 있었다. 이후 6두품은 국사 시험 문제에 단골로 출시되며 원한을 가진 계층의 대명사로 통하고 있었다. 202호실에 배정받은 다른 두 명은 무언가 납득한 얼굴이었지만, 채율에게는 종잡을 수 없는 이야기였다. 다은은 한숨을 내쉬고는 그녀의 옆에 앉았다.

"사생 선발이 어떻게 이루어지는지는 알고 있어? 그러니까 학년별 사생 수 말이야."

"1학년 12명, 2학년 24명, 3학년 35명 아냐?"

도합 71명. 각 학년이 열두 학급으로 이루어져 있는 걸 감안하면 1학년 입소자들은 보통 반에서 1등을 하는 학생들이었고, 2학년들은 학급 2등 안에, 3학년들은 3등 안에는 드는 우등생들이었다.

"그런데?"

"1학년 때 입소한 아이들이 성골, 2학년 때 입소한 아이들은 진골, 3학년 때 입소한 사람들은 6두품. 입사 시기가 다른 게 벽을 만들어 낸다고."

다은이의 말에 따르면 선암학사는 데뷔가 빠를수록 견고한 친목 관계를 형성하는 모범생들만의 사교계였다. 같은 학년끼리 밥을 먹어도 먼저 친해진 성골 아이들은 자연스럽게 모여 밥을 먹게 되었고, 아직 이곳이 낯선 진골 아이들은 같은 방이 된 아이들끼리 밥을 먹게 되었다.

방도 지난 학기 성적 종합으로 배정되었다. 성골 아이들이 진골까지 성적이 떨어지는 일도, 진골 아이들이 성골로 올라가는 경우도 드물었다. 한두 명 이동이 되어도 금방 원래 있던 방으로 되돌아갔다. 계급 상승을 해도 진골 아이들은 성골 아이들이 친한 틈을 파고들지 못했다.

"바로 이 점이 문제야. 겉으로 보기에는 성적으로 애들을 나누는 것 같지만, 속은 또 그게 아니라는 거지. 성골은 성골 아이들의 전폭적인 지지를 받아. 성적이 떨어져도 넌 우리 친구, 우리 사람이라는 인정을 받는 거야. 정말 짜증난다고."

사실 다은은 작년 11월에 입소해 호적으로는 성골이었지만, 무리의 인정을 받지 못해 떨려난 케이스였다. 1학년 1학기 때 성골이었던 강주희가 성적 문제로 2학기에 퇴사되었다가 다시 2학년이 되어 재입소하자 성골 아이들은 당연하다는 듯이 주희를 자기네 사람으로 받아들였다.

"그럼 우리는 안 그러면 되잖아. 내년에 6두품이 들어왔을 때 포용하고 같이 사이좋게 놀면……."

이야기를 듣고 있던 같은 방 현아가 말했다. 주걱턱이 인상적인 얼굴이었는데, 성골 강주희와 같은 9반이었다. 다은은 고개를 휘휘 저었다.

"선배들 이야기로는 그것도 쉽지 않다고 하더라. 생각해 봐. 내년이 되면 우리 모두 고3이 되잖아. 정신없이 공부하기 바빠. 그때쯤엔 1년 동안 함께 성골의 핍박을 받으며 동료애를 다진 진골들이 우선이되는 거야. 뭣도 모르는 6두품들이 보기에는 우리도 우리끼리만 다니는 것처럼 보이고. 무엇보다 학사 분위기가 그렇게 돌아간대. 1학년 성골들도 성골 선배만 직속으로 생각하고, 다른 계층 선배들은 우습게 생각하지. 학년이 높아도 계급이 낮으면 후배에게 괜히 주눅들고."

"선생님들은 몰라? 이런 상황?"

"알지. 알면서 은근히 조장하는 거야. 그래야 더 공부를 열심히 하게 된다고 생각해. 어른들 그런 식이잖아."

실제로 선암여고는 기괴한 학업 성취도를 보이고 있었다. 학교 전체 성적은 은평구 꼴찌였지만, 상위권 성적은 최고를 달렸다. 명문대에 가는 학생 수도 제법 많고 졸업 시즌에는 합격 현수막이 입구를 아케이드처럼 뒤덮었다. 그런 상황이고 보니 기숙사생 학부모가 항의해도 이사장은 학사 선발 구조를 바꾸지 않았다.

"똑똑한 애들이 사회에 나가서 왜 실패하는지 아십니까? 자기 똑똑한 것만 믿고 거만하게 굴기 때문입니다. 유능하기만 하면 사회가 학교처럼 자기들한테 박수를 쳐 줄 거라고 믿어요. 애들을 12년 동안 순진하게 양육시킨 어른들 잘못이 큽니다.

인재일수록 현실적인 환경에서 훈련시켜야 해요. 우리 학교 기숙사에서 아이들은 그룹을 중심으로 움직입니다. 흔히들 오해하시는 것처럼 석차가 기준이 아니고, 인맥이 기준이 되는 거예요. 내가 아무리 똑똑해도 인맥이 딸리면 손해 보는구나, 몸으로 체험해 봐야 보다 기민하게 움직이게 됩니다. 어느 대학을 가서도 남들보다 더 사교적으로 움직이면서 유리한 고지를 점하기 위해 노력하죠.

다소 계급적으로 보일 수도 있겠습니다마는, 이게 산교육입니다. 자기보다 높은 계층의 인간들이 어떤 생리를 가지고 움직이고, 또 아래 계층은 어떻게 움직이는지, 체험하게 하는 것. 돈 주고도 못 배우는 인생 족집게 과외 아니겠습니까?"

이사장이 했다는 말은 아직도 사생들 사이에서 전설처럼 전해져 내려오고 있었다. 몸이 부르르 떨릴 만큼 기시감이 느껴졌다.

'과연 하연준 선생님의 어머니다워. 모자가 똑같이 파격적인 교육관을 가지고 있네. 산교육의 개념 자체가 남들과는 다르구나.'

단 며칠이었지만 학사에서 생활을 해 보니 다은이의 말대로 사생들은 철저히 계급을 중심으로 움직이고 있었다. 성골 선배들은 성골 후배들을 챙기고, 진골 선배들은 진골 후배들을 챙겼다. 쉬는 시간 휴게실에 아랫것들이 모여 있으면 윗계급은 자연스럽게 자리를 피하고, 아래 계급도 윗계급들이 모여 있는 곳에는 끼어들지 않았다. 채율이 목격한 가장 황당했던 일은 진골 아이들이 로비에서 떠들자,

근처에 모여 있던 성골 아이들이 싸늘한 시선으로 그 아이들을 노려 본 일이었다. 동아리 선배들이나 할 일을 동급생끼리 아무렇지 않게 하고 있었다.

'그래 봤자지.'

처음 채율은 다른 애들의 행태에 무심했다.

성골이니, 진골이니 나눠도 채율의 입학 성적은 전교 3위. 작년 1학기에는 학년 전체 2~3등을 유지했기에 쓸데없는 열등의식을 갖고 있지 않았다. 글로벌 차원에서 잘난 오빠가 코 찔찔 흘릴 때부터 성장하는 모습을 봐온 터라 고만고만한 놈들이 눈에 들어오지 않았던 이유도 있었다. 어머니들 치맛바람이 드세기로 유명한 강남 모 중학교를 다니던 시절, 공부 잘하는 애들끼리 패거리를 만들어 과외를 받는 일명 '돼지 엄마와 새끼 돼지들' 사이에서 시달려 본 일도 방관자로 한걸음 물러서게 만들었다.

그러나 혼자서 잘해 보려고 해도, 성골 아이들은 채율을 경계하고 있었다. 입학 후 단 한 번도 전교 1등을 놓친 적이 없었던 최나나가 핵심으로 있는 성골 무리들은 나나의 성적에서 총점 2점 차이까지 따라붙었던 채율을 곱게 보아 넘기지 않았다.

"쟤지? D외고 입학시험에서 미역국 먹은 애."

"집이 원래 강남이라며. 내신 때문에 온 거래."

"작년에 미국 간다고 하지 않았어?"

"안에서 새는 바가지가 밖에서도 새는 법이라잖아. 그쪽 학교에서도 물먹었나 봐."

"D외고 면접관들도 떨어뜨릴 만하니까, 떨어뜨렸겠지."

선암여고 2학년 학년 수석 최나나가 거만한 얼굴로 미끄러져 지나갔다. 까만 피부에 작은 키, '검은 콩'이라는 별명을 가진 아이였다. 강박증에 가까운 결벽증이 있어서 언제나 손에 라텍스 장갑을 끼고 다니는 게 특징이었고, 덕분에 201호실 아이들은 먼지 하나 없는 환경에서 생활했다.

눈이 마주친 짧은 순간. 소리는 내지 않았지만 붉은 입술이 움직였다.

루저(loser).

때로는 돈 벌려고 혈안이 된 어머니나 잘난 체하는 오빠 채준의 험담을 하는 이야기도 들려 왔다. 내용은 개인적으로도 공감했지만, 타인들에게 가족들의 악평을 듣는 건 어쨌든 모욕적이었다. 심지어 성골 아이들은 탐정단 아이들을 가지고도 욕을 했다.

"정신 나간 애들 아냐?"

물론 맞는 말이었다. 그러나 친구들의 단점에 대해 다른 사람의 입으로 듣는 건 기분이 나빴다. 이미 탐정단을 떠날 수 없을 정도로 별종들에게 친밀감을 갖게 되었다는 걸 새삼 가슴 속에 차오르는 분노로 확인하게 되어 또 불쾌했다.

'루저라……'

사실 작년에는 고등학교 떨어진 충격으로 학업에 집중하지 못했다. 2학기에는 탐정 놀이에 빠져 시간을 빼앗겼고. 그러나 지금은 트라우마를 거의 극복한 상태였고, 기숙사에 묶여 탐정단 활동도 마음대로 참여하지 못했다. 성골 아이들이 두려워하는 대로 안채율 부활의 제반 조건이 갖춰진 상태였다. 고3 진골 선배들은 노골적으로 어깨를 두들겨 주었다.

"그래! 쿠데타 한번 일으켜 줘라. 우리 진골들이 얼마나 무서운지 보여 줘."

202호 안채율의 책상 위에는 선배들이 가져온 레드불, 캔커피, 박카스 등이 잔뜩 놓였다. 뿐만 아니라 성골들에게 무시를 당한 일이 생기면 생전 처음 보는 아이라도 202호 방으로 와서 억울한 마음을 토로하다가 떠나갔다. 성골들에게 학을 뗀 다은이는 그런 분쟁을 흐뭇하게 여기며 은근히 조장했다.

"최나나 걔들 정말 왜 그러냐? 작년에 쌍수를 했다더니 정말 눈에 뵈는 게 없나!"

이번에 새로 들어온 진골들 몇몇이 모여 불만을 성토했다.

그중에는 학생회장 송수향도 끼어 있었다. 솔직히 학생 자치회라고 해 봤자, 선생님들 심부름만 하고, 얼굴 마담으로 1년 일하다 마는 파트타임 잡이었다. 장학금과 대회 출전 기회 등 계란 노른자 같은 특혜를 향유하는 건 최나나였고, 최나나 쪽이 더 큰 영향력을 가지고 있었다.

불령분자들은 한참 동안 떠들고는 기대에 찬 눈빛으로 채율이 앉은 쪽을 가만히 바라보았다. 돌아보지 않아도 시선이 느껴졌다. 다은이는 성난 민심이라도 갈무리하듯 한마디 했다.

"조금만 기다려. 모든 일은 사필귀정. 이제 곧 정의가 승리하는 시대가 올 거야. 백마 탄 초인이 일어날 거라고. 비록 지금은 나비랑 제비가 깝치고 있지만."

이육사나, 이상화를 불경하게 인용하다니. 대체 그 ⓐ백마 탄 초인은 누구인가. 심지어 ⓑ나비랑 제비는 사용하는 의미도 틀렸다. 그러나 정작 아이들과 눈이 마주치면 꿀 먹은 벙어리가 되고 말았다. 민중의 기대가 쓰나미처럼 넘실대며 전해져 온 탓이었다.

진골 아이들은 주말마다 비싸게 과외를 받은 요점 정리 노트를 은근 슬쩍 넘겨주기도 하고, 과년도 내신 시험지도 분기별로 모아 정리해 주었다. 색색의 펜으로 소중하게 정리한 노트들을 받을 때면 괜히 코끝이 찡해지기까지 했다. 그동안 잘난 오빠 그늘에서 숨죽이며 살아서 누구에게도 이런 기대는 받아 본 적이 없었다. 그런 채율에게 룸메이트 현아가 속삭였다.

"너도 알지? 우리 같은 모범생들이 핵심 노트를 넘겨 줄 때의 의미를. 모든 걸 준다는 뜻이야."

채율 스스로 전적을 비교해 봐도 필기고사 한 번은 나나와 동점이었고, 두 번은 오히려 높았다. 석차를 가른 건 수행평가 정도였다. 조금만 공력을 들이면 못할 일도 없었다.

게다가 주어진 역할이 대의명분을 밟고 선 영웅. 참으로 유혹적이었다.

정말이지 조용히 살고 싶었지만 무림은 그녀를 가만두지 않았다.

1층에 자리한 휴게실, 각층에 있는 열람실, 화장실은 열쇠를 따로 달지 않은 미세기 문(두 짝을 한 편으로 밀어 겹쳐지게 여닫는 문이나 창

문. 미닫이는 문 전체를 열 수 있으나 미세기는 반만 열리게 되어 있다.)이
라 누구라도 언제든지 출입할 수 있었다. 소등 시간은 형식일 뿐, 언
제나 원하면 누구든지 마음껏 공부할 수 있다는 의미였다. 소지품은
열람실 안에 있는 로커에 따로 보관했다.

'혹 떼려다가 혹 붙인 꼴 같아……. 미국에 있는 엄마가 이 꼴을
보았다면 깔깔대며 박수를 쳤겠네.'

3시간이 넘도록 웅크려 공부하다 보니 어깨가 결렸다. 아까 선배
에게 받은 커피나 한잔 마시고 다시 할까 하는 생각이 들었다.

채율은 자리에서 일어나 힘껏 기지개를 켰다. 등 뒤 창문에서 끽
끽 대는 소리가 들렸다.

붉은색 벽돌 기숙사는 연식이 오래된 낡은 건물이었다. 노인처럼
이곳저곳이 삐걱대도 무리가 아닌 상태였다.

끼익끽끽.

'바람인가?'

책상 옆에 놔둔 라테 캔을 따서 한 모금 들이켰다. 우유와 설탕이
잔뜩 첨가되어 있어 커피 우유에 가까운 맛이 났다.

고양이들의 울음소리가 날카로워졌다. 그 소리에 채율은 무심코
등을 돌렸다.

창문 너머. 뭔가가 허공에 떠 있었다.

* * *

교내에서 학생들의 관계를 파악하는 일은 알사탕을 까먹는 것만

큼이나 손쉬운 작업이다. 미도는 미리 충분한 요령을 다른 멤버들에게 여러 차례 일러주었다.

여학교의 경우에는 화장실, 식당, 매점 등 몇 군데 포인트를 잡아 포진하고 있으면 금방 교우관계가 추려진다. 학기 초가 지난 후에는 눈을 크게 뜨고 관찰하며 조합들을 익혀 두었다가 갑자기 함께 다니는 아이가 바뀌면 지체 없이 자료 수정에 나서야 한다.

자료를 여러 번 업데이트하면서 익히게 된 그녀만의 노하우였다.

나열한 세 포인트가 아니라도 관찰할 곳은 많다. 이를 테면 점심 식사 후의 수돗가도 훌륭한 정보수집 장소가 된다.

함께 양치질하러 온 학생들을 바라보며 미도는 천천히 새로운 조합들을 익혔다. 봄이라도 수목이 많은 교정은 여전히 서늘한 기운이 감돌았다. 미도는 햇살이 비치는 쪽에 웅크려 자리를 잡고 윗니아랫니를 열심히 닦으며 생각에 잠겼다.

'작년에 같은 반이었던 아이들을 데려온 애들이 많네. 아직 적응 기간이 충분하지 않아서 그런가?'

보통 한 달쯤 지나면 슬슬 페어(pair)가 정착된다. 그 뒤에는 무리와 무리 간 관계가 조정되는 시기가 온다. 이때부터는 1:1 관계를 수정하기 어려워지는데, 자칫 단짝을 바꾸게 되면 상대에게 큰 상처를 주고, 심지어는 배신자라는 비난까지 당할 수 있다. 자칫하면 이혼한 배우자처럼 피곤한 관계가 되어 남은 1년을 지내게 된다. 완전히 등을 돌리고 적이 되는 경우도 다반사다. 사춘기 여학생 간의 우정이 그만큼 유난하고 특별하다는 뜻이기도 하고, 또래 집단 내에서 위치를 잡는 일이 상당히 위태로운 일이라는 의미도 된다. 다들 고립되길 두려워한다.

'웅? 뭐야 저건.'

양치질을 마친 미도는 수도꼭지를 열고 쏟아지는 물에 입술을 갖다 대다 말고 머리를 번쩍 들었다. 본교 서쪽 출입구에서 나온 무리들이 우르르 수돗가 옆을 지나가고 있었다.

"카발리스트 킴! 뭐 마실래? 내가 사 줄게."

"안 돼. 킴은 나 노래하는 거 들어 주기로 했단 말이야."

"넌 오전 내내 킴이랑 같이 있었잖아. 양보해."

가운데에 있는 소녀는 초연한 얼굴로 그저 끌려가고 있었다.

미도의 눈동자가 자체적으로 CG를 만들어 내는 게 아니라면 가운데에서 환성을 받고 있는 사람은 탐정단 김하재였다. 주변 학생들은 마치 하재가 스타라도 되는 양 보필하며 지나갔다. 가장 가까이에 서 있는 아이는 하재의 교복 마이를 소중히 안고 있기까지 했다.

곧이어 출입구에는 칫솔을 든 성윤이 쓸쓸한 얼굴로 나타났다. 미도가 달려갔다.

"뭐야 저건? 새로운 종류의 괴롭힘이야? 악랄하네!"

"그런 거 아냐."

"아냐?"

둘은 나란히 수돗가에서 이를 닦았다. 친구를 빼앗긴 충격이 컸는지 성윤은 좀처럼 입을 열지 않았다. 미도는 입술 양끝에 생긴 거품 수염을 닦아내며 물줄기에 입술을 댔다.

그때였다. 갑자기 다가온 검은 그림자가 그녀의 목덜미를 잡고 끌어올렸다. 코 속으로 물이 한 움큼 들어왔다.

"켁켁! 뭐하는 거야!"

납덩이가 된 얼굴, 부스스 뜬 머리, 4B 연필로 눌러 그린 듯한 다크서클. 채율처럼 보이지는 않는 채율이었다.

"그거 정말 사실이었어. 학사에 귀신이 있었어. 내가 오늘 새벽에 이 눈으로 똑똑히 봤다고. 2층 열람실에서 공부하고 있었는데 이상한 기분이 들어서 창문을 봤거든."

사람이 듣든 말든 상관하지 않고 낮은 음조로 자기가 말하고 싶은 말만 중얼중얼 떠드는 모양이 다른 사람과 이야기하는 기분이었다.

"나, 봤어. 창밖에 머리카락을 늘어뜨린 귀신이 날 쳐다보고 있었어. 어떻게 그럴 수가 있지? 열람실이 있는 곳은 2층인데, 정말로 허공에 떠 있었던 걸까?"

날이 밝은 뒤 채율은 오전 내내 양호실에서 누워 잠을 잤다. 아니, 잠을 잤다기보다는 이불을 뒤집어쓰고 바들바들 떨었다는 편이 정확했다. 룸메이트들과 사감 선생님이 번갈아 들러 귀신을 본 애들이 명문대를 진학한다며 시답잖은 위로를 했다.

이야기를 하는 와중에도 몸을 덜덜 떨면서 주변을 힐끔거리고 있었다. 지금까지 하재한테 붙어 있던 유령이 얘한테 옮겨 붙은 게 아닐까 하는 망상을 하며 미도는 일단 수돗물 한 잔을 받아 입안을 헹궜다.

"2층 열람실에서 이쪽을 보고 있는 귀신을 봤다, 이거지? 작년 윤여민 선배 경우랑 똑같네?"

"그래, 그러니까. 재수사를 해야 할 것 같아."

"학사 귀신 사건은 지난달에 이미 종결했잖아. 그걸 왜?"

38

"끝나기는 뭐가 끝나? 여전히 귀신이 출몰하고 있는데. 솔직히 너도 그때 수사 과정이 마음에 안 든다고 툴툴댔잖아. 이제는 내가 사생이야. 제대로 된 정보를 물어올 수 있어."

한 달 전 탐정단이 학사 귀신 사건을 수사할 때만 해도 사생들은 여기저기 들쑤시고 다니는 탐정단을 우습게 취급했고, 안에 들여보내 주지도 않았다. 사생 2명이 치킨을 먹고 귀신의 유래에 대해 이야기를 해 준 걸 기록해 대충 사건을 종료했다. 정작 귀신은 코빼기도 보지 못했다. 맹탕 수사였다.

"우리는 탐정단이지, 퇴마사들이 아니야."

"너희들 하재가 영 능력자였던 거 알고 있었어?"

양치질을 끝낸 성윤이 끼어들었다. 며칠 전 자기소개 시간에 있었던 일과 그 이후로 일어난 일들에 대해 말했다. 하재가 '카발리스트 킴'이라는 닉네임으로 블로그를 개설해 고민 상담을 받고 있으며 주변 사람들의 영적인 상태를 읽어 주고 있다는 이야기였다.

"정말이야. 이번 자기소개 시간에 모두의 앞에서 사실을 밝혔어. 오랫동안 고민한 모양이더라고. 그러고는 우리 반 애들이랑 하나씩 상담해 주더라."

미도와 채율은 잠시 귀신을 잊었다. 동시에 누가 먼저랄 것도 없이 희미한 한숨을 내쉬었다.

'그래서 그 많은 자료를……'

그동안 노트북 앞에 학생들 신상 파일들을 쌓아 놓고 열심히 입력하더니만 영 능력자 행세를 하고 싶었던 모양이었다.

"그래서 말인데 귀신에 대해서 하재한테 상담해 보면 어떨까."

카발리스트 킴이 가진 능력의 실체를 아직도 눈치를 못한 순박한 영혼이 말했다.

미도는 잠시 무언가 생각하는 표정으로 어깨를 으쓱했다.

"난 알고 있었어. 하재한테 영 능력이 있다는 거."

오만상을 찌푸리는 채율을 아랑곳하지 않고 미도가 말을 이었다.

"그렇잖아. 이상하게도 걔가 말하면 다들 귀를 기울이고 믿게 돼. 말도 안 되는 이야기라도 방심하는 사이에 빠져들게 된다고. 그쪽이 훨씬 더 수준 높은 영 능력 아냐? 정신 감응. 만약 나나, 예희가 똑같은 행동을 했어 봐. 사람들 과거를 줄줄이 나열하면서, 이러쿵저러쿵 이야기했다면 누가 곧이곧대로 믿었겠어? 다들 이상하다고 의심부터 했을걸. 오죽하면 항상 붙어 다니는 애도 눈치 채지 못하잖아."

성윤을 가리키던 집게손가락은 곧 허공에서 멈추었다. 그들을 부르는 낯익은 목소리가 1층 열린 복도 창 사이로 울리고 있었다. 세 사람은 뒤를 돌아봤다. 예희는 잔뜩 구겨진 종이다발을 들고 마구 흔들고 있었다. 바로 옆에 현관이 있는 데도 불구하고 창문을 기어올라 수돗가로 달려왔다. 미도를 덥석 껴안더니 통통한 양 볼에 뽀뽀까지 했다.

"이것들이 오늘 단체로 미쳤냐? 생리해?"

미도가 버럭 소리를 질렀다. 그러거나 말거나 예희는 싱글벙글 미소를 지었다.

"고마워. 대장. 나한테 1학년을 맡겨 줘서."

교우 관계 도표를 작성하다가 좋은 정보를 알아낸 모양이었다. 열심히 일하는 멤버를 혼낼 이유는 없었다. 미도는 표정을 풀었다.

"1학년 8반에 말이야. 입학 후에 한 번도 등교하지 않은 학생이 하나 있어. 이상한 건 그 학생에 대해서 담임선생님이 한마디도 하지 않았다는 거야. 문제아인가 보다 생각했었는데 그게 아니었어. 오늘 노진권 선생님한테 부탁해서 들었는데, 오, 맙소사. 걔가……. 우후후후."

예희는 모두에게 모이라는 손짓을 했다. 주변 사람들이 알아서는 안 되는 극비 정보였다.

"걔가, MJ 엔터테인먼트 연습생이래. 그것도 데뷔를 코앞에 둔."

종이다발 속에서 사진 명렬표가 나왔다. 이름은 은빛나. 다른 아이들보다 얼굴이 작고 귀여운 외모의 소녀였다.

"대장, 우리, 애 탐정단에 끌어들이자."

연예인 지망생 예희다운 발상이었다.

"말도 안 돼. 데뷔 앞두고 있다며? 방송 시작하면 정신없을걸?"

"언젠가 학교는 나올 거 아냐. 여러 가지 준비를 하고 있다가 기회가 오면 덮치면 되지. 기억 안 나? 작년에 안 교수도 그런 식으로 끌어들였잖아. 애라고 안 될 게 뭐야?"

"사람 앞에 두고 노골적으로 말하지 마. 치 떨린다."

고개를 절레절레 젓는 안 교수를 보고 미도는 피식 웃었다. 채율이 탐정 단원이 된 건 모두 그녀의 작전이었다. 운명이기도 했다. 작년 여름 케이블 텔레비전에서 재방송 되던 「천재 소년의 평범한 일주일」이라는 4부작 다큐멘터리를 보고 안채준이라는 남자에게 홀딱 반했는데, 우연히도 그의 쌍둥이 여동생이 같은 학교에 다니고 있었으니.

'정말 아까운 일이야. 거의 넘어 왔었는데…….'

미도는 침통한 표정으로 주먹을 움켜쥐었다. 채율을 닦달해 안느님의 연락처를 알아내고 밤마다 통화를 하며 애정을 키워 나갔는데, 갑자기 귀국한 그가 미도의 실물을 보면서 교제는 물거품이 되고 말았다.

"탐정단이면 탐정단답게 귀신이나 수사하자. 그게 학우들을 돕는 일 아니겠어?"

그때 머릿속에 어떤 생각이 떠오른 미도가 손바닥을 들어 채율의 말을 저지했다.

'훌륭한 미끼가 되겠어.'

"잠깐, MJ면 하라온이랑 같은 기획사지? 슈가 걸즈도 있는 그 기획사, 맞지? 거기 연습생이라는 거 아냐?"

"그르치!"

판소리 추임을 넣듯 오른쪽 손가락들을 맞부딪치며 예희가 장단을 맞췄다.

순간 채율은 전의를 상실했다. 안느님은 인기 걸그룹 슈가 걸즈의 열렬한 팬이었다. 아니, 팬은 너무 온화한 표현이었다. 호구, 노예라고 하는 편이 좀 더 사실에 가까웠다. 돈을 버는 족족 슈가 걸즈 용품을 샀다. 교수였다면 연구비까지 탕진했을지 모른다.

대장의 눈빛이 변한 걸 보고 채율이 다급하게 말했다.

"윤미도, 잘 판단해. 울 오빠한테 접근하려면 슈가 걸즈보다야 친동생인 내가 훨씬…….'

"아니던데……. 이미 몇 번 네 핑계 대면서 메일 써 봤거든? 답장

42

도 전혀 안 와. 그런데 슈가 걸즈 한정판 화보집 보내니까, 화상 통화가 딱!"

눈으로 욕설을 할 수 있다면 딱 지금 채율의 눈빛 같을 것이다.

"자, 그럼 작전을 세워 볼까?"

미도는 더 들을 것도 없다는 듯 성윤과 예희에게 팔짱을 끼었다. 미도의 등 뒤로 평소 땡땡이치기 바빴던 불량 회원이 소리쳤다.

"그건 너무 비굴하잖아. 좋아하는 사람한테 딴 여자 사진 안겨 주면서까지 비참해지고 싶어?"

"연예인하고 여자 친구는 다르지. 난 훌륭한 예비 여자 친구이고 남친의 취미 생활은 충분히 존중해 줄 수 있다는 말씀."

미도는 혀를 쏙 내밀었다.

자견관 계단을 오르며 뒤를 돌아보니 여전히 수돗가 옆에 멍청히 서 있는 채율의 모습이 보였다. 미도는 주머니에서 휴대폰을 꺼내들었다. 휴대폰은 오전 조회 시간에 학급별로 걷어 교무실에 가져다 보관하는 게 학칙이지만, 탐정단은 구형 휴대폰을 제출하고 실제로 사용하는 전화는 빼돌렸다. 사무실에 들어오자마자 미도는 책장으로 다가갔다.

"우리가 지난번에 수집했던 자료 어디에 뒀지? 학사 귀신 자료."

"갑자기 그건 왜?"

예희가 영문을 모르겠다는 얼굴로 물었다. 미도는 여전히 책장에 시선을 둔 채로 대답했다.

"은빛나 일은 계획 세울 필요도 없어. 데뷔를 앞두고 있다면 앞으로도 꽤 오래 학교에 안 나올 거 아냐. 연습생이라는 소문 퍼지면 다

43

른 애들도 다 달려들 테고. 채율이 때랑 같은 방법으로 접근해서는 곤란해."

"그럼 어떻게 해?"

"하라온 씨한테 소개를 부탁하는 거지. 그리고 학내 치안의 한 축을 담당하는 민영 기관으로서! 우리 탐정단이 경호를 맡아 주겠다고 하는 거야. 하라온 씨의 일을 해결해 준 만큼 입이 무거운 집단이라는 점을 강조하면 거절은 못할걸. 연예인이라서 자칫 일반 학생들에게 미움 받을 수 있는 위치잖아. 우리 같은 상급생이 든든한 보호자가 되어 주면 고마워하지 않을까?"

"그럼 하재는?"

성윤이 곤란한 얼굴로 물었다. 붉은색 사건 파일을 찾아낸 미도는 음흉한 미소를 지으며 몸을 돌렸다.

"그것도 염려할 바가 아닙니다. 오히려 자알 되었어. 오호호호홍."

5분 뒤. 한문 수행평가를 열심히 쓰고 있던 안채율은 필통 속에 넣어 둔 휴대폰 화면이 살짝 빛나는 것을 보았다. 교과 수업 중에 모바일 기기 사용이 발각되면 벌점을 받게 되고, 선도부에 보름 동안 압수당한다. 그래서 항시 무음 상태.

메시지 발송자는 도른애, 윤미도였다.

탐정단이 재수사하기를 바란다면, 너도 성의를 보여.

탐정단원으로서 의무를 등한하지 말란 말씀.

                          * * *

집으로 돌아온 하재는 쉼 없이 이어지는 메시지 수신음에 정신을
차리지 못했다. 같은 반 아이들은 5분이 멀다 하고 메시지를 보내왔
다. 이번 주말에 영화를 같이 보러 가자거나, 함께 홍대로 놀러 가자
거나, 콘서트를 가자고 물어보는 그룹이 셋이나 되었다.

블로그는 오늘 하루만 100여 명이 넘는 사람들이 방문했다. 반 아
이들이 36명이니까, 아무래도 한 사람이 여러 번 방문한 모양이었
다. 게시해 둔 글에 댓글도 수시로 달렸다.

   - 마법을 이렇게 진지하게 연구하는 사람이 있는 줄 몰랐어. 여기 나
     온 것들 정말 다 효과 있는 거야?
   - 나 판타지 소설 연재하는데 좋은 자료로 쓸 수 있을 것 같아. 카발리
     스트 킴! 땡큐.
   - 마법사님, 오컬티즘이니, 패스워킹이니, 카발리즘이니 모르는 용어
     가 너무 만타. 알기 쉽게 정리해주삼:D
   - 너도 헌드레드해? 나 닉네임이 저승파우더야. 친구 신청했어.

하재는 열심히 댓글에 응답하고, 블로그와 게임에 친구로 신청해
온 사람들을 추가했다.

                           45

난 아직 사람들과 어울리는 게 익숙하지 않아. 긍정적인 반응에 솔직히 얼떨떨하다.

응원을 해주고, 관심을 기울여주는 친구들 정말 고마워.

너희들의 기대에 부응하기 위해 노력할게.

다만 한 가지!

날 영화나 게임 속에서처럼 화려한 술수를 부리는 마법사라고 착각하지 말아주었으면 해. 나는 아주 평범한 사람이야. 나서기보다는 은둔자로 사는 게 편하구. 어쩌다가 안테나가 광대역으로 맞춰졌을 뿐. 그것도 아주 약간이지만.

내 능력은 많은 사람들을 돕기에는 턱 없이 부족해. 실망하지 말아주었으면 좋겠어.

종교적인 이유나 편견으로 디스하는 것도 사양할게. 취존해 줘.

그럼 모두들, 내일 보자.

텍스트를 입력하고 엔터키를 눌렀을 때, 기다렸다는 듯이 초인종이 울렸다.

"하재야. 미도 왔는데?"

"미도요?"

금방 게시된 글에 댓글이 일곱 개나 달리는 기적을 목도하던 하재는 방문을 열고 들어온 엄마의 말에 흠칫 놀랐다. 현관과 가까운 방이라서 손님이 들어오는 발자국 소리가 지척에서 들렸다. 재빨리 컴퓨터를 끈 하재는 공황 상태였다. 손이 떨렸다. 방 안을 하염없이 왔다갔다 하는데 문이 벌컥 열렸다.

"와…… 왔어? 집에는 웬일로."

"아니, 뭐. 사무실에도 안 들리고 바쁜 것 같아서. 어머니가 피곤해 보이시네. 이모님은?"

"항상 그렇지, 뭐."

하재의 이모는 4년 전 눈길에 넘어진 이후 정신을 잃고 식물인간 상태에서 깨어나지 못하고 있었다. 미혼이었던 이모를 간병해 줄 사람이 없어서 엄마와 외할머니가 번갈아가며 병원에 다니고 있었다. 친밀했던 이모가 갑자기 당한 사고는 하재가 사후 세계와 오컬티즘에 관심을 갖게 만든 직접적인 계기이기도 했다.

"친구들을 많이 사귄 모양이지?"

대장은 침대 매트에 앉아 다리를 꼰 채로 건들거렸다. 하재는 그대로 고개를 숙였다. 귀신을 속여도 윤미도를 속일 수는 없었다.

"미안해. 대장. 난, 정말 단 한 번만이라도……."

"잘했어."

"응?"

"그래서 말인데, 이번 사건에 네 도움이 필요해."

"사건?"

"이거 기억나지?"

미도가 가방에서 꺼낸 건 이번 2월 사무실 앞에 비치된 사건 의뢰함에 들어 있던 투고문이었다.

생활실에서 책을 읽으면 불빛 때문에 다른 애들이 깨. 그래서 열람실로 갔지. 새로 나온 스티븐 킹 신간이었는데, 시간 가는 줄 모르고 한참을 읽었어.

이상한 기분이 들더라. 유리창에서 그림자가 아른대는 듯한 느낌. 무심코 옆을 봤더니 귀신이 날 노려보고 있었어. 긴 머리카락으로 얼굴을 완전히 가린 채로.

2학년 열람실에 귀신이 나온다는 아이들 말이 사실이었던 거야.

의뢰함에는 이름이 나와 있지 않았지만, 필적을 조사해 보니 올해 3학년이 된 윤여민으로 밝혀졌다.

"학사 귀신? 그건 졸업한 선배가 사령(使靈) 의식으로 소환한 귀신으로 결론 났었잖아."

하재가 말했다.

귀신 사건의 시작은 작년 5월 이제는 졸업한 서진희 선배가 다락방에서 저질렀던 사령 소환 의식이었다. 치킨을 먹은 사생들뿐만 아니라, 서진희 선배 본인이 그렇게 고백했다.

"불안해서 그랬어. 다들 좋은 점수를 받았는데, 계속 등급이 떨어지니까. 사령들 중에는 공부를 잘하게끔 도와주는 사령도 있다고 해서."

졸업식 당일 탐정단 아이들과 만난 서진희는 당시의 일을 그렇게 회고했다.

사실 사령술이란 일본 사람이 모 사이트에서 장난으로 만들어 낸 가짜 주술이었다. 그것이 우리나라에 잘못 전파되어 애완용 귀신을 기른다는 식으로 무분별하게 유행하더니 나중에는 사령 카페 살인 사건까지 벌어졌다.

과학 감식과 오컬트 현상 등 미스터리 전반에 상당한 지식을 쌓아 왔던 하재가 차분히 근거를 제시했지만 서진희는 듣지 않았다.

"가짜가 아니야! 미선이는 정말로 있어. 내 마음을 위로해 주고 나와 함께 수험 생활을 함께해 주었다구. 내가 대학에 붙을 수 있었던 것도 모두 미선이 덕분이야!

이렇게 손을 내밀면, 미선이가 다가와. 느낄 수 있어. 손이 저릿저릿하니까. 고등학교 3년 동안 기숙사에 틀어박혀서 공부만 했던 나야. 반 애들 이름도 못 외우고, 주말에는 과외 받느라 엄마아빠, 동생 얼굴도 못 보고 살았어. 죽고 싶었던 날 이끌어 준 게 미선이야. 밤이면 내 귓전에 노래를 불러 주고……. 대수능을 치르던 날에도 날 안아 주면서 용기를 줬어.

내 친구를 모욕하면 가만두지 않겠어."

서진희의 눈에서 광기가 번쩍였다.

하재가 알기로는 영적인 분야의 일에 초심자가 함부로 나서는 건 아주 위험한 일이었다. 또 영계를 탐구하는 사람이 구도자인 양 행세하는 일도 곤란했다. 호기심으로 뭉친 초보자가 함부로 의식을 모방하다가는 본인의 영적 안정성을 깨트릴 가능성이 높았다. 균형이 깨지면 사악한 영들이 달라붙었다. 사령 소환술을 시행한 서진희 선배처럼.

"채율이가 이번에 봤다는 거야. 귀신을."

"정말?"

"응. 투고 내용 그대로였어. 2층 열람실 창문에서 자길 노려보고 있더래. 멘붕 온 표정이 얼마나 웃겼다구. 아, 귀신이 단발머리였다는 점이 다르다."

하재는 아쉬움에 한숨을 내쉬었다. 운을 타고난 사람은 따로 있는 모양이었다. 누군 만나고 싶어도 귀신이 나타나 주지 않는데. 하재는 귀신을 만나면 이모에 대해서 물어볼 요량이었다.

미도가 말했다.

"우리가 사령을 성불시킬 그런 방법은 없을까."

"학사에 있는 건 사령이 아니라니까."

"사령이 아니면 뭔데? 말해 봐, 전문가 씨."

대장은 조그마한 손을 흔들흔들 허공에 휘저으며 말을 이었다.

"내가 마법이니 카발리즘이니 하는 것들은 잘 모르지만, 아까 네 블로그를 한번 쭉 봤거든. 티쿤(Tikune) 법칙이라는 게 있다며? 좋은 일을 하면 좋은 결과를 얻고 악을 행하면…… 뭐래더라? 여하간. 넌 지금 개인적 욕심 때문에 학교 아이들을 속이고 있어. 인과율에 의하면 곧 해가 닥치겠지."

"나도 알아. 알고 있어."

"하지만 친구를 돕고, 학교의 평화를 지키기 위한 역할로 너의 '카발리스트 킴' 지위를 이용한다면 어떨까? 선과 악이 적당히 상쇄되지 않겠냐?"

"하지만 위험이 너무 높아. 자연령도 아니고, 인공 영체라구. 잘못된 의식으로 비정상적으로 소환된 에그레고로스(egregoros). 그걸 우

50

리가 어떻게 해치워?"

"에그레…… 뭐?"

"처음에는 폴터가이스트라고 생각했어."

하재는 학사 귀신에 대해 생각해 왔던 걸 대장 앞에 털어놓았다.

폴터가이스트, 일명 RSPK(Recurrent Spontaneous Psycho-kinesis, 자발성 염력 현상). 귀신들린 집처럼 자꾸 이상한 소리가 난다거나 물건이 움직인다든지 하는 현상을 말하는 용어. 심령학자들의 연구 결과에 의하면 폴터가이스트가 일어난 집에는 어린아이나 청소년기를 맞은 여학생이 있는 경우가 많다. 이는 10대 여학생들이 모여 있는 학사의 환경과 일치한다. 그러나 폴터가이스트는 직접 모습을 드러내며 해코지 하지 않는다. 사령술이라는 비정상적 소환 의식 이후에 출몰했다는 점도 그렇고.

갑작스런 전문 용어 나열에 대장은 당황하는 눈치였다.

"에그레고로스는 마법사가 창조적으로 만들어 낸 영적인 존재를 말해. 죽은 자의 영혼이 아니고, 천사나 정령들처럼 원래부터 존재하는 영적 존재들도 아니지. 유대 랍비가 만들었던 진흙인형 골렘이 대표적인 예인데……. 골렘이 뭐냐면."

예희와 성윤이 도착할 때까지 실재하는 학설을 소개하는 듯한 설명이 계속되었다.

세 사람은 침대 위에 나란히 앉은 채로 탐정단 과학 감식반이자, 본인은 극구 아마추어라고 우기는 어린 마법사 친구의 설명을 들었다. 카발라의 유래. 신비주의적 세계관. 마법 의식을 구성하는 요소. 신비로운 세피라와 마력의 발동 과정 등등. 계속해서 터져 나오는 형이상학적 이야기에 세 사람의 영혼은 아스트랄계를 헤매었다. 마법사는 반 시간이 지나서야 친구들을 물질계로 되돌렸다.

"3년 동안 기숙사 생활을 했지만 서진희 선배는 사실상 외톨이였잖아. 사람들과 어울릴 수 없는 성격으로 고독해진 영혼이 무의식 중에 마력을 발휘하게 했어. 사령술이라는 의식 자체는 가짜였지만, 진희 선배의 의지와 갈망이 워낙 강력해서 원념을 만들어 냈고, 결과적으로 비정상적인 에그레고로스가 만들어진 거야.

귀신이 출몰하는 장소가 열람실인 것도, 채율이가 공부를 하다가 귀신을 목격한 것도 그래. 아무래도 이 에그레고로스는 다른 사람들의 공부를 방해하는 걸 즐기고 있는 것 같아. 다른 사람들이 공부를 하지 못하게 만들면 창조자였던 서진희 선배가 기뻐했을 테니까. 똑같은 행동을 술자가 졸업한 이후에도 반복하고 있는 거야. 존재 목적에 부합하는 행동을 하면 힘을 얻고, 즐거움을 얻게 되거든. 하지만……."

성윤이 반론을 제기했다.

"근데 공부를 방해하는 정도라면 괜찮지 않아? 어차피 학사 아이들은 몇 점 떨어진다고 해도 대학 가는 데 아무런 지장이 없는 애들이잖아."

"아까 말했잖아. 비정상적인 에그레고로스라는 게 문제라고. 인간 영혼이든, 정령이든, 천사는 확고한 영위와 소속을 가지고 있어. 하지만 에그레고로스는 영혼계의 홈리스야. 원래 술자들은 에그레고로스를 만들어 낼 때 반드시 소멸 시기와 조건을 만들어. 위험을 미연에 방지하기 위해서인데……."

"무슨 위험?"

예희가 마른침을 삼켰다.

미도는 다시 한 번 하재가 초능력자라고 확신했다.

지금도 하재가 늘어놓는 허황된 이야기에 세 사람은 속박되어 있었다. 하재의 어머니는 딸이 학교를 졸업하고 무엇을 할지 염려된다고 말씀하시지만, 미도가 보기에 그건 괜한 걱정이었다. 하재는 방문 판매나 보험 설계 같은 업종이면 돈방석에 앉을 타입이었다. 지금은 자기 능력을 잘 몰라 다행이지만 하재가 진짜라고 말하면, 진짜 같았다.

"시간이 흐를수록 에그레고로스의 자아가 각성하면서 강력해지고, 살아남고 싶다는 욕망만으로 움직이게 돼. 소멸되지 않기 위해 폭주하는 거야. 사람이 자기 목숨을 아끼는 것보다 더 심하게."

"그럼 어떻게 해? 굿이라도 해?"

"무당들은 감당할 수 없어. 영위가 불안한 존재를 만나 본 적도 없을걸."

"학사 애들은 계속 귀신이랑 살아야 하는 거야? 안 교수 퇴사하라고 할까?"

생각해 놓은 방법이 없는 것은 아니었다. 하재는 잠시 말을 멈추었다 설명을 이었다.

정상적이라면 인공 영체를 소환할 때, 술자들은 영체가 쉴 수 있는 물질적인 장소를 지정해 둔다. 골룸의 영체가 진흙으로 만든 인형 속에 머무르는 것과 같은 이치다. 서진희 선배는 사령 소환을 다락방에서 이루었다고 했으니 갓 태어난 에그레고로스는 다락방 물건 중 하나를 임시 안식처로 삼았을 확률이 높다. 낮에 다락방에 들어가 영이 쉬고 있는 그릇을 찾고, 절차를 지켜서 파괴한다면 소멸하지 않을까. 그러나 이것도 막연한 가설일 뿐이다. 잘못된다면 말 그대로 급살을 맞을 수도 있다.

"문제는 그 미션이라는 에그레고로스가 어떤 타입인지 모른다는 거야. 하찮은 아스트랄 쓰레기가 응집된 거라면 좋겠는데……. 워낙 정보가 없어서."

"바로 그거야. 내가 너를 찾아온 이유. 너희들을 소집한 이유라고. 나한테 기가 막힌 작전이 있거든. 하재한테도 좋고, 사건을 해결할 단서도 광범위하게 모을 수 있을 만한 방법."

꿈에서 깨어난 사람처럼 미도가 손뼉을 쳤다. 그리고 호주에서 있었던 호세 알바레스 사건을 예로 들었다.

"제임스 랜디라는 이름의 초능력 사냥꾼이 있어. 과학적이고 논리적 추론으로 가짜 영매와 초능력자들에게 망신을 주는 사람이야. 그 사람이 1988년 오스트레일리아의 방송국 피디랑 손잡고 대규모 심리실험을 했어. 배우도 아니고, 완전 민간인인 호세 알바레스라는 청년을 지도해서 영 능력자로 연기하게 한 거야. 가짜 이력도 만들고, 깜짝 쇼도 하고, 방송에도 나가게 했지. 무슨 일이 벌어졌는지 알아? 단 일주일 만에 오스트레일리아 전 국민이 그를 숭배했어. 우리도 이걸 이용하자. 카발리스트 킴을 제2의 호세 알바레스로 신격화하는 거야."

그날 하재의 어머님이 간식으로 내오신 딸기 한 근을 모두 먹어치울 때만 해도 탐정단은 상상조차 하지 못했다. 그들이 계획한 '카발리스트 킴 작전'이 학교에 어떤 파란을 일으킬지.

* * *

성의를 보여.

'나도 그러고 싶지.'

다들 하재네 집에 모여 카발리스트 킴 작전을 세우고 있던 그 시각. 채율은 집합 문자가 찍힌 휴대폰을 들고 기숙사 계단에서 발만 동동 구르고 있었다.

'하지만 도저히 나갈 방법이 없다고.'

현관과 후문에는 해상도 좋은 CCTV가 설치되어 있고, 1층의 모든 방 창문에는 단단한 쇠창살이 달려 있다. 후문 관리자실에는 교직 은퇴 후, 사업에 실패해 집도 절도 없는 유치환 사감이 계약직으로 들어앉아 24시간 학생들을 감시했다. 무단 외출을 했다가는 벌점이 3점. 벌점 4점을 받으면 퇴사. 외출 허가를 받으려면 부모님이 사전에 전화를 걸어 용무를 이야기해야 하고, 사생은 학부모와 담임 교사의 도장이 찍힌 신청서를 종례 전에 제출해야 한다. 얼마 전 신입생 한 명이 겁도 없이 사감 선생님에게 위조된 신청서를 제출했다가 그 자리에서 퇴소 당한 일이 있었다. 오랜 기간 학생부 부장으로 일한 사람이라 학생들 수법은 모두 꿰고 있었다.

'차라리 정면 승부를 해 보자!'

똑똑똑. 고민 끝에 1층 휴게실에 있는 자동 판매기에서 홍차 음료를 뽑아 들고 관리자실 문을 열었다. 사감은 여느 때처럼 침상에 비스듬히 누워 중국 무협 드라마를 보고 있었다. 텔레비전 좌우에는 CCTV 모니터가 한 대씩 놓여 나태하면서도 효율적인 감시 시스템을 유지하고 있었다.

"선생님, 저 오늘 하루만 집에 갔다 오면 안 될까요?"

제자의 말에 치환은 TV 음향을 줄였다. 하지만 여전히 눈은 텔레비전에 향한 채 심드렁히 말했다.

"채율아, 솔직히 네 일은 아무것도 아니야. 작년에는 무슨 일이 있었는지 아니?"

한 달 전 탐정단 수사에서는 수집하지 못했던 정보여서 채율은 귀를 쫑긋 세웠다. 올해 2월 졸업한 강우림과 한설 선배에 관한 이야기였다. 다들 깊게 잠들어 있던 시간, 기숙사에 울려 퍼지던 비명소리. 각기 다른 생활실에서 겁에 질려 있던 두 명의 학생.

"처음에는 도둑이 들었는 줄 알았어. 근데 둘 다 무서운 꿈을 꿨다는 거야. 꿈속에서 눈이 없는 여자애가 보였다고 하구. 침대에 누워 있는 두 사람 목을 졸랐다고 하구. 애들이 거짓말을 할 리도 없고, 종이를 한 장씩 주고 따로 그림을 그리라고 했거든."

치환은 서랍을 뒤져 그때 받은 그림을 보여 주었다. 교복 하복을 입은 여학생의 얼굴에는 눈구멍이 검게 뚫려 있고, 흐트러진 단발머리에는 검은색 머리핀을 찌르고 있었다. 머리핀은 하얀색 진주알과 가짜 장미꽃으로 장식되어 있는 점까지 똑같았다. 옷과 몸통 부분은 간략하게 교복이라고 묘사하고 얼굴도 대충 그려 놓았지만, 두 사람 다 눈 부분만큼은 펜으로 꾹꾹 짓눌러 귀신을 봤을 때의 충격을 묘사하고 있었다.

"그 선배들은 어떻게 되었어요? 기숙사 생활 잘했어요?"

"일주일을 내리 쉬었어. 기말고사 직전이었는데 말이야. 뭐, 그 뒤로 진희를 두고 사령술 어쩌고 하면서 소문이 나기 시작했지. 그림에 그려진 머리핀 모양이 진희가 하고 다니는 거랑 똑같았으니까. 사실 우림이랑 설이가 진희보다 석차가 더 좋았거든."

채율은 그림을 한참 동안 내려다보았다. 공포에 질린 두 사람의 마음은 떨리는 필체로 백지를 메우고 있었다.

하지만 그날 열람실에서 채율이 직접 본 귀신과는 차이가 있었다. 그때 본 귀신은 눈을 치켜뜨기는 했지만 눈동자가 분명히 보였고, 머리핀도 달고 있지 않았다.

"그럼 저도 집에서 쉬어도 될까요? 선배들은 일주일이나 쉬었다면서요?"

"얘는. 내 말을 허투루 들으면 어떡하니? 일주일이나 쉬는 바람에 두 사람 성적이 떨어졌다는 게 요지야. 점수 떨어지기 싫으면 당장 올라가서 공부해. 귀신보다 무서운 게 내신이야, 내신."

그날 밤 채율은 눈 없는 단발머리 귀신에게 시달려 밤새도록 가위에 눌렸다. 그 바람에 탐정단 아침 회의 시간에도 참여하지 못했다. 다음 날도, 그 다음 날도 마찬가지였다.

이제 미도에게 성의를 보일 방법은 하나밖에 남지 않았다.

'인간관계도라……. 수행평가에 힘을 쏟아도 모자랄 시간에 이런 걸 작성해야 한다니.'

대장이 채율에게 배정한 학년은 3학년이었다.

처음으로 올라가 본 고3 교실은 분위기와 기합 면에서 타 학년과 확연히 달랐다. 복도 가득 필사적인 기운이 맴돌고 있었다. 작년 노량진으로 원정 수사를 갔을 때와 비슷한 분위기였다. 하나같이 푸석푸석한 피부에, 눈에는 결연한 각오와 히스테리가 동시에 빛나고 있었다.

처음에는 부담스러웠지만 막상 시작해 보니 어렵지는 않았다. 미도가 보내 준 사진 명렬표를 죽 늘어놓고 같이 다니는 사람들을 선으로 죽죽 이은 뒤에 정리하면 끝.

교실 안에서 일어나는 인간관계를 객관적인 입장에서 바라보니 일정한 흐름이 있었고, 그 흐름은 학급이 바뀔 때마다 분명해졌다. 미도가 중요한 일이라고 강조할 만했다.

'서열은 어디에나 있구나.'

선배들의 인간관계를 정리해 보니, 단순히 누군가와 친한 형태로만 끝나지 않았다. 단짝을 중심으로 그들과 친하거나 친하지 않은 또 다른 단짝들, 두 사람에게 우호적인 무리와 무관심한 무리, 적대적인 무리들이 보였다. 형성된 집단들은 군림하는 상위 그룹, 무시를 받는 하위 그룹, 두 그룹 사이에 끼어 있는 중진 그룹으로 나뉘었다.

어느 교실이든 상위 그룹 사람들은 비슷한 특성을 보였다. 모범생, 날라리, 인기인. 계열은 달라도 주변 학생들에게 선망의 대상으로 인식되고 있었다. 세련되고 멋지고, 유쾌하고 재미있어 보였다. 상위그룹이라도 구성원들이 모두 같은 가치를 갖지는 않았다. 변변찮아 보이는 학생이, 어떤 핵심적인 학생과 친해져서 상위그룹에 속한 경우도 많았다.

채율은 사진 명렬표에 형광펜으로 여러 번 원을 그리며 핵심학생들을 표시했다. 사실 이런 교실 속 위계는 낯설지 않았다. 초등학교 때도, 중학교 때도 어렴풋이 체험해 왔다. 공부를 잘하고 성격이 강했던 채율은 하위 계급으로 떨어졌던 적이 없었다.

자진해서 고립되었던 작년을 빼면 늘 상위그룹이었다. 가끔 사교적이지 못한 성격 때문에 원망을 사서 중하위 그룹으로 떨어질 뻔한 위기가 있었지만 함께하는 모범생 친구들이 핵심 인물이거나, 핵심 인물과 친한 계층들이었다.

나흘 동안 채율은 다섯 학급의 핵심 인물들을 관찰했다. 순전히 호기심 때문이었다. 핵심 학생들이 가지는 특성을 파악하고, 비결을 알아내어 유능한 처신을 하고 싶은 마음도 있었다.

먼저 3학년 3반의 안효정.

토실토실한 체구에 봄방학 때 수술한 쌍꺼풀 라인이 인상적인 유쾌하고 인기가 많은 타입이었다. 눈이 부어 새로운 친구들을 사귀는 게 창피스러울 텐데도 전혀 스스럼없이 아이들에게 다가섰다. 오히려 자기의 단점을 적극적으로 활용했다. 옆 친구랑 이야기하다가 일진 친구와 부딪혔을 때도, "미야네. 내가 눈이 요래서 뵈는 게 없어." 하고 혀 짧은 소리를 해서 웃음을 유발했다. 아직 친해지지 않아 서먹서먹한 신학기 교실에서 단연 눈에 띄는 존재였다.

"대학 붙고 나면 코할라구. 교과서 위주로 공부하고 1년 동안 문제집 값 아끼면 꽤 돈 모을 수 있을 것 같아."

그녀는 무덤덤한 친구에게 다가가는 기술도 수준급이었다.

"너 눈 정말 예쁘다. 연예인 걔 닮은 거 같아. 슈가 걸즈 래인 있잖

아. 드라마 「검은 천사」에 나왔을 때랑 느낌이 비슷해. 래인 완전 존
예였는데…….”

그러나 그녀의 가장 큰 장점은 주변 사람들과 두루두루 친밀함
을 유지하면서 마치 버라이어티 쇼 진행자처럼 다른 사람들의 행동
에 영향을 미친다는 점이었다. 발언권을 주기도 하고, 그 말에 품평
하고, 웃기는 부분을 민감하게 잡아채 집단 내 캐릭터를 부여했다.
저런 경지의 처세술은 얼마만큼 연습해야 갖게 되는 걸까. 한마디로
예능 MC형 같은 타입이었다.

3학년 6반 심세미.

곱슬머리에 커트를 해서 양배추처럼 부스스한 헤어스타일. 은테
안경 밑으로 작고 쭉 찢어진 눈을 가진 세미와는 학사에서도 여러
번 마주친 적이 있었다. 3학년 사생들 가운데서도 가장 중심적인 위
치에서 밥을 먹는 성골(304호실)이었다. 초등학교부터 고등학교까지
한 번도 반장을 놓친 적이 없다고 했다.

“그래서 말야. 올해는 절대로 학급임원을 맡지 않게 해 달라고 엄
마가 담임한테 돈 쥐어 주고 갔어. 정말 살 것 같다니까.”

그런 이야기를 아무렇지 않게 아침밥 먹으면서 떠들던 사람이었
다. 어머니는 선암학사 기숙사생 학부모 회장이었다.

시종 웃는 얼굴인 엔터테이너 안효정과는 다르게 세미는 표정의
극값이 컸다. 기분이 좋을 땐 싱글거리며 주변 사람들과 융화되는가
싶다가도, 기분이 상하면 순식간에 싸늘해졌다. 몸 주변으로 냉랭한
불길이 뿜어져 나오는 느낌이었다. 학기 초라서 교실에서는 그런 모
습을 잘 보이지 않았지만 학사에서는 히스테리를 자주 부렸다. 주변

사람들은 이유도 모른 채 그녀 앞에서 휘둘려졌다.

'모범생도 종류가 있구나.'

모범생은 순수한 타입과 이중적 타입, 두 종류로 나뉘는데 그녀는 후자였다. 싹싹하다가도 비꼬고, 비위를 맞추고, 위선을 떨고, 쥐락 펴락하는 이중생 각하. 아이들에게 친절하다가도 자신의 이익에 반하면 다른 친구들을 이용해 모함했다. 권력의 룰을 잘 알아서 수시로 주변인들을 압도하는, 섬뜩할 만큼 어른 흉내를 잘 내는 정치가형 인물들.

3학년 4반 김 을.

셋 중에 가장 원초적인 타입이었다. 지나치게 검고 살짝 푸른빛이 도는 염색 모발에 학기 초부터 속눈썹을 붙이고 다니는 간 큰 '노는 언니'였다. 거슬리는 사람에게는 막말과 욕설을 서슴지 않았다. 폭력을 행사하지는 않았지만, 그러고도 남을 것 같은 분위기를 풍기며 공포심으로 세력을 형성했다. 비슷한 계열의 인종 두셋을 동반하고 다녔다. 신망이 넓지 못하기 때문에 중류층을 포섭하지는 못하고 위협적이며 한정적인 집단을 구성하고 있었다. 전교 일진들과 네트워크를 구성하고 있어서 1:1로는 별 것 아닌 존재였지만 학생들은 그들을 함부로 대하지 못했다. 마피아형이라고 부를 수도 있겠지만 본질은 정치가형들과 다르지 않았다. 그래서인지 두 타입은 반목하기보다 협력해서 힘을 공고히 해 나갔다.

3학년 9반 연세진.

지금까지의 타입들 중에서 채율의 호기심을 가장 자극하는 타입이었다. 연세진 선배는 본인이 무엇을 한다기보다는 주변에서 끊임

없이 그녀를 필요로 했다. 9반을 다섯 번 정도 기웃기웃 거렸지만, 단 한 번도 세진이 혼자 있는 걸 본 적이 없었다. 그녀의 앞자리는 핸드볼 운동부 학생의 자리로 사실상 빈자리였다. 그러나 비어 있었던 적은 한 번도 없었다. 쉬는 시간마다 각기 다른 학생들이 앉아 세진과 이야기를 나누었다. 세진이 말하는 경우는 드물었다. 주로 방문객들이 손짓 발짓을 해 가며 열성적으로 이야기했다. 멀리서 보면 방문객들은 제품을 파는 판촉 회사의 직원들 같았고, 세진은 계약서에 도장을 찍기 직전의 팔랑귀 고객 같았다.

앞자리 학생과 이야기를 하려고 잠깐 앉았던 아이도 세진과 한두 마디 나누고는 거미줄에 걸린 듯 붙들려 자기 신상을 줄줄이 불고 있었다. 세진은 어떤 사람이 무슨 말을 하든 귀를 기울여 다 들어주었다. 선입견이나, 편견이 드러나지 않는 순수한 눈동자로 고개를 끄덕이며 "그래?", "저런…….", "이야."를 반복했다. 그런 상황이 몇 번 반복되고 나니, 고3이라는 스트레스 상황에 있는 학생들은 세진의 자리를 앞 다투어 찾았다. 어느 날은 울먹이고, 어느 날은 신이 나서 이야기하고, 어느 날은 심각하게 진로를 고민하는 듯했다.

자연히 교실 안에서 가장 여러 사람과 관련을 맺는 막강한 커뮤니케이터로 성장했다. 교실 내 정치가들도 수시로 찾고, 심지어 마피아형들도 그녀의 말이라면 온순해졌다. 중류층들의 절대적인 지지 속에서 본인이 의도하지는 않았어도 중심 세력이 되었다. 종교지도자급 카리스마를 발휘하는 상담가형이었다.

3학년 1반 서현운.

175cm의 훤칠한 키에 하얀 피부, 커트 머리, 미소년 같은 중성적

인 매력을 가진 서현운은 수많은 팬들을 가지고 있는 교내 아이돌이었다. 조용한 성격에 세상사에 초월한 아웃사이더지만 복도에서 한 번 마주치기만 해도 잊지 못할 만큼 매력적인 외모의 소유자였다.

소문으로는 몇 번 현운의 이야기를 들었지만 실제로 본 건 처음이었다. 3학년 1반 교실을 정탐하다 보면 자연스럽게 눈길이 현운이 앉은 자리에 고정되었다. 문득 탐정단 내의 누군가가 떠올랐다. 그러나 그냥 남자, 내지는 초등학교를 다니는 장난 심한 남동생 같은 성윤과 달리 현운은 보는 이를 꿈꾸게 하는 '무언가'를 가지고 있었다. 덕분에 막강한 팬들을 가지고 있었고, 단지 아름답다는 이유로 모두가 그녀에게 친절했다. 이런 스타형은 자연스럽게 상위 계층으로 분류되었다.

핵심인물들을 중심으로 구성된 상위 세력들은 교실 내에서 영향력이 컸다. 각기 사람을 읽는 판단력이나, 세련된 외모, 포용력 등에서 또래 아이들보다 훨씬 뛰어난 성숙도를 보이고 있었다. 아랫계급 학생들은 자기보다 빨리 어른이 된 상류계층을 본능적으로 감지하고 그들을 동경하고 두려워했다.

정말 싫은 건, 상위 계층이 하위 계층을 본보기로 괄시하고 모욕을 주면서 자신들의 권력을 공고히 한다는 것이었다. 하위 계층 아이들은 상위 계층들과 달리 크게 웃을 수조차 없었다. 아직 학기 초라 그 경향이 두드러지지는 않았지만, 따돌림 받을 왕따 후보생들이 추려졌다. 중류 계층들은 어지간해서는 반항하지도 움직이지도 않았다.

'무섭네.'

채율은 긴 머리를 손가락으로 쓸어 넘겼다. 미도가 정리해 놓은 명렬표 밑에는 학생들의 작년 학급 내 계급이 표시되어 있었다. 올해 계급과 90% 정도 유사했다. 혹 계급이 이동한다고 해도 상류가 중류로, 중류가 하류로 추락하는 경우였고, 상승은 거의 없었다. 하류층은 어김없이 올해에도 하류층이었다. 심지어 하류층이라고 해도 조선시대 천민 계급처럼 약간의 스펙트럼이 존재했다. 하류층에서도 따돌림과 무시의 표적이 되는 최하류층이 있었다. 미도는 그런 학생들 밑에 붉은 동그라미를 치고 '교실 백정'이라고 써 두었다.

'교실 백정이라니.'

한번 낙인 찍히면 벗어날 수가 없는 게 학교라는 사회였다. 겉으로는 평등해 보이지만 사실 다들 어른들처럼 친구들을 줄 세우고 있었다. 기준이 석차가 아닐 뿐. 인류가 진보해도 인간은 변하지 않는 걸까. 계급성은 인류의 본성일까. 학사에서도 진골이니, 성골이니, 신분제에 시달리고 있는 상태라 비감이 남달랐다.

"안채율, 너 여기서 뭐하니?"

심원한 고뇌에 잠겨 있던 그녀를 부른 건 3학년 학생이었다.

"아, 안녕하세요?"

앞머리와 귀밑머리를 내린 상태에서 하나로 머리를 틀어 올린 이연주 선배였다. 흰 피부에 잘 어울리는 붉은 테 안경을 쓰고 있었다. 고3 특유의 피곤한 기색이나 방전된 기운이 없이 혼자서만 봄꽃처럼 상쾌한 3학년 전교 1등으로 기숙사에서도 가장 좋은 방인 2학년 열람실 옆 301호실에 머무르는 사생이었다. 301호실은 석재 발코니가 있어 운동장과 도시 전체를 내려다볼 수 있는 기숙사의 펜트하우스였다. 3학년 생활실 중 유일하게 2층에 위치했다.

"너 귀신 봤다며? 입소 의례라고 생각해. 다들 한 번씩 보고 지나 가거든. 귀신한테 신입들 놀리는 취미가 있나 봐. 여긴 어쩐 일이야, 누구 만나러 왔어?"

연주의 시선이 채율이 가지고 있던 클립보드로 향했다. 채율은 반 사적으로 보드를 가렸다. 연주의 눈이 호기심으로 커졌다.

"왜? 무슨 수사 중이야? 혹시 귀신 사건?"

"어떻게 아셨어요?"

"네가 귀신을 봤으니까……. 세유한테 탐정단 얘기는 많이 들었 어. 너희들한테 큰 도움을 받았다고 하던데? 실력이 보통이 아니라 며 칭찬 많이 하더라."

작년 박세유 선배 사건 때의 일이 떠올랐다. 채율은 미도의 명령 으로 세유를 집중 관찰했다. 연주는 세유의 단짝이었다. 탐정단에 호의를 보이는 사생이라 다행이었다.

"선배님도 귀신 본 적이 있으세요?"

연주는 잠시 생각에 잠긴 표정을 지었다.

"봤다기보다는, 겪은 적이 있다고 해야겠지. 귀신의 노랫소리를 들었으니까."

"귀신이 노래를 불렀어요?"

"응. 분명 난 자고 있었거든. 근데 이상하게도 자고 있는 내 모습 을 위에서 바라보고 있었어. 전신이 보이는 게 아니라, 어둠 속에서 내 얼굴 정도만 보이는 정도. 그런 표정 짓지 마. 나도 유체이탈이니 이런 건 질색하는 사람이란 말이야. 그런데 누군가 내 옆에 앉아 있었어. 졸업한 선배들처럼 머리핀이니 교복이니 하는 건 못 봤고 기운만 흐릿하게 느껴졌어. 내 귀에다 대고 무슨 말을 계속 중얼거리더라. 아무리 들으려고 해도 뜻을 이해할 수가 없었어. 정신분열증 걸린 환자들이 말하는 식? 단어는 계속 나열되는데, 논리가 서지 않는 느낌? 특유의 음조도 있었어. 말이라기보다는 노래 같았지."

"어떤 곡조였어요?"

연주는 미간을 찌푸렸다.

"흉내내기 힘들어. 불경(佛經)과 프리스타일 랩의 중간지대랄까. 중얼중얼 주문 외우는 느낌이었지. 처음 며칠은 무서웠는데 귀신 겪으면 명문대 간다는 징크스도 있구 해서 참았다. 너도 버텨 봐. 귀신이 한번 건드린 애는 안 건드린대."

저승의 노래는 어떤 노래일까 머릿속에 그려보고 있는 사이 선배는 의미심장한 미소를 지었다.

"잘하고 있지? 야, 우리들끼리 얼마나 기대하고 있는데. 네가 나나를 이길 것인가 아니면 나나가 널 꺾을 것인가 하면서 말이야. 다들 빅 이벤트로 이번 기말고사를 지켜보고 있다구. 나도 너한테 걸었어."

내기까지 생긴 모양이었다. 짜증이 났지만, 3학년이 되어서 즐거울 일 없는 선배들을 생각하니 측은하기도 했다.

교실로 들어가기 직전 연주는 한 가지 충고를 했다.

"3학년보다 더 중요한 게 2학년 때야. 3학년 때는 다 열심히 해서 제자리 지키기 바빠. 이제 그런 잉여짓은 그만해."

아마도 탐정단 활동을 우회적으로 지칭하는 말인 듯했다.

"그쵸. 솔직히 2학년 정도면 이제 놀 때는 지났죠. 내신에도 안 들어가는 일에 시간 낭비할 필요가 뭐 있겠어요."

"그래. 널 진골감이라고 생각하는 애들 아무도 없어. 솔직히 다들 네가 맘먹고 공부하면 나나 정도는 얼마든지 이길 수 있을 거라고 생각해. 무려 안채준 동생이잖아. 강주희보다야 훨씬 낫지. 일단 이번 시험만 잘 쳐. 2학년 성골들 중에 한 명이 조기 졸업할 거라서 한 자리가 비거든."

연주가 들어가고 난 뒤 복도를 지나던 3학년 선배들이 웅성대며 바깥 창 쪽으로 모여들었다. 창에서는 자견관과 본교 사이에 있는 광장이 내려다보였다.

'쟤네들이 저기서 뭐하는 거야?'

창밖으로 소녀 셋이 광장 쪽으로 걸어오는 게 보였다. 중세 수도승들처럼 후드가 달린 검은색 망토를 걸친 그녀들은 사람들의 시선을 단번에 사로잡았다. 걸음도 보폭을 맞추며 미끄러지듯 걸어서 기묘한 느낌을 주었다. 점심을 일찍 먹은 1학년생들이 느티나무 주위에 설치된 원형 벤치에 앉아 있다가 깜짝 놀라 자리를 비켜 주었다.

제일 오른쪽에 있던 소녀가 어깨에 둘러메고 있던 입간판을 내려놓았다. 학교에서 캠페인 기간을 알리거나 표어를 설치할 때 사용하는 간판이었다.

갈현동 최고의 영감 소녀, 카발리스트 킴!
마음을 읽어 드립니다.
단돈 3000원!

성윤과 하재, 예희였다. 예희는 나긋나긋한 몸짓으로 주변에 서 있는 사람들에게 종이 전단지를 나누어 주며 호객했다. 성윤은 하재의 오른쪽에 서서 보필하며 소매 속으로 두 손을 경건하게 감추어 모았다.

군중들 중 하나가 호기심에 다가가자 성윤은 로브 안쪽에서 원목 모래시계를 꺼냈다.

시계는 손님이 바뀔 때마다 뒤집어졌다.

설마 하는 얼굴로 자리에 앉았던 고객들은 카발리스트 킴의 말을 듣고 갑자기 등을 뒤로 쭉 밀거나, 입에 손을 갖다대는 등 믿을 수 없다는 포즈를 취했다. 손뼉을 치고, 고개를 미친 듯이 끄덕이는 사람들도 있었다.

줄은 점점 더 길어졌다.

계단을 뛰어 중앙현관으로 내려갔다. 막 안으로 들어온 동급생들 중에 카발리스트 킴이 뿌린 전단지를 들고 있는 친구가 보였다.

"잠깐만, 같이 볼 수 있을까?"

놀랍다! 카발리스트 킴의 업적

☞신기를 발휘해 '무는 남자'를 잡다

"킴이 말해 준 곳에서 잠복하고 있으니 정말 무는 남자가 나오더라고요. 무는 남자를 잡아 경고를 해 준 뒤로 그는 우리 학교 학생들을 괴롭히지 않게 되었습니다. 정말 신기하더라고요." (2학년 윤미도 양)

☞태아령들의 원혼을 풀어 준 일

카발리스트 킴의 블로그 게시글 참조

http://cabalistkim.blog.me/101193133699

☞작년 2학기 중간고사가 재시험이 이루어질 것임을 예언하다

카발리스트 킴의 블로그 게시글 참조

http://cabalistkim.blog.me/200093137366

☞선생도 포기한 왕따 사건의 진상을 밝힘

"작년 학교를 시끄럽게 했던 집단 따돌림 사건 말입니다. 사건이 미궁에 빠져 있을 때 카발리스트 킴의 도움을 톡톡히 받았습니다. 나이를 초월한 탁월한 상담가죠."(선암여고 노모 교사)

작년 탐정단이 해결한 사건들이 카발리스트 킴의 업적인 양 나와 있었다.

'설마⋯⋯. 재시험 일로 이상한 소리를 써놓은 건 아니겠지.'

휴대폰을 꺼내 광고지에 나온 인터넷 주소를 입력했다. 스크롤을 내리는 손이 벌벌 떨렸다. 그때 바깥으로 나오는 채율을 발견한 예희가 자견관 4층을 턱짓했다. 반쯤 열린 장미창 틈으로 대장의 얼굴이 보였다. 망원경을 쓴 미도가 유유자적 송곳니를 반짝이며 손을 흔들었다. 올라오게, 소녀여.

오랜만에 들른 사무실은 말끔하게 청소되어 있었다. 휴지통을 가득 채우고 있던 쓰레기들도 사라져 있었다.

아, 박정아 학생 이리로 오세요. 잠시 제 옆에서 눈을 감고, 시작해 볼까요? 고민이 있다면 그걸 떠올려도 좋아요. 2학년이 되어 걱정이 되는 일이라든지⋯⋯.

자견관 사무실 안에는 스피커폰 볼륨을 최대치로 해 둔 휴대폰

음성이 울리고 있었다. 하재의 목소리였다.

미도가 설명했다.

"난 사무실에서 광장에 있는 하재한테 정보를 전달하고 있어. 하재는 내 말을 망토 속 핸즈프리 이어폰으로 듣고 말이야."

후드로브는 신비로움을 연출하는 도구인 동시에 이어폰 선을 감추는 용도로 쓰이고 있었다.

"2학년 박정아는 음, 그래, 여기 만화부 활동을 열심히 하는 학생이야."

오라를 보니 물의 기운이 강하게 나오고 있네요. 예술적인 성향이 커요. 감정을 표현하는 걸, 특히 시각적으로 표현하는 걸 좋아해요. 음악 쪽이라고는 할 수 없고, 음. 아마도 그림 같은 미술 분야겠네요.

하재는 프로 점쟁이처럼 은근하고 모호하게, 그러면서도 신비로운 표현을 사용했다. 멀리서도 고객이 감탄하는 모습이 확연히 보였다. 미도는 이번에 성윤이 새로 조사해 놓은 정보도 참조했다.

"작년 베프 강초희랑 또 같은 반이 되었어. 그런데 아무래도 요즘 걔가 전학생하고 더 친해진 모양이야."

하재가 다시 한 번 입을 열었다.

지금 그대의 오라가 슬픔에 젖어 있는 게 보이네요. 최근에 사랑하는 친구를 잃은 것 같아요. 사별이나, 이별은 아니고. 배신인가요? 물의 기질인 그대는 사랑의 욕구가 강해요. 당신은 아직도 그 사람에게 줄 마음이 크군요.

상담을 받고 있던 박정아는 카발리스트 킴의 손을 움켜잡고 흐느꼈다. 시간이 지체되자 성윤이 정아를 부축해 자리에서 일으켰다.

다음 고객은……

하재가 말을 멈추었다. 망원경으로 다음 고객을 확인한 미도가 얼굴을 찌푸렸다.

어머, 김상은 선배님이시네요. 작년도 연극부 부장이셨죠. 자리에 앉으세요.

김상은 부장이라면 작년에 탐정단을 길바닥으로 내쫓은 장본인이었다. 광장에서 연기를 펼치는 세 사람도 긴장하는 게 전해져 왔다. 상은에 관해서라면 파일을 찾을 필요도 없었다. 미도가 줄줄줄 전화로 내용을 읊기 시작했다.

"김상은. 하연준 선생님의 열혈 추종자. 혈액형은 AB형. 학교 앞 건영 아파트에 살아. 심각한 수준의 방향치고, 부장까지 했지만 연극에 대한 열정은 없어. 그냥 하연준 선생님을 좋아할 뿐. 좋아하는 음식은 치즈가 왕창 들어간 피자. 면류. 음."

채율은 고개를 절레절레 흔들었다. 연극부 부원이라면 다 아는 내용이었다. 탐정단의 예희는 연극부원이기도 했고, 상은도 하재가 예희와 친하다는 걸 잘 알고 있었다.

하재는 한동안 말을 잇지 못했다.

상은이 아니꼽다는 듯 소리쳤다.

뭐야? 나한테는 왜 한마디도 안 해?

답답해진 채율이 미도에게서 아이패드를 받아 열심히 스크롤을 굴렸다. 역시 써먹을 만한 정보가 없었다. 상은은 입이 가벼워서 자기 이야기를 연극부 후배들에게 사시사철 종알종알 대는 사람이었다. 그래서 생긴 별명이 셸틸 마우스.

뭐……뭐야. 왜 그러는데?

갑자기 상은이 움찔하며 말했다.

미도와 채율은 망원경으로 다시 광장 쪽을 살폈다. 하재가 상은에게 3000원을 다시 넘겨주고 있었다.

두 사람은 서로를 가만히 응시했다. 하재는 동자가 작고, 흰자위에 청기가 돌았다. 한쪽 눈이 살짝 사시여서 초점도 맞지 않았다. 바로 그런 점이 음산한 기운을 더해 주었다. 뒤편 어딘가를 보고 있다는 느낌.

상은은 섬뜩한듯 손을 놓았다. 하재는 어떤 영적인 존재에게서 마치 말을 엿들은 것처럼 고개를 끄덕끄덕 했다.

저는 학생들을 돕기 위해서 이 일을 시작했어요. 악운은 말하지 않는다는 원칙을 가지고 있죠. 저는 사람들이 미래를 두려워하는 게 싫거든요. 하지만 부장님께만큼은 말씀을 드려야겠어요. 작년 1년 동안 저희에게 부실을 임대해 주신 은혜를 갚기 위해서라도, 아무래도 알려드리는 편이.

무슨 말을 하는 거야?

부장님께서는 지난 2년 동안 자기 인생과 상관없는 일에 너무 많은 시간을 허비해 버렸습니다. 그래서 주위 친구들이 영광의 순간을 보내게 될 때 혼자서 부끄러움을 당하게 될 거예요. 뿐만 아니라, 지금 몇 가지 위기가 다가오고 있는데, 슬프게도 아직 그걸 극복할 힘이 없군요……. 제가 해 줄 수 있는 말은…….

짧고 강한 암시. 상은은 올해 수험생이었다.

대체 뭔데 그래?

상은이 더 말해 보라는 듯 벌떡 일어났다. 복식 호흡으로 다져진 발성이 얼마나 확실한지 핸즈프리 마이크를 통해서도 분명히 들렸다.

올해만큼은 정신 똑바로 차리라는 겁니다.

줄을 섰던 사람들이 모두 상은을 안됐다는 듯 쳐다보았다. 탐정단을 내쫓았던 김 부장은 앞으로 1년간 카발리스트 킴의 말을 계속 곱씹게 될 터였다. 부정적인 예언일수록 암시 효과가 컸다. 예희가 기지개를 켜는 척하며 사무실을 향해 브이자를 날렸다. 후드에 가려 얼굴은 보이지 않았지만 웃고 있다는 걸 느낄 수 있었다.

"여기가 호그와트였다면 네놈들은 슬리데린 기숙사였을 거야. 이번에는 또 무슨 일을 꾸미는 거야?"

망원경을 넘겨주면서 채율이 미도에게 말했다. 미도는 어깨를 으쓱했다.

"재수사해 달라며 울먹일 때는 언제고? 이게 다 사건 수사를 위한 밑밥이거든. 참 성의는 잘 받았다."

조사 자료는 아직 제출도 하지 않았는데 미도가 대견하다는 듯 어깨를 툭툭 쳤다. 3학년 교실을 왔다 갔다 하는 걸 보기라도 했나.

"어? 저거."

본관 로비 쪽에서 광장 쪽으로 완장을 찬 선도부원들이 뛰어나오는 게 보였다. 교내에서 학생들이 사업을 벌이는 건 교칙 위반이라 잡으러 나온 모양이었다.

"판 접어! 얼른."

미도가 명령을 내리자 성윤이 입간판을 둘러업고 도망쳤다. 그 뒤를 예희가 뒤따랐다. 망토자락이 바람에 휘날려서 자객들이 달리는 양 근사했다. 팔꿈치에 끼고 있던 전단지도 순식간에 허공에 흩뿌려졌다.

망토에는 또 하나의 기능이 있었다. 자견관에 들어와서 벗어던지면 신분을 감출 수 있다.

문제는 하재였다. 운동신경이 바닥인 그녀는 돌부리에 걸려 넘어졌다. 바람처럼 뛰어온 선도부들은 카발리스트 킴의 양쪽 팔을 잡고 포박했다.

"잡혔잖아. 어떻게 해?"

채율이 미도의 팔을 잡고 흔들었다. 그러나 대장은 아무런 동요도 내비치지 않았다. 오히려 망원경에서 얼굴을 떼고 오만한 미소를 지어 보였다. 후후후.

그러고 보니 탐정단 담당, 노진권 선생님은 올해 학생과 업무를 배정받았다. 작년 폭력 사건과 결부된 집단 따돌림을 해결한 덕분에.

"이 슬리데린 자식."

개탄스런 한숨이 흘러 나왔다.

* * *

영감 소녀 김하재와 그녀의 날카로운 영감은 단 하루 만에 학내의 가장 뜨거운 이슈로 떠올랐다.

"너희들 카발리스트 킴한테 상담 받아 봤어?"

"장난 아니더라. 내 과거사까지 다 맞혔어."

"점 보다가 잡혀 온 애는 개교 이래 처음이래. 원래 정우경 샘이 의심 대마왕이잖아. 애가 다 맞히니까 꼼짝 못했대. 주변에 있던 선생님들도 완전 놀라서……."

하재는 처벌 받지 않았다. 오히려 1시간 뒤 학생과 선생님들이 간식으로 먹던 와플과 만주를 한 아름 공물로 받아 교실로 돌아왔다.

학생과에 들어가기 전에는 학급에서만 인정받는 초능력자였지만, 나온 후에는 학생과 공인 초능력자로 신분이 탈바꿈했다. 그녀에 관한 소문은 아이들의 입, 선생님들이 사용하는 쿨 메신저를 통해 산불처럼 번져 나갔다.

청소 시간이 되자 중앙 교무실에서 카발리스트 킴을 모시러 왔다.

"지난 몇 년 동안 선생님의 젤레(Seele)가 굉장히 소모된 상태를 지나왔어요. 그 영향이 쾨퍼(Körper), 그러니까, 육체에 영향을 미치기 시작했네요. 왼팔과 엉덩이 쪽 흐름이 완전히 흐트러져……."

"어머머. 작년에 왼팔 관절염 때문에 얼마나 고생했는지 몰라. 치질 수술도 예약해 놨는데……."

뻔하게 들릴 수 있는 내용이 신비학 용어로 매끈하게 포장되었다. 알쏭달쏭한 어투, 중의적인 표현을 남발하고 상대방이 알아서 해석하게 만들었다.

"새가 자꾸만 우는 소리가 들려요. 아, 슬퍼서 우는 소리는 아니에요. 고맙다고 하는 건가. 왜 그럴까요?"

"얼마 전에 키우던 문조가 죽었어. 결혼 전부터 키우던 놈이었는데. 그놈 울음소리가 우렁찼지."

방과 후 수업 시간에 전산실, 양호실을 찍고, 종례 시간에는 교장실까지 순례했다. 학내 공인 점술가가 되면서 슬그머니 상담료가

500원 인상되었다. 그녀가 달의 정기를 받아 만들었다는 햄프 팔찌는 고3들 사이에서 부적처럼 팔려나갔다. 아이들은 하재를 동경했고, 고민을 상담했고, 그녀의 말을 경청했다. 성윤은 경호원 겸 매니저로 그 곁을 지켰다. 여전히 친밀하게 함께 다니는 패거리는 없었지만, 고결한 고독으로 숭앙받았다.

물론 카발리스트 킴의 존재에 의심을 품은 사람들도 있었다. 주로 과학 동아리 아이들이나, 보수적인 종교 동아리에서 활동하는 아이들이었다.

"미래를 안다면서 성적은 왜 그 모양이래?"

"내가 중학교 때부터 걔 아는데, 구제불능 왕따였어. 지 앞가림도 못하는 애야."

그러나 일주일이 지나자 카발리스트 킴 팬들은 자율적으로 모여 팬클럽을 조직했다. 단체 이름은 '킴교'. 그들은 김하재를 교주로 일컬으며 교주의 과거를 세탁했다.

"사람을 만나면 오라가 보이고, 알고 싶지 않은 것도 자꾸 알게 되었던 거야. 얼마나 무서웠겠어. 친구가 없었던 게 아니라, 사람을 피할 수밖에 없었던 거야."

"능력을 나쁜 데 쓰면 대가가 따른데. 그래서 시험 문제를 알아내는 일 같은 건 하지 않는 거야."

킴교의 신도들은 곧 교리도 선포했다. 하루에 한번 카발리스트 킴을 뵙고, 그녀의 블로그에 성지순례하듯 접속해야 하며 교주님이 판매하는 햄프 팔찌를 왼팔에 차고 서로의 존재를 알아본다, 자매들은 서로를 존중하며 온라인이든 오프라인이든 인사는 아멘에서 파생된

킴멘을 사용한다 등등.

팬클럽 사이트에는 가입인사, 교주님 어록, 오늘의 간증을 올리는 게시판이 신설되었다. 간증 게시판에는 하루에도 글이 열두 개씩 쏟아졌다.

교주님 말씀을 들은 뒤로 두통이 나았고, 변비가 뚫렸으며, 무좀이 완치되었다. 내지는 교주님의 교복마이를 하루 바꿔 입었을 뿐인데, 3년 짝사랑을 이루었다. 꿈에서 교주님 손을 잡았더니 시험 성적이 올랐다 따위.

물론 진지하게 받아들이는 사람은 없었다. '카발리스트 킴'은 지루한 학교 생활을 타파하는 신종 유희였을 뿐이었다.

분위기가 무르익자 미도는 카발리스트 킴에게 다음 단계 작전을 지시했다.

교도들과 팬들을 이용해 학사 귀신과 관련된 정보를 무차별 수집하는 것이었다.

하재는 블로그에 공지글을 띄웠다.

[공지] 제목: 부탁의 말씀

---

http://cabalistkim.blog.me/220093137366

사랑하는 킴교 자매님들.

여러분들께서 큰 성원을 보내주셔서 많은 위로를 받으며 하루하루 살고 있습니다.

보답코자, 학내 영체를 조사해 보고자 합니다.

혹시 자매님들 가운데 학사 귀신에 대해서 알고 있는 분들이 계십니까?

친구에게 들은 이야기, 직접 경험한 이야기, 어떤 것이라도 좋습니다. 저에게 메일,

쪽지, 편지, 문자 가리지 않고 보내주세요.

카발리스트 킴의 부탁은 트위터 신자들을 통해 끊임없이 리트윗
되었다.

카라멜)팝콘 @Caramelpopcorn 7일전
RT @Cabalistkim_Kim 교내 아스트랄계가 상당히 흐트러져 있어요. 이제 혼란의
중심이 어딘지 모두 알고 계시겠죠.

shil애기 @shilbaby 6일전
RT @Cabalistkim_Kim 학사 앞에 직접 가보고 깜짝 놀랐습니다. 제가 생각했던
이상이더군요. 메일과 쪽지를 보내주신 많은 분들, 감사합니다.

내비둬 @Let_it_go 15분전
RT @Cabalistkim_Kim 드디어 해결의 실마리를 찾았습니다. 빠른 시일 내에 좋은
소식 전해드리겠습니다.

오래된 건물에는 봄볕을 무색케 하는 음영이 드리워져 있었다. 몸
이 서늘하게 떨려 왔다. 검은 로브를 입은 하재는 건물을 바라보며
결연한 표정을 지었다. 좌우 양옆에 선 소녀 탐정단도 평소와 같은
왁자지껄한 모습은 보이지 않았다.

2월과는 비교도 되지 않을 정도로 귀신과 관련된 사례들이 다량
수집되었다. 이틀 동안 대장과 하재는 목격담을 분류했고, 관련 서

적들을 찾아 학사에 존재할지 모를 귀신의 정체를 규명하려 노력했다. 인공령이라도 영체의 행동은 자연령들과 유사성을 보일 수밖에 없었다. 유사성을 보이는 영들끼리는 또 비슷한 약점을 갖고 있으리라는 가설을 세웠다.

오늘 아침 하재는 블로그에 글을 올렸다.

〔공지〕 제목: 학사 귀신에 대하여

http://cabalistkim.blog.me/220093137366

사랑하는 선암학원의 킴교 자매님들께 평화를 기원합니다.

여러분이 보내주신 자료들을 바탕으로 분석해본 결과, 학사의 영체는 소문처럼 개인 한 명의 마법 의식으로 탄생한 게 아니라는 결론에 이르렀습니다. 영체의 탄생 이전에 오랜 세월 기숙사 전체에 부정적 사념들이 감돌고 있었습니다.

남들보다 앞서고 싶은 마음, 친구의 성적이 떨어지기를 바라는 마음 등 경쟁심과 시기심, 열등감과 고독, 고립감 등이 선재했던 것이지요.

이런 부정적인 감정들이 뭉쳐 만들어지는 멘탈체를 보통 라르바(larva)라고 부릅니다.(자세한 내용은 용어 해설 게시판을 참조해 주세요.) 여러분이 보내주신 사례에서 참고해 보면 수집된 영체의 행동 특성은 라르바와 가장 유사했고, 결론적으로 학사의 귀신은 라르바적 특성을 띄고 있는 에그레고로스로 보여집니다. 멘탈 차원의 존재이니만큼 퇴치하기는 그리 어렵지 않을 것 같아요.

조만간 좋은 소식을 가지고 찾아오겠습니다.

영원한 지혜가 그대들과 함께하기길!

"이번 사건은 전에 맡았던 어떤 사건과도 달라. 지금까지 우리는 물리적인 차원에서만 문제를 해결해 왔지. 이제 거기서 한 걸음 더 나아가 형이상학적 주제에 직면하게 된 때가 온 거야. 사건을 해결하든 못하든 도전해 볼 가치가 있어."

학사에 들어가기에 앞서 대장은 기가 죽은 단원들을 격려하기 위해 설교 한마디를 했다.

이야기를 듣고 있던 성윤이 손을 번쩍 들었다.

"형이상학적 주제가 뭐야?"

대장은 보란 듯이 두 팔을 쭉 뻗으며 허공을 갈랐다.

"이 세상에 정말로 영혼은 존재하는가! 하는 거."

오. 성윤은 납득했다는 듯이 고개를 끄덕였다. 누구 하나 대장의 말에 이의를 달지 않았다. 얼마 전 귀신을 직접 보았던 채율도 그 말에 동의를 표하며 고개를 끄덕였다.

탐정단은 미리 학생과 노진권 선생님께 도움을 요청했다. 오전 수업 시간 중에 학사에 들어갈 수 있도록 도와 달라는 것과 사감 선생님을 학사 바깥으로 빼 달라는 것이었다. 노진권은 반복된 경험을 통해 그녀들이 수사 어쩌고 할 때는 반드시 그 요구사항을 들어주어야 한다는 걸 알았다.

진권은 원래라면 자신이 가야 할 학생 봉사활동과 관련한 워크샵에 사감 선생님을 대신 보냈다. 3시간 이상 외출을 해야 하는 출장이었다. 유 교사는 별 의심 없이 받아들였다. 3교시 수업을 진행하는 교과목 선생님들께도 탐정단 아이들을 동아리 활동 명목으로 공결 처리 해 달라고 메신저를 띄웠다.

"니들이 무슨 일을 하고 다니는지 알고 싶지도 않고, 알려고도 하지 않으마. 대신 일이 잘못되면 날 방패막이로 쓸 생각은 하지 마. 시간 안배 잘해서 종 치기 전에 뛰쳐나오고. 그럴 리는 없겠지만, 다른 애들 물건에는 절대 손대지 마라. 절도죄는 6년 이하의 징역이나 1000만 원 이하의 벌금이란 거 알지? 니들 만 14세 넘었잖아. 얄짤 없이 형법 적용이야. 조심해."

거기까지 말하고 진권은 학사 열쇠 꾸러미를 넘겨주었다. 출입구에 있는 CCTV도 잠시 정지시켜 두었다. 어차피 학내 카메라는 학생과에서 관리하기 때문에 암호는 사전에 알고 있었다.

"히야. 왠지 떨리는걸? 학사에 들어오게 될 줄이야."

예희가 소름이 오소소 돋은 팔을 쓰다듬으며 말했다.

학교 정문에 들어서면 제일 먼저 보이는 고색창연한 건물. 선암여고의 상징이라고도 할 수 있는 기숙사는 일반 학생들이 함부로 들어올 수 있는 곳이 아니었다. 물론 사생 친구가 있으면 놀러 갈 수는 있지만, 대부분 그렇게 하지 않았다. 학사는 학생들을 양분하는 기준점, 시각화된 회초리였다. 입소하지 못한 아이들은 붉은 벽돌색 건물을 볼 때마다 열등감에 시달렸다.

"공기부터가 학구적이다, 야."

예희가 채율의 어깨를 쳤다. 약간의 부러움이 담긴 행동이었다. 그러나 현실을 알고 있는 채율은 그 부러움이 몹시 거슬렸다.

"들어오면 들어와서 받는 스트레스가 있어."

잠깐 동안 채율은 학사 내에 존재하는 신분 제도에 대해서 설명해 주었다. 이야기를 들은 아이들의 얼굴이 경악으로 변했다.

"모범생들도 불량학생들하고 비슷하네. 노는 애들도 일진하고 날라리하고 양아치 구분하잖아. 자기네들끼리 쉴드도 치고."

성윤이 말했다.

"잡담하지 마. 벌써 시간이 가고 있어."

미도는 아이들을 두 개 팀으로 나누었다.

한 팀은 카발리스트 킴과 함께 다락방을 탐색했고, 다른 팀은 수집한 정보를 검증하기 위해 생활실을 뒤지기로 했다. 생활실 수색은 거주자들과 면식이 있는 채율이 안내를 맡고, 조사에 가장 전문성을 갖춘 대장이 배정되었다. 다락방 팀에는 자연스럽게 예희와 성윤이 함께하기로 했다. 카발리스트 킴의 뒤를 따라 계단을 올라가는 두 사람의 얼굴이 잘 말린 대추처럼 쪼그라들어 있었다.

모든 방을 뒤지려면 시간이 촉박했다. 미도는 어깨를 으쓱이고 채율에게 파일을 내밀었다.

카발리스트 킴의 블로그에 투고된 글들을 분석한 파일집이었다. 미도는 피곤할 정도로 모든 걸 열심히 관찰하고 기록하고 분석했다. 채율은 60페이지에 이르는 두툼한 파일을 생활실 침대에 앉아 재빨리 훑어보았다. 기숙사 생활을 하는 바람에 수집된 사항을 제대로 보고받지 못했다.

"하재한테 도착한 정보들은 총 53건이었어. 그중에서 직접적으로 관련이 있다고 여겨지는 건 26건, 제일 맨 앞 페이지를 봐."

파일 앞장에는 데이터를 분석한 표와 도표가 정리되어 있었다. 53건 가운데 인터넷 쪽지로 들어온 정보가 25건, 메일이 14건, 휴대폰 메신저로 들어온 내용이 8건, 쉬는 시간 책상 위에 편지로 놓여 있었던 내용이 5건, 특이하게 하재의 책상에 포스트잇으로 붙어 있던 사례가 1건이었다.

"그리고 26건 가운데 본인이 직접 경험한 내용은 6건, 친구에게 들었다는 이야기가 11건, 나머지는 친구의 친구에게 들었다는 식이었어. 사촌언니에게 들었다는 이야기도 하나 있었고."

찰칵찰칵. 창살을 친 1층 창문을 뒤로하고 미도는 생활실 구석구석을 휴대폰으로 촬영했다. 부족한 시간과 기억력의 한계를 보완할 수 있는 방법이었다. 그뿐만 아니라, 사생들이 사용하는 로커도 마구 열었다. 세로로 긴 구조로 만들어진 철제 수납함은 입구에 번호 자물쇠나 맹꽁이자물쇠가 달려 있었다. 맹꽁이자물쇠는 인터넷에서 구입한 열쇠 따는 도구를 사용해 척척 열었고, 번호 자물쇠는 버튼식은 지문 분말 가루를 이용해서, 다이얼식일 경우에는 번호를 돌려가면서 자물쇠 고리 부분이 살짝 들리는 미묘한 차이를 통해서 열었다. 마술 같았다. 신나게 뒤지고 다니던 미도는 103호실 로커의 문을 열고 회심의 미소를 지었다.

"이 녀석이네."

채율은 파일집을 든 채로 고개를 갸웃했다. 로커 안에는 옷가지와 문제집, 책 외에도 웨이브 긴 머리 가발과 검은색 스커트, 갈색 쇼퍼백, 웨지힐, 샌들 등이 들어 있었다. 학사 안, 사생들에게는 특별한 소지품 검사를 하지 않았다.

"사복이 왜? 놓고 다닐 수도 있는 거지."

채율이 대꾸하자 미도는 파일 마지막 부분을 펼쳐 포스트잇으로 들어온 경험담을 가리켰다.

채율이가 귀신을 본 날에서 사흘 정도 지난 뒤야. 밤에 목이 말라서 잠이 깼는데 어떤 여자가 2학년 열람실에서 나와서 1층으로 내려가는 걸 봤어. 너무 무서워서 다리가 굳어 버렸지. 정수기가 있는 곳이 계단과 등진 곳이라 뒷모습밖에는 보지 못했어. 웨이브 진 갈색 머리, 발레리나 스커트, 커다란 가죽백.

너무 무서워서 그 자리에 멈춰 섰고, 여자는 계단을 내려가 1층으로 사라졌어.

카발리스트 킴. 난 귀신을 본 걸까? 무서워 죽겠어.

ㅅ을 삐쳐 쓰는 스타일이 영락없는 학생회장 송수향 글씨였다. 로커 안에서 나온 가발의 스타일이나, 스커트의 종류, 가방의 크기를 고려할 때 쪽지 발송자가 목격한 건 귀신이 아니라 1학년 사생인 듯했다. 미도는 가방을 열고 안의 내용물을 촬영했다. 틴트, 아이라이너, 립글로스, BB크림, 소형 섬유 탈취제, 코알라 모양 열쇠고리, 코카콜라 미니어처, 아무렇게나 놓인 포인트 카드와 신분증뿐이었다.

어쩐지 으스스 소름이 돋았다.

"왜 1학년 사생이 야밤에 우리 열람실에서 나와? 가발이랑 핸드백은 또 뭐고. 변태야? 아님 정신병자?"

로커 주인의 이름은 이제원. 별명은 여고괴담. 작년에 졸업한 이제림 선배의 동생으로 도플갱어처럼 닮은 얼굴을 가지고 있어서 유명한 아이였다. 1학년 수업에 들어갔던 선생님들과 복도에서 우연히 제원이와 마주친 선배들은 까무러쳤다나 뭐라나.

미도는 자신의 추측을 이야기했다.

"아무도 오지 않는 곳에서 혼자서만 해야 할 일이 있었나 보지."

"그니까 왜. 왜 귀신 나오는 열람실에 혼자 앉아 있냐고."

순간 미도가 혀를 끌끌 차며 동정 어린 눈빛으로 채율을 쳐다보았다.

"척 하면 모르겠냐? 통화하는 거잖아. 남친이랑."

"통화?"

"화상 통화. 아마 남친은 대학생이거나, 사회인이거나 아니면 먼 곳에 있어서 만날 수 없는 사람이거나 하겠지. 뭐, 사랑에 나이는 중요하지 않은 거니까."

"그럼 하이힐은 왜 필요한 건데?"

미도는 잠시 멈칫했다. 그러고는 어쩔 수 없다는 듯 혀를 살짝 빼물었다.

"포스트잇에도 구두를 신고 있었다는 이야기는 없다, 뭐. 그냥 주말에 외출할 때 쓰는 거겠지. 그리고 말이야. 신고 있었으면 어때서, 남친이랑 화상 통화 할 때 카메라로 얼굴만 보여 주면서 이야기하겠니? 가끔 전화기를 떨어뜨린 척, 슬쩍 다리도 비춰 주고 그래야지. 순진하게 굴지 말자, 언니."

자신감 있게 의견을 피력하는 근저에는 왠지 모르게 본인의 경험이 도사리고 있는 듯했다. *이런 요물 같은 기집애.* 작년 겨울 그녀의 오빠와 미도는 엄청난 기세로 썸을 탔고, 실물을 만나기 직전까지 화려한 닭살행각으로 주변인들을 괴롭게 했다. 오빠가 정신없이 빠져든 이유가 온갖 분칠을 하고, 가발을 쓰고, 괜찮은 조명 밑에서 교태를 부리는 여우 때문이었다면! 채율의 눈동자가 심상치 않게 활활 타오르는 걸 본 대장은 재빨리 화제를 바꾸었다.

"파…… 파일을 보면 알겠지만, 귀신 목격담은 세 가지 유형으로 나뉘어. 먼저, 5페이지 봐. 색인 스티커 붙여 놨어. 분홍색."

채율은 분노를 삭이고 다시 파일로 시선을 옮겼다. 5페이지에는 자세한 내용과 실제 메일이 인쇄되어 붙어 있었다.

섬뜩한 콧노래 소리가 들려서 고개를 들었는데, 창밖으로 머리카락이 흔들리고 있었어. 갈색 머리카락이 창 위쪽에 매달려서 흔들리고 있었어. 누군가 거꾸로 매달려서 이쪽을 들여다보고 있는 것처럼. 3학년이라서 위층에는 다락방밖에 아무것도 없었는데…….

걔가 좀 담이 센 애야. 곧바로 생활실을 박차고 나가서 다락방을 올라갔대. 같은 방에서 잠자고 있던 룸메를 둘러업다시피 해서 말이야. 걔가 사는 생활실은 계단 쪽에서 가까워서 두 사람이 생활실에서 나왔을 때까지 아무도 계단을 내려오는 소리 같은 건 들리지 않았다고 해. 확인해 보니 다락방은 당연히 잠겨 있었고. 룸메한테 다락방 문을 지키도록 해 놓고 자기는 사감 선생님한테 달려가서 열쇠를 받아 왔대.

문을 열고 들어가 보니 다락방에는 아무도 없었어. 친구네 생활실 바로 위에 있는 다락방 창문도 잠겨 있었고. 그게 불과 일주일 전이야.

첫 번째, 창밖에서 흩날리는 머리카락을 보았다는 종류였다. 총 13건 정도가 해당되었다.

"두 번째 목격담 유형은 22페이지. 파란색 스티커."

화장실에서 피로 쓴 글씨를 보았다는 유형이었다. 총 8개가 여기에 해당되었다.

내가 그때 얼마나 놀랐는지 아무도 모를 거야. 한밤중에 욕실 바닥에 피가 홍건한 거야. 색깔이며, 점성이 너무 확실한 피라서 귀신이라고는 생각도 하지 않았어. 오히려 누가 여기서 손목을 끊었구나 하는 생각이 순간 들더라. 벽에는 글씨가 써 있었는데 스치듯 잠깐 본 거라서 잘 기억은 나지 않아. 사람 이름 같았는데. 내 비명 소리를 듣고 아이들이 들어왔을 때는 핏자국이 온데간데없이 사라진 뒤였어. 난 절대 꿈을 꾼 게 아닌데…….

이틀 전 내 친구가 해 준 이야기야. 비밀로 해 달라고 했지만 카발리스트 킴한테 이야기하는 게 그 애를 위해서 더 좋겠다는 생각이 들었어. 킴이라면 귀신을 퇴치할 수 있을 테니까.

석 달 전에 겪은 일이래. 그날 밤 내 친구는 어디선가 들려오는 웅얼거리는 노랫소리를 듣고 잠에서 깼다고 해. 감도가 좋지 않아서 아주 먼 곳에서 들려오는 소리 같았고, 친구는 소변이 마려워서 화장실로 갔어. 화장실 불을 켜니까 벽에 글씨가 써 있대.

"세 번째 유형은 40페이지야. 열람실 유리창 저편에서 머리카락을 늘어뜨린 채 웃고 있는 귀신의 얼굴을 보았다는 거지. 네가 본 것과 같아."

총 다섯 편이 이에 해당되었다.

여민이가 이래서 그만두었던 거구나. 난 정말 그 일이 있고 나서 심장이 멈추는 것만 같았어. 지금도 열람실에 사람이 없을 때에는 절대 안에 들어가지 않아. 퇴소할 생각도 해 봤지만, 룸메가 귀신을 봤으면 오히려 더 명문대에 갈 일이 생길 거라면서 설득을 해서.

지금도 눈을 감으면 귀신의 웃는 얼굴이 떠올라. 어떻게 그럴 수가 있지? 정말로 귀신이 세상에 존재하는 거야? 무서워서 성당에서 산 로사리오를 목에 걸고 다녀.

채율은 읽고 있던 파일을 내려놓았다. 사연을 출력한 메일 옆에는 발송자의 닉네임이나, 메일 주소가 적혀 있었다.

순간 좋은 생각이 떠올랐다.

'사람들은 닉네임이나, 아이디, 메일 주소는 몇 가지를 만들어 두고 반복해서 쓰는 경향이 커. 노진권 선생님한테 전교생 비상연락망을 확보해야겠다. 전교생 메일 주소랑 학급 카페 닉네임을 알면 사연을 보낸 사람들의 신원을 얼마간 파악할 수 있을 거야. 2학년이랑 3학년들은 작년이나 재작년 메일 주소도 구할 수 있을 테니까, 훨씬 확률이 올라갈 테고.'

당사자들을 알아내면 직접 자세한 이야기를 물어볼 수 있었다.

욕실에 들어간 미도가 핑크색 분무기를 들고 구석구석에 뿌렸다. 일회용 마스크로 얼굴을 반쯤 가린 채였다.

"그건 또 뭐하는 거야?"

"화장실에 있었다던 글씨가 정말 혈흔이었을까 싶어서 말이야."

분사한 액체는 루미놀인 모양이었다. 루미놀은 범죄 현장을 감시하는 약품으로 수백 배로 희석된 혈액이라도 감지할 수 있었다. 얼마 전 탐정단 스폰서 하라온의 도움으로 구입했다.

분사를 끝마친 미도는 욕실 바깥으로 나와 불을 껐다. 빠끔 얼굴만 내밀고 안을 들여다보는 통에 엉덩이가 흔들렸다. 사람의 혈액과 만나면 루미놀 용액은 어둠 속에서 형광빛으로 빛난다. 1학년 욕실은 아무런 반응이 없었다. 가끔 점점이 빛나는 액체가 세면대 수챗구멍에 보이기는 했지만, 코피를 씻었을 때 생길 법한 정도였다.

반응이 나타난 건 2학년 화장실 겸 공동 욕실에서였다. 어깨 높이가 되는 지점이 형광빛으로 분명하게 빛났다.

내 이름을 불러줘

문장. 귀신의 메시지가 불이 꺼진 욕실에서 음산하게 빛나고 있었다. 메시지는 거울과 다른 벽에서도 나타났다.

MS MS MS
네 친구가 되어 줄게

"MS라면 혹시……."

그것이 어떤 이름의 이니셜인지는 금방 짐작할 수 있었다. 그러나 채율은 차마 그 이름을 부를 수가 없었다. 지금 그 말을 입 밖으로 내뱉으면 어둠 속에서 누군가 나타나 같이 놀자고 손을 잡을 것 같았다.

두 사람은 서로를 부둥켜안고 3층으로 올라갔다. 주문을 외우는 카발리스트 킴의 목소리가 다락방에서부터 들려오다가 뚝 그쳤다. 계단을 올라가던 두 사람도 덩달아 멈추어 섰다.

불길한 고요함이 바람처럼 선뜩하게 발목을 잡았다. 누가 먼저랄 것도 없이, 둘은 몸을 기울여 다락방 쪽에 귀를 댔다. 오래된 나무문에는 마치 사람의 눈처럼 보이는 목문(木紋)이 물결치고 있었다.

* * *

"지저분하잖아."

다락방 문이 열렸다. 오랫동안 사용하지 않아 곰팡이 냄새가 났다. 유리창에는 더께가 달라붙어 햇볕을 한층 뿌옇게 만들었다. 공중에 떠다니는 먼지들이 분명하게 보였다. 세 사람은 의식을 위해 전처럼 로브를 입었다.

"뭘 찾으면 되는 거야?"

성윤이 물었다. 사람이 없다 뿐이지, 아주 평범한 풍경에 마음이 놓인 모양이었다.

"나도 몰라. 잘 뒤져 보다가, 사람 모양 비슷한 걸 찾아봐. 머리와 몸통이 있고, 팔다리가 달린 거. 보통 그런 인형을 사용하니까."

촉박한 시간을 최대로 활용하기 위해 하재는 가방을 내려놓고 곧바로 의식을 거행했다. 작은 판자를 나침반 방위에 맞춰 배치하고, 깃털, 컵, 양초, 소금 등을 올려놓았다. 본격적인 의식에 앞서 주변을 정화시키는 게 먼저였다. 책에서 복사한 내용을 훔쳐보며 중얼중얼 주문을 외우고 손발을 휘저었다.

'수련이 부족한 만큼 정신을 집중해야 해.'

얼마나 무아지경이 되어 일을 하던지 주변에 서 있던 두 사람은 아무 말도 하지 못하고 뒤로 물러섰다. 귀신보다 매일 알고 지내던 친구가 더 무섭게 느껴졌다.

"일단, 찾으라는 것부터 찾아보자."

다락방은 잡동사니 소굴이었다. 창문 왼편에는 졸업생들이 쓰던 문제집과 노트가 위태롭게 쌓여 있었다. 낡은 나무 테이블 위에 놓인 문제집들 위에는 견출지로 이름과 희망하는 대학 이름이 적혀 있었다. 채율에게 들었던 대로였다.

학사에 입소하게 되면 전통처럼 다락방에 올라가. 다 쓴 문제집이나 노트처럼 소지품을 갖다 놓는 거야. 자기가 가고 싶은 대학과 과의 이름을 적어서.

선암학사 사생들의 신성한 전통이었다. 명문대에 들어간 선배들을 본받아 그 반열에 서게 될 후배들에게 마음가짐을 새롭게 하라는 의미였다. 모범생들의 제단이었다.

"이것 봐. 안 교수 것도 있어."

성윤이 반갑다는 듯 『쎈 수학』 문제집을 들어 올렸다. 손바닥만 한 견출지에는 안채율의 이름과 함께 '서울대학교 영문학과'라고 적혀 있었다. 그걸 확인한 예희는 마음이 울적해졌다.

"거기에는 없을 것 같으니까, 다른 데도 찾아봐."

문제집 말고도 자기 소지품을 가져다 놓은 학생들도 많았다. 양철 필통도 보이고, 실내화를 가져다 놓은 학생도 있었다. 모두 견출지 위에 희망하는 대학을 적어 두었다. 아무리 똑똑한 사람이라도 미신 에서 자유로울 수 없는 모양이었다.

'뭐지?'

한참을 뒤적이던 예희는 한쪽 구석에 놓인 종이 상자가 들썩 움 직이는 것을 보았다. 하재는 소금이 든 나무 그릇을 들고 판자 주변 을 휘휘 돌고 있었다. 카발리스트 킴이 외우는 주문 소리가 커질수 록 상자의 들썩임은 심해졌다.

머리털이 곤두섰다. 예희는 지금까지 단 한 번도 심령 현상이나, 귀신의 존재를 생각해 본 적이 없었다. 동대문에서 옷가게를 하는 억척스런 부모님, 컨셉샵을 운영하는 두 언니와 함께 월세, 대금, 잔 금, 일수 도장 얘기 듣다 보면 귀신은 아무 것도 아닌 것이다.

그런데 지금 눈앞에서 물리적인 법칙으로는 도저히 설명할 수 없 는 일이 일어나고 있었다. 눈을 질끈 감았다가 떴다. 옷들을 수납할 때 사용하는 평범한 골판지 상자였다. 한쪽 귀퉁이가 물로 젖어 있 고, 초록 곰팡이도 피어 있었다. 이번에는 상자가 왼쪽으로 스윽 움 직였다. 누가 건드리지도 않았는데 10cm 가량 이동했다.

"지금 봤어?"

성윤이 깜짝 놀라며 예희 옆에 다가섰다. 지금까지 중 가장 하재 의 목소리가 커졌다.

"너의 임무가 종결되었도다. 정해진 죽음의 시간을 맞이하라. 이제 너의 본질과 생명을 우주로 돌려보내노라. 생명을 허락하시며 또한 거두어 가시는 근원으로 돌아갈지어다."

순간, 들썩거리던 상자가 움직임을 멈추었다. 두 사람은 서로를 꼭 껴안았다. 하재가 천천히 눈을 뜨고 뒤를 돌아봤다. 양초를 들고 있어서 눈동자가 비정상적으로 빛나고 있었다.

"물건은 찾았어?"

나직한 목소리에 성윤이 재빨리 상자를 들어올렸다. 카발리스트 킴은 상자를 보고 잠시 의문스러운 표정을 짓더니 제단 위에 올렸다. 각도가 바뀐 상자 모서리에 구멍이 나 있었고, 그 안으로 분홍색 젤리 같은 것이 떨어져 내렸다.

'저게 뭐지?'

성윤이 눈을 가늘게 뜨고 한 발짝 다가섰을 때, 카발리스트 킴이 상자를 열었다.

곧이어 엄청난 비명 소리가 학사를 휘감았다.

고함을 지르며 뛰어나온 세 사람은 다락방 계단에서 굴러 떨어졌다. 상당히 아팠을 텐데도 멈춰서는 사람은 없었다. 안에서 대체 무엇을 봤는지 패닉 상태가 된 세 사람은 미친 듯이 계단을 뛰어 내려갔다. 계단에 서 있던 채율과 미도도 덩달아 놀라 학사를 뛰쳐나갔다.

채 수업이 끝나지도 않은 시각. 바깥에서 들려오는 요란한 비명 소리는 본관에 있던 학생들의 호기심을 자극했다. 교사들의 만류에도 불구하고 학생들은 복도로 뛰어나왔고, 화단을 질주하는 다섯 사람을 목격할 수 있었다.

선두는 교장 선생님보다 유명한 영 능력자 카발리스트 킴이었다.

검은 로브를 입은 카발리스트 킴은 마치 경련하듯 몸을 떨며 펄쩍펄쩍 뛰어다녔다. 몸을 잡고 있는 어떤 주박에서 필사적으로 벗어나고자 하는 것처럼.

* * *

"카발리스트 킴이 당했다며?"

"완전히 이성을 잃었다던데? 신도들이 찾아가도 고개조차 들지 않는대."

"미친 사람처럼 계속 떨고만 있어."

제령술이 실패한 후, 하재는 큰 두려움에 사로잡혔다. 아이들이 자신을 인정해 주는 건 영적인 능력을 발휘할 수 있다고 믿기 때문이었다. 카발리스트 킴이라는 간판이 없어진 자신에게 관심을 기울여 줄 사람은 없을 거라고 생각했다. 오히려 그럴 줄 알았다면서 욕을 하고 뺨을 때리지 않으면 다행이었다.

'애들이 나한테 실망했을 거야. 모두 다 끝났어.'

점심도 먹지 않고 오후 수업 시간 내내 책상에 엎드리고 앉아 부들부들 떨었다.

자퇴를 해야겠다. 아니, 차라리 죽어 버릴까. 오후 내내 고민했다. 수업 시간이 바뀔 때마다 카발리스트 킴의 상태를 보러 오는 방문객들이 줄을 이었다. 교실까지 들어오지 못하고 복도 창문에서 그녀를 손가락으로 가리키며 수런댔다. 그 속삭임이 들릴 때마다 죽고 싶은 기분이었다.

"정말 학사에 귀신이 사는 거야?"

"킴만 본 게 아니래. 따라 갔었던 친구들도 무언가 본 모양이야. 애들이 단체로 맛이 갔어."

"대박. 사생들 불쌍해서 어쩌니?"

예상과는 달리, 상황은 이상하게 돌아갔다. 다들 하재가 귀신을 퇴치했는지보다, 학사에서 대체 무엇을 봤는지 알고 싶어 했다. 그녀와 탐정단들이 침묵을 지키면 지킬수록 오히려 카발리스트 킴의 존재감은 커졌다.

그날 하루, 카발리스트 킴의 블로그는 지금까지의 최고 방문자 수를 갱신했다. 엄청난 응원 댓글과 함께 쾌유를 바라는 학생들의 글로 가득 찼다.

- 다시 한 번 일어서 우리를 위해서 싸워줘.
- 많이 놀란 건 아니니?
- 힘을 내. 쓰러지지 마. 카발리스트 킴.

혹시나 하는 마음에 블로그에 접속했던 하재는 쏟아지는 메일과 쪽지, 댓글을 읽고 눈을 비볐다. 집으로 올 때까지 가슴을 옥죄던 마음의 짐이 눈처럼 녹아 사라졌다. 하루 종일 마리아나 해구처럼 깊은 절망의 구렁텅이에 침잠해 있었던 마법사는 단번에 회복했다. 온몸에는 희망과 용기가 용솟음쳤다.

카발리스트 킴은 블로그에 로그인한 후 모두에게 화답하는 공지 글을 올렸다.

[공지] 제목: 학사 귀신에 대하여

http://cabalistkim.blog.me/220093139906

보신 분들도 계시겠지만⋯

오늘 저는 축귀의식을 거행했다가 심각한 내상을 입고 말았습니다. 간악한 존재가 쳐놓은 덫에 걸렸던 거예요. 완전히 평상심을 잃고 당분간 영력을 발휘할 수 없는 지경에 이르렀죠.

하지만 집에 돌아와 여러분이 남겨주신 글들을 확인하고, 다시 일어설 용기를 얻었습니다.

그래요. 용기를 얻었습니다.

'정말로 나를 믿어 주는 사람들이 있는 거야.'

마음이 따뜻해지면서 중압감도 사라졌다. 생전 처음 맛보는 느낌이었다. 째깍째깍. 방 안을 울리는 평안한 시계 초침 소리를 듣고 있으려니 심장 박동처럼 호흡도 편안해졌다.

'내가 너무 성급했어. 소멸 의식이 실패했다고 제령술 자체가 실패한 건 아니야. 소멸이 아니라도, 에그레고로스의 성장과 활동을 억누를 수 있는 다른 방법이 있을지 몰라. 건물 바깥에서 신성 결계를 친다면 어떨까? 에그레고로스가 나쁜 에너지를 먹고 자라는 걸 막고, 자연 소멸하게 만들어서⋯⋯.'

하재는 침대 위에 던져 놓았던 백팩을 다시 싸기 시작했다. 이제는 카발리스트 킴의 상징이 된 검은 로브와 지난 주말 모든 공력을 담아 축성해 놓은 마법 지팡이와 검도 담았다. 마지막으로 사랑하는 신도들과 자신을 이어주는 햄프 팔찌도 양쪽 손목에 착용했다.

고3들이 돌아간 후 11시가 되면 학교의 모든 문은 닫히지만 선암여고 탐정단원들은 학교로 진입하는 여섯 가지 비밀 출입구를 알고 있었다. 작년까지는 5개밖에 되지 않았지만, 대장 미도가 지속적으로 철제 울타리를 훼손한 결과 출입구가 하나가 더 늘었다.

"엄마, 저 독서실 갔다 올게요."

거실에서 반쯤 조는 상태로 주말 예능,「원위크 걸그룹」재방을 보고 있던 하재의 어머니는 꿈결 속에서 딸의 목소리를 들었다.

한 번도 독서실을 간다고 외출한 적이 없던 아이였다. 꿈인 게 분명했다.

* * *

"아직도 전화 안 받아?"

같은 생활실에 머무르는 진골 아이들이 불안한 눈초리로 물었다. 채율은 힘없이 고개를 끄덕였다. 사감 선생님의 문책을 받고 생활실로 돌아온 채율은 사실상 청문회에 소환되었다.

진골성골을 막론하고, 학년에 상관없이 202호실 생활실에 찾아와 그녀를 둘러싸고 입을 열기만을 기다렸다. 같은 방 룸메이트들도 사람들을 저지하지 않고 은근히 무리 중에 끼어 대답을 듣기를 원했다. 그나마 다행인 건 카발리스트 킴이 학사에 그것도 수업 시간 중에 왜 기숙사에 들어왔었는지 따지는 사람이 없다는 것이었다. 아이들은 카발리스트 킴의 잠입을 문제시하지 않고, 그녀가 대체 여기서 무얼 봤는지 궁금해했다.

"말해 봐. 정말로 학사에 귀신이 있는 거야?"

2학년 성골 변세림이 물었다. 옥니를 교정하느라 언제나 교정기를 끼고 다녔다. 언제나 논리적이고 과학적인 사실을 추구하는 그녀도 호기심을 못 감추겠는지 눈이 반짝이고 있었다.

"몰라. 내가 지금 말할 수 있는 건……."

채율의 눈앞에는 아직도 화장실에서 보았던 글자가 선연했다.

"되도록이면 2학년 화장실 사용하지 말라는 거야. 사람 없을 때는 2학년 열람실 사용도 하지 말고."

"왜?"

공포심이 미세먼지처럼 조용히 사생들의 폐부에 스며들었다. 나중에 예희에게 이야기를 듣고 카발리스트 킴이 발작한 건 로브에 들어간 쥐 때문이라는 걸 알게 되었지만 그런 걸 털어놓을 수 없잖은가.

"3학년은? 3학년 화장실하고 열람실은 괜찮은 거야?"

유은하 선배가 얼굴이 사색이 되어서 물었다. 은하는 자신이 기숙사 생활을 한 지 2년째로 접어드는데 요즘 들어 귀신이 더 출몰하는 것 같다며 불안감을 감추지 못했다. 채율은 잠시 입을 다물었다. 갑자기 글자가 떠오르는 바람에 놀라 3학년 구역은 전혀 수색하지 못했다.

"아마 그럴걸요."

"확실하게 대답해."

"몰라요."

좁은 생활실에 모인 사생들은 수군거렸다. 기숙사 퇴사를 하고 싶다는 둥, 새로 건물을 지으면 안 되냐는 둥, 자모회에 굿이라도 부탁해야 하는 거 아니냐는 둥, 상황을 정리한 건 3학년 이연주였다. 벽에 기댄 채로 돌아가는 상황을 듣고 있다가 한마디 했다.

"이제 그만들 좀 괴롭혀라. 채율이도 많이 놀랐을 텐데. 귀신이 있었던 게 어제 오늘 일은 아니잖아. 이런 거 하나하나에 영향 받으면 공부는 언제 해? 이제 기말 고사 기간이야. 자자."

연주는 채율을 안쓰러운 눈빛으로 바라보고는 3학년 선배들을 끌고 생활실을 나갔다. 진심으로 고마웠다.

선배들이 나가자 침대 매트에 앉아 있던 나나도 일어섰다.

"굿이니, 제령이니 굳이 할 필요도 없어. 나도 그 킴이라는 애 블로그 읽어 봤거든. 학사 귀신이 사생들 공부 못하게 하려고 생긴 거라던데? 무서워하고 떨면 떨수록 더 강해진다고 했어. 다 같이 똘똘 뭉쳐서 향학열을 불태우면 알아서 소멸할 잡귀 아냐? 유난 떨지만 않으면 돼. 학사에서 귀신 본 사람 하나둘이 아니잖아. 무서운 사람은 알아서 여길 나가. 괜히 분위기 흐리지 말구."

나나의 눈동자가 싸늘하게 채율을 향했다. 나나와 같은 201호실 사생 변세림과 민예성이 동조했다.

"그래, 솔직히 이런 건 멘탈의 문제야. 다 같이 있는데 무섭긴 뭐가 무서워."

"맞아. 시간 낭비야."

멘탈의 문제. 맥이 탁 풀렸다. 물론 귀신을 본 이후로 공부할 집중력을 많이 잃어버렸던 것이 사실이었다. 책만 펴면 딴 생각이 들고, 등골이 서늘하고, 무서웠다.

그런데 지금 나나와 성골 아이들은 그런 채율을 지적하며 정신력이 약한 아이로 치부했다. 아니, 채율을 지지하고 있는 다른 사람들까지 모두 싸잡아 얕보고 있었다. 니들이 그런 정신력을 가지고 있으니 그 정도밖에 못하는 거지. 성골들은 생활실을 나가며 떨거지처럼 202호실 생활실에 남은 진골들, 6두품을 눈빛으로 멸시했다.

채율은 자괴감에 사로잡혔다.

사실 D 외고 시험을 치던 날, 신경성 위장염으로 기량을 다 발휘하지 못했다. 같은 학교를 나왔지만, 훨씬 실력이 떨어지는 친구는 붙었다. 그 아이는 시험이라고 긴장도 하지 않고 잠도 푹 잤다. 아직도 그 풍경을 잊을 수 없었다. 시험에 붙은 아이들끼리 모여 화기애애하게 이야기를 나누던 모습. 혼자서만 약한 인간이라는 걸 들킨 기분이었다. 지금처럼.

'내가 이번 시험에 매달린 진짜 이유는 따로 있었어.'

진골 아이들을 위해서가 아니었다. 그건 진짜 이유를 숨기기 위한 포장에 불과했다. 사실은 저 아이들, 성골 아이들에게 만만히 보이는 게 싫었다. 한심했다. 절망하고 있는 채율의 어깨를 룸메이트 다은이가 툭툭 건드렸다.

"기죽지 마. 넌 수행평가만 잘하면 나나를 이길 수 있어."

"난……."

"아무 것도 걱정하지 마. 귀신은 널 해치지 못해."

다은이의 책상 위에는 한문 수행평가인 한자쓰기 보충 교재가 놓여 있었다. 옆자리 현아는 주말 동안 지구과학 과제 '한반도 지질 명소 소개'를 위해 직접 답사를 다녀오고 자료를 정리 중이었다. 유리는 휴대폰으로 열심히 작가 섭외 메일을 보내고 있었다. 비문학류의 책을 한 권 선정해서 저자를 인터뷰하고 인증샷을 찍어 오는 게 작문 과제였다.

다들 강했다. 어쩜 저렇게들 강할 수 있을까. 다은이도, 성골 아이들도.

모든 인생에는 결정적인 순간이 온다. 각자의 정신력이 드러나는 순간.

"알았어."

대답은 그렇게 했지만 역시 집중이 되지 않았다.

채율은 가방 속에서 미도에게 받은 클리어 파일을 꺼냈다. 카발리스트 킴에게 수집된 귀신 체험담들이 정리된 파일이었다. 스테이플러로 고정된 두꺼운 프린트물도 꺼냈다. 전교생의 이메일 주소와 인터넷 학급 카페 닉네임, 아이디가 들어 있는 자료였다. 자료는 단순히 이번 해만이 아니라, 작년과 재작년의 것까지 들어 있었다. 노진권 선생님께 부탁해 받았다.

'나만 쿠크다스 멘탈일 리 없어. 나 말고도 약한 놈이 있을 거야. 분명히.'

채율의 왜곡된 열등의식은 귀신을 본 사람 가운데 겁쟁이가 있다는 걸 확인하고 싶다는 비굴한 욕구로 바뀌었다.

카발리스트 킴에게 온 사연들은 대부분 익명으로 투고되었지만, 조금만 주의를 기울이면 그 사람의 신상을 파악할 수 있을 것이었다. 학급에서 쓰는 아이디, 메일과 유사한 사람이 한두 명쯤은 있을 테니까. 더군다나 선암여고는 학기 초 학급 비상 연락망을 구축할 때 이메일 주소를 두 개 이상 적도록 강제하고 있었다.

수작업은 한계가 있었다. 선생님께 받을 때 USB에도 파일을 저장해 두어 다행이었다. 1층 휴게실에는 수행평가 초안을 작성하는 사생들과 게임 「헌드레드」를 즐기고 있는 사생들이 나란히 컴퓨터를 사용하고 있었다. 그 사이에서 엑셀로 자료를 불러 들였다.

'먼저 귀신 머리카락을 본 학생들부터……'

3학년이라서 위층에는 다락방밖에 아무 것도 없었는데…….

……친구네 생활실 바로 위에 있는 다락방 창문도 잠겨 있었고.

다락방은 팔짝 지붕 아래 남은 공간으로 형성된 방이었다. 생활실 바로 위에 창문이 있는 3층 방은 학사의 정면과 후면에 위치한 302호실, 303호실, 308호실밖에는 없었다.

첫 번째 사연에 자기 경험을 투고한 사람의 아이디는 RollCo2807.

3곳 생활실 사생 가운데 비슷한 아이디를 가진 사람은 roller-_coaster@hanmail.net를 사용하는 303호실 이장미가 있었다. 장미의 휴대폰 번호가 2807로 끝난다는 점도 추측을 뒷받침했다.

또한 두 사연은 화자가 다를 뿐, 귀신 머리카락을 본 후 직접 다락방 위로 올라가 확인을 했다는, 사실상 같은 경험을 이야기하고 있었다.

채율은 하재가 만든 선암여고 빅데이터를 열었다. 인간관계도에서 장미와 친한 사람들을 찾고, 그중에 두 번째 사연을 보낸 novasun과 비슷한 아이디를 쓰는 사람이 있는지 확인했다. 이장미와 친한 다섯 사람 가운데 3학년 4반 신성혜가 똑같은 닉네임을 학급 카페에서 3년 내내 사용하고 있었다. nova가 신성(新星)을 뜻하

1F

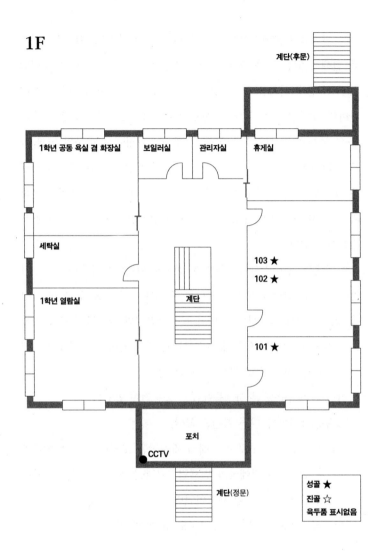

계단(후문)

1학년 공동 욕실 겸 화장실　보일러실　관리자실　휴게실

세탁실

1학년 열람실

계단

103 ★
102 ★

101 ★

포치

CCTV

계단(정문)

성골 ★
진골 ☆
육두품 표시없음

고, sun이 혜와 발음이 유사한 해를 뜻한다는 걸 생각하면 이름을 바꾸어 아이디를 만든 모양이었다. 창문에 흔들리는 머리카락을 보았다는 사람들은 3학년 사생 유은하(308호실)와 아마도 그녀의 이야기를 전해 들었을 같은 학급 친구 장미연(3-9)과 황지애(3-9), 장미연의 학원 친구 이가을(3-3), 최현(3-2), 최현과 작년 단짝이라 쉬는 시간마다 교류가 잦은 홍수린, 홍수린(3-5)과 새로 친구가 된 김은지(3-5) 등이었다. 사연의 신상을 밝혀가는 과정에서 소문의 전파 경로도 파악할 수 있었다. 귀신 머리카락을 직접 경험한 마지막 사생은 유은하와 같은 방을 쓰는 오예림(308호실)이었다. 사연이 유은하와 아주 비슷해서 아마도 동일한 시간에 같은 장면을 목격한 것을 진술한 듯했다.

이외에도 나머지 사람들은 모두 친구의 이야기를 전하고 있고, 사연이 유사한 진행을 보이고 있다는 점에서 한 부류로 묶을 수 있었다. 직접 귀신을 본 사람은 드러나지 않았지만, 닉네임으로 본인들을 추적하고, 관계도표를 참조해 그들과 가장 가까운 사생을 알아낸 결과 강세형(303호실)일 것으로 여겨졌다.

귀신 머리카락을 본 사생들에게는 공통점이 있었다.

'모두 3학년이야. 다른 학년은 없어.'

채율은 같은 방식으로 욕실에서 핏자국을 보았다는 사생들을 추려보았다. 201호실 민예성과 변세림, 205호실 황지아. 나머지 사람들은 친구거나 한 살 어린 사촌이었다.

'이번에는 모두 2학년······. 그것도 성골들뿐이네.'

학사에서 귀신 본 사람들 하나둘이 아니잖아.

2F

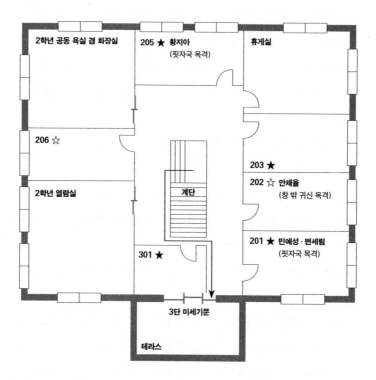

나나의 말이 맞았다. 성골들은 최소 세 사람이나 귀신의 장난을 보았다. 그런데도 정신이 흐트러지지 않고, 학사를 나갈 고민도 하지 않고 확고하게 자리를 지키며 공부하고 있었다.

멘탈의 문제. 생각하기 싫지만 다시 귓전을 울리는 말이었다.

열람실 창밖에 떠 있는 귀신에 관한 사연을 보낸 사람은 작년에 학사를 그만둔 윤여민(3-10)과 여민의 단짝 친구 전민정(3-9)과 채율과 같은 방을 쓰는 사생 조현아(202호실), 그녀의 친구 길연미

(2-12), 채율과 학급 짝꿍인 손은경이었다.

그러니까 사연을 보낸 사람들 중에서 직접 귀신을 본 사람은 윤여민뿐이었다. 현아는 채율이 귀신을 보았다는 이야기를 듣고 두려움에 떨면서 사연을 보내고 친구에게 이야기했을 뿐이었다. 손은경은 귀신을 본 다음 날 제정신이 아닌 채율을 양호실로 옮겨 준 친구였다.

'열람실에서 귀신을 직접 목격한 사람은 나와 윤여민 선배, 둘뿐이라는 건가.'

그러나 그 귀신은 인상착의가 달랐다. 둘 다 머리카락으로 얼굴을 가리고 있다는 점은 같지만, 여민이 본 귀신은 머리가 길었고, 채율이 본 귀신은 머리가 짧았다.

채율은 팔짱을 낀 상태로 눈을 질끈 감았다. 작년에 졸업한 강우림과 한설 선배들에게서 사감 선생님이 받아 두었다는 그림도 떠올랐다. 그 귀신들은 하복을 입고, 머리에 핀을 꽂고 있었다. 가장 큰 특징은 안구가 없었다는 것. 다들 인상착의가 달랐다.

'설마…… 학사에 귀신이 여럿 돌아다니는 거 아니야? 한둘이 아니라.'

온몸이 싸늘해졌다. 시간은 어느새 새벽 2시를 가리키고 있었다. 수행평가 기간에는 컴퓨터 사용자들이 많아졌다. 바로 옆방 사감 선생님도 휴게실에서 자판 소리가 들려도 묵인해 주었다. 덕분에 자정이 넘어 혼자 남을 때까지 밤이 늦어진 걸 몰랐다. 창밖에서 무언가 휙휙 지나가는 느낌이 나기도 했다. 채율은 얼른 컴퓨터 전원 버튼을 누르고 자리에서 일어났다.

3F

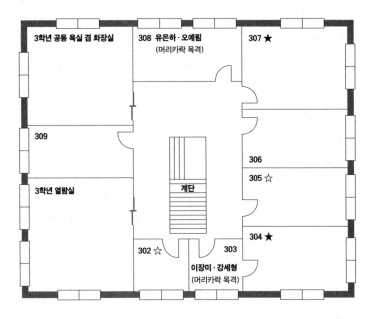

2층으로 올라가는 복도와 계단은 어둠에 잠겨 있었다. 정면 창에서 어슴푸레한 가로등 불빛이 겨우 들어올 뿐이었다. 센서가 움직임을 감지할 때까지 조심스럽게 앞으로 전진하면서 들고 있는 파일과 노트를 꼭 감싸 안았다. 오래된 목조 계단은 오를 때마다 끽끽 소리를 냈다. 세 계단 정도 올라갔을 때였다.

'무슨 소리지?'

꽤 무거운 물체가 낙하하는 소리가 들렸다. 화단 잔디밭에 떨어져 소리가 완충되었지만. 채율이 소리를 들을 수 있었던 건 계단과 화단이 가까웠기 때문이었다. 희미한 신음소리와 소리 죽여 외치는 소리가 들렸다.

"세미야! 세미야! 괜찮아?"

익숙한 목소리. 분명 연주의 목소리였다. 목소리는 윗층에서 들려왔다. 심세미 선배가 떨어진 모양이었다. 하지만 정문은 잠겨 있었다. 상황을 보기 위해서는 2층 발코니로 올라가는 게 나았다. 채율은 계단을 뛰어올라가며 층계참에서 방향을 틀었다. 그때 2학년 열람실 문이 열리는 소리가 들려왔다.

"다은아!"

"세미 선배가 떨어졌어."

다은은 간단히 말하고는 채율을 지나쳐 계단을 내려갔다. 사감 선생님을 부르러 가는 모양이었다. 채율은 복도에 나 있는 발코니 창을 열었다.

연주는 채율을 보고 미간을 완전히 찌푸렸다. 어째서인지 경멸하는 표정이었다.

"무슨 일이에요?"

연주는 아무 말도 하지 않았다. 열람실 쪽으로 향한 발코니 난간 아래, 세미가 떨어져 있었다. 부스스한 머리에 깨진 안경. 심세미였다. 체크무늬 남방에 카디건을 걸친 세미는 혼이 나간 얼굴로 다리를 내려다보며 인상을 쓰고 있었다. 오른쪽 발목이 화단 조경석 바로 옆에 놓여 있었다. 아무래도 돌에 부딪힌 모양이었다.

"선배, 괜찮아요?"

세미는 채율과 눈도 마주치려 하지 않았다. 때마침 윗층 3학년 열람실 창문이 활짝 열렸다. 역시 3학년이라 밤늦은 시간까지 공부하고 있었던 모양이다. 아까 3학년 열람실은 괜찮냐며 떨던 유은하 선배가 같은 방 친구와 함께 아래를 내려다보았다.

"큰일 났어. 세미 떨어졌나 봐."

소리를 지르자, 열람실 옆에 있는 302호실, 303호실 불도 켜졌다. 발코니 바로 옆인 201호실의 불도 켜지고, 창문이 열렸다. 변세림과 최나나가 얼굴을 내밀었다.

곧 발코니 밑 포치로 유치환 사감 선생님이 다은이와 함께 문을 열고 나왔다. 다리를 살펴보려고 하자 세미가 짜증을 냈다.

"그냥 119 불러 주세요. 부러졌어요."

"다른 데는? 허리나 머리 쪽은? 갑자기 이게 무슨 날벼락이야."

사감 선생님이 휴대폰으로 119에 전화를 거는 동안, 304호실 창문도 열렸다. 룸메이트가 떨어진 걸 보고 선배들은 질겁했다.

"혹시 죽으려고 뛰어내린 거니? 고3 되고 나서 스트레스 많이 받았어?"

그 말을 들은 세미의 눈썹이 무섭게 휘었다. 아픈 것도 짜증나는데 자꾸 시끄럽게 헛소리 하지 말라는 눈빛으로 싸늘하게 교사를 노려보았다.

"아, 그런 거 아니에요."

무심하게 지껄이던 사감이 그 기세에 약간 물러섰다. 발코니에 서 있던 연주가 사감을 불렀다. 작게 속삭이는 목소리였지만 가까이 있어서 잘 들렸다.

"선생님 그게요. 저랑 발코니에서 이야기를 하다가, 갑자기 세미가 뭘 봤나 봐요. 확인한다고 고개를 숙이다가 그대로 떨어졌어요."

"뭘 봐서?"

연주가 고개를 옆으로 살짝 숙이더니 작게 속삭였다.

"귀신을요."

그러고 보니 발코니 난간은 2층 열람실 창문과 직접·맞닿아 있었다. 채율을 놀라게 한 귀신이 출몰한 그 장소였다.

"귀신을 봤어?"

치환이 인상을 찌푸리며 말했다. 연주가 목소리를 낮춘 보람이 없었다. 위층 아래층 할 것 없이 동요하는 모습이 보였다. 세미는 어쩔 수 없다는 듯 입을 열었다.

"검은 옷을 입은 애가, 기숙사를 빙빙 돌고 있었어요. 손에 칼까지 들고."

"칼?"

10분쯤 지나자 구급차가 도착했다. 구조대원은 환자의 다리를 조심스럽게 어루만지며 부러졌다고 말했다.

"저기서 떨어졌어? 이만하길 다행이네."

"떨어지면서 담쟁이 넝쿨을 잡았거든요."

오래된 건물인 학사에는 담쟁이 넝쿨이 남자의 가슴 털처럼 무성했다. 구조대원들은 세미를 이동식 간이침대에 눕혀 차 안으로 옮겼다. 세미의 하얀 양말이 곧 차 안으로 사라졌다. 무심코 양말을 보던 채율은 갑자기 이상하다는 생각이 들었다.

사감은 보호자 자격으로 구급차에 동행했다.

"나중에 다 CCTV 확인할 테니까, 선생님이 다시 올 때까지 가만히 있어. 병원 10분 거리인 거 알지? 좋은 일 아니니까, 소문 퍼트리지도 말고."

부리부리한 눈을 치뜨며 아이들과 사생장에게 엄포를 놓고 사감은 사라졌다. 구급차가 사라지고 난 후 연주는 짜증스러운 표정으로 채율을 돌아봤다.

"그렇게 알아듣게 말했는데도, 정신 못 차리겠어? 이젠 나도 몰라. 이번 일은 너희 때문에 벌어진 일이니까 뭘 봤든지 간에 입도 뻥긋하지 마. 아니면 우리도 다 수가 있어."

대체 뭐에 이렇게 화가 났는지 이해할 수 없었다. 잔뜩 목소리를 낮추어 말하는 선배가 낯설었다. 채율이 어리둥절한 얼굴로 서 있는 걸 보고 연주는 손가락으로 기숙사에서 얼마 떨어지지 않은 수풀 속 어둠을 가리켰다. 이쪽을 보고 있는 학생들도 눈치 채지 못할 만큼 은밀한 손짓이었다.

'김하재?'

수풀 속에는 검은 로브를 입은 하재가 두 눈을 반짝이며 어쩔 줄 모르겠다는 얼굴로 합장을 하고 있었다. *미안해. 내 잘못이야. 나 때문에 그 선배가 떨어졌어.*

그러니까 검은 옷을 입은 애가 손에 칼을 들고 기숙사를 빙빙 돌고 있었다는 세미의 이야기는 기숙사 주변에서 모종의 의식을 거행하고 있던 카발리스트 킴을 가리키는 말이었던 모양이었다.

'학교에서 가장 장래가 촉망되는 인재의 다리를 부러뜨리다니. 그것도 가장 중요한 고3 시기에. 진짜 사고 한번 제대로 쳤다.'

현기증이 몰려왔다. 하재는 채율의 난감한 얼굴을 보고 완전히 풀이 죽어 수풀 속에 쭈그러졌다.

111

'하지만 그건 무슨 말이지? 뭘 봤든 간에 입도 뻥긋하지 말라니.'

채율은 가만히 연주의 발을 내려다보았다. 연주는 발목에 레이스가 달린 분홍색 양말만을 신고 있을 뿐이었다.

아무리 실내 생활이라고 해도 복도의 먼지와 계단 때문에 학사에서는 슬리퍼를 신고 다녔다. 발코니라고 예외는 아니었다. 자기 전에 양말을 신느냐 마느냐 하는 건 개인의 취향이라도. 만에 하나 두 사람이 모두 양말만 신은 상태로 발코니에서 이야기를 나누었다 치자. 그러면 어김없이 양말이 더러워졌을 것이다.

'흠, 그렇구나.'

채율은 이제 상황이 짐작이 갔다. 실내화를 신고 있지 않은 건, 방금 전까지 다른 걸 신고 있었기 때문이었다.

신발.

두 사람은 밤 외출을 하고 들어왔다. 그리고 기숙사로 복귀하다가 갑자기 튀어나온 하재를 보고 놀라 세미가 떨어졌다. 신발을 신은 상태로 선생님을 맞이했다가는 외출한 게 들킬 수 있으니까, 재빨리 신발을 숨겼다. 연주야 자기 생활실이 발코니 바로 옆이니 문을 열고 아무렇게나 던져 놓아도 되지만, 땅에 떨어진 세미는 신발을 어디다 숨겼을까. 다리가 부러진 상황에서는 제대로 움직일 수도 없었을 텐데.

채율은 휴대폰을 손전등 모드로 바꿔 세미가 떨어져 있던 주변을 찬찬히 훑어보았다. 세미의 손이 닿을 만한 범위에 한해서.

관목 사이에 숨겨져 있는 한 켤레의 갈색 단화가 눈에 들어왔다. 단서는 그것뿐만이 아니었다. 손바닥 반만 한 정사각형 크기로 잔디가 팬 자국이 하나, 둘, 두 개가 있었다. 2학년 열람실 쪽 발코니 난간이 201호실 쪽 난간보다 페인트 벗겨진 자국이 더 심했다. 마치 무언가를 걸어 놓았다가 생긴 자국처럼 보였다.

'사다리……. 사다리로 왔다 갔다 한 거로군.'

하지만 대체 어디다 숨긴 걸까. 고민하던 채율의 눈에 발코니 한편에 놓여 있는 하얀색 철제 소방함이 보였다. 모래주머니와 소화기를 보관하고 정기 점검 때 외에는 아무도 열어 보지 않는 상자. 불시에 관리자가 열어 봐도 접이식 사다리는 별 의심을 사지 않을 터였다. 화재시 비상 탈출구로 발코니가 사용되는 건 당연한 일이니까.

채율이 상자에 손을 뻗자 연주는 매서운 눈초리로 그녀의 손을 쳐냈다.

"탐정 놀이는 그만두는 게 좋을 거야."

* * *

받는 사람: dr.saltydog@gmail.com
보낸 사람: dbsaleh18@gmail.com

제목: 우리 학교에 MJ 엔터테인먼트 연습생이 들어왔어요.

한국은 점점 여름이 다가오고 있어요. 채준 씨는 잘 지내고 있나요? 저는 잘 지내고 있답니다. 좋은 소식을 알려 드려야 할 것 같아서 메일을 보내요. 얼마 전에 저희 학교에 슈가 걸즈가 소속된 MJ 엔터테인먼트 연습생이 입학했어요. 라온 씨에게 부탁하니 우리 이야기를 해 주신다고 하더라구요. 친해지면 슈가 걸즈에 대한 정보를

입수해서 모두 알려 드릴게요. ㅎㅎ

　　요즘 저희 탐정단은 교내 기숙사에 출몰하고 있는 귀신 사건을 수사하고 있어요.
채준 씨는 귀신이 있다고 생각하세요? 수학자이시니만큼 아무래도 심령학에 부정
적인 견해를 가지고 있겠죠. 저도 처음에는 그렇게 생각했는데요. 채준 씨를 알게 된
후부터 생각이 바뀌었어요.

　　사람의 내면에는요. 죽어서도 놓지 못할 무한한 감정을 품는 공간이 존재하는 것
같아요. 슈가 걸즈를 순수하게 좋아하는 채준 씨라면 이해하겠죠? 사람이 사람에게
품는 감정의 무게를요. 남들은 이해하지 못할지라도, 가끔 영혼의 존재를 느껴요.

　　그럼 다음 편지까지 안녕히.

　　P.S. 채준 씨, 이제 우리 슬슬 말을 놓을 때가 되지 않았나요? 사실상 우리 동갑이
잖아요. 몰라, 나 담에 편지 쓸 때는 그냥 말 놓을래. 그래도 돼죠? 꺅.)O<;;

　　몇 번이나 내용을 고쳐 읽은 후, 미도는 발송 버튼을 눌렀다. 시계
를 보니 어느덧 등교 시간이 가까워오고 있었다.

　　'에, 머리도 아직 안 감았는데…….'

　　맞벌이인 부모님은 이미 출근하신 뒤였다. 두 분 모두 공무원이셨
다. 집안은 언제나처럼 깔끔하고, 무서울 정도로 잘 정리되어 있었
다. 거실 책장에는 저자의 이름을 따라 가나다순으로 말끔하게 책들
이 수납되어 있었고, 신문 기사 파일들도 잘 스크랩되어 꽂혀 있었
다. 벽에 걸린 화이트보드 게시판에는 한 달 일정이 어머니가 짜놓
은 식단표와 함께 적혀 있었다. 미도의 정리벽, 수집벽, 기록벽은 부
모님의 생활양식을 물려받은 결과였다.

샤워기에서 적당히 뜨거운 물이 나오도록 조정한 후에 머리를 감았다. 고개를 숙이고 두피에 좋은 생강 샴푸를 덜어 거품이 잔뜩 나도록 모발에 문질렀다. 초등학교 시절에 들었던 무서운 이야기가 갑자기 떠올랐다.

머리를 감으려고 고개를 숙이잖아. 그러면 귀신도 같이 네 머리칼 위에 머리를 늘어뜨린대. 그때 천장을 올려다보면 귀신이랑 눈이 마주친다고…….

오랫동안 잊고 있었던 이야기가 떠오르는 건 어제 보았던 피 글씨 때문인 게 분명했다. 미도는 무서움을 떨치기 위해 서둘러 머리를 헹궜다. 고개를 들었을 때는 욕실 거울에 뿌연 김이 서려 있었다.

'아……. 정말 섹시하다니까.'

김이 어린 거울에는 안경을 벗은 자신의 모습이 황홀하게 비치고 있었다. 콧잔등에 살짝 있는 주근깨도 보이지 않고, 촉촉하게 젖은 머리카락이 이마에 달라붙은 데다 입술도 새빨갛고 도톰했다. 슈가걸즈 뺨칠 정도로 귀엽고 사랑스러웠다. 만약 이런 모습을 채준 씨가 본다면 분명 반하고 말 텐데. 잠시 시간을 잊고 양 볼을 부풀렸다가, 윙크를 했다가, 하트를 날렸다가 하며 애교를 부려보았다. 그리고 마지막으로 뿌연 거울 앞에 사랑하는 이의 이름을 적었다.

안채준 ♡ 윤미도.

동글동글하게 써진 글자를 보며 천천히 그 글자에 입을 맞추었다.

'언젠가는 당신도 내 사랑을 깨닫게 되겠죠. 지금은 다른 사람을 바라보고 있지만, 난 견딜 수 있어요.'

거울에 입술 자국이 남았다. 혹시 부모님이 볼까 부끄러운 생각이

들어서 얼른 샤워기 물을 틀었다. 금방 시야가 투명해지고, 모래 위에 쓴 글자처럼 허무하게 이름이 사라져 버렸다.

이제 거울에 비친 것은 미간을 찌푸린 미도의 얼굴뿐이었다. 미도는 자신의 검지손가락 끝과 아직 물을 뿜어내고 있는 샤워기를 번갈아 바라보았다.

글자는 사라져 버렸다.

물과 함께.

'이게 어떻게 된 거지?'

너무도 당연한 일이었지만, 지금까지 생각하지 못했다.

'글자는 남을 수 없어.'

만약 귀신이 피 글자를 남겼다고 해도 누군가는 그 글자를 샤워기로 지웠을 게 분명했다. 샤워기가 아니라 수건으로 문질러 지웠어도 마찬가지였다. 루미놀이 헤모글로빈에 반응하는 건 사실이었지만, 글자 모양대로 형광 자취가 남을 게 아니라, 씻긴 궤적을 따라 반짝였어야 했다.

귀신의 메시지든, 이름이든 그렇게 선명하게 남을 리가 없었다.

메시지나 이름이 남으려면 피 글씨를 만들고 지울 차례가 되었을 때 지우는 사람이 아주 공을 들여 글자체를 따라 핏자국을 없애야 했다. 누가 무엇을 위해 그런 짓을 한단 말인가.

마치 탐정단이 루미놀 시약으로 화장실을 조사할 걸 예상이라도 한 것처럼.

예상한 사람이 있다면?

'누군가 우리 탐정단에 와서 루미놀 시약이 구비되어 있다는 걸

116

보았다?'

충분히 가능성이 있는 이야기였다. 요즘 탐정단 사무실 열쇠는 투고함 근처에 허술하게 보관되고 있었다. 누군가 탐정단 사무실에 침입한다. 사무실을 둘러보다, 루미놀 시약을 비롯해 여러 가지 감식 도구들을 발견한다. 뿐만 아니라, 전교생의 사생활을 조사한 파일들도. 침입자 X는 탐정단과 연관이 되어 있는 카발리스트 킴이 사기꾼이라는 걸 곧바로 알게 되었을 것이다. 동시에 탐정단이 학사 귀신을 수사하고 있다는 것도. 미도가 루미놀 시약을 가지고 선암학사에 들어가야겠다고 생각한 건 카발리스트 킴에게 '화장실 벽에 피로 쓰인 귀신의 글씨'라는 사연이 투고된 후였다. 혈흔 감식에 루미놀이 사용된다는 건 미스터리 마니아가 아니라도 미국 수사 드라마 한두 편 본 사람이라면 충분히 떠올릴 수 있는 방법이었다. 작년 과학 선생님과 과학실에서 실험하기도 했다.

"루미놀은 아주 극소량의 혈흔이라도 검출해 내기 때문에 범죄수사에 아주 유용해요. 백 배가 아니라 만 배로 희석해도 불을 끄면 반짝반짝 빛나거든."

마음만 먹으면 계획은 간단하다. 혈흔을 희석한 수용액을 붓에 발라 벽에 글씨를 써놓으면 되니까.

벽에 남은 글씨는 정상적인 환경에서라면 남을 수 없는 조작이 분명했다.

카발리스트 킴에게 투고되었던 사연 자체가 조작되었다는 의미였다.

'하지만 누가? 왜?'

머리카락을 수건으로 대충 털어내고 물이 뚝뚝 떨어지는 것도 아랑곳없이 미도는 교복을 입고 학교를 향해 내달리기 시작했다. 가는 도중에 탐정단 멤버들에게 메시지를 보내 한 가지 사실도 확인했다.

요즘 우리 사무실 청소한 사람? 있으면 빨리 대답해 줘.

난 아녀.

예희도 안 했어욤.

난 카발리스트 킴 행세하느라…….

나도 안 했어. 대장 일단 학교로 빨리 와. 할 말이 있어. 학사 귀신 말인데. 아무래도 가짜인 것 같아.

채율의 메시지가 끝이었다. 역시 아무도 사무실을 청소한 사람이 없었다. 침입자 X는 탐정단 사무실에 들어온 것도 모자라 보란 듯이 청소를 했다. 문득 2학년 사생들 중에서 강박증에 가까운 결벽증 환자가 있던 것이 기억났다.

'최나나. 설마 걔가 우리 사무실에 들어왔던 건가.'

미도가 학교에 도착했을 때는 탐정단이 회의를 할 만한 시간이 남지 않았다. 채율은 메신저 공동 대화창으로 어제 학사에서 있었던 심세미 선배의 추락 사고와 하재가 목격한 선배들의 밤 외출에 대해 설명했다.

학사에 귀신은 없어. 내가 본 건 사람이었어. 사다리를 타고 발코니를 올라오던 누군가가 나를 발견하고 머리카락으로 얼굴을 가렸던 걸 귀신으로 오해했던 거야. 허공에 사람이 떠 있을 거라고는 생각하지도 못했어. 창의 높이는 사다리가 보이지 않는 위치였고 말이야.

그렇다면 다른 사연들은? 창문에 늘어진 귀신 머리카락이나 피로 쓴 글씨는?

성윤이 물었다.

추적 조사해 보니까, 귀신 머리카락 건은 모두 3학년 선배들, 그중에서도 진골과 6두품 선배들이 겪은 일이야. 선배들의 생활실은 성골 선배들 생활실 바로 옆에 위치해 있거든. 머리카락이 위에서부터 내려왔다고 해서 다락방 창문에서 머리카락을 내릴 필요는 없어. 유리창 닦을 때 쓰는 도구만 사용해도 돼. 그걸 충분히 늘인 뒤에, 가발을 걸어서 옆 창문에서 흔들면 꼭 위에서 머리카락이 흔들리는 것 같아 보이는 착시 효과를 만들어 낼 수 있거든. 하지만 나도 '피로 쓴 글씨'는 어떻게 된 건지 모르겠어.

그건 내가 해명할게.

미도는 오늘 아침 머리카락을 감으면서 있었던 일을 차분히 이해하기 쉽게 설명해 주었다. 수수께끼가 하나씩 풀리고 있었다.

수업이 시작된 후에도 스릴 넘치는 문자 회의는 계속되었다. 탐정 단원들은 각자의 반에서 선생님들의 시선을 피해가며 열심히 의견을 나누었다. 쉬는 시간에는 채율이 알아낸 대로 3학년 진골, 6두품 선배들을 찾아가 귀신 머리카락을 목격한 시기를 알아냈다. 모두 카발리스트 킴이 유명해지고 난 뒤에 일어난 일이었다.

하지만 여전히 이해가 안 되는 일이 있어. 채율이 네가 그랬잖아. 작년에 선배들이 똑같은 날, 똑같은 시간에 귀신 꿈을 꾸고 난리가 났었다고. 그건 어떻게 된 거야?

성윤이 의문을 제기했다.

예희는 이런 가설을 제시했다. 빅데이터를 참고한 결과 귀신을 보았다고 증언한 두 사람은 모두 성골이었고, 동시에 남성 아이돌 그룹 에시드 제로 멤버 조현승의 열렬한 팬이었다.

내가 방금 검색해 봤거든. 그 언니들이 귀신 봤다고 난리친 다음 날이 조현승하고 이원 듀오 콘서트를 열기 바로 전날이드라. 작년에 한 시즌 유닛으로 활동했잖아.

참, 그리고 대장, 왜 네가 1학년생 성골이 우리 열람실에서 남자친구랑 화상통화한다고 했던 거 기억나? 이제원 가방 속 찍었던 사진 좀 보내줄 수 있어?

채율의 요청에 미도는 모두에게 사진을 전송했다.

생각해 보면 이 일도 화상 통화가 아니라, 나갔다 온 것 같아.

밤에 화장하고 남자친구 만나러? 히야. 범생이 대담하네.

채율은 휴대폰으로 사진 한 장 중 부분을 동그라미 치고, 확대시켜 보여 주었다. 주민등록증과 가방 속에 들어 있던 손바닥 크기의 휴대용 섬유 탈취제였다. 김연아 선수가 활짝 웃으며 광고하고 있는 제품이었다.

고등학교 1학년은 주민등록증이 나오지 않잖아. 섬유 탈취제를 휴대하고 다니는 것도 이상해. 아무래도 얘 담배 피우는 것 같아. 주민등록증은 작년에 졸업한 언니 걸 슬쩍했겠지. 두 사람 얼굴이 무척 닮았거든.

맞네. 맞어. 여기 있는 코카콜라 모양 장난감 이거 라이터야. 뒤집어서 버튼을 누르면 불이 나오거든. 모양이 이래서 라이터 같아 보이지 않지만 날라리들 사이에서 유명한 장난감이야.

왕년에 꽤 놀아 본 예희가 단정했다.

기숙사에 들어왔어도 중독을 끊을 수 없었던 모양이었다.

탐정단은 점심시간이 되어서야 겨우 얼굴을 마주할 수 있었다. 반이 달라 식당에 오는 시간도 달라야 하지만, 워낙 긴급한 사안이다 보니 다들 요령껏 종이 치자마자 식당으로 달려왔다.

"그러니까 뭐야, 귀신은 기숙사 성골들이 만들어 낸 위장인 거라고? 몰래 밤 외출을 하기 위해서?"

"오늘 등교하기 전에 사감 선생님 방에 있는 CCTV 모니터를 확인하고 왔어. 정문에 달려 있는 CCTV 카메라는 현관이랑 1학년 생활실 쪽을 비추고 있어서 사각 지대가 있었어. 2학년 열람실 쪽에 사다리를 내리면 카메라 뒤편이라 보이지 않아.

생각해 봐. 지난번에 귀신을 보고 학사를 나간 사람은 윤여민 선배야. 진골이었지. 성골들은 자신들이 자유로운 밤 외출을 하지 못하게 될까 봐서 윤여민 선배한테 일부러 진실을 이야기하지 않았어. 비밀은 아는 사람들이 적을수록 잘 지켜지니까. 귀신과 사다리와 발코니에 얽힌 미스터리는 성골들끼리만 알고 있는 비밀이었어."

채율은 마른세수를 했다. 지금은 진골로 살아간다지만, 작년에 입소한 다은이는 성골들의 비밀을 알고 있었다. 일이 어떻게 돌아가는지도 알고 있었을 것이었다. 귀신 소문이 마구 퍼져나가는 와중에도 흔들리지 않고 열람실에서 공부하고, 채율에게 속편한 충고를 할 수 있었고.

"비밀 집단 같애. 스컬스(Skulls) 같은 거."

"작년부터 기숙사에서 생활한 진골 선배가 그런 말을 했어. 예전에는 귀신이 그렇게 날뛰지 않았는데 요즘 들어 귀신에 대한 이야기가 많아졌다고. 왜였을 것 같아?"

"우리 때문이었다?"

미도가 미간을 찡그리며 말했다.

작년 의뢰자 박세유 선배는 기숙사 성골 사생이었다. 그녀의 단짝인 이연주는 탐정단의 실력을 잘 알고 있었다. 진실을 위해서는 물불을 가리지 않는 괴짜 집단이라는 것도. 기숙사 입소 후에 탐정단 멤버 안채율이 귀신을 목격하는 일이 터지자, 성골들은 탐정단의 수사가 본격적으로 진행될 걸 우려했을 터였다. 최나나가 사무실에 침입하게 된 것도 그런 맥락에서였을 거였다.

"와, 대단하다. 그럼. 우리가 작전 펴는 것도 다 알고 있었다는 거잖아. 알면서 거짓 정보를 흘린 거야?"

"그리고 우리는 기세 좋게 그 미끼를 문 거지."

예희가 고개를 흔들었다. 카발리스트 킴의 활약으로 학사 귀신은 강력해졌다. 덕분에 성골들은 사감 선생님이나, 같은 사생들의 방해를 받지 않고 자신들이 원하는 때에 나갈 수 있게 되었다. 프리패스를 손에 넣은 것이나 마찬가지였다. 결국 한 학기가 다 지나도록 탐정단이 한 일이란 머리 좋은 집단의 애완견 노릇을 하며 그들이 이끄는 대로 움직인 것뿐이었다.

"이제 어떡해? 이대로 당하고 있을 수는 없잖아."

"하지만 뭐 수가 있어? 우리한테는 두 가지 원죄가 있어. 카발리스트 킴을 만들어 전교생을 우롱한 것과, 빅데이터를 만들어 다른 사람들의 사생활을 조사한 일. 우리가 움직이는 걸 알면 성골들은 우리 약점을 전교생에게 털어놓을걸."

하재의 얼굴에 죄책감이 어렸다. 확실히 의도치 않았다하더라도 심세미 선배 성격에 자신에게 위해를 가한 사람을 가만 둬둘 리 없었다. 탐정단은 이 위기가 무사히 지나갈 때까지 최대한 기척을 숨기고 지내야 했다.

채율의 마음을 답답하게 하는 이유는 따로 있었다. 운이 좋아서 탐정단이 성골들의 비리를 폭로한다고 쳐도 사실상 변하는 게 없었다. 만약 진골과 6두품들이 자신들이 속아 왔다는 걸 알게 되면 성골들과 더 갈등하고 반목하게 될 뿐이었다. 계급 간의 골은 더 깊어질 거였다. 귀신 소동이라는 현상만 사라지고 본질적인 문제는 그대로 남는다.

성윤이 의자 뒤로 몸을 쭉 뺐다.

"귀신 같은 놈들이네."

절묘한 표현이었다.

* * *

점심을 먹고 난 후, 급속도로 졸음이 몰려왔다. 생각해 보니 어제 오후 탐정단이 기숙사를 방문했을 때부터 긴장을 놓지 못하고 수사를 했고, 세미 선배 일로 잠도 제대로 자지 못했다. 채율은 담임에게 양해를 구하고 양호실에서 한 시간 정도 푹 잤다. 쉬는 시간이 되었을 때 침대 커튼이 열리면서 의외의 인물이 찾아왔다.

"다은이한테 여기 있다는 얘기 듣고 왔어. 연주 선배도 그러더라. 전부 알아냈다면서?"

라텍스 장갑을 낀 나나였다. 침상 주변에 둘러친 분홍색 체크무늬 커튼을 잡고 틈새로 살짝 몸만 들어왔다.

"조금 늦었지 뭐. 참. 우리 사무실 청소해 줘서 고마워. 대장이 말 좀 전해 달라더라."

나나는 깔깔 대며 웃었다.

"어쩔 수가 없었어. 사무실이 그게 뭐니? 돼지우리도 아니고."

"무슨 용건이야?"

"선배들이 너희가 식당에 모여 회의하는 걸 본 모양이야. 알고 싶 대. 앞으로 어떻게 할 거야?"

"우리한테 선택의 여지가 있냐. 까라면 까야지."

마침 운동장에서 피구를 하다가 공에 맞고 코피가 난 1학년생이 들어왔다. 커튼 균열 사이로 양호 선생님이 얼음팩을 이마에 대 주 는 모습이 보였다. 피는 여간해서 멈추지 않았다. 붉은 핏방울이 뚝 뚝 땅에 떨어졌다. 따라온 친구들이 수선을 떨었다. 친구를 염려하 는 몸짓에서 진심이 느껴졌다. 사랑받는 아이인 모양이었다.

"너무 나쁘게 생각하지 마. 우리도 사람인 이상 공부하는 기계로 살 수는 없잖아. 집에서 지내면 과외니 뭐니 하면서 더 들볶이고 감 시당한다구. 너도 강남 출신이라 알 것 아냐. 발코니는…… 우리한 테 숨구멍 같은 거야. 고3이 된 선배들에게는 더더욱."

"다른 친구들에게는 공포를 선사하면서?"

나나는 재미있다는 듯 피식 웃음을 터트렸다.

"너희도 가짜 영 능력자를 만들고, 학생들을 기만했잖아. 휴대폰 을 수업 중에도 몰래 가지고 다니고, 학생들의 사전 허락도 구하지 않고 사생활과 치부를 마음껏 조사하고 다녔어."

"수사를 위해서였어."

"누가 너희한테 수사권을 줬는데? 그냥 넌 다은이처럼 입을 다물 고 통로를 개인적으로 필요할 때마다 이용하면 되었어. 지금껏 몰래 수사용 정보를 비축하고 목적에 맞게 사용해 왔던 것처럼. 탐정단 활동도 자유롭게 할 수 있을걸. 생각해 봐. 너희들에 비하면 우리가 훨씬 건전하고 인간적인 일탈을 하고 있어. 부득이하게 소문이 날까 봐 다른 계급 애들과 공유할 수 없을 뿐이라고."

채율은 잠시 할 말을 잊었다. 죄질로 따지자면 탐정단 쪽이 훨씬 저열한 느낌이었다.

나나가 손에 낀 라텍스 장갑을 벗었다.

"여기까지가 선배들의 메시지."

나나의 손은 공기가 통하지 않는 장갑 때문에 생긴 습진으로 비정상적으로 하얀색을 띠고 있었다. 의수 같았다.

"이제부터는 내가 너한테 하는 이야기."

여왕은 본론을 이야기했다.

"원한다면 진실을 폭로해도 돼. 내가 지켜줄게. 단, 내가 원하는 것만 넘겨줘."

"뭘?"

"그 자료들 말이야. 선암여고 전교 학생들에 대한 빅데이터. 나한테 넘겨."

등줄기를 타고 소름이 돋았다. 나나는 탐정단이 성골들의 비밀을 떠벌이든 말든, 관심 없었다. 권력의 특성대로였다. 정점에 설수록 더 많은 힘을 움켜잡으려는 것. 자기가 속한 집단을 대변하기보다 자기 힘을 강력하게 만드는 쪽으로 움직인다.

"솔직히 너희한테 감동받았어. 그 많은 자료들. 전교생 한 명 한 명을 세심하게 조사해서 정리하고 수정하고, 데이터베이스화 하고,

심지어 학교 선생님들까지. 훌륭하더라. 전문 홍신소도 너희처럼 제대로 조사할 수 없을걸?"

물론, 그럴 것이다. 홍신소 사람들은 미도보다 훨씬 정상적일 테니까.

"너한테 자료를 넘기면 우리한테 남는 건 뭔데?"

"보호지.

사실 이번에 계획을 세운 게 나야. 사기꾼 카발리스트 킴을 내세워 수사를 하는 너희를 이용해 우리한테 유리한 국면을 만들어 낸건 다른 선배들이 아니라 바로 나라고. 난 2학년 성골들에게 가짜 사연을 보내게 하고, 3학년 선배들에게 옆방 사람들을 어떻게 겁줘야 할지 지시했어.

너희가 나한테 빅데이터를 넘기면 너희가 정의를 수호하고, 동시에 아무런 피해도 받지 않게 해 줄 거야. 좋은 방법이 있거든. 너희의 왕따 친구를 보호하고 싶지 않아?"

나나는 거기까지 말하고 칸막이 커튼을 확 걷었다.

커튼 뒤에는 하재가 서 있었다. 채율의 문병을 왔다가 나나의 목소리를 듣고 엿듣고 있었던 모양이었다. 나나는 당혹하는 하재의 어깨를 잡고 침대 쪽으로 밀쳤다.

"우리 카발리스트 킴 선생님. 어두운 성격에 외모도 별로고 그렇다고 매력이 있지도 않고, 심지어 공부까지 못하지. 친구를 만들려고 사기까지 쳐야 하는 입장이라니 가엾기 그지없어요. 탐정단 애들한테 고맙지? 너 같은 거랑 어울려 주는 게 얼마나 대단한 일이니? 항상 친구들 발목만 잡는 신세. 걱정만 끼치는 타입. 혼자서는 아무

것도 할 수 없는 짐짝. 내가 너라면 진즉에 자살했다."

"야!"

듣다 못한 채율이 소리를 버럭 내질렀다. 하재는 도망치듯 양호실을 나가 버렸다. 나가기 직전 눈가가 붉어지는 게 분명히 보였다. 나나는 아무 일도 없었다는 듯 양호실 침상에 비치되어 있는 손세정제로 손을 닦고는 침상에 벗어 놓았던 장갑을 다시 착용했다.

"내일 자정까지 시간을 줄게. 지금 내가 한 말은 아무 것도 아니야. 카발리스트 킴의 비밀이 밝혀지면 아이들은 난리를 칠걸? 아까 말했지? 선배들이 원하는 바랑 내가 원하는 바는 달라. 네가 입 다물고 있겠다고 생각해도 내게 원하는 걸 주지 않으면 난 카발리스트 킴의 약점을 공개할 거야. 너희 사무실에서 찍었던 파일 사진들 말이야. 선배들한테는 너희가 우리말을 듣지 않으려 했다고. 말과 행동이 달랐다고 말하면 끝나. 너희보다야, 내 말을 더 신뢰할 테니까."

여왕은 장갑 긴 손으로 채율의 어깨를 툭툭 치고 양호실을 나갔다. 채율의 옆 침상에는 코피가 멈춘 신입생이 친구들과 함께 두런두런 이야기를 나누고 있었다.

스피커 볼륨이 커졌다. 청소 시간이었다.

* * *

항상 친구들 발목만 잡는 신세. 걱정만 끼치는 타입. 혼자서는 아무 것도 할 수 없는 짐짝. 내가 너라면 진즉에 자살했다.

하재는 도망쳤다. 어차피 정규 수업이 다 끝난 시간이라 종례를 받지 않는 정도는 무단결석이 아니었지만 설령 정규 수업이 남았다 하더라도 도망쳤을 거였다. 책가방도 교실에 남겨둔 채였다. 집으로 돌아오는 내내 눈물이 멈추지 않고 흘렀다. 얼굴을 가리며 집까지 무작정 뛰었다. 마치 빨리 뛰면 나나가 한 말이 사라지는 것처럼, 현실이 바뀌기라도 할 것처럼 맹렬히 뛰었다.

만약 하재만 아니라면, 카발리스트 킴만 아니라면 탐정단 아이들은 아무런 걱정 없이 성골들의 비리를 폭로할 수 있을 터였다. 그걸 알고 있으면서도 친구들이 어떤 결정을 내릴까 눈치를 보며 동정을 바랐다. 자길 염려하는 친구들의 배려를 이용해 비겁하게 숨었다.

하재는 미도가 주변 사람들의 사생활을 캐고 다니는 걸 나쁘게 생각하지 않았다. 왜냐하면 미도는 단 한 번도 자기가 알아낸 정보를 사적으로 이용한 적이 없었다. 대장이 얼마나 많은 사람들의 약점들을 알고 있는가를 생각하면 정말 대단한 절제력을 발휘하고 있는 것이었다. 대장이 축적해 온 정보를 악용한 건 자신이었다. 나나와 다를 바가 없었다. 만약 나나가 빅데이터를 손에 넣는다면 어떤 결과를 낳게 될지 생각만 해도 끔찍했다. 동시에 이런 생각도 들었다.

'아니야. 그 아이랑 난 달라. 그 아이는 공부도 잘하고, 인기도 많고 친구들도 많잖아. 나는 순수하게 친구를 원했던 것뿐이었어.'

탐정단 아이들로부터 쉴 새 없이 전화가 걸려왔다. 하재는 전원을 꺼 버렸다. 시간이 지나자 이번에는 초인종 소리가 들려왔다. 마침 집안에는 아무도 없었다. 하재는 침대 위에 이불을 뒤집어 쓴 채 꼼짝도 하지 않았다. 미도는 하재네 집 비밀 번호를 알고 있었다. 그러나 하재는 미리 빗장까지 걸어 두었다. 아이들은 한 시간 정도 집 앞을 기웃거리다가 돌아갔다.

형광등 불빛도 켜지 않은 고요한 집안은 예전 중학교 시절 등교 거부를 했을 때처럼 컴컴했다. 그때 하재는 한 달 동안 결석했다. 어머니의 눈물 어린 설득으로 다시 학교를 다니기 시작했지만, 동급생들과는 거의 말을 섞지 않았다. 상담실과 상담 선생님만이 도피처였다. 용기를 얻었다가도 막상 교실로 돌아가면 변하는 건 없었다. 먹이사슬 최하단에 위치한 연약한 동물 같은 신세. 어느 날은 식물인간이 된 이모 옆에서 엉엉 울었다.

"이모. 난 내가 너무 싫어. 빌빌대는 것도 싫고 친구들한테 싫다는 이야기도 제대로 하지 못하고 끌려 다니는 것도 싫어. 지긋지긋해. 내가 제일 싫어하는 사람이 누군지 알아? 날 괴롭히는 애들? 아니야. 걔들이 아니야. 바로 나야. 어떤 때는 정말 죽어 버리고 싶을 정도로 내가 미워. 밉다구."

고등학교에 들어온 후 그 나날들은 먼 과거처럼 여겨졌다. 탐정단 아이들과 어울리면서 많이 성장한 자신이 좋았다. 이모에게 새로 생긴 친구들을 보여 주고 싶었다. 하지만······.

'난 하나도 자라지 못했어. 그때 그대로야. 탐정단 친구들 때문에 착각했던 거야.'

일을 마친 부모님이 돌아오셔서 현관문 앞에 놓인 가방을 발견했다. 대체 무슨 일이냐고 어머니가 방문을 두드렸지만, 아무 말도 하지 않았다.

침대에 누워 있는 내내 몸이 마비가 된 것처럼 무기력했고 나락으로 떨어지는 기분이 들었다. 그러다 어느 순간 깜빡 잠이 들었다.

누군가 문을 열고 들어오는 기척이 느껴졌다. 그 사람이 손을 뻗자 책상 의자가 스륵 움직여 침대 옆에 놓였다.

검은 옷. 검은 로브를 입은 사람이었다. 눈을 감은 상태였지만 이상하게도 그 사람의 얼굴을 알아볼 수 있었다.

'카발리스트 킴?'

카발리스트 킴은 하재의 머리맡에 앉아 이야기를 시작했다.

나는 영 능력자가 아니에요. 초능력도 없구요. 하지만 사후 세계나, 영계에 대한 통찰을 가지고 있죠. 오늘은 고민하는 당신을 위해서 특별히 도움을 주려고 찾아왔어요. 나는 당신의 영혼이 더 이상 헛된 고뇌로 고통 받지 않기를 간절히 바라고 있답니다.

내 친구여. 당신은 잘 알고 있을 거예요. 진짜 귀신들은 눈에 보이지 않아요. 머리카락이나, 피로 쓴 글씨나, 환영으로 사람들을 미혹하는 건 수준이 낮은 귀신들이에요. 진짜 위험한 존재들은 우리 귀에 가만히 속삭이며 우리를 조종하는 목소리들이죠.

넌 안 돼. 할 수 없어. 나쁜 아이. 약해. 해도 안 될 거야. 도움이 안 되는 녀석. 혼자서는 아무 것도 하지 못하잖아. 이번에도 또 실패할 셈이야? 해 봤자야. 변하는 건 없어. 재 때문이야. 수준이 안 맞아서 함께 지낼 수가 없어. 난 평생 이렇게 살아야 해. 사람들이 날 싫어할 거야.

진짜 귀신들은 바로 그런 목소리들이에요. 우리 속에서 숨어서 우릴 조종하고 있죠. 내 친구여. 더 이상 귀신들에게 지지 말아요.

당신은 이미 방법을 알고 있어요. 겁에 질려 있을 필요도 없죠. 잃

130

어버리는 건 아무 것도 없어요. 설령 사람들이 떠난다고 해도 중요한 이들은 당신 곁을 굳건하게 지키고 있을 거예요. 지금이야말로 그대가 강해질 수 있는 절호의 기회예요. 지금껏 아무도 보지 못한 당신을 세상에 보여 줄 기회예요.

잠을 깨세요.

카발리스트 킴이 컴퓨터를 가리키며 속삭였다.

하나 둘 셋. 마치 최면이 풀린 사람처럼 하재는 번뜩 눈을 떴다. 의자는 책상 쪽에 있었고, 방 안에는 아무도 없었다.

'꿈? 내가 꿈을 꿨나?'

꿈이라고 하기에는 너무도 생생했다. 현실 같았다. 아니, 현실이었다.

'그래, 이건 내 내면에 존재하는 카발리스트 킴의 인격이 나타난 거야. 위기의 순간 나를 돕기 위해서.'

사실 카발리스트 킴이 꿈속에서 한 말은 하재가 학교에서 친구들을 상담하며 했던 말과 거의 다르지 않았다. 당신은 이미 방법을 알고 있어요. 그 말은 점쟁이들의 전매특허, 잘만 던지면 큰 효과를 발휘하는 마법의 주문 같은 것이었다. 그러나 지금 이 순간 전혀 다른 느낌으로 다가왔다.

하재는 이불을 걷고 책상 앞에 앉아 컴퓨터 전원 버튼을 열었다.

그래, 한번 해 보자. 앞으로 무슨 일이 벌어지든 상관없었다. 기껏해야 왕따 당하던 때로 돌아가기밖에 더하랴.

카발리스트 킴의 미스터리 블로그에 새로운 글이 올라온 건 그날 새벽 6시 34분경이었다.

〔공지〕제목: 고백의 글

http://cabalistkim.blog.me/233097038812

더 이상은 여러분을 기만할 수 없다는 생각이 들었습니다. 더 이상 선의의 피해자들을 만들지 않기 위해 이제 모든 진실을 밝힙니다.

저는 영 능력자가 아닙니다. 여러분의 과거를 읽는 초능력도 가지고 있지 않습니다. 그럼 제가 어떻게 여러분들에 대해서 맞힐 수 있었을까요? 그건 제가 사전에 많은 조사를 했기 때문이었습니다.

지금껏 학교를 다니면서 항상 따돌림 당하는 처지로 살아 왔습니다. 누구도 제 이야기를 귀 기울여 들어주지 않았고, 저에게 관심을 보이지 않았습니다. 심지어는 저와 어울리는 걸 수치스럽게 생각하는 사람들도 있더군요.

저는 새 학년이 되면서 사람들을 속여서라도 한 번쯤 인기인이 되고 싶다는 생각을 품게 되었습니다. 따돌림 걱정을 하지 않고 모두에게 인정받는 사람이 되는 것. 제 꿈이었습니다.

그런데 여러분들은 정말로 뜨겁게 호응해 주셨습니다. 갑작스런 인기가 믿기지 않을 지경이었습니다. 두려웠던 동시에 무언가 여러분에게 보답하고 싶은 마음이 생겼습니다. 그래서 저는 지난번 제가 몸담고 있는 교내 동아리 탐정단에 투고되었던 선암학사 귀신 사건을 해결해보기로 마음먹었습니다. 예전에는 학사 사생들의 도움을 받지 못해 제대로 수사를 못했던 사건이었죠.

결론만 말씀드리자면 귀신의 정체는 밝혀졌습니다. 학사에 귀신은 없었습니다. 몇몇 학생들이 사다리(2층 발코니 소방함에 비치되어 있음)를 현관 CCTV 사각 지대로 내리고, 밤 외출을 시작하면서 2층 열람실에 보인 사람 그림자를 다른 학생들이 착각했던 게 귀신 소동의 핵심이었습니다. 며칠 전 제가 학사 주변에서 잠복하고 있다가 직접 목격한 사실입니다.(자세한 전모는 탐정단 대장 윤미도 학생에게 들으시

132

길 바랍니다.)

그러나 제가 정말 슬프게 생각하는 일은 따로 있습니다. 이 일로 공포에 떤 수많은 학생들, 학사를 나가고 심지어 다리가 부러진 사람도 생겼는데, 그 몇몇의 학생들은 여전히 입을 다물고 자신들의 이권을 유지하려고 했다는 사실입니다. 그들은 이 일을 무마하기 위해서 탐정단이 조사했던 여러분의 신상 정보까지 협박으로 요구하는 수준에 이르렀습니다. 제 능력이 가짜라는 걸 약점으로 쥔 채 말입니다.

그래서 저는 이제 여러분에게 모든 사실을 털어놓습니다.

카발리스트 킴은 없습니다.

제 능력은 진짜가 아닙니다.

여러분이 보내 주셨던 순수한 마음을 이용한 절 부디 용서해 주세요.

입력 버튼을 누르고 하재는 다시 잠자리에 누웠다. 하지만 잠은 오지 않았다. 해가 떠올라 세상은 밝게 빛나고 있었다. 앞으로 무슨 일이 생길까. 여전히 휴대폰을 켤 수 없을 만큼 두려웠지만 옳은 일을 했다는 확신이 가슴을 따뜻하게 했다.

* * *

개교 이래 이런 소동은 없었다. 카발리스트 킴의 블로그에 올라온 고백 글은 핵폭탄급 파장을 일으키며 전교에 퍼져나갔다. 학교에 등교한 킴교 신도들, 킴교에 반감을 가지고 있던 학생들, 기숙사 사생들, 학년을 무론하고 하재가 올 때까지 복도에서 다 함께 모여 그녀를 기다렸다. 여론은 제각각이었다.

"난 걔가 가짜일 줄 알았어. 초능력자는 무슨."

"그래도 대단하다. 결국 사실을 밝혔잖아."

"뭐가 됐든 그동안 재미있었어. 앞으로 킴이 없으면 무슨 재미로 살아."

"사기꾼이라니까. 우리한테 받은 3000원은 어디다가 쓴 거야?"

킴에 대해 어떤 심판이 내려질지 대중들은 갈피를 잡지 못했다. 카발리스트 킴 자체보다도 학사에서 일어난 가짜 귀신 사건에 분노하는 사람들도 많았다. 복도에는 다리에 깁스를 한 심세미 선배와 이연주 등 성골들이 살벌한 눈빛을 빛내며 서 있었다.

"이렇게 뒤통수를 칠 줄이야."

"이왕 이렇게 된 거 우리 짓이 아니라고, 입 다물어 달라고 부탁해야 해. 걔가 입 열면 선생님들한테 혼나는 건 물론이고, 애들한테 비난 받는 건 우리라구."

이제 성골들은 하재에게 협박은커녕 머리를 조아리며 부탁해야 되는 입장이 되었다. 연주는 바로 지척에 서서 화를 내고 있는 윤여민과 그녀의 진골 친구들을 턱짓으로 가리켰다.

"내가 학사를 왜 나왔는데! 걔네들이 누군지 어떻게든 알아내자. 일부러 귀신 소동까지 일으켜가면서 자기네들 편한 대로 살아? 어떻게 그렇게 근성이 썩어 문드러졌니?"

다행히 카발리스트 킴이 몇몇 학생들이 누구인지 확실한 언급을 하지 않아서 사생들은 귀신 소동이 성골 집단의 소행이라는 것까지는 모르고 있었다.

하재를 기다리는 건 학생들만이 아니었다. 기숙사 사감 선생과 학생과 노진권 선생도 복도에서 그녀를 기다리고 있었다. 하재의 담임이 나서서 군중들을 해산시키려고 했지만 소용없는 짓이었다.

보충 수업 시간이 끝나고 조회 시간이 되었을 때였다. 복도 저 끝 계단에서부터 하재가 모습을 드러냈다. 구름 한 점 없는 초여름의 아침 햇볕이 반사되고 있는 복도 마루는 마치 반사판을 비추는 것처럼 몽환적인 효과를 일으켰다. 학생들이 소리를 지르며 몰려들었다. 사태의 심각성을 모르고 있던 하재는 깜짝 놀라 자리에 우뚝 멈추었다. 그와 동시에 그녀를 지키기 위해 잠복하고 있던 탐정단 네 사람이 군중들의 저항을 꿰뚫고 달려갔다. 어디서 본 건 있어서 선글라스까지 챙겨 끼고 할리우드 셀러브리티를 모시듯 보필했다. 다가오는 군중들을 밀쳐내면서 조금씩조금씩 교실로 이동했다. 마침내 교실 문이 열리고 성윤과 하재가 안으로 들어갔다. 같은 반 친구들이 재빨리 문을 잠갔다.

채율은 하재가 안전하게 도피한 걸 확인한 다음 휴대용 가방에서 응원용 미니 확성기를 꺼냈다. 선글라스는 정중하게 벗어 손에 쥐었다.

"탐정단과 카발리스트 킴, 양쪽의 대변인 2학년 8반 24번 안채율입니다. 카발리스트 킴의 정신적인 안정을 위해 제가 여러분들의 의문에 대답해 드리겠습니다. 오늘 블로그에서 밝힌 대로 카발리스트 킴은 탐정단의 수사를 돕기 위해서 부득이하게 영 능력자 행세를 했습니다. 선암학사 귀신의 정체는 월담을 시도한 몇몇 학생들이며, 킴은 그들의 인권을 존중하고, 악의적인 구설수에 오르는 걸 막기 위해 무슨 일이 있어도 신원을 밝히지 않을 생각입니다. 누구에게서

135

어떤 고문을 받게 되더라도, 말하지 않을 겁니다. 이 사실에는 변함이 없습니다. 헌법으로 보장된 묵비권을 행사할 거예요."

"그럼, 너희들이 가지고 있다는 우리 정보는 뭐야? 정말 그런 게 있어?"

마치 기자회견을 방불케 하는 집중력이었다. 군중이 전혀 해산하려 들지 않았기에 윤리 선생님도 수업에 들어가지 못하고 있었다. 탐정단 담당 교사 노진권이 곁에 서서 잠시만 기다려 달라는 제스처를 취했다.

"정보요? 아, 정보……. 그건 그냥 취미, 장래희망 같은 정도만 조사한 거예요. 소문이 과장되어서 저희도 협박까지 받았는데……, 상식적으로 생각해 보세요. 공부하기도 바쁜 고등학생에게 전교생 뒷조사할 시간이 있을까요? 말도 안 되는 이야기예요. 현실적으로 불가능하고, 그런 짓을 할 사람도 없습니다."

"협박을 받긴 한 모양이네. 누구야? 그 협박범?"

연주가 물었다.

채율은 잠시 아무 말도 없이 지긋이 선배를 응시했다.

"짐작 가는 사람이 있지 않으세요?"

"그럼 돈은 어디에 쓴 거야? 우리가 카발리스트 킴에게 낸 돈 말이야."

카발리스트 킴 반대파 중에서 한 사람이 손을 들고 물었다. 채율은 잠시 멈칫 한 뒤에 대답했다. 이건 정말 사실을 밝혀야 했다.

"돈은 정말 단 한 푼도 킴이 사용하지 않았습니다. 모두 한 사람의 수중에 들어갔죠."

"누구? 그게 누군데?"

"그건 바로 제 뒤에 서 있는 탐정단 대장 윤미도입니다. 그녀는 좋아하는 남자의 환심을 얻고자 카발리스트 킴이 벌어온 돈을 모두 슈가 걸즈 굿즈를 사는데 쏟아 부었죠. 카발리스트 킴은 아무 죄 없어요. 재주넘는 곰이었다는 것밖에는. 진짜 나쁜 놈은 대장이에요. 비난을 하시려거든 대장에게 하세요."

"뭐라구?"

대중의 시선이 일제히 초코송이 모양 헤어스타일을 한 미도에게 쏠렸다. 엉겁결에 폭로를 당한 그녀는 원망 어린 눈초리로 대변인을 쏘아보았다. 하지만 그도 잠시, 분노한 사람들을 피해 도망쳐야 했다.

대장이 붙잡히는 모습은 보이지 않았지만, 1층 중앙 계단 벽에서 부터 쩌렁쩌렁 비명 소리가 들려왔다.

"사건을 해결하려는 마음이 앞서, 본의 아니게 여러분을 기만한 점 송구스럽게 생각합니다. 저희 탐정단은 카발리스트 킴과 함께 당분간 자숙하는 시간을 갖도록 하겠습니다."

채율이 90도로 허리를 숙이고 인사했다. 그 옆에 서 있던 예희도 동시에 고개를 숙였다.

"그리고 마지막으로 한 가지 변명의 말씀을 덧붙이고 싶습니다. 이번 일은 절대 악의로 비롯된 일은 아니었습니다. 또, 카발리스트 킴은 여러분들을 진정 어린 마음으로 위로하고자 노력했습니다. 그건 그녀를 아껴주셨던 많은 분들이 더 확실히 알고 계시리라는 생각이 듭니다.

그리고 솔직히, 까놓고 말해서 다들 반쯤은 장난이었잖아요. 심각한 사람 있었습니까? 다들 카발리스트 킴 놀이를 하면서 즐겁지 않으셨어요? 그거면 됐지 뭘 바래요? 귀신도 없다는데."

그날은 김하재의 날이었다.

하루 종일, 어디를 가든, 선암여고 학생들은 카발리스트 킴에 대해 말하며 이야기꽃을 피웠다. 하재는 하루 종일 침묵을 지켰고, 오히려 그 침묵이 그녀를 신비스럽게 만들었다. 대중이 듣고 싶어 하는 이야기가 많았지만, 그녀는 한사코 입을 열지 않았다.

한 학기 내내 스캔들을 뿌린 하재는 명실상부한 선암여고 최고 유명인이었다. 그녀를 욕하는 사람들이 늘어날수록 지지하는 사람들도 견고하게 뭉쳤다. 킴교는 와해되지 않았다. 아이러니하게도 핍박의 시기를 맞아 번성하게 되었다. 뿐만 아니라, 킴의 용기 있는 고백과 입지전적 사연은 각 반에서 고통 받고 있던 하류 계층들에게 큰 감동을 주었다. 그들은 카발리스트 킴을 롤 모델로 영접하고, 동일화의 대상으로 받아들였다. 친구가 없고 시간이 남아도는 그들은 킴의 성스러운 블로그를 침노하는 악플러들을 징벌하는 열렬한 수호자로 변신했다.

죄인처럼 고개를 숙이고 다니던 하재는 반나절이 지나자 어깨를 폈고, 하루가 지났을 때는 사람들의 관심을 즐기며 교정 곳곳을 쏘다녔다.

사흘 뒤, 그 꼴을 보다 못한 불청객이 찾아왔다.

"네가 이런다고 변하는 게 있을 것 같아?"

나나는 제정신이 아닌 사람처럼 보였다. 선배들에게 처참하게 깨진 데다 2학년 성골들에게까지 원망을 듣고 있었다. 카발리스트 킴의 고백이 있은 후, 곧바로 사감이 사다리를 치워 버렸던 것이다. 뿐만 아니라, CCTV를 두 대 더 설치해 현관과 후문의 사각 지대를 없앴다. 성골들은 사태를 악화시킨 장본인 나나를 따돌렸다. 여왕의 힘은 예전과 비교할 수 없을 만큼 약해졌다.

"넌 곧 사람들에게서 잊힐 거야. 더 이상 보여 줄 게 없는 꼭두각시에게 누가 관심을 갖겠어? 사람들은 곧 예전처럼 널 귀찮아하고 따돌리게 될걸. 지금 뭐가 된 것처럼 우쭐대겠지만, 두고 봐. 그때가 오면 난 널 가만 두지 않을 거야. 너 때문에 당한 이 수모를 모두 갚아 주겠다구."

하재는 남의 교실에 찾아와 큰 목소리로 독설을 퍼붓는 나나의 얼굴을 지그시 바라보았다. 분노한 나머지 주변 사람들도 보이지 않는 모양이었다. 하재는 나나의 이야기를 무시하지 않았다. 양호실에서도 그랬지만, 이 아이는 항상 하재의 마음에 자리한 깊은 두려움을 끄집어내는 존재였다. 만약 그날 양호실에서 채율과 나누는 나나의 말을 듣지 않았다면 하재는 성숙하지 못했을 거였다.

'두려움. 그래 맞아. 두려움이었어.'

불현듯 가슴속이 청량해지면서 깨달음이 찾아왔다.

"니들이 아무리 난리를 쳐도 마찬가지야. 그래 봤자 성골들은 성골들끼리만 놀고 진골은 진골들끼리 어울려. 뿐이야? 주위를 돌아봐. 잘 되는 놈하고 안 되는 놈은 나뉘어 있어. 사회에 나가도, 계급은 존재하고, 끼리끼리 놀아. 진짜 귀신은 그런 거야. 네까짓 게 진짜 귀신을 물리칠 수 있을 것 같아? 국사 세계사 시간에 안 배웠어? 초등학생만 되도 알 수 있는 내용이야. 유사 이래 잘난 인간이 부족한 사람들을 지배하면서 살아 왔다고. 브라만 크샤트리아 바이샤 수드라. 양반 중인 상민 천인. 너희는 당연히⋯⋯."

한참 동안 악담을 퍼부었는데도 상대가 동요하지 않고 자신을 빤히 쳐다보자 나나는 점점 목소리에 힘이 없어졌다. 하재는 평화로운 시선으로 나나를 바라보고 있었다.

"뭐야? 왜 그런 눈으로 쳐다봐."

싸움이 났다는 이야기를 듣고 사람들이 몰려들었다. 우연히 옆 교실을 지나고 있던 채율도 그 모습을 보았다. 성윤이 화장실에 갔는지 하재 혼자서 수모를 겪고 있었다.

"이제 알겠다. 네가 왜 빅데이터를 갖고 싶어 했는지."

깜짝 놀란 얼굴로 교실에 들어오는 채율을 보고 하재는 손을 들어 제지했다. '괜찮아. 이 정도는 내가 처리할 수 있어.' 하고 말하는 듯한 몸짓이었다. 채율은 걱정스러운 눈빛으로 멈추어 섰다.

"너 사실은 걱정되었던 거지? 채율이한테 전교 1등 타이틀을 빼앗길까 봐. 그럼 진골 아이들이 널 우습게 볼 테고, 성골 아이들은 실망할 테니까. 석차가 떨어지더라도 힘을 보존할 도구가 필요했어. 그게 바로 빅데이터였고⋯⋯."

나나가 손으로 입을 가렸다. 그 하얀 라텍스 장갑이 지금껏 숨기고 살았던 여왕의 약한 마음처럼 느껴졌다.

'이 아이도 나랑 똑같구나.'

얼마 전까지 하재가 가지고 있던 두려움을 여왕도 똑같이 가지고 있었다. 아니, 그게 어디 둘만의 두려움일까.

킴은 고개를 돌려 주위를 둘러보았다. 싸움을 구경하려 모여든 아이들의 어깨 너머로 스산한 공포심이 귀신처럼 긴 머리를 풀고 움직이고 있는 게 보였다. 길고 붉은 혀를 날름거리며 모든 이의 귓가에 속삭인다. 고립되길 두려워하게 만든다.

"걱정하지 마. 그런 일은 생기지 않아. 넌 이번에도 이후에도 어려움 없이 좋은 성적을 거두게 될 거야. 채율이가 널 이기는 일은 생기지 않을 거야. 안심해. 그리고 한 가지 이것만은 알아 둬. 만에 하나, 네 성적이 떨어진다고 해도 아무도 널 우습게 여기지 못해. 그건 네가 성적이 좋아서가 아니라, 주변 사람들이 널 사랑하고 있기 때문이야."

"내…… 내가 언제 무서워했다고!"

나나의 어조는 적이 누그러져 있었다.

"마지막으로 한마디 해 둘게. 너나, 나나 겨우 이제 겨우 열여덟 해를 살았을 뿐이야. 수천 년 간 인간들이 끼리끼리 어울리며 살아왔다고 해도, 그게 우리랑 무슨 상관이지? 나중에 사회에 나가서 현실에 좌절하게 될지도 모르지만, 그건 그때 생각하는 게 좋지 않겠어? 난 아직은 모두가 함께 어울리며 존중할 수 있다고 믿고 싶어. 열여덟 살이잖아."

나나는 돌아서 나가려다 뒤에 서 있던 채율과 눈을 마주쳤다. 얼굴이 벌겋게 변했다.

아이들은 전교 1등과 1:1로 맞붙은 상태에서 상대를 한순간에 제압한 카발리스트 킴을 보고 놀란 눈치였다. 우레와 같은 박수가 쏟아졌다.

그렇게 카발리스트 킴의 전설이 또 하나 늘었다.

* * *

사다리가 사라진 뒤로 학사에는 새로운 바람이 불었다. 학생회장 송수향을 중심으로 똘똘 뭉친 사생들은 다 함께 머리를 맞대고 외출 횟수를 늘리기 위한 방법을 모색했다. 성골과 진골을 무론하고 서명에 동참했고, 기숙사 어머니회를 설득해 보다 자율적인 분위기에서 외출할 수 있게 해 달라며 운영위원회에 청원도 넣었다. 모두가 한마음이 되자, 문제는 손쉽게 해결되었다. 개정된 사칙은 기말고사 이후 적용될 계획이었다.

하재의 블로그는 폐쇄되지 않았다. 열혈 신도들은 날마다 교리와 계명을 지키며 카발리스트 킴과 수시로 상담을 했다. 좀 더 경험이 쌓이면 3학년 9반의 성자 연세진처럼 교실의 핵심 인물로 성장할 가능성이 엿보였다. 아니 벌써 그렇게 되고 있는지도 몰랐다.

개굴개굴(ribbet***): 카발리스트 킴님! 이번에도 예언이 적중했어요. 기말고사 결과 나왔는데 이번 전교1등은 안채율이 아니라, 예전처럼 최나나래요. 수행평가 결과는 나오지 않았지만 거의 확정이랍니다.
☞카발리스트 킴(cabali****): 예언이라뇨. 운이 좋았을 뿐.
☞로이간질이(wiggle***): 우린 다 알고 있어요. 사실은 킴님이 진짜 초능력자라는 걸.
☞카발리스트 킴(cabali****): 쉿. 소문내지 말아 주세요.

"사실 예언할 것도 없는 일이지. 그렇게 공부를 안 했는데."

142

미도가 비웃으며 말했다. 자금 유용을 학생들 앞에서 폭로당한 이후로 대장은 채율에게 사사건건 시비를 걸었다.

"너 성적 오히려 떨어졌지? 몇 등 했냐? 나나 패거리가 이제는 안 괴롭힐걸. 당연하지. 괴롭힐 필요가 없다는 걸 알게 되었을 테니까."

"뭐 마음대로 생각해. 참 얘들아, 내가 이번 일로 수고한 너희들을 위해서 선물을 준비했어."

"선물이라고?"

사무실 책상에서 한가로운 시간을 보내던 예희와 하재, 성윤이 고개를 들었다.

"작문 수행평가. 작가 인터뷰 하는 거 말이야. 내가 하라온 씨한테 부탁해서 너희들 것까지 해 왔어."

하라온은 사진작가이기도 하지만 동시에 사진술에 대한 책을 수 권 출판한 작가였다.

"우와. 정말?"

"입대 준비하느라 바쁘다고 들었는데."

"응. 진짜 바쁜 모양이더라. 별로 기대하지 않고 부탁했는데, 어제 동영상 찍어서 보내 왔어. 인증 사진 찍는 것보다 훨씬 더 낫겠던데? 볼래?"

채율은 하재의 노트북에 USB를 꽂았다.

"안녕하세요? 선암여고 여러분, 하라온입니다."

잘생긴 미남자가 손을 흔들고 있었다. 작업실에서 휴대폰으로 잠깐 촬영한 듯 주변 세팅이 보이고 있었다. 그것이 이번에 패션 잡지에 게재된 광고 사진의 배경이라는 걸 팬이라면 알아차릴 수 있었을 것이다.

"선암여고에 나를 좋아하는 친구가 많다는 이야기를 하재를 통해서 들었어요. 특히 2학년 5반 11번 강유미. 8번 윤영아. 항상 고마워요. 너희들 덕분에 군 생활을 열심히 할 수 있을 것 같아."

채율은 하재와 눈을 마주치며 싱긋 웃었다. 사실 이번 수행평가는 점수를 위해서가 아니라 하재를 위해 일부러 자존심까지 구겨가며 하라온에게 부탁을 한 거였다. 용기를 내어 사람들에게 진실을 드러낸 하재에게 작은 응원을 보내고 싶은 마음이었다.

"먼저 하재가 보낸 질문에 대답해 볼까요? 사진을 잘 찍기 위해서 제일 중요한 게 무엇인지 물었는데요. 제가 생각하기에 제일 중요한 건 사랑하는 마음 같아요. 누군가를 사랑하게 되면 자꾸 좋은 것들을 보여 주고 싶은 마음이 들잖아요."

동영상 속에서 라온은 한 명 한 명 탐정단 멤버들의 이름을 불렀다. 소녀 팬들을 염두해 둔 멘트로 사르르 웃음 짓는 그의 모습은 정말 천상 바람둥이였다. 앞으로의 계획을 묻는 질문에 대한 대답을 마지막으로 동영상은 끝이 났다.

"뭐야? 왜 내 이름은 안 불러?"

채율은 싱긋 웃으며 당황한 대장을 내려다보았다.

"왜일 거 같아?"

그룹 '슈가 걸즈'의 멤버 래인의 비밀을
파악하고, 하라온의 숨겨진 의도와의
연관성을 서술하시오.

사무실 창문을 열어도 바람은 불지 않았고, 문을 열어 두어도 환기가 되지 않았다. 불쾌지수는 최고였다.

　집에서 공수해 온 세 대의 선풍기가 학교 전기세만 날리며 돌아갔다.

　"육포 되겠어."

　바야흐로 방학이 다가오고 있었다. 기말고사도 끝나고, 오후 수업은 없고, 숙제는 해도 그만 안 해도 그만인 나날들이 잘 빗질된 머리채처럼 길고 느슨하게 이어졌다. 방학보다 행복한 시간.

　'이번 방학에 뭐라도 해 놓지 않으면 내 인생은 좋이야. 좋.'

　다음 겨울 방학은 수험 생활을 준비하며 바빠질 테고, 3학년 여름 방학은 있으나 마나 하고, 그 다음 겨울 방학은 원서를 쓰고 아르바이트를 하느라 정신이 없을 것이다.

예희는 비장한 마음으로 출력해 놓은 오디션 요강들을 훑었다. SM 토요 공개 오디션, KBS에서 주최하는 서바이벌 오디션 프로그램, 독립 영화 단역 오디션, 클린 앤 클리어 TV CF 모델 선발 대회. 열심히 도전해야겠다는 마음으로 가방 속에는 500ml 생수 두 통과 각종 야채, 과일을 싸 가지고 다녔다. 도시락을 꺼내 상추를 씹는데 눈치 없이 대장이 한마디 했다.

"우리 점심 뭐 먹지?"

"난 자장하고 탕수육."

채율이 제일 먼저 대답했다.

화방용 붓을 비녀 삼아 머리를 틀어 올리고 홈쇼핑에서 광고하는 기능성 냉수건을 목에 감은 모범생은 반가사유상처럼 미동도 없이 수학 문제를 풀고 있었다. 에어컨 지원이 확실한 학사에 가지 않고 여기서 죽치고 있는 이유는 이번에 나온 성적이 그만큼 한심하다는 뜻이었다. 가만 보면 스트레스를 먹는 것으로 푸는 타입이었다.

"난 치킨 먹고 싶은데?"

치킨 한 마리를 통째로 먹을 수 있는 성윤이 말했다. 하재는 아무 말도 없이 장충동 왕족발의 전단지를 꺼내 대장의 책상 위에 올려놓았다. 대장은 화이트보드 위에 메뉴를 쭉 적어 놓고 사다리를 타기 시작했다.

보다 못한 예희가 소리를 질렀다.

"성장기일수록 먹을 걸 조심해야 해. 우리 때는 지방 세포가 커지는 게 아니라, 개수가 늘어난단 말이야. 맘대로 먹다가는 평생 몸매가 망가진다고. 다들 나랑 같이 샐러드나 먹으면서……."

관심 있어 하는 사람은 하나도 없었다. 모두 보드 위를 움직이는 대장의 짧은 팔만을 맥없이 응시하고 있었다.

예희는 홧김에 책상에 대고 있던 얼굴의 방향을 바꾸었다. 사무실 문이 열리고 한 사람이 들어오는 게 보였다. 몸을 감싸고 있던 더위가 순식간에 소멸했다. 어?

"안녕하세요?"

보컬 트레이닝이 과했는지 목이 약간 쉰 상태. 어제까지만 해도 검은색 머리였는데 복숭아 빛 그라데이션으로 염색되어 있었다. 이제 방학을 앞두고 본격적으로 활동을 시작하는 모양이었다. 길고 가녀린 몸매가 한낱 평범한 교복을 명품 슈트처럼 보이게 만든다. 옥돌처럼 선한 눈빛. 그 모습이 얼마나 청초한지, 학교의 복장 규율을 두 가지(염색과 파마)나 어기고 있다는 사실이 전혀 거슬리지 않았다.

"어…… 어서 와. 반가워, 빛나야."

아직 정식 데뷔는 하지 않았지만, 광고 모델 활동은 꾸준히 하고 있는 MJ 연습생이었다. 빛나는 고개를 꾸벅 숙이고 권해 준 자리에 앉았다. 에나멜구두처럼 반짝이는 머릿결이 어깨를 따라 물결쳤다.

"의뢰를 하려고 왔는데요."

"의뢰?"

미도가 심드렁한 표정으로 몸을 돌렸다. 교내 경호를 맡아 주겠다고 먼저 이야기를 꺼냈다가 차갑게 거절당한 뒤로 대장은 빛나를 싫어했다. 물론 그 일은 예희도 기분이 나빴다.

"그때는 그럴 수밖에 없었어요. 그때 언니들 소문이 장난 아니었 잖아요. 초능력자라느니, 사기꾼이라느니, 정신병자라느니 말도 다

다르고. 솔직히 데뷔도 하기 전에 상급생들한테 둘러싸이는 모습을 보면 애들이 어떻게 생각할까 걱정도 되었어요."

"하긴 그랬겠네."

성윤이 하재를 보며 고개를 끄덕였다.

"근데 이제 와서 무슨 부탁을 하려고?"

미도가 팔짱을 낀 채 물었다. 빛나는 손가락을 만지작거리며 곤란한 얼굴을 했다.

"이런 이야기 갑작스러운 일이라는 걸 알고 있지만, 도저히 다른 사람들에게 부탁할 수는 없었어요. 하라온 씨한테 상담해 보니까, 언니들을 적극적으로 추천하더라고요. 한 가지만 확인해 볼게요. 라온 씨 충격 사건 때 정말 언니들이 범인을 알아냈어요?"

빛나가 믿어지지 않는다는 얼굴로 탐정단을 보았다. 채율이 냉수건으로 이마를 닦으며 대답했다.

"우리가 알아낸 건 사실이지만, 너한테 말해 줄 수는 없어. 하라온 씨랑 아주 밀접하게 연관된 사람이거든."

"역시 듣던 대로 입단속이 확실하군요."

진중한 표정의 빛나와는 달리 예희는 안 교수의 말 속에 담긴 농담을 이해하고 피식 웃었다.

"대체 무슨 의뢰를 하려고 그러는데?"

감도 잡히지 않았다. 연예인이 되려는 아이가 탐정단에 부탁할 만한 일이 뭐가 있을까. 빛나는 한참을 머뭇거리다 대답했다.

"언니들, 혹시 텔레비전 출연 안 할래요?"

D-25

「원위크 걸그룹」은 최고 시청률 16%에 육박하는 대한민국 최고 예능 프로그램이었다. 현역 걸그룹 소녀들과 여중고생들의 나이대가 같은 점에 착안, 일반인 소녀들과 가수들을 함께 생활하게 하고, 건강한 성장을 도모하자는 취지로 만들어졌다. 일주일 동안 소녀들은 걸그룹과 함께 피트니스를 받고, 피부 관리, 메이크업, 패션 코디를 받았다. 뮤직비디오, 화보, CF, 드라마 촬영에 동행하고, 엑스트라처럼 현장에 직접 참여하기도 했다.

마지막 날에는 걸그룹과 함께 무대에 올라 합동 공연을 펼치는 것으로 추억의 한 장을 마무리. 여타 메이크 오버 프로그램과 마찬가지로 이때의 모습은 방송 날까지 철저한 비밀에 부쳐진다.

프로그램 총책임자 홍민성 피디가 모 잡지 인터뷰에서 "프로그램의 성공은 출연하는 소녀들의 자질에 달려 있다."고 했을 정도로, 제작진은 출연하는 소녀들을 엄선했다. 출연 신청을 하는 인터넷 게시판은 하루에도 수십 건씩 새로운 글이 업데이트 되었고, 어떻게든 스텝들의 눈에 띄려는 간절한 소녀들의 편지와 자기 소개서는 방송국으로 수백 통이나 날아들었다. 제작진은 일일이 신청서를 읽어 내려 가면서 독특한 개성과 평범한 외모를 추려 냈다.

"연예인 지망생은 제일 먼저 탈락을 시키고요. 성형 수술을 했다든지, 화장을 진하게 한 친구들도 사전에 차단시킵니다. 오히려 평범한 소녀들을 발굴하는 게 더 어려운 세상이 되어 버렸어요. 핵심은 순수함이에요. 아직 세속에 물들지 않은, 청초하고 수줍은 모습. 그러면서도 메이크 오버를 했을 때 효과가 극대화될 수 있는, 좋은 원천 자원을 지닌 소녀를 골라내요. 북한 응원단 같은 소녀들이랄까? 요즘 걸그룹은 기술과 자본이 만들어 낸 인형들이잖아요. 그 옆에 세워 놓았을 때도 기죽지 않고 매력을 발휘할 들꽃 같은 아이들을 찾으려고 노력하고 있죠."

작가의 말이었다.

탐정단의 방송 출연이 결정되었다는 통보는 신청서를 작성한 다음 날 왔다. 구성작가들이 직접 소녀들에게 한 명씩 확인 전화를 걸었다.

원위크 걸로 선택된 이상 방송 전까지 비밀을 엄수해야 한다며, 학생부 선생님보다 카랑카랑한 목소리로 경고했다. 만약 소문이 퍼질 경우 일방적으로 출연 사실이 취소될 수 있다고도 했다. 히스테리컬한 어조는 그동안 변화무쌍한 10대들과 촬영을 하면서 받은 스트레스가 상당했다는 걸 느끼게 했다.

회차 방향을 잡기 위해서는 일단 함께 식사를 해야 한다면서 미팅의 일시와 장소를 통보했다. 일주일 후, 해당 방송국이 위치한 수제 햄버거 가게에서 저녁 6시였다. 예희는 약속을 손꼽아 기다렸다.

'이건 기회야. 일생에 한 번 올까 말까 한 기회.'

출연이 결정된 이후 몇 날 며칠을 정신을 놓아 버린 꽃순이처럼 미친 듯이 웃고 다녔다. 같은 반 친구나, 연극부 후배들이 이상하게 생각해도 상관없었다.

'시청률 높기로 유명한 예능 프로그램에 이 몸이 나가게 되다니.'

국내에서 최고 인기를 끄는 슈가 걸즈에 밀리지 않으려면 다이어트가 급선무였다. 예희는 성윤과 미도, 하재까지 들볶아 하루에도 세 번씩 파워 워킹으로 학교 운동장을 돌았다. 밥 대신 뻥튀기로 연명하고 활력 있는 피부를 위해 집에서 공수해 온 영양제를 한 움큼씩 입에 털어 넣었다. 종합 비타민에 홍삼정, 오메가3, 비타민C, 해조 칼슘, 클로렐라, 아빠들이 먹는 헛개나무 열매 엑기스까지 가리지 않았다.

방과 후에는 멤버들을 탐정단실에 조르르 뉘여놓고 마스크 시트를 붙여 주었다. 시체처럼 꼼짝도 하지 않는 네 사람을 보며 채율이 한마디 했다.

"이런 게 텔레비전에 나와야 하는데. 니들 무슨 행위 예술 하는 것 같아."

당연한 일이겠지만 안채율은 방송 출연을 거부했다. 방학 동안 모범생이 세워 놓은 계획은 너무 많았다. 영어 디베이트 대회와 경시 대회에 참여하고, 대학에서 주관하는 생명 과학 캠프, 대기업에서 선발한 청소년들이 참여하는 보스니아에서 해외 봉사, 이번에 내한하는 프랑스의 석학 기 소르망의 강연 청강 등등. 강남에서 나고 자란 그녀는 그 정도 일정을 소화하는 걸 당연하게 생각했다.

"채율아, 너도 그냥 출연하자. 대입 때 자기 소개서 쓰잖아. 자기 소개서에 방송 출연 한 이력을 써 봐. 교수들이 그냥 합격시킬걸."

하. 하. 하. 예희의 설득에 채율은 음절을 끊어가며 짧게 웃었다.

"날라리 취급 받지 않으면 다행이지."

예희는 도와 달라는 의미로 옆에 누워 있던 미도의 발을 톡톡 건드렸다. 대장은 마스크 시트를 살짝 들고 한마디 보탰다.

"넌 그래서 안 되는 거야. 범생이. 텔레비전 출연 경험을 이야기하면서 대중문화를 비판하는 견해를 드러낼 수도 있잖아. 비슷비슷한 자기 소개서 속에서 눈에 확 들어오는 특징을 확보해야지. 남들이 하는 대로만 스펙 쌓다 보면 보잘 것 없는 일개미 중 하나가 되는 거야. 노력은 노력대로 하면서 경쟁력은 떨어뜨리는."

안 교수가 순간 멈칫 했다. 그러나 곧 다시 고개를 휘휘 저었다.

"안 돼. 안내문 읽어 봤는데 빼앗기는 시간이 너무 많아. 촬영만 일주일이지. 준비하는 데는 거의 한 달 걸리더라. 방학 내내 춤만 추고 있으라고?"

미도는 설명하기도 귀찮다는 듯 새끼손가락을 드라이버처럼 돌려 귀를 팠다.

"네 마음대로 해. 네가 아니라도 네 오빠가 출연하니까."

공교롭게도 그 순간 사무실에 비치된 라디오에서 백지영의 노래가 흘러나왔다. 채율은 한참 동안을 총 맞은 표정으로 멍청히 정지해 있었다. 미도는 유유히 다시 시트를 덮어쓰고 누웠다. 곧이어 미국으로 전화를 거는 안 교수의 스마트폰 키패드 소리가 등 뒤로 들려왔다. 전자파라면 질색을 하는 아이라, 휴대폰을 멀찍이 들고, 잔뜩 볼륨을 높인 채 통화를 했다. 귀를 기울이지 않아도 남매가 무슨 이야기를 나누는지 모두가 들을 수 있었다. 대장의 말은 괜한 협잡이 아니었다. 채준은 이미 비행기 표까지 예약해 놓은 상태였다.

"응. 며칠 전에 라온이 형한테 연락 받았어. 원래 그 프로그램 출연 경쟁률이 엄청나다며? 평범한 니들을 출연시키려면 당연히 나랑 형이 세트로 나가야 한다던데? 그 정도 옵션이 있어야 제작진이 납득한다고. 내가 래인 씨를 개인적으로 만날 기회를 놓칠 리가 있냐.

이건 내 인생의 필즈 상이야."

통화를 끝낸 채율은 자기 자리로 가서 조용히 앉았다.

"오빠까지 출연한다니 잘 되었네."

예희는 망부석처럼 미동도 없는 친구를 위로하는 뜻에서 말했다.
소묘화처럼 온몸의 색이 다 빨려나간 듯한 표정으로 채율이 그녀를
돌아봤다.

"오빠가 방송에 나와서 집안 망신을 얼마나 시킬지 생각만 하면
아찔해."

"걱정되면 너도 출연하는 수밖에 없어. 너네 오빠를 옆에서 감시
해야지."

채율이 한숨을 내쉬었다.

"응? 그러자아……."

콧소리를 내며 사정했다. 아무리 방송 출연이 좋다지만, 네 사람
만 데리고 텔레비전에 나가는 건 사실 부담이 되었다. 하재는 숫기
가 없고, 미도와 성윤이는 어디로 튈지 모르는 성격. 혼자서 세 사람
을 책임지다 보면 일주일이 아니라, 이틀 만에 방전될 게 뻔했다. 채
율처럼 딱 부러지는 친구가 옆에 있어 주어야만 했다.

"입고 나갈 옷도 없어. 너희랑은 다르게 난 쇼핑도 거의 하지 않
는단 말이야."

"그거라면 걱정 마! 우리 언니들이 있으니까."

제작진과의 미팅이 하루 앞으로 다가오자 예희는 채율과 아이들
을 끌고 동대문에 있는 언니들 가게로 향했다. 예희네 언니, 지희와
미희는 동대문 유명 쇼핑몰 지하층에서 '천사의 깃털'이라는 컨셉숍

을 운영하는 디자이너들이었다.

"나중에는 전문 코디들이 붙어서 스타일링을 해 주겠지만, 초반부터 수수한 모습을 보이면 안 되잖니? 방송 동안 너희들이 입을 기본적인 옷가지들과 액세서리들을 협찬해 줄게. 주는 건 아니야. 협찬이야, 협찬."

"우와. 정말 너무 예뻐요."

하재가 감탄했다.

"우리가 쫌 옷을 잘 만들어."

"그러니까, 상까지 타셨겠지요."

"어머, 아는구나?"

"예희가 언니들 자랑을 많이 하더라고요."

채율의 말에 미희가 의외라는 얼굴로 동생을 쳐다봤다. 민망해진 예희는 신상 옷걸이를 뒤적거리며 시선을 피했다. 원래 '천사의 깃털'은 가로수길에 점포가 있었지만, 건물주가 바뀌면서 사실상 쫓겨났다. 인테리어 비, 대출 받은 권리금은 아직도 갚지 못한 빚으로 남았다. 다행히 이곳 쇼핑몰에서 개최한 신인 디자이너 콘테스트에서 좋은 성과를 보인 덕분에 구석 점포나마 입점하게 되었다.

친구들이 옷을 고르는 사이 예희는 언니네 가게를 쭉 훑었다. 새로 진열된 옷에 액세서리를 달고, 예쁜 스커트는 옷걸이 앞쪽에 내놓았다. 중간중간 지나가는 손님들과 눈을 마주치며 생글생글 웃는 일도 잊지 않았다. 점포를 지킨 경험이 많아 보기만 해도 살 사람인지 아닌지, 감이 왔다.

'생각보다 손님이 안 드네.'

대형 쇼핑몰이라도 제일 월세가 싼 반 구좌 구석이라 한산했다. 예희는 큰 언니 지희가 놓고 간 포트폴리오 스케치를 보면서 이번 가을과 겨울에 제작될 디자인들을 구경했다. 아이디어가 떠오르면 옆에다가 작게 글씨를 써서 의견을 적어 두기도 했다. 성윤이 옷을 갈아입으면서 걱정스럽다는 듯 물었다.

"근데 우리가 사건을 잘 해결할 수 있을까?"

"물론이지. 뭘 그렇게 부담 가져? 그냥 조사만 하는 건데 뭐."

예희는 노트를 덮으면서 건성으로 대답했다. 다음으로 슈가 걸즈에게 줄 선물을 포장할 시간이었다. 옆 자재 시장에서 사온 상자와 리본을 꺼내 레이스 후드 케이프를 담았다. 후드넥 워머를 연상시키는 디자인이지만, 착용하면 마치 미사포를 쓴 것처럼 여성스러워 보이는 '천사의 깃털' 히트 상품이었다.

"하지만 래인이 우리를 뭘 믿고 이야기하겠어? 정말 솔로 데뷔를 할까?"

"상관없어. 이유를 못 알아내면 그럼 그걸로 끝이지 뭐."

의뢰 내용은 예희의 관심 밖이었다. 그런 일은 언제나 미도나 채율이의 몫이었다. 예희는 이번 기회로 연예계 관계자의 눈에 띌 생각밖에는 없었다. 빛나의 걱정스러운 말투가 귓가에 생생하기는 했지만.

"이건 아직 기획사 내에서도 극비인 내용인데요. 제가 데뷔하게 되는 그룹은, 바로 슈가 걸즈예요. 슈가 걸즈에서 래인 언니가 빠지고 제가 들어가는 거죠. 1년 6개월짜리 단기 계약이에요. 열심히 해서 반응이 좋으면 갱신해 주겠다고 하셨는데 솔직히 저는……."

슈가 걸즈로 데뷔하는 걸 원하지 않다니. 도저히 이해할 수 없는 일이었다. 물론 우리나라에서 가장 유명한 걸그룹에 대타로 들어가게 되면 팬들의 원성을 살 가능성이 높았다. 그것도 가장 인기가 많은 래인의 대타로서.

'사람 일은 모르는 거잖아. 잘 풀릴 수도 있어. 좋은 기회를 앞에 놓고 불평하다니 너무 배부른 거 아니야?'

다섯 사람 몫의 선물을 모두 포장한 뒤에도 큰 언니는 오지 않았다. 선물 상자 안에 연락처가 담긴 명함이라도 넣어두면 좋을 텐데, 아무리 서랍을 찾아도 보이지 않았다. 서랍 안에는 일수 찍는 수첩만 덩그러니 놓여 있었다.

'화장실이라도 갔나?'

주변 옷가게들도 구경할 겸 예희는 지희를 찾아 나섰다. 동생이 슈가 걸즈를 만난다는데 이렇게 성의가 없다니. 명함도 받고, 작년에 재고로 남은 귀걸이도 받고, DSLR 카메라라도 빌려 달라고 말할 참이었다. 슈가 걸즈가 제품을 착용한 사진들을 올리면 인터넷 쇼핑몰은 손님들이 많이 늘 것이었다.

"어, 언니!"

지희는 에스컬레이터 바로 앞에 위치한 두 구좌 점포에 앉아 있었다. 점포에는 지희 말고도 다른 업소 사장님들도 앉아 이야기를 나누고 있었다. 하나같이 얼굴이 어둡고 근심에 싸여 있었다. 무슨 이야기를 나누는 것일까. 맞은편 업소 옷을 구경하는 사람처럼 예희는 몸을 돌리고 천천히 다가섰다. 워낙 말소리가 작아서 잘 들리지는 않았지만, 단어 몇은 귀에 들어왔다.

리모델링. 퇴점. 수수료.

에스컬레이터 앞 인테리어 삼아 설치된 거대 어안경에는 쇼핑몰의 웅장한 모습이 굴절되어 비치고 있었다. 아무래도 언니들 가게는 이번 리모델링에서 퇴점이 확실시된 모양이었다. 아직 제대로 정착도 하지 못했는데 다시 빚만 늘리게 생겼다.

예희는 손을 모으고 깊게 한숨을 들이쉬었다.

'다 잘될 거야. 난 곧 스타가 될 거고, CF 몇 번 찍으면 빚은 금방 갚을 수 있어.'

D-21

가게에 들어와 가장 먼저 눈에 띈 것은 한쪽 벽면을 가득 채우고 있던 그래피티였다. 아이언맨을 비롯한 마블의 대표적인 히어로들이 벽에서 튀어나올 듯 활력 있는 포즈를 취하고 있었다. 바비큐 구워지는 냄새가 은은하게 코를 찔렀고, 어둑한 조명이 후각을 더욱 예민하게 했다.

피디와 작가들은 이미 와서 자리를 차지하고 있었다.

원위크 걸그룹은 방송 당사자인 고교생 소녀들과 걸그룹만을 비추는 전형적인 앵글에서 벗어나 문화 산업 현장을 뛰고 있는 다양한 직종들의 모습을 리얼하게 보여 주는 프로그램이었다. 덕분에 방송에서도 몇 번 피디와 작가들의 얼굴이 비춰졌다. 작가 한 사람은 어두운 피부 톤에 키가 작고 예민한 인상이었고 또 다른 한 사람은 큰 키에 무던한 얼굴, 인상적인 크기의 콧구멍을 가지고 있었다. 유행하는 3D 애니메이션 「라바」에 나오는 빨간 애벌레와 노란 애벌레를 연상시키는 조합이었다. 이름도 김주미와 이황지였다. 붉을 주(朱)와 누를 황(黃)이라는 색을 연상시키는 글자가 들어가 있어 외우기가 쉬웠다. 황지 옆에 앉아 있던 피디 홍민석은 방송에 나올 때처럼 시종 웃는 표정이었지만 눈은 웃고 있지 않았다. 탐정단 아이들도 쭈뼛거리며 자리에 앉았다.

"뭐 먹을래?"

"바비큐 스테이크 버거 세트 다섯 개요."

성윤의 대답에 눈앞이 아찔해진 예희는 친구의 발을 콱 밟았다.

"안 돼. 우리 다이어트 중이잖아. 버거만. 음료는 그냥 물 마셔."

음식이 나올 때까지 제작진과 탐정단 아이들은 한마디도 하지 않고 서로를 바라보았다. 매주 수백 명의 아이들을 만나서 심사하는 사람들이라서 면접관들처럼 껄끄러운 시선을 가지고 있었다. 음식이 나온 뒤에야 그들은 시선을 거두고 자기들끼리 숙설거렸다. 굳어져 있던 인상이 풀린 것으로 보아, 품질에 안심한 모양이었다.

"다행이야. MJ에서 낙하산으로 보낸 애들이라 이상하면 어쩌나 걱정했는데……."

"그래요. 저 둘은 변신용으로 쓰고. 나머지는 개그랑 순수, 도도함으로 가면……."

"응, 괜찮겠어."

아이들의 얼굴을 하나하나 확인하며 민석이 고개를 끄덕였다.

이런 자리를 많이 가져 본 작가들이라 태도는 상당히 사무적이었다. 각기 가방에서 꺼내 놓은 녹음기 버튼을 누르고는 질문 공세를 폈다. 작가들은 그녀들이 탐정단을 단순한 미스터리 마니아들쯤으로 생각하는 모양이었다.

좋아하는 작품들과 외화 시리즈들을 물었다. 제대로 대답하는 건 하재뿐이었다. 탐정단 최고의 책벌레답게 번역 작품 일색인 한국 출판 시장을 염려하면서 요즘 한창 읽고 있는 북유럽 추리 소설에 대해 평가하고, 한국 미스터리 소설들의 계보를 읊었다.

가정환경에 대해서도 물었는데, 그들이 말하는 셈수가 흔히 보였다. 가장 불행한 아이를 찾고 있었다. 성윤이 이혼 가정의 아이라는 걸 듣자마자 부모님 만나고 싶지 않냐, 오빠랑 사는 건 힘들지 않냐, 학비는 대 주시냐 눈을 반짝이며 물었다. 원색적인 질문들이 오고 갔다.

"그럼 최성윤 학생은 가족 간의 감동 라인으로 가지."

피디가 스테이크 조각을 우물거리며 말했다. 손에 잡은 나이프를 휘두르며 사람을 가리키는 태도가 아주 무례했다. 작가들은 곧바로 성윤의 부모님 연락처를 묻고, 출연 의사를 타진해 봐야겠다고 휴대폰 화면에 터치펜으로 동그라미를 치며 메모를 했다. 성윤이 곤란한 표정을 짓고 있었지만 끝까지 당사자의 의견은 묻지 않았다.

다음 타깃은 채율이었다. 물론 진짜 채율은 아니었다.

"오빠에 대한 재미있는 에피소드 없어요? 래인을 얼마나 좋아하는지 그런 거 얘기해 주면 좋겠는데……."

"박사 논문은 마무리 단계라고 들었어요. 향후 계획은 들은 바가 없나요?"

충분히 예상한 상황이었는지 채율은 고분고분 모두 이야기해 주었다. 캠프나, 수상 경력보다 오빠를 단속하는 일이 더 중요하다고 판단 내리고 포기한 결과였다.

"근데 이 친구는 어떻게 하지?"

"그러게요. 가장 개성이 없는 타입이네요."

피디가 턱을 문지르며 정면을 가리켰다. 저녁이라 수염이 가뭇가뭇하게 올라와 있었다. 예희는 주위를 둘러보았다.

"지금 저한테 하시는 말씀이세요?"

예희는 아까 작가들이 이야기한 변신용으로 쓸 만한 두 사람 가운데 한 사람이 자신이라고 짐작했었다. 이중에 그럴 미모가 나밖에 더 있겠냐고.

"응. 너는 뭐랄까? 어디서나 볼 수 있는 그런 타입이잖니? 제대로 면접을 치렀다면 너는 절대 뽑히지 않았을 거야. 다른 친구들은 몰라도."

"하지만 예희는 우리 중에서 가장 예쁜……."

하재가 친구를 두둔했다. 예쁘다는 형용사를 들은 세 사람이 누가 먼저랄 것도 없이 바람 빠지는 소리를 냈다. 하긴 국내에서 최고로 아름다운 걸그룹을 매일 같이 보고 지내는 사람들이었다. 웨이브 진 머리를 질끈 묶은 노랑 애벌레가 부드러운 목소리로 말했다.

"윤미도 학생과 김하재 학생은 오늘 하고 나온 스타일을 그대로 살려서 나와. 촌스럽고, 평범하게 말이야. 너희들은 메이크 오버 라인으로 갈 거야. 시청자들로 하여금 깜짝 놀라게 만들 수 있는 요소들을 두 사람은 가지고 있거든. 지금은 믿어지지 않겠지만, 마지막 날, 우리 말이 맞다는 걸 알게 될 거야.

최성윤 학생은 아까 말한 가족 이야기를 부각시켜서 감동 라인으로 갈 거고, 안채율 학생은 안심해. 오빠 후광이 있으니까, 무뚝뚝한 분위기를 너끈히 상쇄시킬 수 있어. 오빠에게 불만을 가진 깜찍한 여동생 느낌이면 좋겠지만, 도도해도 나쁘지 않아."

무슨 말을 하는지 예희는 하나도 귀에 들어오지 않았다. 천천히 아까 작가들이 했던 말을 더듬었다. 뭐랬더라, 나머지는 개그와 순수 도도함으로 간다고. 순수는 성윤이고, 도도함은 채율이다. 그럼 예희에게 남은 건, 개그. 개그였다.

"그럼 저는 개그를 해야 하나요? 제가 어디서나 볼 수 있는 그런 타입이라서요?"

실망감이 커서 목소리 크기를 조절할 수 없었다. 작가와 피디가 모두 이쪽을 바라보면서 분위기가 차가워졌다. 빨간 라바가 한마디 했다.

"카메라 받아 보면 알 거야. 넌 예뻐. 하지만 그건 이미 꾸밀 만큼 꾸며서 예쁜 거야. 늘씬하고 예쁜 타입이지만, 어중간해. 왜 걸그룹 에서도 인기를 끌지 못하는 여타 멤버들이 있지? 솔직히 아이돌은 다들 비슷비슷해. 그중의 누군가는 빛이 번쩍번쩍 나고, 누군가는 눈에 띄지도 않아. 외모의 문제만은 아니야."

무슨 말을 하려는지 순간 이해가 되었다. 슈가 걸즈를 예로 들면 신비롭고 우아한 공주 타입인 래인, 강하고 주도적이면서도 섹시한 샤샤, 예능감과 귀여움, 위트 넘치는 현지를 제외한 나머지 두 멤 버. 우연과 리혜. 사람들은 그녀들을 머릿수나 채우는 병풍으로 생 각한다.

"너는 튀려면 개그로 가야 해. 농담을 툭툭 던진다든지, 몸 개그를

163

보여 준다든지. 살신성인을 해. 그렇지 않으면 완전히 다른 애들한 테 묻힐걸. 방송 내내 말 한마디도 못하고 끝내고 싶지 않지? 너희들 이 함께 방송하는 걸그룹은 슈가 걸즈야."

슈. 가. 걸. 즈. 음절 하나하나에 스타카토가 붙어 있기라도 한 것 처럼 피디는 다시 한 번 강조해 이야기했다.

"초등학생부터 할아버지까지 전 국민이 좋아하는 호감 소녀들이 지. 마음을 단단히 먹지 않으면 질질 끌려 다니기만 할걸. 그래서는 우리도 곤란해."

음식을 다 먹을 때쯤. 이번에는 프로그램과 관련해서 출연자들이 알고 있어야 할 정보들이 14장의 인쇄물로 전달되었다. 일주일 동안 의 변신이라, 첫째 날, 둘째 날 하는 식으로 일시와 내용, 활동 사항 이 정리되어 있었다. 마지막 장에는 비밀 엄수에 대한 각서가 첨부 되어 있었다. 내용이 4장에 달할 정도로 치밀했다.

함께 방송한 아이돌 그룹에 불이익을 줄 만한 어떤 개인적인 내 용도 제3자에게 전파하거나, 인터넷 매체에 올릴 수 없다. 어떤 내용 이라도 게시하기 전에 소속사에서 배정해 준 사람(해당인의 이름과 휴 대폰 번호, 이메일 주소까지 적혀 있었다.)에게 내용을 고지하고 심사를 받은 뒤 게시하게 되어 있었다. 뿐만 아니라 해당 프로그램에 관련 한 세세한 내용이나 진행 사항에 대해서도 프로그램 방영 전후를 막 론하고 누구에게도 누설해서는 안 되었다.

사진이 포함된 후기담을 올리고 싶을 때는 1회에 한해 프로그램 AD 안중호에게 내용을 보내 게시할 수 있고 아이돌 출연진과 중첩 되는 내용을 게시할 때는 기획사에서 배정한 담당자와 AD 모두에게 검열을 받아야 했다. 프로그램과 관련한 어떤 사실에 관하여 출연자의 과실로 인해 법적 분쟁이 생기게 될 경우에 제작진은 일체 책임을 지지 않으며, 그 분쟁으로 인해 프로그램에 유무형의 피해가 발생할 경우에는 출연자에게 법적인 책임을 물을 수 있다고 되어 있었다. 또한 이후 출연자가 1년 안에 다른 프로그램에 출연을 하게 될 경우 그 프로그램의 성격과 출연 방향에 대하여 작가와 피디에게 고지할 의무가 있다고도 명시되어 있었다. 허락된 포토 타임 이외에는 어떤 사진 촬영도 불가했다. 특히 숙소 촬영은 엄금되었다. 그 외에도 여러 가지 제한 조건들이 줄줄이 달려 있었다.

한마디로 출연만 하고 가타부타 입을 놀리지 말라는 의미였다. 살벌한 문장들을 모두 읽고 채율이 비꼬았다.

"이거 공증이라도 받아야 되는 거 아니에요?"

주미가 당연하다는 얼굴로 레몬에이드 잔을 내려놓았다.

"안 그래도 지금 밥 먹고 나서 곧바로 받으러 갈 거야. 얼마 안 걸려. 괜찮지?"

밥을 모두 먹고 난 후, 탐정단은 방송국 로고가 찍힌 밴을 타고 MJ 기획사 사무실로 이동했다. 1층 아트리움에서 대기하고 있던 변호사가 탐정단 아이들을 맞아들였다. 그는 무시무시한 표정으로 각 항목을 상세하게 설명해 준 뒤 사인하라며 볼펜을 넘겨주었다. 프로그램 출연하는 내내 사진을 찍고 실시간으로 그 내용을 블로그에 올리겠다는 계획을 가지고 있던 아이들은 겁에 질려 사인을 했다.

옆 테이블에서는 텔레비전에서 가끔 보던 MJ 대표 형민재가 작가, 피디와 이야기를 나누고 있었다. 그는 변호사가 서류를 가지고 오자, 의자를 틀어 아이들을 바라보았다. 과거 연기자로 활동했던 이력이 있는 50대 아저씨였다. 뛰어난 심미안으로 한국의 쟈니 키타가와(일본의 유명 프로덕션 쟈니스 사장)라 불리는 인물이었다.

옷차림은 그의 안목을 훌륭히 반영하고 있었다. 원단의 상태, 완벽한 핏, 섬세한 바느질로 미루어 볼 때 상의와 하의 모두 맞춤옷이 확실했고, 백열등처럼 고운 색상의 가죽 샌들도 난생 처음 보는 디자인이었다. 손가락에 긴 두툼한 묵주 반지나, 희귀한 브랜드의 손목시계도 잘 어울렸다. 명품에 목을 매는 한국에서 잘 찾아보기 힘든 제대로 된 멋쟁이였다.

"너희들이 연습할 곡은 이번에 나온 슈가 걸즈 싱글에 수록된 「지구를 택한 이유」야. 가수 김민우 씨의 1991년 곡을 리메이크한 노래지. 보통 안무 연습은 한 달 훨씬 전부터 시작하는데, 마침 방학도 되었으니까, 2주 동안 풀코스 끝내고, 프로그램 촬영도 곧바로 들어갈 예정이다. 추석 때쯤 텔레비전에서 너희들 얼굴을 직접 볼 수 있겠지. 당장 내일 9시부터 연습이야."

"MJ 기획사 연습실을 쓰는 거예요?"

예희는 어떻게든 사장의 눈에 띄고 싶어 질문했다. 5층 연습실에서 일하면 연습생들은 물론 현역 가수들도 많이 만날 수 있을 터였다. 형 사장은 무슨 말도 안 되는 이야기를 하냐는 얼굴이었다.

"따로 연습실 구했어. 안무가는 우리 사람이야. 연습실 주소는 안내문에 있으니까 알아서들 찾아가라."

"연습 영상도 나중에 편집해서 들어가니까 비속어, 축약어 가능한 쓰지 말구. 행동도 공손하게 해."

작가와 피디가 다시 한 번 강조했다. 아이들은 10시가 넘어서야 집으로 돌아갈 수 있었다.

D-20

안내문에 적힌 곳은 본디 뮤지컬 연습을 위해 사용하는 극단의 연습실이었다. 사방에 거울이 달려 있고 전면에 대형 LCD화면이 고정되어 있었다. 정육면체 구조의 상부 네 개의 꼭짓점에는 스피커가 장착되어 앰프에서 나오는 소리를 쩌렁쩌렁하게 재생했다. 지하라 공기 상태가 좋지 않다는 것만 빼면 학교 강당에 있는 무용실과 비슷했다.

때마침 찾아온 장마가 안무 연습을 하는 2주 내내 이어졌다. 제습기를 틀어도 눅눅했고, 에어컨을 틀면 곰팡이 냄새가 났다.

안무가는 한쪽 구석에 놓인 에어매트 위에 대자로 뻗어 있었다. 나이는 서른 전후. 아이라인을 두껍게 그려 멀리서 보면 눈을 뜨고 자는 것처럼 보였다. 콧구멍 위에는 새끼 손톱만 한 빨간 큐빅이, 입술 주변에는 피어싱을 달았다가 뺀 흔적이 있었다. 호피 무늬의 칠부 레깅스와 겨자색 민소매 티, 치렁치렁한 파마머리. 할렘 가에서 마약을 하다가 얼어 죽은(것 같은) 노숙자 인상이었다.

머리맡에는 A4 용지로 메모가 적혀 있었다.

지금 당장 영상을 틀고 연습을 시작할 것.
※수면에 방해되니 볼륨은 높이지 마시오.

하얀 종이 위에 놓인 개구리 모양 USB가 보였다. USB에는 불법 다운로드를 받은 영화 파일을 비롯해 공인 중개사 강연 동영상까지 각종 파일이 담겨 있었다. 미도가 한참 만에 안무 폴더를 찾았다.

지구를 택한 이유 풀버전.avi
지택이 후렴.avi
지택이 후렴 설명.avi
지택이 후렴.mp3
지택이 풀버전 곡.mp3
스트레칭.avi
동영상을 플레이하기 전에.txt

앰프 위에 놓여 있던 리모컨을 조작해 텍스트 파일을 열었다. 안에는 넉 줄의 편지가 써 있었다.

애들아, 안녕? 난 너희를 가르칠 안무가 케이시야.
후렴 설명 동영상을 시청하고,
이해가 되면 후렴 동영상으로 넘어가 무한반복하렴.
연습 시작과 끝에는 스트레칭 동영상을 따라해.

아이들은 서로를 마주보았다. 조금이라도 텔레비전에 예쁘게 나오고자 비비크림, 틴트, 투명 글로스까지 번들번들하게 칠했건만, 안무가는 제대로 된 인사조차 없었다. 성윤이 신경질적으로 매트를 툭툭 찼다.

화들짝 놀란 예희가 성윤을 말렸다. 예희는 탐정단 멤버들 모두가 볼 수 있도록 구석구석을 턱짓하며 눈빛으로 말했다. *정신 차려. 지금 이 연습실 어딘가에는 우리를 찍고 있는 몰래 카메라가 있을 거야. 이런 게 바로 리얼리티 프로그램이야. 의외의 상황에 출연자들을 몰아넣고 그 반응을 지켜보는 거. 평소 모습을 보여선 안 돼.*

"자, 그럼 애들아, 우리 모두 함께 연습해 볼까?"

뽀뽀뽀의 뽀미 언니처럼 높은 톤의 목소리로 손뼉을 쳤다. 채율을 제외한 모두가 행복해 미치겠다는 표정으로 까르르 웃었다.

"어머, 어쩜 좋아."

"난 춤 못 추는데."

후렴 동영상을 틀어 놓고 4시간 정도 열심히 춤을 췄다. 점심시간쯤 거울 너머로 연습실 철문이 열리는 게 보였다.

모두들 프로그램 제작진이 들어오는 게 아닐까 싶어 일순 긴장했다. 하지만 문을 열고 들어온 것은 잘생긴 남학생과 어린 아이들이었다. 여자 셋, 남자 둘. 준수한 외모와 투명한 살결이 소속을 말해 주고 있었다.

대장격인 남학생이 잠을 자고 있던 케이시를 보고는 싸늘히 웃었다. 그는 동생들에게 손짓했다. 아이들은 툴툴거리며 매트 쪽으로 다가가 하나씩 귀퉁이를 잡았다. 매트가 허공에 떴다. 소리는 내지 않았지만 눈으로 구령을 붙이며 해먹을 흔드는 모양으로 팔을 흔들었다.

하나 둘 셋. 철퍼덕. 숙면을 취하고 있던 케이시가 바닥에 내팽개

쳐졌다.

아이들은 탐정단 앞에 일렬로 서더니 90도로 허리를 굽혀 다 함께 인사했다.

"안녕하세요? 저희는 MJ 연습생이에요."

유리구슬처럼 말끔한 발음, 가장 어린 아이는 윤우림이라는 초등학교 5학년 여자 아이였고, 한 살 위인 조영민, 중학교 2학년 홍소정과 서경아, 탐정단과 동갑인 김찬기였다.

매트 아래에서 처음 듣는 케이시의 신음 소리가 들렸다. 그는 시간을 먼저 확인하고는 중국집에서 점심으로 먹을 메뉴를 시켰다. 탐정단 소녀들을 본 건 그 다음이었다.

"이제 대충 동작은 외웠지? 한번 내 앞에서 춰 봐."

MJ 연습생들은 안무가의 시야를 방해하지 않도록 양쪽 벽으로 물러섰다. 고작 여섯 명의 관중이었지만 다들 프로와 세미 프로들이다 보니 손발이 잘 움직이지 않았다.

다섯 사람이 춤추는 모습은 사방에 달린 통거울에 투명하게 비쳤다. 친구들이 춤추는 수준을 보고 예희는 속으로 입을 떡 벌렸다. 성윤을 빼고는 모두 몸치들이었다. 특히 채율은……! 후렴이 한 소절 정도 끝났을 때쯤엔 모두가 그녀를 보고 있었다. 이런 프로그램에 절대 참여하고 싶지 않았던 모범생은 정말 건성으로 춤을 추고 있었다. 동작을 외우려는 최소한의 노력조차 하지 않고, 신경질적으로 행동하면서 어떻게든 프로그램이 진행되지 못하도록 훼방을 놓고 싶다는 표정. 흐느적거리는 손발은 전통 무예 택견처럼도 보이고, 술 취한 아줌마의 관광버스 댄스처럼도 보였다. 미도가 먼저 쓰러졌다. 성윤과 하재도 끅끅대며 쓰러졌다. 복부의 근육이 당기며 아파 왔지만, 예희도 결국 웃음을 터트렸다. 음악이 정지했다.

"됐어."

케이시는 손가락으로 탐정단 아이들을 하나씩 가리켰다.

"우림이가 가슴 큰 언니를 맡고, 영민이가 다크서클. 소정이랑 경아가 버섯머리랑 커트머리, 찬기는 생머리. 이상."

연습생들은 탐정단 소녀들을 파트별로 가르치기 위해 MJ에서 이미 안무 연습을 완료하고 온 모양이었다. 다 함께 식사를 마치고 나서 가장 연장자 찬기는 가장 쉬운 파트를 맡았다. 파트가 쉽다는 건, 가장 몸치인 사람에게 그 부분이 주어진다는 뜻이었다. 춤은 노래와 마찬가지로 타고난 끼가 있어야만 제대로 소화할 수 있었다. 박자감이 있고, 춤을 잘 추는 사람에게 고난도의 동작을 알려주는 일보다 박자감이 없고 팔다리를 놀리지 못하는 사람에게 기본을 터득시키는 게 훨씬 어렵다. 채율을 가르치며 찬기는 몇 번이나 욕설을 우물거렸다.

이제는 후렴 부분이 아니라 전체 곡을 연습했다. 안무가만 나왔던 후렴 동영상과는 달리, 전체 동영상에는 다섯 명의 연습생 아이들이 모두 출연했다. 어린 아이들이었지만 춤추는 실력은 지금 당장 데뷔해도 손색이 없을 정도였다. 동작은 정확했고, 일사불란했다. 특히 찬기는 남자라는 게 믿어지지 않을 정도로 요염하게 춤을 췄다.

하루에 여덟 시간씩 춤을 추는 나날들이 이어졌다. 집에 돌아오면 죽은 듯이 잠만 잤다. 온몸에 파스와 아대를 붙이면서 연습생들과 친해졌다.

슈가 걸즈 불화설에 대해 몇 번 얘기가 나왔지만 연습생들은 입이 무거웠다. 요리조리 말을 돌려서 조금 파고든다 싶으면 에시드 제로 이야기로 넘어가거나, 연습을 하자고 일어서곤 했다. 결국 미도가 빛나에게 구원 요청을 했다. 빛나는 연습실로 샌드위치와 음료수를 들고 원정을 왔다.

"괜찮아. 언니들한테는 이야기해도 돼. 서약서에 서명을 했거든."

혹시나 케이시가 깨어 훼방을 놓지 않을까 걱정했지만 빛나와 찬기가 그럴 일 없다며 도리질을 했다. 케이시는 안무가 말고도 문화센터 강의, 외부공연, 청소년 레슨 등으로 투잡, 쓰리잡을 뛰는 사람이었다. 하루에 열다섯 시간도 넘게 몸을 쓰다 보니 잠들면 누가 업어 가도 모른다고 했다.

"래인은 도대체 언제부터 멤버들과 사이가 안 좋아진 거야?"

"1년은 넘었어요."

"더 되었을지도 몰라. 작년 겨울에 뮤비 찍을 때부터 분위기가 심상치 않았어. 냉기류가 가득했지."

정말 이야기해도 되냐는 얼굴로 찬기가 빛나의 얼굴을 쳐다보았다. 빛나가 먼저 포문을 열었다.

"말을 안 해요. 래인이 언니만 마네킹이 된 것 같아. 눈도 안 마주치고."

"진짜 묘한 건, 그러면서도 은근히 서로를 엄청 챙긴다는 거지. 누가 감기라도 걸리면 다른 멤버들이 똘똘 뭉쳐서 쉴 수 있게 도와주고, 팬들한테 좋은 게 들어오면 먼저 권하고, 맛있는 거 있으면 꼭 나눠 먹어. 래인이가 헬로 키티를 좋아하니까, 현지 누나가 며칠 동

172

안 직접 인형을 만들어서 줬어. 처음에는 다들 몰랐어. 래인이가 인스타그램에 올리기 전까지는. 래인이도 다른 멤버들한테 손 편지도 쓰고, 메시지도 주고받아요. 24시간 붙어 다니는 사이면서 말이야."

"그러면서 정작 말은 안 하고?"

"웃기지? 그러다 보니까, 증권가 찌라시에서조차 슈가 걸즈 불화설은 안 나와. 그냥 래인이는 말수 적고 조용한 타입처럼 여겨지고 마는 거야. 사실 그런 성격이기도 하지만."

"짚이는 이유는 없어?"

"제가 생각하기에는 래인 언니가 「검은 천사」 주연을 맡은 일 때문인 거 같아요."

중학생 소정이 말했다. 이목구비는 아름다웠지만 몸이 너무 말라서 거식증이 의심되는 아이였다. 경아도 알고 있다는 듯 말했다.

"아, 그거 원래는 리혜 언니가 하기로 했던 거지?"

「검은 천사」는 백색증에 걸린 신비로운 소녀를 중심으로 펼쳐지는 연쇄살인을 다룬 이야기로 래인이 톱스타로 발돋움하는 데 절대적인 역할을 했다. 머리털은 물론 속눈썹까지 새하얗게 탈색하고 무표정한 얼굴로 피를 흘리는 모습에 수많은 시청자들이 마음을 빼앗겼다. 스웨덴의 유명 음악가 안드레아스 칼슨이 작곡하고 래인이 가사를 붙여 부른 드라마 타이틀곡은 중국과 일본뿐만 아니라 미주 지역에서까지 큰 인기를 거뒀다.

"의외로 연애 문제일지도 모르지."

찬기가 손가락을 입에 대고 쓸데없는 말을 하지 말라는 눈치를 줬다. 그러나 우림은 경아가 하지 못한 뒷말을 이었다.

"슈가 걸즈 누나들이 다 라온 씨를 좋아하거든요. 그런데 유독 래인 누나가 그렇게 하라온 씨한테 들이대요."

찬기가 우림의 뒤통수를 쳤다.

"들이대기는 뭘 들이대?"

"하지만 래인 누나가 라온 씨한테만은 살갑게 굴고 장난도 치는걸. 남자라면 질색하는 사람이."

라온 이야기가 나오자 탐정단은 일제히 채율을 쳐다보았다. 채율은 왜 자신이 갑자기 시선을 받고 있는지 이해하지 못하겠다는 얼굴이었다. 예희는 속으로 혀를 찼다. 둔순이.

"래인이가 라온 씨한테 치대는 건 맞지만, 그런 사이 절대 아냐. 라온 형도 곧 군대 갈 사람이구. 그리고 남자 때문에 벌어질 사이였다면 샤샤 누나가 래인이 목숨 구하지도 않았을걸? 다들 알지? 데뷔 초에 강원도에 행사 갔다가 차가 전복되어서 폭발하기 직전에 샤샤 누나가 래인이 구한 거. 매니저 형들이 말리는 것도 뿌리치고 기절한 래인이 빼냈잖아."

슈가 걸즈가 토크쇼에 나와서 세 번 쯤 우려먹은 유명한 이야기였다. 성윤이 의외라는 얼굴로 물었다.

"하라온 씨 인기가 많아?"

경아와 소정, 우림이 동시에 고개를 끄덕였다.

"MJ 최고의 인기남인걸요. 아이돌, 연기자, 연습생, 직원들, 할 거 없이 다들 좋아해요."

"싫어하는 사람도 있는데요, 말은 싫어한다고 하면서도 왠지, 싫어하지 않은 분위기랄까요. 저쪽은 쳐다보지도 않는데 괜히 신경 쓰

174

는 듯한 공기. 마성의 매력남예요."

"왜애? 당연히 에시드 제로가 제일 인기가 많을 거라고 생각했어. 잘생기고 재밌고, 화려하잖아."

에시드 제로는 MJ 최고, 아니 국내 최고의 5인조 보이 그룹이었다. 미국계 백만장자의 아들 경한. 사나운 야수 같은 외모의 로이와 보호본능을 일으키는 미소년 조현승. 어린 시절 공개 오디션 프로그램으로 기획사에 들어온 실력파 이원. 노인네라는 별명을 가지고 있는 4차원 멤버 봉건까지.

연습생들은 누구라고 할 것 없이 조용히 웃었다.

"라온 형한테는 밀려요. 일단 말발부터."

2주 동안에 안무는 어느 정도 마스터할 수 있었지만, 학예회 수준을 넘지 못했다. 연습이 끝나기 사흘 전, 방송국에서 카메라 VJ가 찾아왔다. 땀에 찌든 야구 모자를 쓴 비만한 체격의 남자였다. 연락을 미리 받았던 모양인지 연습생들은 나오지 않았고, 케이시는 말쑥한 모습으로 아침부터 깨어 있었다. 두 사람이 악수를 주고받자마자 촬영이 시작되었다.

카메라에 빨간 불이 들어온 순간 온몸이 뻣뻣하게 굳었다. 그제야 실감이 났다.

'정말로 방송에 나가는 거야? 1000여 명의 관객들 앞에서 춤을 추고, 수만 명이 보는 프로그램에 얼굴을 내미는 거냐구?'

어쩐지 사고 친 기분이었다.

D-5

장마가 끝난 후에는 무더위가 찾아왔다. 햇볕은 열수처럼 쏟아지고 불쾌지수는 최고조였다. 하얀색 외장 타일과 유리창으로 뒤덮인 방송국은 반사체처럼 반짝였다. 옥상에 위치한 헬기착륙장은 옆으로 비스듬히 빠져 나와 잘못 보면 UFO가 건물에 박혀 있는 것처럼 보였다. 삐죽삐죽 높이 쏟은 송전탑도 인상적이었다.

탐정단이 탄 승합차는 안내문에 써 있는 대로 출연자용 주차장으로 향했다. 옆자리에는 일주일 동안 합숙을 위한 짐이 놓여 있었다.

원위크 안내문에 따르면 일주일 동안의 일정은 다음과 같았다. 첫째 날은 음악 프로그램 방청과 숙소 입소, 둘째 날은 화보 촬영과 메이크 오버 컨셉 회의, 셋째 날은 라디오 방송 출연과 드라마 촬영장 견학, 헤어컷, 넷째 날은 뮤직비디오 촬영과 쇼핑, 다섯째 날은 우연의 생일파티 겸 팬 미팅, 여섯째 날은 대망의 스튜디오 무대 촬영이 있었다. 물론 일주일 동안 슈가 걸즈와 24시간을 함께하는 것은 아니었다. 스케줄 중 함께 움직일 수 없는 드라마 리허설이라든지, CF 촬영 같은 경우에는 빈 시간을 이용해 마지막 날에 있는 피날레 무대를 위해서 안무 연습을 할 예정이었다.

"방학이라 더 많네. 보통 때는 이 정도는 아닌데."

성윤과 미도, 예희는 공개 방송을 여러 번 다녀봐서 특별히 새로울 게 없었다. 그러나 이런 경험이 처음인 하재와 채율은 그저 놀랍다는 얼굴이었다. 한눈에 보기에도 400명이 넘을 법한 인원이 주차장 입구에 바글바글 모여 있었다.

창밖에는 '스릉흔드 에시드', '도넛 사줄게 윤도진 나랑가자', '광대뼈 대마왕 정력 최고' 등등 암호 같은 플래카드를 든 팬들이 기대 감에 찬 눈으로 모여 있었다. 피부색이 다른 외국 남성들도 팬들 중에 끼어 있었다. 선팅 안 된 차 안을 팬들은 이쑤시개처럼 날카로운 시선으로 스캔하고 떨어졌다.

예희도 많은 나날들을 더위, 추위와 싸우면서 방송국 앞에 서서 보냈다. 가수들이 탄 차가 보일 때마다 달려들어 못 가게 막기도 했다. 지금 차 안에서 팬들의 모습을 보고 있으려니 기분이 묘했다.

무전기를 든 경비원이 손등으로 운전석을 두들겼다. 운전기사가 프로그램을 이야기하고 출입증을 보여 주었다. 번호를 확인한 경비원은 차를 들여보내 주었다.

"아, 원위크 걸즈요? 저쪽으로 들어가세요."

경비원들이 차가 들어갈 수 있도록 길을 열어 주어 들어갈 수 있었다.

로비로 들어서자 곧바로 조연출과 카메라맨 세 명이 모여들었다. 녹화 상태를 알리는 빨간 불빛이 켜져 있었다. 조연출과 인사를 나눈 뒤 카메라에 잡히지 않도록 주춤주춤 뒤로 물러서다가 단체로 지적을 받았다. 슈가 걸즈 매니저가 찾아와 슈가 걸즈 팬 석의 맨앞으로 안내해 줬다. 카메라맨들은 당연히 그녀들의 뒤를 따랐다. 원위크 피디가 스튜디오 앞에 서 있었다. 조연출이 아이들이 왔다고 알려 주자 앉은 좌석을 잠깐 쳐다보고 손을 흔들었다.

원위크 소녀들이 왔다는 소식은 순식간에 팬 석 끝까지 퍼져나갔다. 휴대폰을 든 아저씨, 소년, 회사원, 언니와 또래들이 몇 번씩 다녀가며 평범한 소녀들인 탐정단과 사진을 찍어 댔다. 별세계에 들어온 기분이었다.

"정말 부럽다. 정말 부러워."

40대로 보이는 삼촌 팬이 탐정단과 사진을 찍고 난 뒤 한탄했다. 대체 회사는 어떻게 하고 왔는지 목에는 넥타이를 매고 있고, 손에 든 가방도 브리프케이스였다. MJ 사람인지, 팬클럽인지 알 수 없는 사람이 다가와 슈가 걸즈의 상징 버건디 하트 풍선을 넘겨주었다.

무대 위에서 슈가 걸즈의 카메라 리허설이 시작되었다.

"우리가 나중에 저렇게 춤을 춰야 하는 거야? 이렇게 많은 사람들 앞에서?"

"지구가 멸망했으면 좋겠어."

하재가 부들부들 어깨를 떨었다. 손에는 천으로 만든 작은 지구본 공이 들려 있었다. 머리카락 대신에 한줌의 흙을 넣었다고 했다. 하재는 무대를 보는 내내 안색이 창백해져서는 지구본을 사정없이 핀으로 찔렀다. 옆에 앉은 채 율도 가만히 무대 위를 응시하다가 하재의 어깨에 손을 올렸다. 마력을 보태기라도 하는 사람처럼. 미도도 곧이어 반대편 팔을 잡았다. 성윤도 정신없이 떨리는 눈동자로 두 손을 모았다. 네 사람이 간절하게 지구의 종말을 바라는 동안 예희만은 제정신을 유지하고 황홀하게 무대를 쳐다보았다.

점멸하는 색색 조명이 빛나는 무대가 불과 몇 미터 앞에 있었다.

'멋있다! 너무나도 멋있어.'

1위를 한 슈가 걸즈가 앙코르 무대를 마치고 난 뒤, 탐정단은 다 함께 대기실로 갔다. 탐정단 사무실에서 몇 번이나 시뮬레이션했지만, 막상 실물을 앞에 두고 보니 말이 나오지 않았다.

"너희들이구나. 5박 6일 동안 우리랑 함께할 아이들이."

슈가 걸즈 리더 샤샤가 살긋 웃으며 미도의 팔짱을 끼었다. 어머니가 러시아 사람인 그녀는 컬러 렌즈를 낀 것처럼 눈동자가 연했다. 그러나 미도는 완전히 얼어서 눈앞에 서 있는 슈가 걸즈를 홀로그램처럼 멀뚱히 지켜보았다. 피디의 얼굴이 굳어졌다. 예희는 등을 떠밀린 것처럼 재빨리 앞으로 나가 인사했다.

"1위 축하드려요! 저…… 저희는 은평구에 있는 선암여고 2학년 학생들이에요. 저는 이예희구요. 그리고 쟤는 윤미도, 대…… 대장이에요. 저희가 탐정단 활동을 하고 있거든요. 학교 앞에서 알짱대던 치한도 잡고 그랬어요. 음. 저기 인형을 손에 쥐고 있는 애는 김하재. 머리 짧은 애는 최성윤. 마지막으로 안채율이에요. 쟤네 오빠가 언니들 되게 좋아하는데, 안채준이라구. 왜 미국으로 유학한 천재 소년 있잖아요."

아이들은 예희에게 이름이 불릴 때마다 겨우 고개를 숙여 인사했다. 두서없는 소개였지만, 오히려 그게 더 재미있었는지 슈가 걸즈는 깔깔 대며 크게 웃었다.

정신을 차리기도 전에 전용 밴을 타고 MJ 사옥 근처의 복층형 아파트로 향했다. 단지는 경비가 삼엄했다. 안으로 들어갈 때도 신분을 확인하고, 동 건물에 들어갈 때도 전용키가 없으면 들어가지 못했다. 큰 가방을 들고 탐정단 아이들은 매니저를 따라 107동으로 갔다. 로비 앞에는 아파트 관리소 직원이 나와 촬영을 하더라도 주민들에게 방해가 되지 않도록 해 달라고 몇 번이나 다짐을 받았다.

조연출은 집 안에 이미 카메라가 설치되어 있다는 것과, 슈가 걸즈에게도 셀프 카메라를 주었다는 걸 설명해 주었다.

"그럼 즐거운 시간 보내렴."

시계는 10시를 가리키고 있었다.

숙소 안에는 슈가 걸즈가 광고하고 있는 물건들이 생활감 없이 깔끔하게 비치되어 있어 인형의 집에 와 있는 기분이었다. 얼음 정수기, 텔레비전, 탈취제, 과자, 카메라. 소파 같은 가구류. 리혜가 찍은 생리대 제품이 테이블에 나와 있지 않은 게 다행이라는 생각이 들 지경이었다. 예희는 한숨을 내쉬었다.

'그러나 저러나 우리가 이렇게 못생겼다니.'

맨 얼굴에 립글로스만 간단히 바른 슈가 걸즈 멤버들이 파자마 차림으로 거실에 나왔을 때 연예인과 일반인의 차이를 실감했다. 슈가 걸즈 중에서 제일 못생겼다는 평을 듣는 멤버 우연보다 탐정단 최고의 미모 이예희의 얼굴과 몸매가 훨씬 못했다.

"왜 그래?"

"실물이 훨씬 더 예쁘네요, 언니."

"얘는."

올리브색 파자마를 입은 우연은 웃으며 눈을 흘겼다. 샤샤가 CF를 찍은 란제리 브랜드 로고가 붙어 있었다.

"정말이에요. 엄청 날씬하고, 팔 다리도 길고, 피부도 투명하고 이목구비도 시원시원하세요."

기분 좋으라고 던진 말이 아니었다. 정말 예뻤다. 이런 사람이 인터넷 상에서 못난이로 낙인 찍혀 있다는 게 불합리하게 여겨질 정도였다. 미도가 물었다.

"근데 래인 씨는 안 보이네요?"

"응, 오늘 라디오 방송 게스트 잡혀서 좀 늦어. 라디오 들을래?"

빨간색 파자마를 입은 샤샤가 말했다.

"아니요."

부엌 식탁에 앉은 채율이 칼같이 대답했다. 어느새 안 교수는 샤워를 끝마치고 트레이닝복 차림으로 수학 문제를 풀고 있었다.

"재 지금 공부하는 거야?"

"아, 예. 그러려니 하세요. 원래 저래요. 카메라가 있든 없든."

"전형적인 조기 교육의 실패 사례예요. 인생과 미래에 도움이 되는 일을 하고 있지 않으면 불안해하는 강박증 일개미죠. 쯧쯧쯧. 쟤네 엄마가 완전히 베려놨어요."

"들리거든."

미도의 비아냥거림을 듣고 채율이 말했다. 리혜와 현지가 신기하다는 듯이 부엌으로 다가갔다. 재일교포 출신으로 한국에서 가수 생활을 하기 위해서 대입 검정고시를 치렀던 리혜가 가방 속에 들어있는 문제집과 요점 정리집을 들쳐보며 놀랐다.

"에, 혼모노다. 혼또노 강꼬구 조시고꼬세!(앗, 진짜다. 제대로 된 한국 여고생이네!)"

"혹시 교복은 안 가져왔니?"

"방학이니까요. 이번 프로그램 때문에 보충 수업도 신청 못했어요. 휴, 정말이지."

모범생은 신경질을 감추지 않고 달칵달칵 샤프펜을 눌러 댔다. 현지가 반사적으로 사과했다.

"미안해."

"괜찮아요. 가 보세요."

진짜 대한민국 여고생은 귀찮다는 듯 아이돌 두 사람을 떨쳐냈다. 그리고 잠자는 시간이 될 때까지 식탁 위에 앉아 엄청난 집중력으로 문제를 풀었다.

"너희 남자 친구는 없니?"

샤샤가 짓궂은 표정으로 다른 아이들을 돌아봤다. 예희가 살짝 윙크를 하며 되물었다.

"그러는 언니는요?"

2시간 뒤 래인이 라디오 일을 마치고 숙소로 돌아왔을 때쯤에는 탐정단과 슈가 걸즈는 상당히 친해져 있었다. 극성팬도 안티팬도 아닌, 일반인 여고생들과 이야기를 나누는 것이 슈가 걸즈에게는 신선한 경험인 듯했다. 탐정단 아이들도 연예인과 편안하게 담소를 나누는 일이 신기하긴 마찬가지였다. 화기애애하고 즐거운 시간이었다.

하지만 래인이 들어왔을 때 웃고 떠들던 멤버들은 갑자기 입을 다물었다.

하나. 둘. 셋.

짧지만 분명히 인식 가능한 균열이 지나가고, 현지가 마지못해 미소를 보이며 래인을 맞아들였다.

"왔어? 피곤하지? 여기 앉아. 얘들이 원위크 걸즈야."

얼음처럼 굳어 있던 래인도 환하게 웃었다.

"그래요? 얘들아, 만나서 반가워."

드라마를 촬영하다가 NG가 났을 뿐인 것처럼 세트는 다시 정상으로 돌아갔다. 모두가 연기를 하고 있다는 걸 분명히 느낄 수 있었다.

D-4

둘째 날은 화보 촬영과 메이크 오버 컨셉 회의가 있었다. 미니 화
보집 촬영은 마지막 날 걸그룹과 소녀들이 합동 무대처럼 프로그램
에 마련된 정기 코너였다. 걸그룹 인지도에 따라 다르지만, 원위크
화보집은 발간될 때마다 인터넷 서점 대중 문화 분야 순위가 요동치
고, 기록적인 판매량과 많은 화제를 낳았다.

예희가 일어났을 때 숙소에는 탐정단과 슈가 걸즈 멤버 래인만
남아 있었다. 다른 멤버들은 새벽 같이 드라마 리허설, 영화 촬영, 예
능 프로그램 회의 등으로 모두 나갔다고 했다. 첫날 보았던 매니저
가 탐정단과 래인을 이끌고 스튜디오로 향했다.

"이번 촬영 컨셉은 다 잘 알고 있지?"

"예, 예. 우리는 인기절정의 아이돌 가수가 되는 거고, 슈가 걸즈
멤버들은 보통 소녀가 되어 행복한 일상을 보낸다. 뭐, 그런 거 아니
에요?"

"그래. 오늘은 너희들이 한껏 끼를 발휘해 주어야 해."

"근데 다른 멤버들은 언제 촬영장으로 오는 거예요?"

"안 와. 스케줄이랑 장소 문제 때문에 4명은 이미 촬영을 끝냈어.
야외에서 찍었거든."

미도와 직원이 대화를 주고받는 동안 예희는 힐끔 조수석에 앉아
있는 래인을 훔쳐보았다. 옆에서는 성윤과 하재가 시끄럽게 장난을
치고 있었다.

어제 그녀와 멤버들 사이에 존재했던 이질감은 분명히 존재하고 있었다. 기획사에서 일부러 이런 식으로 일정을 잡은 게 아닐까. 래인과 멤버들 사이에 있는 신경전을 외부인인 일반인 소녀들에게 들키지 않기 위해서 다른 멤버들과 겹치지 않게 조정했다든가.

래인은 창밖으로 들어오는 아침 햇살이 눈이 부신지 한쪽 팔을 차창에 기대 세우고 머리를 살짝 숙이고 있었다. 피부에 돋아난 하얀 솜털. 햇살을 받은 황금색 머리카락. 살짝 보이는 옆얼굴은 구체관절인형처럼 아름다웠다.

"뭐하는 거야!"

지켜보고 있던 예희뿐 아니라, 차 안에 있던 모두가 깜짝 놀랐다.

"미안해애……."

하재는 울 것 같은 얼굴로 머리를 숙여 사과했다. 하재를 밀쳤던 성윤도 눈치를 보았다. 정작 소리를 질렀던 장본인은 당황해서 횡설수설하기 시작했다.

"어…… 아닌데. 내가 미안해요. 놀랐어요? 저기……."

매니저는 라디오를 틀었고, 분위기를 반전시킬 만한 경쾌한 음악이 흘러나왔다.

"톱스타다 보니까, 어쩔 수가 없어. 팬들이 머리를 잡거나, 만지거나 옷을 찢거나 하는 일이 부지기수라 말이야. 놀랐니?"

그가 부드럽게 사정을 설명했다.

"네에."

기어들어가는 목소리로 하재가 대답했다.

예희는 다시금 래인을 훔쳐보았다. 동갑내기 유명 스타. 예쁜 옆

얼굴에는 방금 전 일을 자책하는 표정이 떠올라 있었다.

'사람을 어려워하는 타입인가 봐. 연예인이면서.'

어깨를 부딪치기 직전까지만 해도 평화로운 얼굴을 하고 있다가 돌연 온몸을 움츠리며 비명을 지르듯이 소리쳤다.

'아니면 사람을 무서워하는 스타일인가?'

도착한 스튜디오에는 카메라맨과 피디가 사진작가와 이야기를 주고받고 있었다. 처음에는 이 잘생긴 미남자를 어디서 봤더라 싶었다. 헤어스타일이 바뀐 라온은 긴가민가하는 탐정단을 보며 짜증스럽다는 듯 한마디 했다.

"오랜만에 봤으면 인사를 해라, 앙?"

은회색으로 바뀐 머리색. 직업상 다양한 연령대의 사람들을 상대하다 보니 한 살이라도 나이가 많아 보이고자 염색을 한 모양이었다. 흰머리인데도 늙어 보이기는커녕 록스타처럼 잘 어울렸다. 역효과였다.

차 안에서 한마디도 하지 않던 래인이 새처럼 포르르 날아 옆으로 달려갔다.

"라온 오빠, 얘들이랑 아는 사이에요?"

"숙부가 근무하시는 학교 학생들. 사고만 치는 특이한 애들이야. 작년 내 전시회에 숙부가 초대하셔서 안면이 좀 있어."

"그래요오?"

비음이 잔뜩 섞인 목소리. 옆에 있던 김주미 작가도 라온과 악수를 하고 얼굴이 벌게져서는 어쩔 줄 몰라 했다.

"바쁘실 텐데도 시간을 내 주셔서 감사합니다. 입대 전에 일이 많으셔서 섭외할 엄두도 못 냈었어요."

"사실 일주일째 밤샘 작업 중예요. 하지만 좋은 취지의 일이고, 동생 같은 슈가 걸즈가 출연하는데 뺄 수가 없더라구요."

카메라를 향해 미소를 지으며 라온이 대답했다. 래인은 그 옆에 바짝 붙어 서서 헤헤거리며 웃고 있었다. 차 안에서와는 전혀 딴판이었다.

"피곤해. 저리 가라."

노골적으로 귀찮은 기색을 내보이는 데도 래인은 여전히 행복한 얼굴을 했다. 사이가 좋은 남매처럼 보였다.

래인은 오늘 집 안에서 등교 준비를 하는 여고생을 연출할 계획이었다. 침대 위에서 알람을 끄며 부스스한 모습을 보여 주고, 식탁에서 아침밥 대신 토스트를 물고 휴대폰을 확인하는 모습, 거울 앞에서 머리를 빗고, 현관에서 단화를 신는 평범한 일상을 찍게 된다.

당연한 이야기겠지만, 탐정단은 슈가 걸즈에 비해 컷수가 훨씬 적었다. 예희는 포토존에서 손을 흔드는 은막의 스타를 연기하고, 미도는 남자 친구와 영화관에서 몰래 연애를 즐기는 스캔들 장면을, 하재는 분장실에서 숨죽여 우는 아이돌의 눈물을 연출하기로 했다. 성윤은 남자들에게 둘러싸여 걷는 도도한 여왕별, 채율은 제품을 들고 광고를 촬영하는 CF퀸으로 분할 예정이었다. 마지막으로는 실제 슈가 걸즈 무대 의상을 입고 무대 위에서 춤추고 노래를 부르는 단체사진을 촬영하기로 했다.

"먼저 프로가 촬영하는 모습을 보도록 해."

라온이 탐정단에게 말했다.

래인은 가장 먼저 분장을 끝마치고 잠옷으로 갈아입은 채로 준비된 침대 위에 앉았다. 그동안 탐정단은 한 명씩 메이크업·헤어 아티스트들과 함께 화보 촬영을 위한 준비를 했다. 아티스트들은 탐정단이 마지막 날 무대에 설 때 메이크 오버를 해 줄 주역들이었다.

"와……. 귀엽다."

성윤이 순수하게 감탄했다. 라온이 셔터를 누를 때마다 스트로브 불빛이 요란하게 깜박였다. 동시에 래인은 눈을 비비거나, 하품을 하거나, 기지개를 켜거나, 알람시계를 노려보는 식으로 다양한 표정을 지었다. 거울 앞에서 토스트를 먹으며 리본을 묶고, 핫핑크 뿔테 안경을 쓰고 머리를 매만졌다. 한쪽 다리를 들고 단화를 신는 등 자연스러우면서도 귀여운 포즈들이 끝없이 이어졌다. 자신이 상대에게 어떻게 보일지 이미 잘 알고 있는 사람 같았다.

"어머, 예쁘다."

"역시 래인이라니까. 근데 하 작가님, 셔츠 단추 하나 더 풀어 놓는 게 낫지 않을까요?"

주변 사람들의 칭찬은 끝없이 이어졌다. 아무렇지 않게 노출을 조장하고 표정 변화 없이 요구를 수용하는 무감각한 래인의 표정. 어지간해서는 감정을 드러내지 않았다. 틈틈이 라온에게 와서 결과물을 확인하고 평가를 들을 때만 수줍어했다. 눈이 반짝이고, 볼이 붉어졌다.

탐정단 첫 촬영은 성윤이었다. 분장을 마친 그녀가 주춤거리며 나왔을 때 탐정단은 입을 떡 벌렸다. 커트 머리는 노란 색으로 탈색이 되어 있었고, 왁스를 발라 위로 올렸다. 호피무늬 탑에 찢어진 가죽 반바지, 스터드(stud)가 요란하게 박힌 가죽 팔찌와 부츠를 착용하고, 심지어 다리에는 망사 스타킹을 신고 있었다.

"이상해?"

성윤이 울먹였다. 넷은 누가 먼저랄 것도 없이 고개를 저었다.

이상하다 나쁘다 말할 수 있는 수준의 문제가 아니었다. 한쪽 눈에만 두껍게 칠해 그려놓은 아이라인과 머리에 쓴 제복 모자는 새빨간 립스틱과 더불어 평상시 온순하고 따뜻하게 보이는 친구의 인상을 완전히 덮어 버렸다. 이쯤 되면 전혀 모르는 사람이다.

다음 타자 예희와 채율은 함께 분장 코너로 들어가 옷을 갈아입고 분장을 했다.

'마술 같아.'

붓질 몇 번에 잡티가 사라지고, 투명해졌다. 성형한 것처럼 이목구비도 뚜렷해졌다. 배워가야겠다는 생각이 저절로 들었다. 눈을 크게 뜨고 전문가의 손놀림을 외우고 있을 때 누군가 예희의 허벅지를 꼬집었다.

"왜?"

앞머리를 헤어밴드로 완전히 올린 채율이 턱짓으로 저쪽 옆을 가리켰다.

분장 코너 옆에 커튼 저편에 래인이 서 있었다. 휴대폰 화면을 내려다보는 얼굴이 심상치 않았다. 몇 번이나 발을 구르고 손톱을 깨물었다.

'왜 저러지?'

금방이라도 공황발작을 일으키기 직전처럼 위험한 표정이었다.

래인의 이상을 눈치 채고 매니저가 다가갔다. 화면을 본 그의 낯빛도 바뀌었다.

운이 나쁘게도 바로 그 순간 뒤에 있던 문이 열렸다. 미국에서부터 온 방문객은 자신의 바로 앞에 서 있는 사람이 누군지 알아보자마자 감격한 나머지 덥석 손을 잡았다.

"안녕하세요! 래인 씨. 만나 뵙게 되어 정말 정말 반갑습니다. 저는 안채……."

"꺄아아악!!!"

차 안에서 있었던 반응은 아무 것도 아니었다. 차세대 수학자는 연모해 오던 여성과의 첫 대면에서 정확히 5.7초만에 뺨을 세차게 얻어맞았다. 황홀한 만남이었다.

* * *

애초 프로그램 제작진에게는 탐정단을 출연시킬 이유가 없었다. 그들이 탐정단의 출연을 허락한 건 라온이 매력적인 두 가지 미끼를 제공했기 때문이었다. 그는 화보집을 촬영하며 자신이 카메라를 잡고, 슈가 걸즈를 좋아하기로 유명한 천재 안채준을 프로그램에 출연시키겠노라 약속했다. 제작진은 공부만 해 온 순진한 청년이 유명스타를 만났을 때 벌어질 핑크빛 해프닝을 기대했다.

이 정도일 줄은 몰랐겠지만.

갑자기 뺨을 얻어맞은 채준은 당황한 나머지 왼쪽 얼굴을 감싸쥐고 카메라를 쳐다보았다. 스튜디오 입구에서부터 그를 따라오던 카메라맨도 당황한 눈치였다. 사람들의 시선이 모두 래인과 채준에게 쏠렸다. 그들 중에는 쌍둥이 동생 안채율도 있었다. 채준은 사람들 속에서 가족을 발견하고 미간을 찌푸렸다.

"너 출연 안 한다며?"

"믿었어?"

채율이 한쪽 입꼬리를 비틀어 올렸다. 화장이 다 끝나지 않아서 입술까지 창백하게 분이 칠해져 있는 그녀의 웃음은 처녀 귀신처럼 섬뜩했다.

"오빠가 실수하면 어쩌나 불안해서 공부를 할 수가 있어야지. 방금 전 일도 그래. 기척도 없이 들어오자마자 덥석 래인 씨 손부터 잡으면 어떡해? 예의도 없이. 안 그래도 극성팬들한테 시달릴 일 많은 아이돌이야. 얼마나 무서웠겠어? 당장 사과해!"

카랑카랑한 훈계를 듣고 채준은 고개를 숙이며 인사했다. 래인도 그제야 정신을 차리고 발을 동동 굴렀다. 두 사람은 매니저의 인도를 받아 스튜디오 한쪽에 마련된 하얀색 나무 벤치에 앉았다. 벤치 뒤 열린 창밖으로 푸른 버드나무 가지가 보이고 매미들은 시끄럽게 울고 있었다. 래인은 차가운 수건을 받아 채준의 얼굴에 대주었다. 그의 얼굴이 다른 의미로 붉어졌다.

"네가 출연해서 다행이야."

예희의 말을 듣고 채율은 싸늘히 웃었다.

"속단하기는 이르지."

그녀의 시선 끝에는 카메라를 잡고 있는 라온이 있었다. 예감이 좋지 않았다.

준비를 마친 예희는 각종 기업들의 로고가 새겨진 판넬 앞에 섰다. 어깨가 훤히 드러난 미니 드레스를 입고 기자들에게 손을 흔들고 그들이 원하는 포즈를 취해 보였다. 업스타일로 올린 머리에는 작은 티아라, 손에는 작고 심플한 클러치, 목에는 코사지 목걸이, 유리 구두를 연상시키는 킬힐. 모두 슈가 걸즈 샤샤가 작년 부산 국제 영화제에서 착용했던 것들이었다.

"어깨를 굽히지 말고, 이번에 신인상 후보에 오른 여배우가 되었다는 상상을 해 봐. 그렇지."

라온이 카메라를 들고 말했다.

화보 촬영이라니, 얼마나 꿈꿔 왔던 기회인가. 연예인이 된다면 포토샵에서 어떤 포즈를 취할지 거울 앞에서 연습도 많이 했었다. 예희는 전문 사진사가 자신을 아름답게 찍어 주는 지금 이 순간을 마음껏 즐겼다.

다음으로는 하재가 눈 화장이 번진 모습으로 촬영을 했고, 미도의 차례가 이어졌다. 누구의 입김이 작용한 결과인지는 모르겠지만, 그녀와 비밀 연애를 하는 남자 친구로 안채준이 투입되었다. 갑작스런 현장의 결정에 당황한 채준은 그다지 좋은 연기를 보여 주지 못했다.

드디어 마지막 채율의 촬영 순서가 되었다.

"왜 옷은 안 갈아 입었어?"

채율은 화장만 끝마쳤을 뿐, 옷은 아침에 입고 나온 그대로였다. 라온의 질문을 받고 채율은 어깨를 으쓱했다.

"그게, 너무 야해서요. 도저히 학생 신분에 입을 수 없는 옷이더라고요."

"야해?"

채율에게 배정된 원피스는 등이 훤하게 파여 있던 예희의 의상과는 달리 레이스로 목까지 다 감싼 정숙한 옷이었다. 같은 미니드레스 종류라도 속치마도 풍성하고 단도 길었다.

피디와 작가들, 현장 스텝들의 이목이 집중되었다.

"우리 학교 학칙이 그렇거든요. 무릎 위로 스커트가 올라가면 안 돼요. 어깨를 드러낸다거나, 가슴골을 드러내는 건 말도 안 되고요. 어떻게 저런 걸 입어요."

이거였구나. 미도와 예희와 성윤과 하재는 서로를 바라보며 고개를 절레절레 흔들었다. 탐정단 고문 안채율이 복수의 칼날을 휘두르고 있었다. 방송 프로그램에 탐정단을, 정확히는 친오빠를 끌어들인 라온에게 공개적으로 망신을 주려는 것이었다.

당신 때문에 내가 공부를 못하고 있단 말이에요! 눈동자에서는 활활 타오르는 불덩이가 자막이 되어 지나가고 있었다. 그 모습을 정면에서 본 라온은 혀로 살짝 입술을 축였다.

"같은 나이 또래인 래인한테는 아무 문제없어. 프로라는 마음으로 일처리를 잘하잖아."

"하지만 저는 연예인이 아니에요. 학생인걸요. 그리고 프로라뇨? 아무리 프로라도 미성년이라면 사회적인 존중을 받아야 하지 않나요? 여자 연예인들이라면 무조건 감독이나 작가가 요구하는 대로 행동해야 하고, 그들이 요구할 때는 벗어야 된다. 그런 식의 예술관을 가진 건 아니죠? 여덟 달 전만 해도 미성년이셨던 하라온 선생님이시니까, 청소년 인권에 대해서 이해가 남다르실 줄로 믿어요."

순식간에 라온은 자본주의 그늘 아래 10대 소녀들을 성애화하는 미디어의 상징으로 떠올랐다. 그는 싱긋 미소지었다. 여기서 물러섰다가는 그동안 해 온 작업들까지 오해받을 수 있었다.

"생각이 지나친 것 같아. 저 옷은 네 말대로 가슴골을 드러내지는 않잖아. 스커트도 많이 짧지 않아. 외국에서 미성년자들이 프롬(prom)에서 얼마든지 입을 수 있는 옷이야. 상식선이라고. 입으면 아주 예쁠걸."

"여기는 한국이고요, 프롬 같은 건 없어요. 여자에게는 예쁘게 보여야 할 의무만 있고, 안 예쁘게 보이고픈 권리는 없나요? 전 약간 안 예쁘게 보이더라도 나이에 맞는 소박한 옷을 입고 싶어요. 과자 광고를 촬영하는 장면을 찍으면서 굳이 바니걸 복장을 해야 할 이유가 뭐겠어요?"

재밌어. 구성작가들이 감탄하며 서로 얼굴을 마주봤다. 카메라맨들도 작정하고 두 사람 사이의 불꽃 튀는 논쟁을 찍기 시작했다.

"포리 치킨 광고 봤니? 걸그룹 윈치도 치킨 광고 찍으면서 핫팬츠에 배꼽티 입고 찍었어. 아주 건강미 넘치고 보기 좋던데, 너무 원색적으로만 생각하지 마. 요즘 애들답지 않게 사고방식이 보수적이네. 아니면, 생각이 너무 그런 쪽으로만 고착된 거 아니니? 누가 널 성적으로 본다고 그래? 어린애를."

절대 강요는 않겠다는 태도로 라온이 말했다.

채율은 원래의 성격과는 전혀 다르게 철없이 어깨를 으쓱했다. 그리고 휴대폰을 꺼내들었다.

"아 씨, 몰라요. 저 그냥 하연준 선생님한테 전화 걸어 물어 볼래

193

요. 선생님이 찍으라고 하면 찍고, 말라고 하면 말죠."

라온의 얼굴색이 백랍처럼 희게 변했다. 울지도 웃지도 못하는 표정.

하연준의 이름을 들은 탐정단 아이들은 소리 없는 박수를 쳤다. 조커를 내다니. 안채율 승리.

주변 스태프들은 이해가 안 된다는 눈빛이었다. 김주미 작가가 끼어들어 물었다.

"저기 하연준 선생님이라면 하라온 작가님 친척분 맞으시죠? 문학가이기도 하신. 교편 잡고 계신다고 들었어요. 선암여고는 하라온 씨 친척분들이 이사진으로 있는 곳이고. 어머, 재미있겠다. 전화 연결 해 봐요."

라온의 표정이 점점 더 볼 만해졌다.

채율의 입가에는 미소가 번졌다. 전화를 받은 하연준 선생님의 반응은 둘 중 하나일 것이다.

첫째는 조카를 놀리기 위해서, "말도 안 되는 소리하지 마라. 학생 신분으로 어떻게 그런 옷을 입고 사진을 찍을 수 있니? 아무리 명분이 좋아도 그렇지. 넌 아직 성인이 아니야. 문제되는 행동을 하면 교칙 적용해서 바로 정학시킬 테니 각오해. 라온이한테도 그렇게 전하렴. 내 제자 벗겨서 돈 벌 생각하지 말라고."

아니면 평소 성격을 십분 발휘해, "나랑 무슨 상관이야. 고등학교 2학년이나 돼서 그런 것도 분별하지 못하고 일일이 전화를 해서 허락받으려고 해? 니들이 언제부터 그렇게 순진하게 다녔어? 네가 발가벗고 사진을 찍든 말든 관심 없으니 알아서 해."

첫 번째 경우에는 옷을 바꾸면 되니까 차라리 깔끔했다. 후자의 경우, 불행히도 이쪽이 확률이 훨씬 높았는데, 선암여고를 운영하는 이사장의 아들이라는 남자가 무책임한 언변으로 제자들을 조롱한 걸로 언론의 주목을 받게 될 것이다. 일반인 소녀를 상대로 야한 사진을 찍으려 했다며 라온까지 도매금으로 넘어갈 수도 있었다.

"아니. 전화 걸 필요 없어요. 그냥 삐에로 복장 입고 나오세요. 형광 노란색 뾰족 모자도 쓰고요. 그 정도는 할 수 있겠죠? 우리 귀엽게 한번 찍어 보자구요."

욕설이 나오지 않았다 뿐이지 마지막 촬영은 난장판이었다.

포토그래퍼가 무슨 지시를 내려도 모델은 더없이 어설프게 반응하며 화기를 돋우었다. 웃으라면 울었고, 울라며 웃었다. 정면을 찍고 있는 걸 뻔히 알면서 갑자기 고개를 획 돌린다거나, 분장이 지워지게 눈가를 문지른다거나. 라온이 화를 내지 않는 게 용하다는 생각이 들 정도였다.

물론 촬영이 끝나고 난 후에는 얘기가 달랐다. 탐정단이 안무 연습을 하기 위해 지하실 문을 열었을 때 안에는 매트 위에서 자고 있는 안무가와 금방이라도 채율을 두들겨 팰 것 같은 라온과 그를 따라온 래인이 있었다. 케이시가 자고 있다는 건 설치된 카메라가 녹화되고 있지 않다는 걸 의미했다.

"아까 그 건방진 태도는 뭐야? 사람들 앞에서, 응?"

"오빠, 진정하세요."

래인이 라온의 팔을 붙잡고 매달렸다. 채율은 잘들 한다는 표정으로 두 사람을 쳐다보다가 입을 열었다.

"래인아, 너 지금 누구한테 협박을 받고 있어?"

단도직입적인 지적에 라온은 말을 잃었다. 래인도 깜짝 놀라 입을 가렸다. 어떻게 알았냐는 얼굴이었다.

"아까 봤는데……."

예희가 분장실 커튼 너머로 보았던 장면을 설명했다. 래인은 주변 사람들을 한번 쳐다본 뒤에 그래도 마음이 편하지 않은지 연습실 곳곳을 살펴보았다. 카메라가 꺼져 있는 걸 확인하고 자리에 앉았다.

"협박이라니. 무슨 협박요? 자세히 말해 봐요."

래인의 오른쪽 옆에는 탐정단과 함께 들어온 채준이 앉았다. 그걸 지켜보고 있는 미도의 눈매가 날카로워졌다. 래인은 라온의 눈치를 보았다.

"얘기해. 빛나한테는 적당히 얼버무렸지만, 사실 너 때문에 탐정단 부른 거니까. 얘네 입 하나만큼은 확실하게 무거운 애들이야."

깊은 심호흡과 함께 래인은 눈을 감았다 떴다.

"1년 쯤 전부터 사진이 전송되기 시작했어요. 아주 곤란한, 사적인 사진들이었어요. 회사에서도 범인을 추적했지만, 도저히 찾을 수가 없었어요."

"무슨 사진인데?"

성윤이 물었다.

"그런 건……."

래인은 고개를 숙였다. 라온이 대신 나섰다.

"거기까지는 묻지 말아 줘. 사생활 문제니까. 지금 말할 수 있는 건 절대로 공개되면 안 되는 사진이라는 거야."

"그룹을 탈퇴하려고 하는 이유도 혹시 그거예요?"

미도가 물었다. 채준은 전혀 모르는 이야기에 깜짝 놀라 래인을 쳐다보았다. 래인은 쓴웃음을 지으며 긍정했다. 라온이 정리했다.

"그러니까 지금 래인이는 연예인 생활이 끝날 만한 위기에 처해 있어. 슈가 걸즈를 탈퇴하는 건 다른 멤버들에게 피해를 주지 않게 하기 위해서고."

"우리를 부른 게 그럼 빛나를 위해서가 아니라⋯⋯."

"응. 맞아. 래인이를 돕기 위해서."

"다른 멤버들한테는 말하지 말아 주세요. 저와 대표님만 알고 있는 일이에요. 만약 멤버들이 알게 되면 어떻게든 다 함께 모든 걸 책임지려고 할 거예요. 특히 샤샤 언니는⋯⋯."

래인이 작게 울먹였다.

그 모습이 어미 잃은 새처럼 한없이 약하고, 예쁘고, 순수하고, 착하고, 슬펐다. 가슴 한 구석에서 어떻게든 두 발 벗고 도와주고 싶다는 충동이 일어났다. 글자 그대로 청순가련형. 보호 본능을 자극하는 점이 래인의 스타성이었다.

'하지만 뭘 어떻게 돕는단 말이야?'

탐정단 행세를 하고 있지만 다들 평범한 여고생일 뿐이었다.

"휴대폰으로 협박 메시지가 온다고 그랬죠? 돈도 요구했나요?"

"예. 매번 사장님께서 보내 주고 계세요."

"협박 메시지는 본인이 통신사에 이야기를 하면 메시지를 발송한 사람의 정보를 알아낼 수 있어요."

하재의 말에 미도가 머리를 흔들었다.

"아니 굳이 갈 필요도 없어. 요즘은 문자를 추적하는 앱이 나와서 휴대폰으로 번호 변경해서 보냈든, 컴퓨터로 보냈든 문자 어플로 보냈든 간에 다 추적할 수 있거든."

래인이 고개를 끄덕였다.

"응. 알고 있어요. 회사에서도 여러 면으로 조사를 해 봤고요. 하지만 추적하기 어렵대요. 메시지는 해외에서 전송되어 왔다고 그랬어요."

채준의 눈이 번뜩했다.

"해외 번호요? 좀 더 자세히 말해 볼래요? 단말기도 보여 줘요."

"여기요."

좋아하던 여자를 위기에서 구할 기회를 잡은 채준은 마치 물 만난 물고기처럼 신이 나 보였다. 현란한 전문용어를 구사하며 열심히 떠들었다. 상황을 지켜보던 채율이 천천히 머리를 돌려 라온을 바라보았다. 정확히는 눈을 가늘게 뜨고 노려보았다. 그 시선에 라온은 뭔가 켕기는 게 있는 사람처럼 고개를 외면했다.

안무가의 코고는 소리가 배경 음악으로 들려왔다.

D-3

"혹시 하라온 씨랑 래인이랑 둘이 사귀어요?"

슈가 걸즈 멤버 현지가 진행하는 라디오 프로그램 녹음을 위해 스튜디오로 이동하면서 예희가 물었다. 탐정단은 일제히 현지를 바라보았다. 올해 갓 스무 살이 된 그녀는 갑작스런 질문에 당황하면서 아직 켜지 않은 셀프 카메라를 내려놓았다.

"왜…… 왜 그렇게 생각했을까? 어제 무슨 일 있었니?"

"래인이도 그렇고 서로 대하는 태도가 애틋해서……."

어제 본 라온은 눈에 핏발이 설 정도로 무척 피곤해 보였다. 그런데도 슈가 걸즈 촬영에 참여하고, 심지어 미국에 있는 채준을 불러들였다. 래인을 생각하는 마음이 보통이 아닌 듯했다.

"우리 오빠가 국제적인 주목을 받은 이유가 뭔데? 디지털 보안에 관한 혁신적인 논문을 썼기 때문이야. 본인 해킹 실력도 수준급이고 주변에 아는 지인들 중에는 진짜 무서운 실력을 가진 사람들이 많아. 이럴 줄 알았으면 하라온 씨한테 오빠 이야기 안 하는 건데 그랬어. 전에 자꾸 꼬치꼬치 묻길래 귀찮아서 줄줄 이야기해 줬더니만."

예희는 채율이 불평하는 이야기를 듣고 확신했다.

"에이, 그냥 호감이 있는 정도일 거야."

"그럴까요? 래인이는 확실히 라온 씨를 좋아하는 것 같고. 라온 씨는 라온 씨대로 곧 군대에 가니까, 감정이 있어도 어떻게 표현은 못 할 거예요. 하지만 둘 사이에는 분명 썸의 기운이 흐르고 있어요. 그렇지 않고서야 왜 라온 씨가……."

예희가 말했다. 옆에서 이야기를 듣던 미도의 얼굴이 태양처럼 밝아졌다.

라온의 군입대는 8월 말. 사적으로 만나기에는 회사 차원에서 정해 준 슈가 걸즈 일정이 너무 빼곡했을 터였다. 입대 전에 사랑하는 여자의 문제가 해결되는 모습을 보고 싶었던 게 아닐까.

현지도 비슷한 의문을 품고 있었는지 재빨리 화제를 돌렸다.

"참, 오늘 성윤이네 어머님이랑 전화 연결 하는 거 아니?"

뒷좌석에서 휴대폰 게임을 하고 있던 성윤이 발작하듯 뛰어 올랐다. 안내서에는 프로그램에 원위크 소녀들이 게스트로 출연하면서 인터뷰하는 코너가 있다는 사실만 나와 있었을 뿐, 구체적인 내용은 없었다. 미팅 때 작가가 했던 말이 떠올랐다.

그럼 최성윤 학생은 가족 간의 감동 라인으로 가야겠네.

현지가 물었다.

"전혀 모르고 있었니? 어머니랑은 이야기가 되었는데? 원위크 작가님이 그냥 연결하면 된다고 해서 섭외 전화도 해 뒀어."

성윤의 얼굴은 보기에도 딱할 정도로 완전히 풀이 죽었다.

방송국에 도착해서는 3층에 있는 E 스튜디오로 향했다. 제작진과 인사를 나누고, 오늘 녹음할 내용에 대해서 설명을 들었다. 작가는 성윤이 부모님과의 연결을 전혀 모르고 있었다는 걸 알고 당황한 눈치였다. 나중에 도착한 원위크 작가 이황지가 아무렇지 않은 표정으로 달랬다.

"일단 한번 해 봐. 오히려 이번 기회로 부모님과 사이가 좋아질 수 있잖아."

라디오 방송은 원위크 슈가 걸즈 편이 특집으로 방영되는 추석 주에 역시 라디오 명절 특집으로 방송될 예정이라고 했다. 전국적으로 불우한 가정사가 폭로되다니. 너무 가혹했다.

"너희들을 위해서 대본을 써 놓기는 했지만, 참고일 뿐이야. 대본
만 쳐다보느라 너무 국어책 읽듯 하지 말고, DJ가 전혀 다른 질문을
물어올 수도 있거든. 그때는 긴장하지 말고 평소처럼 말하면 돼. 평
소처럼."

스튜디오 안은 커다란 테이블과 현지와 탐정단이 앉을 의자 여섯
개, 각각 배정된 마이크로 어수선했다. 가끔 초대되는 가수들의 라
이브를 위해 악기와 마이크가 한편에 놓여 있고, 카메라맨 둘이 스
튜디오 양쪽 벽에 붙어 있어서 작은 방이 비좁게 느껴졌다.

피디의 수신호에 맞춰 스튜디오에 불이 들어왔다. 코너 시그널 음
악이 흐르고 헤드셋을 쓴 현지가 자연스럽게 멘트를 하기 시작했다.

"오늘 이 시간에는 아주 특별한 손님들을 모셨어요. 저희 슈가 걸
즈와 함께 원위크 촬영을 하게 된 다섯 소녀들입니다. 지금 서울 은
평구 선암여고 2학년에 재학 중인 학생들인데요. 우선 소개를 들어
볼까요?"

"안녕하세요!"

라디오 방송은 생각보다 어렵지 않았다. 실수를 하면 다시 녹음
하면 되었다. 고교생의 일상을 묻는 소소한 대화가 이어지고, 중간
중간 자연스러운 웃음이 터졌다. 하재도 미소를 지으며 DJ의 질문에
조금씩 입을 열었다. 그러나 단 한 사람, 성윤은 예외였다. 에너자이
저처럼 항상 웃던 아이가 상한 생선처럼 힘이 없었다.

"그럼, 최성윤 양은 부모님과 헤어져 산 지 오래되었군요."

마침내 전화 연결 순서가 되었다. 성윤은 마지못해 대답했다.

"이전까지는 이 집 저 집 왔다 갔다 하다가 중학교 때부터는 계속

오빠랑만 살았어요."

"많이 힘들었겠어요. 그래도 손위 오빠가 있어서 다행이에요."

"부모님보다 몇 배는 고마운 사람이에요. 어렸을 때는 자꾸 때려서 얄미웠는데, 크고 난 뒤에는 오히려 제가 두들겨 패요. 얌전해지더라고요."

"부모님이랑 연락은 자주 해요?"

성윤은 한참 동안 말하지 않았다.

"가끔, 오빠가 버는 돈으로 생활하다가 너무 힘들면 전화 걸어요. 먹을 게 다 떨어졌다고. 아니면 교복이 찢어졌다고. 책 살 돈이 없다고. 그럼 미안하다면서 돈을 보내와요. 예전에는 전화를 아예 안 받을 때도 있었어요, 아빠가요. 너무 배가 고파서 아빠 재혼한 집에 찾아가서 아줌마한테 밥 좀 달라고 했어요. 그 뒤로는 전화를 재깍 받아요. 지금도 가끔씩 그때 그 집에서 봤던 이복동생 얼굴이 떠올라요. 나랑 나이 차이가 많이 나거든요. 날 보더니 웃으면서 놀아 달라고 했어요. 애가 눈이 동그랗구 정말 귀여웠거든요. 안아 주고 싶은데 팔이 움직이지 않았어요. 아줌마가 냉장고를 열 때마다 그 안에 가득한 반찬하고, 과일이 보이고, 난 배고픈데, 애는 우리 아빠가 벌어온 돈으로 배불리 먹으면서 크겠구나 하는 생각이…… 화가 나는데, 애는 웃고."

스튜디오 분위기는 숙연해졌다. 탐정단에서 성윤은 마냥 밝은 아이였고, 자기 속 이야기를 한 번도 하지 않았다. 성윤은 이제껏 한 번도 친구들에게 보여 주지 않던 심드렁한 표정을 짓고 있었다. 초등학교 소년처럼 행동하던 얼굴이 비로소 제 나이에 맞게 보였다.

"난 내 이야기를 하는 걸 별로 좋아하지 않아요. 사람들은 다른 사람 슬픔에 관심이 없다는 걸 커가면서 이해하게 되었거든요. 처음에는 동정하지만, 나중에는 피곤해해요. 그래서 다른 사람의 불행을 보는 걸 싫어해요. 슈가 걸즈 언니들이 인기 많은 이유도 그거 아닌가요? 언니들은 예쁘게 계속 웃으면서 사람들을 즐겁게 해 주니까. 계기는 다르지만 그래서 나도 계속 웃는 것 같아요."

"무슨 뜻인지 이해할 수 있을 것 같아요. 살려고 웃는다는 거……."

진행을 하던 DJ 현지가 말했다. 음악 한 곡이 끝나고 전화 연결이 되었다.

"여보세요? 성윤 양 어머니 되시나요?"

이번 일이 성윤과 부모님 사이가 좋아지는 기회가 된다면 얼마나 좋을까. 모두의 바람이었다. 사고로 얼굴이 험하게 변한 여성에게 정상적이고 아름다운 모습을 되찾아주는 메이크 오버 프로그램이나, 막장까지 치닫던 부부 사이를 되돌려주는 부부관계 개선 프로그램이나, 부서져 가는 집을 고쳐주는 리모델링 프로그램처럼. 의미 있는 변화가 일어나기를.

"네. 제가 최성윤이 엄마예요."

스피커에서 잔뜩 긴장한 아줌마의 목소리가 들렸다.

"따님을 위해서 준비해 놓은 편지가 있으시다고요. 지금 옆에서 성윤이가 듣고 있거든요. 한번 읽어 주시겠어요."

잔잔한 음악이 깔리고 편지가 낭독되었다.

"사랑하는 나의 딸 성윤아. 그동안 너에게 하고 싶은 말이 많았어. 마음속에 미안한 마음이 가득했지만, 세월이 흐르는 동안 모두 터놓고 이야기할 기회가 없었구나.

아빠와 나는 서로 잘 맞지 않았어. 너희들을 생각하면 정말 미안한 일이지만, 내가 상황을 알았을 때는 이미 무얼 어떻게 할 수 없을 만큼 일이 커진 뒤였단다. 엄마도 어른이기 이전에 여자야. 아빠에게 실망한 마음을 너희에게 풀면서 점점 잔인해지는 내가 싫었고, 또 한편으로는 사람에 실망해 버린 날 위로해 줄 누군가가 나에게도 필요했단다.

예전 너희가 사는 집에 갔을 때 성오는 라면을 끓여 먹고 있었지. 집 안은 엉망이었고, 먼저 밥을 먹은 너는 활개를 펴고 구석에 잠들어 있었어. 잠든 네 얼굴을 한참 동안 들여다보다가 집 밖으로 나왔다. 돌아가는 내내 울었어. 네가 듣지도 못할 말들을 중얼중얼거리면서 간절히 속삭였다.

엄마가 미안해. 엄마가 정말 미안해. 엄마가……."

수화기 저편에서 흐느끼는 울음소리가 들렸다. 이야기를 전해 듣는 탐정단 아이들도 눈시울을 붉혔다. 현지도, 카메라맨들도 마찬가지였다. 모두 눈가가 붉어져서는 내용에 몰입했다.

성윤은 유리 너머 피디에게 눈을 맞추고 앞에 있는 마이크를 두드렸다. 전화 연결이 되어 있는 중이라 꺼져 있는 게스트의 마이크를 켜 달라는 몸짓으로 보였다. 피디는 무언가 전할 말이 있다고 여기고 마이크를 켜 주었다.

"거짓말!"

DJ 현지가 고통스런 표정을 지으며 헤드셋을 양손으로 쭉 벌렸을 정도로 우렁찬 목소리였다.

"미안하긴 뭐가 미안해! 엄마나 아빠나 다 똑같아. 자기네들 편한 대로 살다가 가끔 마음 불편할 정도로만 우릴 생각하면서. 그 불편한 것도 참기 싫어서 용서받으려고 구질구질 눈물 찔끔찔끔 흘리는 거야? 친구들까지 다 듣는 방송에서 구질구질하게 뭐야! 난 절대로 엄마 아빠 같은 어른은 안 될 거야. 자식을 낳아 놓고는 무책임하게 내던져 버리지는 않을 거라고. 힘들었다고? 외로웠다고? 어떻게 우리한테 그런 말을 할 수 있어?"

거기까지였다. 속사포랩으로 다다다 속마음을 털어놓은 성윤은 자리에서 벌떡 일어나 스튜디오를 박차고 뛰쳐나갔다. DJ 현지도, 피디도, 탐정단 대장 미도도 잡을 수 없었다. 녹화를 중지하고 잡으러 나가 보았지만, 성윤의 행방은 찾을 수 없었다. 전화도 받지 않았다.

* * *

"정말로 그렇게 도망갔어? 오빠 전화도 안 받고?"

다음 코스인 드라마 촬영 현장으로 간 탐정단원들은 슈가 걸즈의 리더 샤샤에게 네 명만 오게 된 연유를 자세히 설명했다. 샤샤는 이미 현지와 매니저에게서 이야기를 전해 들었지만 믿을 수가 없는 눈치였다. 원위크 작가들에게 듣기로는 어제 화보 찍을 때도 난리가 아니었다고 하는데……. 샤샤가 카메라가 돌기 전 단단히 주의를 주었다.

"니들 여기서는 정말 조용히 쥐죽은 듯 있어야 해. 알았지?"

지금 촬영하고 있는 작품은 케이블에서 큰 인기를 끌고 있는 드라마로 알렉상드르 뒤마의 소설 『몽테크리스토 백작』을 한국식 퓨전 사극으로 만든 작품이었다. 샤샤는 주인공 이두몽의 약혼녀였지만 원수에게 시집 간 민세덕 역할을 맡고 있었다.

탐정단에게는 엑스트라로 출연할 기회가 주어졌다. 대사는 한 줄도 없이 큐사인이 떨어지면 길을 걸어가고, 좌판에서 노리개를 팔고, 빨래를 널고, 궁녀 복장을 하고 궁궐을 오가면 되었다. 복장을 갖춰 입는 도중에도 수시로 원위크 작가들에게 전화가 걸려 왔다. 성윤의 행방을 찾았냐는 이야기였다. 짜증스러웠다.

"어떻게 그럴 수가 있어요? 다른 사람의 불행한 이야기를 준비도 되지 않은 상태에서 마구 헤집다뇨. 다들 무슨 권리로 그러는지 모르겠어요."

샤샤는 본인의 촬영 틈틈이 탐정단에게 찾아와 연기 요령을 알려 주고 대화를 나누어 주었다. 스물세 살밖에 되지 않았지만 연습생 생활 8년을 거친 사람이라, 원숙하고 노련한 분위기를 풍겼다.

카메라가 켜졌을 때와 켜지지 않았을 때를 구분하며 할 말을 조절했다.

"본인한테 물어보지도 않다니. 무리한 기획이었어. 그래도 일단 부모님과는 어떻게든 관계를 회복하는 게 좋아. 성윤이란 애 만나면 같이 이야기를 나눠 보고 싶네. 래인이랑 통하는 게 있을 것 같아."

"래인이랑요? 어떤 면에서요?"

하재가 갸웃거렸다.

"아, 몰랐니? 래인이도 부모님이 일찍 돌아가셔서 친척 집에서 살았었거든. 연예인이 되려고 했던 이유도 일찍 독립하고 싶어서였어.

206

제주도 출신이라 서울에 올라오는 게 힘들었을 텐데도 말이야. 말 못할 고생을 많이 했지. 리혜네 부모님이 이혼하셨을 때도 래인이가 많이 상담해 줬어. 자기는 아무리 나쁜 부모님이라도 좋으니 살아만 있으면 좋겠다고. 가요 프로그램에서 1위 할 때마다 자꾸 부모님 생각이 나고 그런다고."

샤샤의 시선이 남자 배우가 와이어를 달고 화려하게 도약하는 장면에 머물렀다.

"좋든 싫든 사람은 자기가 살아온 환경을 드러내는 법인가 봐. 래인이를 보면 특유의 묘한 분위기가 있잖아. 아주 예쁜 얼굴은 아닌데, 마음 속 깊은 곳에서부터 사람 마음을 끄는 우수가 있어. 자꾸 도와주고 싶고, 행복하게 만들어 주고 싶지. 그런데 가끔 주변에서 도와주기에는 그 아이가 가지고 있는 슬픔이 너무 크게 느껴져. 본인이 모두 거절해 버리거든."

탐정단은 아무런 말도 하지 못하고 서로를 바라보았다. 연습생 찬기의 말이 맞았다. 슈가 걸즈는 단단한 애정과 결속으로 묶인 집단이었다. 지금 겪고 있는 오해는 곧 지나갈 사소한 갈등에 불과했다.

"리혜 언니는 래인이가 싫겠어요. 검은 천사 주연을 본인이 맡았더라면 더 큰 인기를 끌었을 텐데……."

이건 또 무슨 이야기냐는 식으로 샤샤가 눈을 크게 떴다. 쪽머리에 달린 뒤꽂이 장식이 파르르 떨렸다.

"그건 리혜가 안 한다고 한 거였어. 대본 리허설 때 피디님한테 엄청 깨졌거든. 재일 교포라 발음이 부정확할 수밖에 없는 거잖아. 주연급 배우라도 가차 없이 중도 하차시켜 버리는 분이야. 내가 대타 뛰려고 갔더니만 뭐랬더라, 풋풋함이 없다고 했나? 우연이는 특징이 없다고 막말하고, 현지한테는 이미지가 안 맞는다고 짜증내고. 래인이도 비슷한 소리를 들었는데, 우리랑 다르게 참았지. 참아 줬어. 촬영 내내 얼마나 울었다고."

저쪽에서부터 원위크 조연출이 헐레벌떡 뛰어왔다. 손에는 소복과 꽃을 한 다발 들고 있었다. 그는 탐정단을 쭉 둘러보더니 한마디 했다.

"너희들 중에 혹시 연기 해 볼 친구 있어? 이번 편에만 나오는 다섯 컷 단역인데 ……."

아이들은 일제히 예희를 쳐다보았다. 조연출은 예희의 얼굴을 이리저리 보더니 마음에 들지 않는 표정을 지었다.

"너보다는 저기 키 작은 단발머리 애가 어울릴 것 같은데……. 망가지는 역할이란 말이야."

원래는 전문 배우가 하기로 했던 역이었다. 그러나 2시간 전 라디오 편이 파행으로 끝나는 걸 보고 원위크 AD가 드라마 디렉터에 간절히 부탁해서 얻은 역할이었다. 미도는 조연출을 노려보았다. 망가지는 역할이 어울린다고 말한 데 대한 불만이었다.

"어려운 역이야. 하지 마. 안 한다고 해."

배역을 알고 있는 샤샤가 나직이 예희를 타일렀다. 예희의 머릿속에 미팅 때의 피디 말이 떠올랐다.

너는 뛰려면 개그로 가야 해. 몸 개그를 보여 준다든지. 살신성인을 해야 하지. 방송 내내 말 한마디도 못하고 끝내고 싶지 않지?

언니네 가게 서랍에서 보았던 일수 수첩이 어른거렸다. 이번 기회를 어떻게든 살려야 했다. 예희는 조연출이 가지고 온 소품과 의복을 붙잡았다.

"학교에서 연극부도 하고 있어요. 한번 열심히 해 볼게요."

돌아오는 차 안에서 예희는 한마디도 하지 않았다. 아무도 그녀를 건드릴 생각조차 하지 못했다. 차 운전석 뒤에 매달린 카메라만 조용히 돌아갔다.

그녀가 찍은 역할은 광증을 가진 조선시대 처자로 누명을 쓰고 멍석말이를 당해 맞아 죽는 역할이었다. 부스스한 가발에 꽃을 꽂고 흰자위를 들이대며 시시덕거리고, 멍석 안에서 비명을 지르면서 거품을 물어야 했다.

"괜찮아. 얼굴에 검댕을 많이 묻혀서 전혀 너 같아 보이지 않았어."

하재가 손을 잡아 주자 눈물이 툭 볼을 타고 떨어졌다. 샤샤가 눈물을 닦아 주며 자기 경험을 이야기해 주었다.

"나는 더 심한 것도 해 봤어. 예전 예능 프로그램에 나가 몸에 쫙 달라붙는 타이즈를 입고 물 위에 내동댕이쳐졌거든."

"알아요. 서핑하다가 움짤로 자주 봤어요. 표정 완전 재밌었는데."

미도가 거들었다.

"하지만 언니는 예쁜 모습도 많이 보여 주잖아요. 하지만 전 만회할 기회가 없어요. 방송 타면 다들 그런 모습으로만 기억할걸요."

어줍은 위로는 통하지 않았다. 예희는 두려웠다. 방송이 나오면 연극부 선후배들이 얼마나 비웃을까.

'학교에 어떻게 얼굴을 들고 다니지? 연예인이 되고 싶다고 조급

209

하게 생각하다 엄청나게 큰 실수를 저지른 건 아닐까? 나중에 데뷔해도 이미지가 실추되어 회복할 수 없을지도 몰라.'

"너만 신경 쓰지 않으면 사람들은 금방 잊어."

이어 샤샤는 말했다.

"내가 처음에 데뷔했을 때, 우리 멤버들이 하나같이 어렸어. 그러다 보니 가장 연장자였던 나 혼자 야한 이미지를 다 뒤집어쓰게 되었지. 남자들이 날 너무 쉽게 생각했어. 만나 보지도, 이야기를 나눠 보지도 않았으면서."

예희가 고개를 들었다.

"그리고 난 너희가 부러워. 어떤 길이라도 택할 수 있고. 가능성이 크잖아. 지금 아무리 화려해 보여도 아이돌 그룹 평균 수명은 5년밖에 되지 않아. 벌써 절정기를 지난 우리는 곧 잊히겠지. 지금은 멤버들이 다 함께 활동하고 있지만 개인 활동이 많아지다가 결국은 해체하게 될 거야."

차창을 때리는 빗줄기를 바라보는 샤샤의 눈길은 차분하면서도 깊었다.

샤샤는 8년 동안 연습생 생활을 했다. 뚜렷하지 않은 미래를 기다리며 8년을 지낸다는 건 어떤 느낌일까. 회사 사람들에게 눈칫밥을 먹고, 들어온 지 얼마 되지도 않은 연습생이 먼저 데뷔해서 나가는 모습을 보고, 잘 나가던 선배가 곤두박질치는 걸 본다. 스타가 되어서도 겸손한 태도를 유지하는 건 그런 내공 때문이겠지.

꼬리에 꼬리를 물던 생각은 곧 언니네 가게 일로 넘어갔다. 당장 이번 주에 쫓겨나면 물건들은 어디다가 옮기나. 창고는. 이번 달 대출 이자는 낼 수 있을까.

　마지막에서야 집에도 들어가지 못하고 떨고 있을 성윤이 걱정되었다.

D-2

아버지는 갑자기 미국에서부터 들이닥친 아들을 보고 놀란 눈치였지만, 논문이 잘 되지 않아 왔다고 하니 적당히 넘어가 주었다.

채준은 래인이 맡겨 준 단말기를 들고 컴퓨터가 있는 동생 방으로 직행해 들어왔다.

다행히 협박범은 외국에 서버를 구축해 메시지를 발송하는 스미싱 범죄 집단처럼 전문적이지는 않았다. 하지만 영악하게도 미국에 서버가 있는 보편적인 메시지 앱 '세븐스'를 통해서만 래인을 협박했다. 설사 신고를 한다고 해도 한국 경찰력이 외국 서버를 압수 수색하는 건 불가능하다는 점을 이용했다.

'경찰이나, 검찰은 그렇지. 하지만 난 아니란 말이야.'

보안은 곧 암호였다. 열쇠가 있다면 어떤 난공불락의 성이라도 제 집처럼 들락날락거릴 수 있다. 지금까지 채준이 해 온 연구가 바로 그런 것이었다. 동생에게는 슈가 걸즈나 좋아하는 얼간이로 여겨지고 있지만 그는 수학자이면서 동시에 보안 전문가였다.

부모님께는 비밀이지만, 얼마 전에는 NSA(미 국가보안국)에서 입사 요청을 받았다. 미국은 곧 개발될 양자 컴퓨터 시대를 맞아 디지털 보안의 선두주자가 되기 위해 지난 3년 간 전투적인 헤드헌팅을 해 왔다. 혁신적인 보안 방식을 제안하고, 보처즈 박사 밑에서 양자

211

장 이론을 연구한 촉망받는 두뇌 채준에게 접근해 온 건 당연한 수순이었다.

안보국 연구원이 되면 국적을 갈아치워야 하고, 정보 유출을 두려워하는 보안국의 실시간 감시를 받았다. 거절했지만, 그들은 일단 두고 보자는 식으로 나왔다.

워드나 쓰는 동생의 형편없는 컴퓨터로 직접 세븐스를 해킹한다는 건 무리였다. 그러나 채준은 자기 대신 뛰어 줄 세계 최정상급 실력을 가진 직업적 해커들을 잘 알고 있었다. 얼굴 한번 마주 한 적이 없지만, 지난 3년 간 기브 앤 테이크 방식으로 그들에게 새로운 알고리즘을 넘겨주고, 추적을 우회할 수 있는 기법들을 팔면서 신용을 다져왔다. 해커들은 흔쾌히 그의 부탁을 들어주었다.

그들이 세븐스 서버를 유린하는 동안 채준은 개인 정보를 사고파는 암거래 시장에 접속해 몇 번이나 유출된 국내 개인 신상 정보들을 사들였다. 자금 세탁을 위해 그동안 부업 삼아 대학에 있는 슈퍼컴퓨터로 채굴한 비트코인을 사용했다.

위기에 빠진 공주를 위해서라면 무엇이든지 할 각오가 되어 있었다. 이번 기회로 친해지게 되어 연락처를 받고 그 뒤로 매력을 어필하면 된다. 물론 채준도 래인이 라온에게 호감을 보이고 있다는 걸 알아차렸다. 채준이 실망하는 걸 보고 라온은 흥미로운 이야기를 해주었다.

"채준아, 넌 머리는 좋아도 사람을 꿰뚫어보는 능력은 좀 모자라는구나. 래인이? 그래, 걔 날 좋아하지. 이유가 뭐게? 내가 걔한테 전혀 관심이 없기 때문이야. 래인이는……. 어떻게 말해야 할까.

음……. 겁이 많아. 누군가 자기를 여자로 보는 걸 무서워 해. 나는 그 아이를 좋아하지 않고, 걔는 역설적이게도 그래서 안심하고 내게 엉겨 붙지. 내가 자기한테 머리털 하나 손대지 않을 걸 알거든."

라온은 래인에게 접근할 때 고양이를 길들이듯 천천히 시간을 두고 접근하라고 충고했다. 정말 고마운 사람이었다.

4시간도 지나지 않아 미국의 친구들은 휴대폰 번호 하나를 전송해 주었다. 채준은 최근 카드회사와 금융기관, 게임회사에서 유출된 정보들 중에서 같은 번호를 검색해 범인을 알아냈다.

범인의 이름은 성민승. 양천구에 거주하는 올해 서른다섯이 된 남자였다. 채준은 범인이 사용하는 세 개 포털 사이트 계정도 알아냈다. 그가 사용하는 컴퓨터의 아이피 주소를 알아내는 데는 30분도 걸리지 않았다. 채준은 아이피를 친구들에게 넘겨준 뒤 컴퓨터와 휴대폰에 스파이 프로그램과 키로거를 설치해 달라고 주문했다. 동료들은 한국어를 전혀 모르기에 범인의 휴대폰으로 보낼 메시지는 직접 알려 주어야 했다.

[휴대폰 소액결제] 슈가 걸즈 우연 생일 기념
솔티독 단체 선물 비용
성민승 회원님 휴대폰으로 12000원 결제 되었습니다.
익월 요금 청구 [HB모빌리언스]
http://saltydog.mhgd

범인은 슈가 걸즈의 팬클럽 솔티독 회원 카페에 가입한 상태였다.

내일은 멤버 우연의 생일이었고, 팬클럽이 참여하는 파티가 열릴 것이다. 팬들이 생일 때 스타에게 조공을 바치는 점을 이용해 메시지를 만들었다. 자기 이름까지 입력되어 발송된 문자를 보면 인터넷 주소를 클릭하지 않고서는 배길 수 없을 터, 그 순간 범인의 휴대폰 보안은 완전히 뚫린다.

"출근하시는 거예요?"

거실로 나와 보니 아버지가 홀로 식탁에서 밥을 먹고 있었다. 배달 도시락이었다. 딸이 기숙사 생활을 하게 된 후로, 도우미 아줌마는 쓰지 않았다. 홍민은 밤을 꼬박 새운 아들을 보면서 용돈을 약간 쥐어 주었다. 학비는 국가 장학금을 받고 있고, 용돈은 비트코인 거래나, 연구 참여로 충당해서 벌써 독립한 셈이지만, 자꾸만 무얼 주고 싶은 게 부모 마음인가 보다. 채준은 찬장에서 우유와 오트밀 시리얼을 꺼내 맞은편 자리에 앉았다.

"안녕하세요?"

막 우유를 부으려는 때에 등 뒤에서 목소리가 들렸다. 굽신대며 부스스한 머리로 인사를 하고 있는 사람은 탐정단 중 한 사람이었다. 이름이 뭐였더라. 아버지가 말했다.

"성윤이 것도 좀 주렴."

우수수 떨어지는 시리얼과 크렌베리 조각을 쳐다보면서 의문에 사로잡혔다. 지금 슈가 걸즈와 함께 합숙하고 있어야 하는 이 녀석이 왜 여기에.

"너 설마 우리 집에서 잤어?"

성윤은 멍하니 고개만 끄덕였다. 집으로 가면 성오가 다시 슈가 걸즈 숙소로 끌고 갈게 뻔해서 처음에는 학교 탐정단 사무실로 찾아 갔다. 그런데 아무리 가방을 뒤져도 사무실 열쇠는 나오지 않았다. 열쇠를 분실한 게 벌써 다섯 번째였다. 휴대폰을 켜 보니 부재중 통화가 몇십 통이나 있었고, 메시지도 여러 통 와 있었다. 그중 하나는 채율이 보낸 문자였다.

성윤아, 갈 곳이 없어서 곤란하면 우리집으로 가. 우리집 와 본 적 있지? 지금 집에 아무도 없거든. 비밀 번호는 ××××야. 아빠한테는 미리 이야기해 놓을 테니까 아무 걱정 말고. 방송 신경 쓰지 말고 마음 편하게 지내.

아무도 없는 집에 혼자 들어오는 건 미안했지만 갑자기 비가 내리기 시작했고, 선택의 여지가 없었다. 하지만 오늘은 또 어떻게 할까. 친구들이 곤란한 게 아닐까. 우적우적 시리얼을 씹으며 고민했다. 돌아가고 싶지 않았다.

채준은 점점 더 어두워지는 성윤의 얼굴을 보고 말 못하는 사정이 있는가 보다고 짐작했다.

"너 그럼 오늘 촬영 안 하니?"

"모르겠어요."

"그럼, 너 나랑 같이 어디 좀 안 갈래?"

물방울무늬 반바지 밑으로 드러난 종아리 근육이 믿음직했다. 성윤은 고개를 끄덕였다.

홍민이 출근한 뒤 채준은 해커들이 보내준 정보를 확인했다. 아침을 먹는 동안 범인이 벌써 문자 주소를 클릭한 모양이었다.

그들이 보내 준 데이터에는 사실상 범인의 휴대폰이 통째로 담겨 있었다. 범인의 얼굴이 담긴 사진 기록, 지인들의 전화번호부, 문자 메시지 · 음성 통화 내역 등.

친구들은 휴대폰에는 장착되어 있는 위성 항법 장치를 사용해 지금 성민승이 있는 현재 위치까지 보내 주었다. 시간이 시간인 만큼 집 주소와 현재 위치는 달랐다. 회사에 출근한 모양이었다.

택시 안. 채준의 타블렛 피씨에 담긴 범인의 사진을 한 장씩 넘기면서 성윤이 감탄했다.

"이걸 하루 만에 알아내신 거예요?"

열혈 십 대 안채준은 밤을 꼬박 새우고도 하나도 피곤하지 않았다. 졸리기는커녕 이제 곧 래인의 얼굴에 밝게 미소가 번질 생각을 하면 피가 뜨거워졌다.

"걔네들이 내 연락을 너무 늦게 받아서 그렇지 사실은 하루도 안 걸려. 디지털 기기 너무 믿지 마. 오죽하면 사이버 수사대 중에 속편하게 2G폰 쓰는 분들이 많겠어? 스마트폰은 스파이앱만 깔리면 너무 쉽게 사생활이 노출되어 버려. 전화기가 놓인 주변 상황을 녹음하고 해커들한테 넘어가기도 한다구. 휴대폰이 아니라 도청기를 들고 다니는 셈이 되는 거지."

"도착했습니다."

기사의 말을 듣고 무심코 지갑을 열던 채준은 깜짝 놀랐다. 차창 밖에 MJ 엔터테인먼트 사옥이 우뚝 서 있었다.

"오빠, 절 속이신 거예요?"

배신감에 부들부들 몸을 떠는 성윤을 보며 채준은 두 손을 내저었다. 억지로 슈가 걸즈 방송에 참여하게 만드는 줄 알았던 모양이었다. 채준은 일단 성윤의 팔을 잡고 근처 공원으로 향했다.

"무슨 얘기야? 내가 널 속이기는 왜 속여?"

포플러 나무가 우거진 공원 벤치에서 복잡해진 머릿속을 차분히 정리해 보았다. 아무리 생각해도 범인이 다니는 회사가 MJ 엔터테인먼트라는 결론밖에 나오지 않았다.

"사진은 다 본 거야?"

"아뇨. 아직요. 근데 연예인 사진들이 많이 나와요. 심지어 직접 찍은 사진도 있구. 아무래도 방송계에서 일하는 사람 같아요."

성윤은 안에 담긴 사진들 중 몇 개를 보여 주었다. 아이돌 에시드 제로, 원로 배우 황준성, 포크락 그룹 인비저블 오션. MJ 엔터테인먼트 소속 연예인들이 아니더라도 함께 사진을 찍은 사람들이 많았다. 심지어 안에는 탐정단에게 안무를 가르쳐 주었던 케이시의 얼굴도 담겨 있었다. 회식에서 찍었는지 얼굴도 벌겋게 달아올라 있었다.

"래인이 사진은 없었지? 협박할 만한 거."

"아직은."

공원에 앉아 시원한 아이스티를 마시며 두 사람은 사진을 전부 훑었다.

'범인은 주변 사람이었다는 거로군. 슈가 걸즈 관계자였어.'

하지만 무슨 일로 회사 사람이 래인을 협박한 것일까. 무엇을 노리고. 연습실에서 들었던 미도의 말이 떠올랐다.

그래서 그룹을 탈퇴하려고…….

그룹 탈퇴. 솔로 데뷔. 슈가 걸즈 해체. 은퇴. 자연스럽게 연결되는 단어들이 꼬리에 꼬리를 물고 떠올랐다.

"어, 이건 뭐지?"

성윤이 사진을 넘기다 말고 멈추었다. 다른 폴더로 넘어가면서 지금까지 나온 사진들과는 전혀 다른 사진이 나온 것이다.

폴더에 담긴 사진은 총 석 장이었다.

채준도 사진을 보았다.

* * *

"그래서 성윤이를 찾았다구?"

"이따 연습 끝나고 우리랑 합류하기로 했어요. 근데 오늘 중요한 이야기가 있다고 하던데요. 모든 멤버가 모일 수 있는 거죠?"

"무슨 이야기인데?"

뮤직 비디오 촬영하는 틈이었다. 음악 소리가 워낙 커서 잘 들리지 않았다. 화려한 비비드 의상을 입고 물을 마시던 리혜가 고개를 끄덕였다. 오늘은 멤버들 모두 모일 수 있는 날이었다. 탐정단은 뮤비 제작 현장을 견학하고 마지막 날 무대를 위해 슈가 걸즈와 함께 의상들을 고르러 나갔었다. 내일은 마침 멤버 우연의 생일이기도 했기에 탐정단은 몰래 그녀를 위한 깜짝 선물을 준비하고 파티에서 그걸 공개하기로 했었다. 형식만 깜짝 선물이지 제작진이 섭외한 샵에서 준비된 물건을 고르는 연기를 하는 것이나 마찬가지였다.

"잘 돌아왔어."

숙소 앞에서 기다리고 있던 성윤을 슈가 걸즈와 탐정단은 반갑게 맞아들였다. 카메라가 돌고 있는 중이라서 조금 부담스러웠지만 원위크 작가가 제안한 대로 모두들 잘 움직여 주었다. 부모님이 이혼한 리혜가 특히 눈물을 흘리며 위로해 주고 성윤도 울먹이면서 상처를 이야기하는 식이었다.

'아, 피곤해.'

일주일도 되지 않았지만 예희는 카메라 앞에 서 있는 것이 지겨워졌다. 친구가 무사히 돌아온 것은 기뻤지만, 계속 연기를 하는 기분이었다. 성윤을 껴안고 잘 돌아왔다고 말은 했지만, 평소와 달리 진심에서 나온 행동처럼 느껴지지 않았다. 카메라 저편 보이지 않는 대중들의 호감을 끌기 위해서 조금씩 가식이 섞여 들어가는 기분. 친구의 마음을 헤아리기보다는 무사히 마지막 날 무대를 치르게 되었다고 안도하고 있는 자신이 위선적으로 느껴졌다.

집 안에서의 촬영이 끝나고 매니저도 집으로 돌아간 후였다. 새벽 2시가 지났을 때 성윤은 탐정단과 슈가 걸즈 멤버 전원을 깨워 베란다로 소집했다. 항상 잠이 모자란 슈가 걸즈 멤버들과 안무 연습으로 팔다리가 떨어져 나갈 것 같은 피로감을 호소하는 탐정단을 한데 모으기까지 적지 않은 시간이 소요되었다.

그러나 막상 본론으로 들어가자 다들 냉수라도 뒤집어 쓴 듯 집중했다. 그동안 래인이 협박당하고 있었다는 걸 모르고 있었던 멤버들은 충격이 더했다.

219

"갑자기 그게 무슨 말이야? 협박이라니? 래인이 너 협박당하고 있었어?"

"탈퇴하려고 했던 이유가 그거라구?"

추궁을 당한 래인은 원망스러운 눈초리로 성윤을 쳐다보았다. 하지만 성윤은 당당했다.

"걱정하지 말아요. 당신을 협박한 사람이 누구인지 어제 채준이……, 채준 씨, 아니 채준 오빠가 알아냈어요."

참 호칭이 애매한 사람이었다. 나이로만 따지면 채준은 빠른 나이로 탐정단 아이들보다 한 살이 어렸다. 물론 채율도 역시. 하지만 동생이나 동갑처럼 막 대하기에는 뿜어져 나오는 오라가 만만찮았다. 채준 씨라고 하기에는 너무 간지럽고, 오빠라고 하기에는 또 아닌 것 같고. 닥터 안이라고 해야 하나.

아무튼 범인을 알아냈다는 말에 래인의 얼굴이 변했다.

"그게 정말이야? 채준 씨가 범인을 알아냈어? 어떻게?"

그 과정을 설명할 수 없었던 성윤은 휴대폰으로 채준에게 전화를 걸었다. 화상 통화가 연결되자 닥터 안은 곧바로 질문을 던졌다.

"혹시 지금 슈가 걸즈 멤버분들 중에서 휴대폰 가지고 있는 사람 없죠? 아, 래인 씨는 빼고요. 그건 내가 청소했으니까 문제없어요."

베란다에 모인 멤버들은 모두 고개를 가로저었다. 그러자 채준은 초보자들이 이해하기 쉽도록 협박 메시지 추적 과정을 설명했다. 불법에서 불법으로 이어지는 과정을 듣는 내내 멤버들과 탐정단원들은 감탄하고 박수를 쳤지만, 정작 그의 친동생은 안색이 창백했다.

"협박 메시지를 보낸 사람은 바로 MJ 엔터테인먼트 직원 성승민

씨예요."

"누구?"

"실장님이? 그럴 리가."

이름을 듣는 순간 모두들 믿기지 않는다는 얼굴이었다.

"100% 확실해요."

"하지만 뭐 때문에……. 돈?"

"뭐 그럴 수도 있겠지만, 한 가지 짚이는 게 있는데요. 슈가 걸즈 계약 만료가 언제죠?"

전화로 묻는 채준의 추궁을 듣고 샤샤가 대답했다. 잠에서 깬 그녀의 목소리는 낮게 잠겨 있었다.

"내년 8월까지."

"역시. 이제 1년 겨우 남았네요. 모든 멤버들이 그런 거죠?"

"잠깐 난 이해가 안 돼. 그게 무슨 상관이야? 우리 계약 기간이랑 래인이가 협박을 당한 게 무슨 연관이 있어?"

12시가 넘어 만 스무 살이 된 우연이 물었다. 물음에 대답한 건 현지였다.

"아니. 알 수 있을 것 같아. 래인이가 협박을 받아, 우리를 걱정하는 마음에 탈퇴를 하면 회사에서는 래인이하고만 재계약을 할 생각이었지. 우리는 필요 없었던 거야. 래인이 하나가 벌어들이는 돈이 우리 넷이 벌어들이는 돈보다 많으니까."

래인은 믿을 수 없다는 얼굴이었다.

"그렇지 않아요. 대표님은 분명 말씀하셨어요. 내가 빠져도 촉망받는 연습생을 새로 투입할 테니까, 슈가 걸즈는 전혀 걱정 없을 거라고. 그게 슈가 걸즈 언니들을 위해서도 좋을 거라고."

미도가 문득 생각난 것이 있다는 듯 지적했다.

"은빛나 말하는 거죠? 빛나가 우리한테 해 준 이야기가 있어요. 자기 계약 기간이 1년 6개월이라고. 광고 모델로 일찍 활동하기 시작한 거까지 생각하면 거의 슈가 걸즈 계약 만료 시기랑 일치하네요."

"그럼, 그 아이는 우리랑 같이 버려지는 카드로⋯⋯."

리혜가 차마 뒷말을 하지 못하고 입을 다물어 버렸다. 회사는 슈가 걸즈를 정리하기 위해 치밀하게 뒷공작을 벌이고 있었다. 샤샤가 한숨을 내쉬었다.

"만약 계획대로 되었다면 우리는 래인이를 이해하지 못하고 원망했겠지. 래인이가 계약을 철회하려고 해도 이미 때는 늦었을 테고."

"하지만 그럴 리가⋯⋯. 날 협박한 사람이 회사 사람이라고요?"

래인은 아직도 믿어지지 않는 얼굴이었다. 전화기 저편에서 채준은 차분한 목소리로 물었다.

"혹시 협박받았다는 사진들이 이 사진들인가요?"

물음과 동시에 래인의 휴대폰으로 사진 석 장이 전송되어 왔다. 성윤을 통해 돌려받은 휴대폰이었다. 사진을 확인하고도 래인의 얼굴에는 여전히 혼란스러운 기색이 가득했다.

"맞아요."

"하지만 이 사진 말고도 다른 사진들이 더 있죠? 진짜 중요한 사진은 따로⋯⋯."

"네."

질문을 하는 채준의 목소리나 대답을 하는 래인의 목소리나 어둡

게 가라앉아 있었다. 두 사람이 주고받는 이야기를 이해할 수 없었던 사람들은 잠자코 듣고 있었다.

"실수로 얼굴이 찍힌 사진이 있었어요. 옆에 화장 거울이 있는 걸 모르고, 사진을 찍다가 얼굴이 비쳤는데……."

"도대체 무슨 이야기를 하는 거야? 래인아. 우리한테 털어놓으면 안 돼?"

금방이라도 무너질 것 같은 래인의 손을 잡고 샤샤가 속삭였다.

"언니……. 다 내 잘못이에요. 그때는 아무 것도 모르고, 일단 집에서 탈출하는 것만 생각하다가……. 하지만 정말 어떻게든 슈가 걸즈를 지키고 싶었어요. 언니가 날 살려 준 후에 그랬죠? 우리는 가족이라고. 내가 망가지는 건 겁나지 않았어요. 욕먹는 것도 무섭지 않았어. 언니들이 무대 위에서 환하게 빛날 수 있다면 그걸로 참을 수 있었어요."

래인의 이야기는 그녀가 아직 이희우라는 이름으로 불리던 시절, MJ 엔터테인먼트로 들어오기 전 열두 살 무렵으로 거슬러 올라갔다. 예쁘장한 얼굴에 마른 몸매를 가진 내성적인 성격의 제주 소녀는 가슴에 누구보다 뜨거운 열망을 품고 있었다.

'서울로 갈 거야. 서울에서 가수가 되고 말겠어.'

친척집을 전전하며 눈칫밥을 먹던 희우에게 꿈은 단순히 무지개빛 환상이 아니었다. 어떻게든 현실을 헤쳐 나가 반드시 움켜쥐어야만 하는 생존의 동아줄이었다. 노래를 잘하는 재주를 어떻게든 활용해서 혼자 서지 않으면 계속해서 친척들의 신세를 져야 했다.

"그때 나는 제주에 살았어요. 기획사 1차 전형에 통과한 적이 몇 번이나 되었지만, 정식 연습생이 되기 위해서는 서울에 올라가야 했어요. 돈이 필요했죠."

열두 살짜리에게 아르바이트 자리를 주는 어른은 없었다. 몰래 아파트 단지 신문 배달을 하다가 이모부에게 들켜 벌어온 돈을 고스란히 빼앗겼다.

"MJ에서 연락이 왔을 때 마지막이라는 생각이 들었어요. 적어도 중학교 시절을 연습생으로 보내지 않으면 일찍 데뷔할 수 없어요. 나는 하루라도 빨리 독립하고 싶었고, 그 길은 아이돌이 되는 것뿐이었어요."

그러다가 친구들에게 이상한 이야기를 듣게 되었다. 알몸 사진을 찍어 팔고 돈을 받을 수 있다고. 얼굴이 나오지 않고, 몸만 찍어서 보내면 쉽게 돈을 벌 수 있다는 것이었다. 처음에는 거부감이 들었지만 곧 현실과 타협했다.

'그래, 어차피 상대방은 내가 누군지도 알지 못해. 난 돈이 필요하고. 연예인들이 화보 촬영해서 돈 버는 거랑 뭐가 다르겠어?'

그때부터 희우는 자신의 알몸을 찍은 사진을 팔기 시작했다. 처음에는 한두 장씩, 방 안 구조나, 개인적인 소지품들이 나오지 않도록 주의하며 찍었지만, 몇 번 거래를 성공시키고 난 후에는 마음이 편해졌다. 벽에 걸어둔 교복이 찍힌 사진, 거울에 옆얼굴이 비친 사진을 넘겼다는 걸 알게 된 건 슈가 걸즈로 데뷔하고 난 후 한창 상승세를 타던 2년 전 겨울이었다.

섬뜩한 메시지와 함께 어린 희우가 찍었던 사진들 여러 장이 전송되어져 왔다. 입금해야 할 돈의 액수와 계좌번호도 나와 있었다.

잘 지내지? 아저씨 덕분에 용돈 벌더니 유명해지고 나서는 왜 소식이 없니? 이제는 사진 안 팔아? 살 만해? 예전보다 훨씬 비싸게 사줄 수 있는데…….

"아무리 돈이 필요했어도 그렇지. 어떻게 그런 사진을 찍을 수 있어요?"

딱딱한 사고방식을 가진 채율이 도저히 이해할 수 없다는 얼굴로 물었다. 미도도 동조했다. 하지만 슈가 걸즈 멤버들은 래인을 두 팔 벌려 감싸 안아 주었다.

"우린 네가 왜 그랬는지 이해할 수 있어. 불쌍한 녀석."

"잘못한 거 없어. 넌 그럴 수밖에 없었잖아."

슈가 걸즈의 막내는 눈물 한 방울 흘리지 않았다.

몹시 지쳐 보이는 얼굴을 하고 언니들의 품에 그저 안겨 있었다.

'그럴 수밖에 없었다?'

예희는 현지의 말을 곱씹어 생각해 보았다. 아무리 생각해도 래인이 친척집을 나와야 했던 숨은 사정이 있었다는 말로밖에는 들리지 않았다.

래인이 가지고 있는 독특한 분위기, 부자연스러운 행동, 스킨십에 예민하게 반응하는 일.

'어쩌면…….'

그런 사진을 찍은 건 더 큰 추행에서 벗어나기 위해서였나.

예희는 눈을 질끈 감았다. 함께 앉은 탐정단 아이들도, 전화 통화를 하는 채준도 상황을 파악한 분위기였다.

"아마 처음에 협박한 메시지를 보낸 건 래인 씨의 사진을 샀던 남자가 맞을 거예요. 하지만 회사에서는 곧바로 래인 씨의 일을 수습하고, 그 사진 원본을 회수했어요. 그리고 래인 씨를 원하는 대로 움직이기 위해서 약점을 이용하기 시작한 거죠."

그는 래인의 휴대폰에 숨겨져 있던 스파이 프로그램을 언급했다. 다른 멤버들 휴대폰에도 깔려 있을 그 프로그램으로 MJ는 소속 연예인들을 24시간을 감시했다. 남자 연예인들과의 연애 상황이나, 가족과의 대화 등 모든 면에서 전면적으로. 예전 모 연예인이 복제폰으로 고통을 당했지만, 지금은 프로그램만 깔아두면 굳이 복제폰이 필요하지 않는 시대였다.

"맞아요. 그러고 보니 협박이 끊겼던 적이 있었어요. 대표님이 걱정하지 말라는 말도 하셨고. 그래서 잘 처리된 줄 알았는데, 작년 겨울부터 다시 시작되더라고요. 전보다 자주 훨씬 더 큰 액수를 요구하면서……."

"작년 겨울이라고?"

"맙소사. 그때 우리 한창 회사 옮기자는 이야기하던 때잖아."

현지가 염색한 머리를 쥐어 뜯으며 말했다. 현지 친척 중 한 분이 변호사였다. 슈가 걸즈 계약서를 보고 놀란 그는 멤버 부모들을 선동해 계약 해지 소송을 걸자고 권유했다. 그리고 그때부터 래인에게 오는 협박은 집요해졌다.

D-1

출근하는 차 안에서 민재는 자신의 옆을 지나가는 한 대의 버스를 보았다. 버스의 광고판에는 슈가 걸즈 우연의 옆얼굴과 함께 생일을 축하한다는 팬들의 메시지가 담겨 있었다. 정지선 앞에서 신호를 기다리는 잠깐의 시간 동안 그의 시선이 만족스럽게 광고판을 훑었다.

'요즘 애들은 재주도 좋아.'

아마추어들이 모여 제작한 광고일 텐데도 색상이나 레이아웃이나 메시지까지 어디 한군데 흠잡을 데가 없었다. 한쪽 눈을 찡긋 거리며 웃는 우연의 장난스런 얼굴 밑으로는 곧 있을 슈가 걸즈의 전국 투어도 소개되어 있었다. 지난번 래인의 생일 때는 주요 일간지 신문 1면에 통째로 축하 광고가 나가기도 했다.

'샤샤의 생일에는 다문화 아이들을 위한 기부를 하기도 했었지.'

스물세 살 무렵에 연기자로 데뷔하여 30여 년을 연예계에 발 담고 살아온 MJ 엔터테인먼트 민재는 격세지감을 느꼈다. 똑똑한 팬덤들은 옛날이라면 생각지도 못한 창의적인 방법으로 스타들을 지지해 주었다.

회사 앞에는 벌써 도착한 팬들의 선물이 장소로 옮겨지고 있었다. 이번 생일 파티는 원위크 방송을 위해서 회사 1층에 있는 강당에서 100여 명의 팬을 초대해 이루어질 예정이었다. 팬클럽에서 보낸 간식과 쿠키도 예쁘게 포장되어 배달되었다. 회사도 팬들에게 보답하는 측면에서 한정판으로 발매된 슈가 걸즈 피규어를 멤버 랜덤으로 하나씩 나누어 주기로 했다. 시쳇말로 역조공이었다.

MJ 엔터테인먼트의 사장 형민재는 쌓이는 선물을 쓱 한번 훑은 이후에 건물 안으로 들어섰다. 행사를 할 때마다 느끼는 거지만 역시 슈가 걸즈 중에서는 우연의 지지도가 제일 떨어졌다. 들어오는 조공의 양도, 질도 래인의 생일 때에 비하면 1/4에도 미치지 못했다.

"사장님!"

성승민 실장이 로비를 가로지르며 달려왔다. 허둥대는 꼴이 불길한 예감을 불러일으켰다.

이번에는 뭘까. 스캔들? 음주운전? 계약 위반?

"저, 어제부터 래인이 휴대폰이 먹통입니다. 오늘 아침에는 슈가 걸즈 다른 애들 폰도 마찬가지구요. 아무래도……."

말줄임표 속에는 '스파이 프로그램을 제거한 모양이에요.'라는 문장이 생략되어 있었다. 민재는 그의 말을 듣고 반응을 하지 않았다.

"애들이 부모들이랑 통화했다든가 하지는 않았나? 아니면 직접 찾아왔다든가."

"그런 건 없었습니다. 요즘은 그냥 원위크 촬영하면서 일정 소화한 거 외에는 없어요. 리혜도 요즘에는 일절 연애질 안 하면서 자중하고 있고요."

성 실장 말에는 허점이 없었다. 이번 일주일 동안에는 특히 카메라들이 따라붙는데 아이들이 딴짓을 했을 리는 없었다. 그렇다고 새로 만난 여고생 다섯 명과 뭘 어떻게 했을 거라고는 생각하지 않았다.

'아, 그 녀석이 있었나.'

래인을 좋아하는 팬이라는 애송이. 민재는 이름도 잘 기억나지 않는 얼굴 반반한 소년 박사를 떠올리며 고개를 끄덕였다. 그 녀석의 전공이 수학이고, 컴퓨터 보안 쪽과 연결된 분야라는 걸 언뜻 기사로 읽었던 기억이 났다. 여자한테 잘 보이고 싶어 휴대폰 봐 주다가 스파이앱 깔린 걸 정리해 준 모양이었다. 대수롭지 않은 일이었다.

"괜찮아. 부모들과는 전혀 상관이 없는 일이야."

"그럴까요?"

"다른 일은 없는 거지?"

성 실장이 고개를 끄덕이는 걸 확인하고 민재는 엘리베이터 안으로 들어왔다. 사장실에 들르기 전 5층 연습실을 둘러보는 게 하루 일과였다.

시원하게 트인 유리 복도 저편으로 어린 연습생들이 구슬땀을 흘리고 있었다. 피아노가 있는 보컬 연습실에서 찬기와 영민이 레슨을 받고 있었고, 다른 연습실에서는 우림이 드럼 연습을 하고 있었다. 외국인과 1:1로 영어·중국어 수업을 받고 있는 소정이와 경아는 이제 발음이나 회화에서 완성 단계에 있었다. 이번에 새로 들어온 연습생은 14살의 나이에도 불구하고 선생을 감탄시킬 정도로 기타에 천부적인 감각을 보였다. 얼굴도 반반해서 민재는 그를 중심으로 한 밴드를 만들 계획을 짜고 있었다. 다음 연습실에는 연기 레슨을 받던 에시드 멤버 경한이 민재를 발견하고 유리벽 너머로 꾸벅 인사를 했다. 민재는 흡족한 얼굴로 손을 흔들어 주었다. 백만장자의 아들이라 순진하고, 이미지 메이킹이 쉬웠다.

마지막 연습실에는 꽃처럼 아리따운 십 대 소녀들이 춤 연습을 하고 있었다. 일곱 명이 하나의 동작에 맞춰 안무 연습을 하는 모습이 참으로 훌륭했다. 저들 중 한 명만 데뷔시킬 것인지, 아니면 모두 데뷔시킬 것인지는 오로지 민재의 선택에 달렸다. 일단 내년 후반쯤으로 생각하고 있었다.

해마다 많은 아이들이 MJ로 사진을 보내 왔다. 심지어는 부모가 아직 다섯 살도 안 된 아이의 사진을 보내며 오디션을 신청하는 경우도 있었다. 그 사진들을 하나씩 추려 보면서 민재는 자신의 왕국을 빛낼 인형들을 찾곤 했다. 반드시 이목구비가 뚜렷하지 않아도 됐다. 시선을 사로잡는 분위기, 말로 설명할 수 없는 스타성을 가지고 있는 재목을 발견하면 그걸로 되는 것이었다.

가요 분야에서만 두각을 나타내는 스칼라나 대기업 지분으로 영화·연기 분야에서 무섭게 잠식해 오는 신생 기획사 콜본(colbon) 사이에서도 흔들리지 않고 10년 이상 대한민국 연예계를 독점적으로 잠식해 온 MJ의 원동력은 오로지 사장 민재가 가진 불가해한 안목에 있었다.

코미디언 윤희라가 무명으로 사람들의 시선조차 받고 있지 못할 때, 민재는 그녀의 가능성을 알아보고 포섭해 국민 MC가 될 때까지 성장시켜 주었다. 한국의 오프라 윈프리라는 별명을 들으며 윤희라의 토크쇼가 성공한 후에는 퇴물 취급을 받던 남자배우 김정빈을 일본 영화에 출연시켜 어마어마한 수입을 기록했다. 소속 연예인이 오십여 명이 될 때까지 가요, 연기, 예능을 가리지 않는 히트가 이어졌다. 아이돌의 시대가 열린 후에는 MJ 출신이라는 말과 슈퍼스타는 동의어로 통용되었다.

사람들은 민재가 가진 안목을 궁금해 했다. 스칼라에서 데뷔하는 아이돌들은 인형 같은 외모에 놀라운 실력을 가지고 있더라도 대중에게 어필하지 못하고 스러져가는 별들이 많았지만, MJ에서 나오는 아이돌들은 아름답다고만 할 수 없었다. 실력이 있는 스타도 있었고, 없는 스타도 있었다. 그러나 그들은 하나같이 매력적이었고, 대중의 큰 사랑을 받았다.

"그런 안목은 대체 어디서 나오는 것입니까?"

인터뷰를 할 때마다 지겹게 받는 질문이었다. 민재는 그럴 때마다 잘 모르겠다고 대답했다.

"천부적인 감각을 갖고 있는 거군요."

기자들은 민재가 재테크를 위해 미술품 사들이는 일도 심미안 때문이라고 포장해 주었다.

물론 개중에는 날카로운 분석력을 가진 기자들도 있었다. 그들은 현역 시절 민재가 연기자로서 두각을 드러내지 못한 점, 그가 열심히 할 때마다 실패하던 작품들, 대중의 외면. 긴 연예계 생활. 빛과 어둠의 경계에 끼어 지냈던 시절의 시기심이 신비한 안목의 원천이라고 여겼다.

둘 다 어느 면에서는 맞는 말이었다.

스타감을 찾고, 가공하고, 시장에 내놓는 자신의 작업은 예술가의 고독한 작업과도 유사했다. 완성된 인형들이 환하게 반짝이고, 사람들의 사랑을 받을 때면 벅찬 감동에 차올랐다. 자신이 스포트라이트를 받는다고 해도 그런 황홀감을 맛볼 수 없을 것 같았다.

'멍청한 부모들.'

조금만 성공하고 나면 잡음이 낀다는 게 문제였다. 그가 아니었다면 기껏해야 길거리에서 노래나 부르고 있었을 인생들, 최저 시급만 받고 아르바이트나 하고 있었을 인생들이 고마운 줄 모르고 발톱을 세우기 시작하면 도저히 용서가 되지 않았다.

자기 아이들을 스타로 만들기까지 다듬고 가꾸고 물을 준 사람은 부모가 아니라, 민재였고 회사였다. 원석을 향한 투자, 제작비, 수련 기간. 그건 단순한 돈이 아니라, 신뢰에 관한 문제였다. 회사가 그들을 믿지 않았다면 진즉에 방출시켰을 것이었다. 그런데도 부모들은 돈 욕심에 눈이 멀어 소송이니, 해체니, 독립을 운운하다가 결국 연예계 하루살이밖에 안 되는 자녀들 미래를 망쳐버리곤 했다. 악덕 기업주라고 욕하는 소리를 들을 때면 이쪽 생리를 모르는 그 순진한 얼굴들을 향해 당신네 자식들을 보호하고 함부로 굴리지 않아 준 것만으로도 감사하라고 되쏘고 싶었다.

이 바닥에는 입구는 있어도 출구는 없었다. 대중은 너무도 쉽게 스타를 잊지만, 또한 절대로 잊지 않기도 했다. 한번 방송을 타고, 유명세를 얻었던 연예인은 대중에 섞여 들어갈 수 없다. 평범한 직장을 구하기도 어렵고, 먹고 살 길을 찾아 곤궁하게 거리를 헤맬 수도 없다. 그러다 몇십 년 후 신상에 나쁜 일이 터지면 그때서야 이혼이나, 파산이나, 자살 같은 이야기로 포털 사이트 검색어 1위를 장식하게 된다.

감사한 줄 알아야 해. 초심을 잃지 말고 언제나 겸손하게 행동해. 응? 그는 언제나 소속 연예인들에게 신신당부했다. 문제를 많이 일으키는 십 대 아이돌 스타들은 빤한 설교라 여겼지만, 이십 대 중반만 넘어도 그가 무슨 이야기를 하는지 잘 이해하고 있었다.

단 한 번도 대중의 사랑을 받아본 적이 없는 연예인 민재는 인기만 믿고 까불며 제멋대로 구는 스타들에 격렬한 증오를 느꼈다. 그 중에는 MJ에서 데뷔했지만 이직했던 여성 듀오 스모클리스가 대표적이었다. 아시아 제패를 목표로 삼아 심혈을 기울여 기획한 스모클리스가 반기를 들었을 때 민재가 받은 충격은 너무도 컸다. 자신이 만든 인형들이 다른 회사로 넘어가 그가 계획하지 않은 이미지로 변형되고 재창조되었다. 격렬한 분노에 사로잡힌 민재는 자신이 동원할 수 있는 모든 인맥과 힘을 이용해 그녀들을 매장시켰다.

지금 사옥으로 옮겨지는 우연의 선물 패키지에는 무엇이 들어 있을까. 점점 조공에도 인플레가 붙으면서 명품 백, 값비싼 화장품, 고가의 전자기기, 심지어는 자동차까지 받는 경우가 생겼다. 선물을 받고 나서 일일이 인증 사진을 게시하는 일만으로도 직원들 스트레스가 올라갈 정도였다.

팬이 내미는 선물에는 사랑만 담겨 있는 게 아니었다. 자신의 가족조차도 무조건적으로 사랑하지 못하는 인간이 타인을 온전히 품을 수 있을 리가 없었다. 팬이 생각하는 이미지와 스타의 진실이 상충될 때 팬은 돌아섰다. 안티팬보다 무서운 게 변심한 팬이었다.

그는 슈가 걸즈를 생각했다. 이제는 스타가 된 그녀들을 데리고 장사할 수 있는 기간은 길어야 3년. 2년을 다 채우기도 버겁다. 1년 뒤 계약기간이 만료된 시점에 값비싼 값으로 그녀들을 되사기에는 활용 기간이 너무 짧았다. 부모들이 요구하는 계약금이라면 회사 입장에서는 차라리 더 어리고, 예쁘고 값싼 신인 걸그룹을 데뷔시키는 게 장기적으로 타산에 맞았다. 이제는 MJ에서 데뷔하면 누구든 거의 예외 없이 큰 인기를 얻는 구조가 형성되어 예전처럼 큰 모험을 하는 것도 아니었다.

물론 이 좁은 바닥에서 두 개의 태양이 뜨게 놔둘 생각은 없었다.

래인의 사진은 그런 의미에서 보험이었다. 슈가 걸즈가 다른 회사로 갈 경우 유출시켜도 좋고, 아직 경쟁력이 있는 래인을 저렴한 가격에 붙잡아두는 족쇄로 사용할 수도 있었다.

아이돌 그룹의 경우 멤버가 빠지게 되면 진통을 겪게 된다. 나머지 멤버들이 다른 회사에 가 봤자 슈가 걸즈는 좌초한다. 팬들은 회사에 남은 래인을 해체의 원흉으로 생각하고 분노의 화살을 돌릴 것이다.

두 번 다시 스모클리스와 같은 실수는 없었다.

민재는 MJ에서 비상할 후발 그룹들에게 회사의 무서움을 상기시키기 위해서라도 역적은 반드시 참수할 계획이었다. 그에게는 소속 연예인들의 약점이 컬렉션처럼 수집된 파일이 많았다. 대화 녹음, 사진, 동영상 등등 각양각색.

'나만 이런 것도 아니잖아.'

연예인이라고 해도 성인군자가 아닌 이상, 냄새 나는 구석이 한둘 있기 마련이고, 회사 차원에서 소속 연예인들의 약점을 잡아 계약에 이용하는 건 지극히 합리적인 일이었다. 다른 회사도 흔히 하는 일인데 굳이 다른 노선을 취할 이유가 무엇인가.

얼마 전에는 회사 컴퓨터 내부에 침입자가 들어와 그의 컴퓨터를 한번 헤집고 나갔다. 또 얼마 전에는 그의 집에 도둑이 들었다. 성수대교가 보이는 40억원 대 아파트, 경비가 삼엄하고 내부도 고가의 물건들로 가득 채워져 있는 집이 매트리스 속까지 잔뜩 헤집어져 있는 걸 보았을 때 민재는 오히려 웃었다.

'그렇게 쉽게 찾을 수 있을 거라고 생각했나.'

컬렉션이 유출될 경우 회사에 큰 손해를 야기할 수 있기에 민재는 절대 자료의 사본을 만들지 않았다. 단 하나의 원본만을 손에 쥐고 있을 뿐.

* * *

'믿을 수 없어. 이게 다 얼마야?'

생일파티를 준비하는 무대 뒤에서 예희는 두 손을 모으고 감동했다. 슈가 걸즈 멤버들과 함께 우연의 생일 선물을 하나하나 살펴보고 있자니 마음이 다 벅차올랐다. 이름만 들었던 수입 화장품 세트가 몇 개, 프랑스 팬이 보내 왔다는 유명 제과점 다과, 향수와 명품백, 옷, 구두……. 우연이 좋아하는 영화 DVD 세트, 희귀 음반 모음, 상자를 열 때마다 예쁜 드레스가 쏟아져 나왔고, 목걸이와 팔찌, 액세서리들이 넘쳐났다. 한쪽에는 이번 앨범 우연의 스타일에 맞춰 실제 크기로 제작한 설탕 공예 케이크가 놓여 있었다. 만화처럼 단순화된 귀여운 모습이었다. 팬이 직접 사랑하는 마음을 담아 만들었다고 했다. 만약 예희가 이런 선물을 받았다면 감동받아 기절하고 말았을 거였다.

생일 파티 시작은 11시였다. 다른 멤버들이 드라마 리허설, 라디오 출연을 나간 막간의 틈을 이용해 우연은 선물 상자를 열면서 정신없이 인증 사진을 찍고 있었다. 호빵처럼 하얗고 토실토실한 매니저가 카메라를 들고 열심히 보조를 맞춰주었다.

"정말 부러워요."

그 말을 들은 우연이 갑자기 예희 쪽을 쳐다보았다. 너무 많은 감정이 담겨 있어서 잘 해석할 수 없는 복잡한 표정이 스쳐 지나갔다. 카메라가 멈춘 틈을 타서 스타일리스트가 새로 염색한 머리를 붙잡고 스프레이를 난사했다.

"이예희! 예희야."

몽롱한 향기에 취해 있는 사이 성윤이 그녀를 불렀다. 뒤를 돌아보니 성윤이 하재와 함께 무대 밖을 쳐다보고 있었다. 이리 와 하고 손짓하는 모습이 뭔가 흥미진진한 걸 발견한 사냥꾼의 얼굴이었다.

아직 팬들의 입장이 시작되지 않은 텅 빈 객석 속에서 두 쌍의 커플이 다섯 자리를 사이에 두고 첫째 열에 앉아 있는 게 보였다. 왼쪽 모서리에는 발목이 보이는 데님 청바지에 줄무늬 티셔츠를 입은 채준이 미도와 함께 있었고, 오른쪽으로 약간 떨어진 위치에는 은회색 머리에 벽돌색 롤업 셔츠, 흰 반바지를 입은 라온이 채율과 함께 앉아 있었다.

"꼭 사귀다가 이별을 고하는 커플들 같지 않아? 표정들 좀 봐."

하재가 호기심 어린 눈초리를 빛내며 말했다. 과연 두 커플은 표정이 심각했다.

"그럴 만도 하지. 뭐 둘 다 사귄 건 아니었지만, 채준 씨……, 채준 오빠, 에이씨, 모르겠다. 채율이네 오빠가 슈가 걸즈 래인을 좋아했던 건 공인된 사실이고, 이제 그 결실이 맺어져서 둘이 연락처까지 교환한 거 아냐."

"그럼 지금 일이 어떻게 되는 거야? 하라온 씨도 래인이를 좋아하잖아. 그래서 우리를 원위크에 출연시켜 준 거고."

성윤이 눈을 커다랗게 떴다.

"설마. 하라온 씨는 채율이를 버리고 래인이한테 가고, 채준 씨는 미도를 버리고 래인이한테 가고……."

"하라온 씨랑 채준 씨는 래인이를 두고 싸우고? 사각관계야? 오각관계야?"

하재가 말을 받았다.

"완전 막장인데……."

셋은 그렇게 속삭이면서 무대 옆 오른쪽 구석을 지나 빙 돌아 두 커플이 있는 좌석 뒤편으로 다가갔다. 커플들은 자기들 이야기에만 정신이 팔려 염탐꾼들이 다가오는 것도 모르고 있었다.

"한번 넌지시 물어봤어요. 이번 일로 정말 래인이도 채준 씨를 다시 봤나 봐요. 제가 생각해도 정말 멋져요. 용감한 기사님처럼."

"아직 끝난 게 아니야. 원본 사진을 찾지 못했으니까. 사진 전부를 찾아서 삭제해야 해."

채준은 미도의 앞에서 한숨을 쉬며 어제의 경과를 보고했다. 하루 종일 MJ의 컴퓨터를 속속들이 살폈다. 내부 메신저에 남은 기록을 통해 작년 계약을 갱신한 포크락 그룹 인비저블 오션의 비리를 알게 된 일이 성과라면 성과였다. 형민재 사장은 래인 뿐만 아니라, 소속 연예인들의 치부를 담은 X-파일을 보관하고 있었다.

"하지만 형민재 사장의 휴대폰이나, 컴퓨터도 뒤져 보았지만 단서는 없었어. 래인 씨의 사진은커녕 다른 누군가의 사생활도 나오지 않았다고."

"다른 곳에 보관할 가능성은요?"

"집 안이나, 은행의 금고 같은데 보관하는 거라면 우리가 어떻게 찾을 수 있겠어?"

"래인 씨는 정말 좋겠어요. 누군가가 이렇게 고민하며 지켜주려고 노력하고 있으니까."

미도는 서글픈 시선으로 채준을 바라보았다. 그가 미국에 돌아가 있는 동안 수많은 밤을 그를 그리워하며 보냈다. 그러나 돌아온 님은 사랑하는 다른 여인을 곤경에서 구하는 데 혈안이 되어 있었다. 비극적인 첫사랑의 종말을 맛보면서 미도는 깊은 슬픔과 애절한 희열을 함께 맛보았다. 그가 래인과 잘 되는 건 고통스러웠지만 그가 행복해지는 것 또한 순수하게 기뻤다. 채준의 갈색 눈동자가 미도를 향했다. 평소답지 않은 어두운 눈이었다.

"그렇게 말하지 마. 난……."

"왜요?"

"난 그녀를 사랑할 자격이 없는지도 몰라."

채준은 한숨을 내쉬었다. 시차와 스트레스로 며칠 사이에 얼굴이 파리해져 있었다.

"나는 래인 씨를 좋아해. 아니, 좋아하는 정도가 아니라, 동경하고, 또 사랑하지. 지금까지 그렇게 믿어 의심치 않았어. 혼자서 오래도록 타지에서 연구하면서 텔레비전이나 컴퓨터 모니터 속에서 래인 씨를 볼 때마다 내 심장이 뛰었단 말이야. 저 사람을 행복하게 만들어 주고 싶다. 그런 생각을 하게 만들어 주는 래인 씨가 좋았어. 사랑이란 그런 거잖아. 어느덧 나는 사라지고, 그 사람만 내 안에 남는……. 이해해?"

"그럼요. 그럼요."

몇 좌석 뒤에서 민망함에 양손이 오그라든 세 명의 친구들이 있다는 사실을 모른 채 미도는 적극적인 공감을 표했다.

채준의 마음이 어떤지 미도는 십분 이해했다. 그를 향한 자신의 감정도 그러하였으므로.

"세상 모든 사람이 그녀에게 돌을 던지는 일이 벌어져도, 나는 최후의 최후까지 그녀의 곁에 남을 거라고 생각했지. 세상에 팬심처럼 지고지순한 사랑이 어디 있어? 만나지 못하고, 만지지 못해도 응원하고, 잘 되길 빌어 주잖아. 그런데 막상 래인 씨의 이야기를 듣고, 협박 사진 몇 장을 보고, 어떻게 살아 왔는지를 알게 되니까······."

채준은 미도가 잡지 않은 다른 손을 이마에 가져다 대었다. 가녀리게 떨리는 손가락이 검푸르게 변한 눈가를 가려 안에 어린 물기를 감춰 주었다.

"겁이 나. 그녀의 슬픔은 내가 감당하기에는 너무도 깊어."

"그게 무슨 뜻이에요?"

지금까지 모든 걸 체념한 상태에서 이야기를 듣고 있던 미도가 고개를 갸웃했다. 대화가 갑작스럽게 이상한 방향으로 방향을 틀었다. 채준은 마치 고해를 하듯 작은 소리로 읊조렸다.

"래인 씨를 만나면 어떻게 얼굴을 봐야 할지 모르겠어. 힘들게 살아온 게 너무 불쌍하면서도 그런 사진을 찍은 게 용서가 되지 않고."

미도는 단호하게 자리에서 일어섰다. 앉은 것과 일어난 것이 별로 차이가 나지 않았다. 미도는 가슴이 오르락내리락 할 정도로 거칠게 숨을 내쉬고 있었다. 가만 보니 주먹도 부르쥐고 있었다.

"지금이야말로 래인 씨에게 당신의 도움이 제일 필요할 때예요. 화려한 아이돌 가수로서가 아니라, 상처받은 한 사람의 여자로서, 자신을 감싸줄 사람이 필요하다고요."

"알고 있어."

"예전에 오빠가 출연한 다큐멘터리에서 슈가 걸즈 이야기를 하는 걸 보았어요. 누군가를 순수하게 좋아하는 마음을 수줍게 표현하는 모습을 보고 아, 저렇게 예쁘게 사랑하는 사람이라면 분명 아름다운 영혼을 가지고 있을 거라고 생각했어요. 나는 무리라는 걸 알면서도 곁에 있고 싶다고."

미도는 거기까지 말하고 돌아서 뛰어나갔다. 아니 그러려고 했다. 채준이 일어나 그 팔을 잡지만 않았다면. 그 바람에 미도는 몸이 반쯤 돌려세워졌다.

"부디 그녀를 지켜주세요."

눈에는 눈물이 가득했다. 당황한 채준이 그대로 손을 놓았다. 흑흑 거리며 무대 뒤로 들어가는 그녀의 모습을 망부석처럼 지켜보다가 채준은 가방을 들고 사옥 바깥으로 터덜터덜 나가 버렸다.

"너희 오빠 저대로 비행기 타는 거 아냐?"

라온이 한마디 했다.

"빠르면 빠를수록 좋죠."

탐정단 트리오는 이제 라온과 채율의 대화에 집중했다.

"아까, 오빠한테 들어보니까 인비저블 오션이…… 혹시 자세한 이야기 알고 계세요?"

"나도 어제 채준이한테 그 이야기 듣고 직접 켄시 형한테 전화 걸어서 물어봤어. 아마 오션 리더한테 문제가 있었던 모양이야. 외국에 공연 나갔다가 팬으로 사칭한 사람이 준 마약으로 곤혹을 치렀는데, 다행히 수습이 잘 되어서 회사 차원에서 끝났어. 그런데 재계약 시점이 되니까 언론이 냄새를 맡은 거야."

"슈가 걸즈 경우랑 아주 비슷하네요."

"계약 성사된 후에 회사를 그만둔 매니저가 이야기해 줘서 알았대. 사장이 보관하고 있는 파일들이 있다고."

뒤에서 지켜보고 있던 관객들은 하품을 했다. 낯간지러움이 넘쳐 흐르던 앞의 커플과는 달리, 라온과 채율의 대화는 사막처럼 건조하고 담백했다.

"대체 파일은 어디에 있는 걸까요? 집이나 은행에 숨긴 거라면 도둑질도 할 수 없는데……."

"두 군데 다 아니야."

단정적으로 말하는 라온을 보고 채율은 눈을 가늘게 떴다.

"어떻게 확신하죠?"

"올 봄에 사장 집에 도둑이 들었어. 금고도 열려 있었고, 그림이 걸려 있던 벽 뒤까지 어디 한 군데 손대지 않은 곳이 없었지. 하지만 없어진 물건은 아무 것도 없었어. 이후에도 래인이에게 협박 문자는 계속해서 발송되었고.

사장이 쓰고 있는 시중 은행 대여 금고는 총 3군데, 7개야. 채권, 계약서, 증권이 보관되어 있는 게 3개, 다른 곳에는 모두 금괴가 들어 있지. 해외에 금고를 가지고 있을 수도 있지만, 활용성 면에서 국내에 자료를 두고 있을 가능성이 높지."

"정말 자세히 아시네요. 자세히."

채율은 묘한 얼굴로 라온을 바라보았다. 라온은 정면에서 그 시선을 받았다. 입가에는 어쩐지 만족스러운 미소가 떠올라 있었다. 오가는 눈빛 속에서 마치 투명한 혈관이 생성되기라도 한 것 같았다. 말로 표현하지 않는 생각들이 두 사람 사이를 오갔다.

"우리 사장님이 여자관계가 복잡하셔. 술만 먹으면 입도 가볍고."

"일단 그렇다고 해 두죠. 하지만 대체 누가 집을 털었을까요?"

"워낙 적이 많은 사람이라서 모르겠네. 의외로 정보기관일 수도 있고."

"정보기관……요?"

라온은 키득대며 웃었다.

"왜 이래? 연예인 스캔들이 엄청나게 효과적인 물타기 수단이 되는 거 몰라?"

이야기를 듣고 있는 예희는 도통 감을 잡을 수가 없었다. 라온이 래인을 위해서 상당히 많은 조사를 했다는 것 정도만 알 수 있을 뿐이었다.

두 사람은 팬들의 입장이 시작될 때까지 한참 동안 자리에 앉아 파일이 숨겨진 장소에 대해서만 이야기했다. 라온은 형 사장이 특별히 총애하는 텐프로 여성이 들었다는 말까지 꺼내 놨다.

"그 여자 말이, 세상 어느 곳보다 보안이 철저한 곳에 숨겨 놓았다고 했대. 그게 대체 무슨 뜻이냐고."

"포의 「도둑맞은 편지」처럼 당연한 장소에 숨겨져 있는 게 아닐까요?"

"구체적인 예를 들어 봐."

둘은 끊임없이 의문을 제기하고, 반박하고, 추론했다.

예희는 의자에 머리를 기댄 채 눈을 감았다. 계속된 안무 연습과 촬영으로 체력은 방전되어 있었다. 이 재미없는 두 남녀에게 무언가를 기대했다는 게 새삼 한심해졌다. 지루해진 성윤과 하재도 머리를 기대고 꾸벅꾸벅 졸았다.

'찾을 수 있다면 좋을 텐데…….'

그러나 도통 형 사장이 사진을 숨길 만한 장소가 떠오르지 않았다. 예전 예희네 할머니는 사시던 집의 장판 밑에 돈을 숨겨 놓곤 하셨다. 돌아가신 뒤에 장판을 들어보니 곰팡이가 가득 핀 만 원권이 3000장 나왔다. 설마 돈 많은 사장님께서 장판 밑에 자료를 숨겨 놓고 좋아라 하고 있지는 않겠지. 잠으로 가물가물해지는 의식 속에서 처음 보았던 형 사장의 모습이 떠올랐다. 회사 로비에서 원위크 제작진과 이야기를 나누던 그는 정말 옷을 잘 입는 남자였다.

숙소에 돌아와서도 그에 관한 기사와 사진을 검색했다. 브랜드나 디자이너에 얽매이지 않고 자유롭게 스타일을 연출하는 모습이 일본 패션 잡지 편집장 스즈키 하루오만큼이나 센스가 있었다. 그러나 어떤 사진에서도 바뀌지 않는 소지품이 있었다. 손가락에 낀 묵주 반지와…….

'그 시계 브랜드 이름이 뭐였더라. 닭을 연상시키는 특이한 이름이라고 생각했는데…….'

예희는 감았던 눈을 떴다.

오끼오(occhio).

D-DAY

원위크 마지막 날. 마지막 피날레는 방송국에서 제작하는 가요 차트쇼였다. 아침부터 메이크 오버를 위해 헤어를 하고, 화장과 의상을 갈아입기 위해서 난리를 쳤다. 친구들이 서로를 알아보고 놀라는 걸 막기 위해서 변신은 각자 다른 장소에서 이루어졌다.

사진도 찍을 수 없고, 거울도 볼 수 없었다. 마지막 무대에 오른 순간에야 친구들의 모습을 확인할 수 있었다. 무대 위에서는 얼마든지 놀라는 리액션을 취해도 좋았다. 눈물을 흘려도 말리는 사람이 없었다. 그게 바로 원위크의 묘미였으니까.

예희는 국내 최고의 스타일리스트들이 자신의 얼굴을 보며 화장을 해 주고 머리를 만져 주는 동안 고민에 빠졌다.

'찾았어. 찾았어……. 내가 알아낸 거야.'

검색해 보니 오끼오는 단순한 손목시계가 아니었고, 초소형 카메라였다. 완벽한 방수에 적외선 촬영도 가능하고, 반영구적으로 사용할 수 있는 배터리를 내장했으며 용량도 컸다.

'세상 어느 곳보다 보안이 철저한 곳? 그건 바로 자기 손을 말하는 거였어!'

예희의 머릿속에서 슈가 걸즈든, 피날레 무대든, 일제히 사라졌다. 손을 쥐었다가 폈다. 땀이 흥건했다.

'만약 내가 시계를 손에 넣게 되면……. 최소한 메모리 카드라도…….'

레드 카펫 위에서 손을 흔들었던 며칠 전 화보 속 자신의 모습이 생생이 그려졌다. 온몸이 심장이 된 것처럼 두근댔다. 예희는 이미 시계에서 메모리 카드를 분리하는 방법을 알아두었다.

'시계만 얻으면……! 그걸 빌미로 사장님이랑 거래해서 데뷔할 수 있을 거야.'

등 뒤에서 누군가 예희의 어깨를 잡았다. 예희는 소스라치게 놀라 뒤를 돌아보았다. 등 뒤에는 연습생 찬기와 샤샤가 함께 서 있었다. 카메라와 조명도 함께 따라붙어 있었다.

"어머! 너무 예쁘다!"

"정말이야. 못 알아보겠어."

둘의 방문은 피날레 무대로 긴장한 원위크 걸을 응원하는 프로그램 진행상 한 단계였다. 평상시라면 지금 모습이 궁금해서 반사되는 곳에라도 얼굴을 비춰 봤겠지만 지금은 전혀 그런 것들이 궁금하지 않았다.

"그…… 그래요?"

"이따 우리 사장님이 보고 너 연기자 하라고 하실지도…….”

찬기가 지나가듯 말을 던졌다. 그러나 예희는 그 말을 듣고 의자에서 튀어 올랐다. 머리를 만지고 있던 헤어 아티스트가 깜짝 놀라서 뒤로 물러섰다.

"사장님이 오셨어요?"

"응. 지금 하라온 씨랑 올라오는 중이야. 둘이 같이 식사한 모양이던데?"

원위크 걸그룹으로 발간하는 화보 중에는 변신 중의 스냅 사진을 수록하는 경우도 있어서 사진작가의 방문은 필수적이었다. 예희는 찬찬히 머리를 굴렸다.

현실적으로 혼자서 건장한 남자의 손목시계를 훔친다는 건 불가능했다. 또 대놓고 훔쳤다가 상대방에게 미움을 받으면 데뷔고 뭐고 물거품이 되고 말 터였다.

욕망에 눈이 먼 예희는 하지 말아야 할 생각까지 품었다.

'먼저 라온 씨나, 다른 아이들이 시계를 훔치게 만들었다가 메모리만 빼돌린다면……'

그리고 나중에 사장에게 연락을 해서 파일은 안전하니 데뷔하게 해 달라고 읍소하자. 친구들이 원망하더라도, 어쩔 수 없다. 래인이 불쌍하기는 하지만…….

'사실 걔 돈도 벌만큼 벌었잖아! 난 꼭 성공해야 해. 평범한 삶은 싫어.'

지금 성적대로라면 변변치 않은 대학에 진학하고, 등록금 문제로 대출 끼고 졸업하고, 겨우겨우 쥐꼬리만 한 월급을 주는, 정시 퇴근도 눈치 보이는 직장에 들어가고 말 것이다. 서른 넘어 시집 밑천 마련하고 비슷한 수준의 남자랑 결혼해서……. 애 낳고 살다 보면…….

공포 영화도 그런 공포 영화가 없었다. 예희는 자신의 생각에 허영이 담겨 있다고는 믿지 않았다. 돈으로부터 자유롭고 싶을 뿐이었다. 유명해져서 존중받고 싶을 뿐이었다. 얼마나 인간적인가.

찬기가 안무 조언을 해 주는 걸 한귀로 흘려들으면서 예희는 한쪽 손으로 탐정단 전원과 하라온, 안채준에게 문자를 보냈다.

파일은 사장의 손목시계에 있을 거야. 내가 알아보니까 항상 하고 다니는 시계, 그게 몰래 카메라더라구. 어떻게든 빼돌려야 해.

그때 등 뒤에서 문이 열렸다. 라온과 형 사장이 들어왔다.

무심코 손에 들고 있던 휴대폰을 확인한 라온은 놀란 표정으로 예희를 쳐다보았다. 살짝 그를 보며 고개를 끄덕인 뒤에 일어섰다.

"어, 안녕하세요?"

"그래, 잘 되어 가고 있어?"

형 사장은 수고한다는 뜻으로 찬기의 등을 두드렸다. 샤샤가 웃으며 예희를 칭찬했다.

"사장님, 얘 좀 보세요. 예쁘죠? 꿈이 연예인이라는데……."

"그래?"

잠깐이었지만 민재의 시선이 예희를 훑고 지나갔다.

"시간 나면 오디션 보러 오세요. 모두에게 기회는 공평해야 하니까……."

카메라를 들고 있던 스텝이 키득 웃음을 터트렸다. 완곡한 거절이었다. 그러나 예희는 전혀 신경 쓰이지 않았다.

"지금은 안 될까요?"

"지금?"

"네. 사장님 앞에서 제 실력을 보여 드리고 싶습니다."

어차피 막 가는 캐릭터가 되라고 했다. 지금 이 순간 모든 두려움이 없었다. 살면서 단 한 번도 이런 적이 없을 만큼 비장한 마음가짐이었다.

찬기가 재빨리 휴대폰으로 음악을 틀어 주고 샤샤는 지원 사격을 위해 예희의 옆에 섰다. 전주에서부터 파워풀한 댄스가 이어졌다.

"너는 지금 제대로 가는 거야아아. 인생에 지름길은 없어. 내가 사랑하는 그대가 여기에 있다는 거어얼."

일부러 음정이 맞지 않는다는 걸 알면서도 힘차게 노래를 부르며
자신감 있게 앞으로 나갔다. 머리카락 한쪽에 염색용 은박지를 덕지
덕지 달고 격렬하게 춤을 추는 예희의 모습을 민재는 한참 동안 쳐
다보았다. 쳐다보지 않을 수 없었다. 바로 옆 카메라에는 불이 들어
와 있었고, 지금 눈앞에서 벌어지는 코믹함은 충분히 본방을 탈 확률
이 컸다. 야박해 보이지 않도록 2절까지 춤을 추도록 내버려두었다.

춤이 끝났을 때 라온은 분장실에 있는 냉장고 안에서 캔 커피를
꺼내 예희에게 내밀었다.

딸칵.

열린 캔 뚜껑 안쪽에서 나오는 선뜩한 냉기에는 무언의 지시가
담겨 있었다.

예희는 심호흡을 하며 민재를 바라보았다. 그는 팔짱을 끼고 그녀
를 바라보고 있었다.

"어떠셨어요?"

"괜찮았어요. 한 가지 충고를 하자면 학생은 아이돌 감이나, 연기
자는 못 돼요. 가수는 불가능하고. 하지만 어쩐지 예능이나 코미디
쪽으로 가면 먹힐 것 같기도 하네요. 그치만 알죠? 개그맨이 되려면
기획사 오디션이 아니라, 방송국 시험을 뚫어야 해요. 먼저 데뷔를
하고 한번 찾아와 보세요."

누가 듣기에도 거절이었다. 카메라가 얼굴을 따갑게 훑고 있었다.
예희는 일부러 환하게 웃음을 지었다.

"정말이죠? 네, 알겠습니다. 꼭 찾아갈게요."

말의 의도를 모르는 사람처럼 앞으로 다가섰다. 스텝이 엉켰다. 손에 들려 있던 커피는 정확히 민재의 왼쪽 손목에 쏟아졌다. 예희는 깜짝 놀라 분장실 선반에 있던 티슈를 꺼내들었다.

"죄송해요. 갑자기 다리가 풀려서."

"됐어요. 괜찮아."

"하지만 사장님, 완전히 젖었는데요. 시계도 닦아야겠어요. 당분이 많아서 끈적거려요."

라온이 가지고 있던 손수건을 꺼내들었다.

"제…… 제 잘못이니까, 제가 닦을게요."

"학생! 괜찮아요. 잘했어요."

민재가 성가시다는 듯 손바닥을 폈다. 미간에 강한 주름이 잡혀 있었다. 그러고는 주머니에서 손수건을 꺼내 직접 몸을 닦고 시계를 풀어 얼룩까지 닦았다. 끼어들 틈이 없었다.

샤샤와 찬기가 파이팅 인사를 하고 바깥으로 나갔다.

* * *

각자 다른 곳에서 변신을 하는 도중이었지만, 메신저 창은 시끌벅적했다.

무슨 수가 있어도 손목시계를 훔쳐야 하겠네.

자고 있는 사람에게 접근해 몰래 빼내는 건 어때?

너 그 사람 집에 몰래 들어갈 수 있어?

그럼, 수면제를 먹여?

갑자기 수면제를 어디서 구해? 그리고 그거 체질에 따라 알레르기 반응 보이면 큰일 나. 범죄가 된다구.

차라리 돌로 머리라도 치지? -_-;;

안채율 너 말 잘했다. 너 예전에 돌멩이 던져서 무는 남자 기절시킨 적 있었지? 그때 실력 다시 발휘해 보면 어때?

지금 나보고 우리나라에서 제일 막강한 기획사 사장한테 돌멩이를 던져서 상해를 입히고 기소당하라는 거야?

나도 채율이 생각에 공감. 돌멩이는 빗나갈 확률이 커. 차라리 가까이에서 전기 충격기 같은 걸 쓰면?

모임에 초대되어 메시지를 읽어 내리던 라온이 제안했다. 채준도 갑자기 이모티콘까지 선택하면서 동의했다.

아, 정말 좋은 생각이네요. 디가우징 효과 비슷하게…….

말이 돼? 갑자기 어디서 전기 충격기를 구하는데?

슈가 걸즈 현지한테 빌리면 돼. 호신용 전기 충격기 가지고 다니거든. 기사로는 안 났지만 예전에 한번 납치당할 뻔한 적이 있어서…….

아니, 구하고 말고의 문제가 아니잖아. 잘못하다가 감옥간다고. 인생 망치고 싶어? 야!

글자를 입력했지만 도무지 말을 듣는 사람이 없었다. 대화는 마치 드라마 엔딩 자막 올라가듯 빠르게 올라갔다. 옆에 서 있던 메이크업 아티스트가 보다 못해 휴대폰을 빼앗았다.

"안채율 학생! 얼른 눈 감아요. 아이 메이크업을 할 수가 없잖아."

"저기 지금 중요한 대화 중이었는데…….”

아이라인을 그리고 펄을 넣고, 아이섀도를 바르고. 무대 조명에 어울리는 진한 화장을 끝내고 휴대폰을 다시 열었을 때는 모든 작전이 짜여 있었다.

'어쩌면 이 아이들은 탐정단이 아닐지도 몰라. 그냥 예비 범죄자 집단인 거지.'

화면에 가득한 글자를 읽어 내리며 채율은 현기증을 느꼈다. 공지 문자를 모두 읽고 밑을 보니 파이팅을 외치는 메시지가 마지막으로 떠 있었다. 이미 작전이 개시된 모양이었다. 무서운 놈들이었다.

1단계) 안채준과 래인은 사장님 앞에서 정식으로 교제를 허락해 달라고 요청한다.

일단, 여기까지는 이해가 갔다. 형 사장은 탐정단 수준에서 면담을 할 만한 인물이 아니니, 슈가 걸즈를 걸고 넘어가지 않으면 안 된다. 그러나 오빠까지 연루가 되어 버리면 그것은 더 이상 남의 문제가 아니었다.

"저, 잠시 화장실 좀."

"이거 쓰고 얼른 다녀와. 리허설 시간 다 되어 가니까. 거울 보지 말고."

아티스트가 준 가면을 쓴 채율은 곧바로 슈가 걸즈 대기실로 향했다. 아직 드라이 리허설이 시작되기 전이라 슈가 걸즈는 가벼운 차림으로 수다를 주고받고 있었다. 옆에는 카메라를 든 라온이 샤샤와 이야기를 나누고 있었고, 그 옆에는 역시 가면을 쓴 미도와 예희가 서 있었다. 코디는 의상을 확인하고 매니저도 그 틈에서 다음 스케줄을 전화로 관리하고 있었다.

중앙에는 못마땅한 표정의 형 사장이 의자에 앉아 있었다. 시선은 맞은편에 앉아 있는 래인과 채준에게 향했다.

"그래서 날 부른 이유가 뭐야?"

"저기 사장님, 갑작스러우시겠지만. 사실 지난 며칠간, 우리 두 사람은⋯⋯."

채준이 말했다. 보는 사람 얼굴이 다 달아오르게 만드는 국어책 읽기 말투였다. 민재의 눈썹이 활처럼 휘었다. 의심을 사지 않기 위해서 전문 연기자 래인이 채준의 손등을 잡고 간절한 눈빛으로 바라보았다.

"사장님. 우리 교제했으면 해요. 허락해 주세요."

민재는 살짝 미간을 찌푸렸다.

안채준. 대상만 놓고 보면 나쁘지 않았다. 이왕이면 같은 회사 사람과 사귀는 편이 좋지만 유학생이라면 기자들에게 꼬리를 밟히지 않고 조용하게 만날 수 있었다. 회사 차원에서도 염려할 일이 없었다. 나중에 들킨다고 해도 이미지에 나쁜 영향이 없는 상대였다.

"래인아, 너 혹시⋯⋯."

좋으면 서로 몰래 만날 일이지. 굳이 사장을 불러 놓고 허락 운운한다는 것은⋯⋯.

"정식으로 공표하고 사귀고 싶어요."

시선을 떨어뜨린 상태에서 어렵게 이야기를 꺼내는 래인의 얼굴은 진지했다.

"둘이 만난 지 며칠 되지도 않았잖아. 일단 두고 지켜보다가⋯⋯."

민재는 깜짝 놀랐다. 설득을 하려는데 갑자기 래인의 등 뒤에서 가면을 쓴 여학생이 나타났다.

"뭐라고요? 둘이 사귄다고요?"

얼굴은 보이지 않았지만 뚫린 구멍 사이로 눈이 불덩이처럼 타오르고 있었다. 미도라고 했던가. 앗 하는 사이에 래인이 머리채를 잡혔다.

채율은 조용히 대기실 문을 잠갔다. 가장 우려했던 작전 2단계가 시작되려 하고 있었다.

2단계) 분노한 미도가 래인을 공격한다.

"너 며칠 전까지만 해도 나한테 그랬잖아. 채준 씨한테 감정 없다며? 둘이 아무런 사이도 아니라며?"

"아악."

머리채가 흔들리자 래인은 두 팔을 휘저었다. 옆에 있던 채준이 뜯어 말렸지만 곧 미도의 발에 채여 구석으로 나가 떨어졌다. 일부러 넘어진 게 아니었다. 상당한 충격을 받고 얼굴이 멍해져 있었다.

"언니! 언니! 살려 줘. 채준 씨!"

래인은 팔을 휘저으며 멤버들을 불렀다.

"어머, 어머!"

멤버들이 우르르 양쪽으로 달려들었다. 둘은 미도를 잡고, 둘은 래인을 잡고, 예희는 가운데에서 두 사람의 엉킨 팔을 풀기 위해 전전긍긍했다. 이미 슈가 걸즈 멤버들도 알고 있는 작전이라 래인의 멱살을 잡은 미도의 손은 풀리지 않았다.

그녀를 지켜주세요. 며칠 전 그렇게 말을 하면서 순정을 표현했던 사람이 맞나 싶을 정도로 과격한 연기였다. 미도는 사력을 다해 달려들어 연적에게 쌓여 있던 악감정을 표출했다. 얼굴이 시뻘게져서

는 뺨이라도 때릴 듯이 손을 휘저었다.

'그럼 그렇지. 이제야 윤미도답다.'

채율은 팔짱을 꼈다.

"당장 그만 두지 못해!"

매니저가 전화를 끊고 달려들었다. 라온이 카메라를 조작하는 척
하면서 다리를 걸었다. 매니저가 고꾸라지면서 민재도 넘어졌다. 비
명과 고함 소리가 커졌다.

옆 대기실에서도 소란을 감지했는지 지나던 사람들이 쾅쾅 문을
두드렸다.

"안에 무슨 일 있어요?"

금방이라도 문을 부수고 들어올 것만 같았다. 민재도 안 되겠다고
생각했는지 직접 나섰다.

"그만해! 그만하라니까!"

그는 여자들 틈에 끼여 아이들을 떼어 내려 팔을 뻗었다. 무리 가
운데에 섞여 있던 현지가 그걸 보고 조용히 뒤로 물러섰다. 작전은
하이라이트인 3단계에 진입했다.

*3단계) 현지가 가방에서 전기 충격기를 꺼내 위협을 하다가 사장
을 기절시킨다. 실수로.*

나중에 문제가 생기더라도 탐정단이나 제3의 인물들이 피해를 입
는 걸 막기 위해서 이 단계는 아주 중요했다. 전기 충격기를 꺼내고
사용한 게 슈가 걸즈 멤버라면 MJ 사장은 설령 자신이 기절을 했다
고 하더라도 고소할 수 없었다. 채율은 자기도 모르게 마른 침을 삼
켰다.

현지는 가방에서 휴대용 마이크처럼 한 손아귀에 들어오는 보랏빛 막대기를 꺼냈다. 버튼을 올리자마자 윗부분에 빠직빠직 고압 전류가 생기는 게 보였다.

어떤 전기 충격기들은 치한을 위협하는 경고음부터 나온다던데 현지의 물건은 그런 것도 없었다. 경찰서에서 허가 받지 않으면 휴대할 수도 없는 고성능의 제품. 한참을 망설이던 현지는 대기실 문이 철컥철컥 열쇠로 열리는 소리가 들리자 그대로 무리 가운데에 돌진했다.

빠직빠직.

반팔 와이셔츠를 입고 있던 왼팔에 전기가 닿는 순간 형 사장은 무너지듯 바닥으로 쓰러져 버렸다. 대한민국에서 가장 기라성 같은 연예 기획사를 운영하고 있는 사람이라도 2만 볼트가 넘는 고압 전류에는 속수무책이었다.

"사장님!"

전기 충격기를 들고 있는 현지가 외쳤다. 손이 부들부들 떨렸다.

"뭐하는 짓이야?"

매니저가 사납게 충격기를 빼앗았다. 하지만 그 순간 잔류 전기가 몸에 흘렀는지 그도 움찔 기계를 떨어뜨렸다.

"나…… 나는 얼른 싸움을 멈추게 하려고 미도한테……. 그러다가……."

"숨을 쉬지 않아!"

매니저가 형 사장의 코에 손가락을 댄 뒤 모두들 둘러보았다. 현지의 얼굴은 사색이 되었다. 라온도 맥을 확인하고 믿을 수 없다는

255

표정을 지었다.

탐정단이나 멤버들 중 누구도 형 사장이 평소 협심증을 앓고 있었다는 걸 아는 사람은 없었다. 심장 질환을 앓고 있는 사람에게 전기 충격은 그만큼 치명적이었다. 때마침 대기실 문이 벌컥 열리고 사람들이 들어왔다. 리혜가 얼른 전기 충격기를 가방 속으로 집어넣었다.

"사장님이 쓰러지셨어요! 얼른 구급차를."

텔레비전에서 얼굴을 비치던 남자 아이돌들까지 안으로 들어와 기웃거리는데도 탐정단 중 누구도 움직이는 사람이 없었다.

사람이 죽었다.

아니, 사람을 죽였다.

우리가.

무릎에 힘이 빠져나갔다.

작년 여름 무는 남자를 잡았던 때의 악몽이 되살아나는 걸 느끼며 채율은 머리를 감싸 쥐었다. 그때는 단순한 기절이었지만, 이번엔 아니었다. 형 사장은 숨을 쉬지 않고 있었다.

'곧 여기 있던 사람들 모두 경찰 수사를 받겠지. 매니저는 자기가 본 그대로 술술 불 테고, 전기 충격기를 썼다는 사실이 들통날 거야. 경찰이 만약 우리 휴대폰을 수색한다면? 직전에 나눴던 대화들을 본다면……? 미필적 고의에 의한 살인 내지는 과실치사 혐의를 받아서…… 문제가 된 형 사장의 비밀 파일은 당연히 수사 과정에서 만천하에 밝혀질 테고……. 수사한 보람도 없이 래인이와 슈가 걸즈는 연예계 강퇴. 지금 우리 나이가 17살, 18살. 초범이고, 어린 애들이라는 걸 감안한다고 해도, 살인죄는 최소 5년 이상 징역……. 내막이 언론에 알려지면 사람들이 우리를 가만 놔둘까? 일부러 죽인 거라고 들고 일어설지도 몰라. 난 이미 전과가 있잖아. 하라온 사건 때 이미 사람들한테 사이코패스 여고생으로 낙인 찍혔었어. 맙소사. 또 한 번 그런 일이 생긴단 말이야? 검사들은 국민들 눈치를 봐서라도 청소년 보호 처분 중에 최악의 처분을 내릴 거야. 그래, 소년원. 맙소사. 그럼 나는 소년원 고등학교 졸업으로 자소서, 이력서를 쓰게 되는 거야? 그런 걸로 무슨 대학을 가? 우리 오빠는? 여자 때문에 해킹한 게 탄로나면? 그럼 오늘로 우리 쌍둥이 인생은 끝이야. 끝이라구!'

기자들의 카메라 플래시. 수인복을 입고 경찰차에서 내려 줄줄이 법원으로 들어가는 탐정단. 그 말미에 서 있는, 초췌한 자신의 모습이 보이는 듯했다.

숨이 막혀 왔다.

몇 걸음 앞에, 카메라를 손에 든 라온이 연신 눈동자를 굴리며 생각에 잠겨 있었다. 보름 후면 국가의 부름을 받아 군대를 가게 될 사람이었다. 사건이 터진다고 해도 매니저가 진술하든, 코디네이터가 진술하든, 탐정단이나, 슈가 걸즈가 진술하든 직접적인 피해를 받을 이유가 없었다.

그러나 채율은 눈치 채고 있었다. 탐정단이 원위크 걸즈에 출연하게 된 진짜 배후가 하라온이라는 걸. 예희나 다른 아이들은 그가 슈가 걸즈 래인에게 호의를 품고 있어서 그녀를 돕고자 나선 거라고 속편하게 생각했지만, 그럴 리가 있나.

라온은 남의 일을 해결하려고 나서는 이타적인 타입이 절대 아니었다. 연애도 계산적으로 할 타입이랄까. 그런 라온이 사장의 뒷조사를 하고, 여자관계까지 알아냈다는 건 이번 사건이 곧 자기 사건이었다는 의미였다.

'파일 안에는 하라온의 약점도 있었던 거야.'

어떤 약점일지는 능히 짐작이 갔다. 작년 전시회 때 있었던 총격 사건, 그 사건의 진상에 관한 것일 테다. 그때 결정적인 단서가 되었던 스피커 동일 제품이 MJ 회사에 비치되어 있었던 걸 보면 회사 차원에서 동조자가 있었다. 사장도 알았겠지.

결국 라온은 본인 사건 해결을 위해 여고생 탐정단을, 정확히는 세계적인 해킹 실력자인 안채준을 끌어 들였던 것이다. 아무리 라온이라도 톱스타 슈가 걸즈와 스케줄을 맞추어 자연스럽게 만나게 하기는 힘들 테니, 이 프로그램을 수단으로 이용했다. 데뷔 문제로 고민하고 있던 빛나는 톱겠다고 나서는 라온의 속내를 알 수 없었을 것이고.

전기 충격기를 쓰자고 이야기를 꺼낸 장본인도 바로 하라온. 그런데도 지금은 저 은회색 머리통으로 자기만 혼자 도망칠 궁리를 하고 있었다.

"당신……. 모든 게…… 당신 정말!"

모두가 쓰러진 사장에게 관심을 집중하고 있어서 누구도 관심을 기울이지 않았지만, 라온은 머리를 돌려 채율을 쳐다보았다. 그는 정말 분통이 터지게도 머쓱한 표정을 지었다. 놀랐다든가, 당황했다든가, 쓰러진 사장을 염려하는 낯빛이 아니었다.

'좀 봐줘. 나도 일이 이렇게 될 줄은 몰랐다니까.'

당장이라도 달려가 한 대 두들겨 패주고 싶었다. 하지만 다리가 후들거려 힘이 들어가지 않았다.

"비켜요! 비키라니깐!"

점점 멀어지는 의식 가운데 믿음직한 목소리가 들렸다. 공황 상태에 빠진 사람들 틈을 뚫고 예희가 나섰다.

예희는 형 사장의 셔츠 단추를 풀고 학교에서 배운 적이 있는 심폐소생술을 시행했다.

형 사장의 손목시계를 풀어 옆에 놓고는 초침을 보아가며 가슴을 손으로 규칙적으로 빠르게 압박했다. 수시로 코에 귀를 대보고 호흡도 확인했다. 마지막에는 도저히 안 되겠던지 턱을 들어 올려 기도를 확보한 상태로 구강 대 구강 인공호흡까지 반복했다.

원위크 카메라맨이 어느새 옆으로 와서 그 모습을 녹화했다. 그러나 예희는 전혀 주변 상황이 보이지 않는 눈빛이었다. 가면은 벗어던진 지 오래였고, 이마에 구슬땀까지 흘리면서 소생술을 반복하고 있었다.

"돌아가시면 안 돼요! 정신 차리세요!"

마침내 구조대가 도착하기 직전 형 사장은 호흡을 되찾았다.

자칫하면 뇌사 상태에 빠질 뻔했던 형 사장은 무사히 병원에 옮겨질 수 있었다. 그 장면을 촬영하던 라온은 뒷걸음질 치다 바닥에 떨어진 시계를 짓밟았다. 우직 소리를 내며 시계는 부서졌다.

* * *

무대 위에는 화려한 조명이 비쳤다. 원위크 걸즈의 마지막 무대가 시작되려 하고 있었다. 수많은 사람들이 슈가 걸즈를 상징하는 버건디 하트 풍선을 흔들고 있었다. 공식 팬클럽 솔티독들이 모여 응원을 연호했다.

지금 이 순간 예희는 아무 것도 두렵지 않았다. 마치 혈관 속으로 카페인 음료가 뜨겁게 흐르고 있는 기분이었다. 팬들의 응원이 다른 누구도 아닌 자신을 위해서 스포트라이트처럼 쏟아지고 있었다. 형사장을 살리면서 빼돌린 메모리 카드는 지갑 안에 있었다.

'꿈을 이룰 수 있어.'

둠둠둠. 전주가 시작되었다. 제일 먼저 앞으로 나온 예희가 음악에 맞춰 안무를 선보였다. 손을 허공에 쳐들고 여러 번 회전하며 신비롭게 움직여서 UFO춤이라 불리는 슈가 걸즈 버전 '지구를 택한 이유' 공식 안무였다. 예희 소절이 끝나자 샤샤가 나와 예희가 쓰고 있던 고딕 풍 가면을 벗겼다. 객석에서 감탄이 터져 나왔다.

이어 하재와 채율이 나와 춤을 추기 시작했다. 여전히 동작이 어색한 채율이었지만 사람들의 관심은 하재에게 완전히 쏠려 실수가 잘 드러나지 않았다. 대기실에 없었던 하재는 금발 염색을 하고 가짜 모발을 풍성히 붙인 데다 컬러 렌즈까지 끼고 있었다. 현지와 리혜가 우주선 모양 리프트를 타고 내려와 함께 춤을 추면서 두 사람의 가면을 벗겼다.

무대 중앙에 있는 스크린으로 MC들이 감탄하는 얼굴이 가득 잡했다. 작가들이 메이크 오버용으로 하재를 언급했던 이유를 알 수 있었다. 평상시 음울한 기색이 완전히 사라진 하재는 마치 하늘에서 내려온 천사처럼 환하고 아름다웠다.

무대 위에 올라온 카메라가 예희를 비췄다. 다분히 촬영을 의식하면서 놀라는 시늉을 했다.

"지구를 택한 이유는

내가 사랑해야 하는 그대가 여기에 있다는 것

우리들이 만날 그 순간은 어떤 우연으로 나타날까

나의 그 어떤 순간에

우리들이 지금 따로 있고 기다림에 지칠지도 몰라……."

이어서 미도와 성윤이 무대 위로 올라왔다. 래인과 우연도 함께였다. 가면이 벗겨질 때마다 사람들은 환호했다. 인생의 정점에 선 기분을 맛보며 예희는 한 동작도 틀리지 않았다. 선망해 왔던 세계의 한 소속원이 된 실감이 들었다.

"커다란 감격을 내게 주려고 했나 봐

내 삶을 바로 그대와 우리 둘이서 하고파서

이 시간대와 지구를 택했어."

무대 앞쪽에 앉아 있던 사람들이 웅성이기 시작했다. 카메라맨들이 팔을 꺾는 방향을 보고서 예희는 무대 중앙에 선 래인이 울고 있다는 걸 알았다. 아이라인이 번질 정도로 화장이 지워지고, 동작은 자꾸만 흐트러졌다. 파트를 놓치는 것은 물론이었다. 처음에는 그저 방울방울 눈물을 떨구는 정도였지만 나중에는 폭포수처럼 쏟아졌다.

261

평상시에는 감정을 잘 드러내지 않는 목석 같은 아이돌이 눈물을 흘리는 것을 보고 객석이 점점 고요해졌다. 옆에 있던 샤샤가 춤을 멈추고 울고 있는 래인을 꼭 껴안아 주었다. 성윤도, 미도도 그녀를 껴안았다. 포옹을 받은 래인은 눈물을 닦고는 두 팔을 벌려 엉거주춤 다가온 예희를 꼭 껴안았다.

"고마워. 정말 고마워. 네가 아니었다면……. 너희들이 아니었다면……. 나는……."

중단된 음악 덕분에 감사 인사는 홀 전체를 타고 전해졌다. 박수 갈채가 이어졌다. 관중이나, 제작진들에게는 친해진 여고생들에게 이별의 말을 전하는 걸로만 보였을 그 인사는 사실은 래인의 마음속, 깊은 안도감에서 나온 진심 어린 인사였다.

그걸 알고 있었기에 예희는 래인의 품에 안겨 있는 순간이 너무도 불편했다. 스크린 카메라는 무대 앞쪽을 비추었다. 라온과 채준의 얼굴이 보이고, 탐정단에게 안무를 가르쳐 주었던 어린 연습생들과 케이시의 모습도 보였다. 높은 경쟁률을 뚫고, 오랜 기간을 착실하게 준비하며 정직하게 꿈을 위해 달려온 아이들이었다. 박수를 쳐주고 있었다. 그 눈빛이 너무 맑아서 예희는 고개를 떨구고 말았다.

원위크 걸즈의 모든 촬영이 끝났다. 탐정단과 슈가 걸즈는 감격적인 이별의 포옹을 했다.

"꼭 연락해. 너희들이 연락하면 생방송도 제쳐놓고 달려갈 테니까."
하재가 물었다.

"앞으로는 어떻게 되는 거예요? 정말 회사 바꾸실 거예요?"
샤샤는 래인을 쳐다보았다. 래인은 고개를 끄덕였다.

"여기서 다 이야기하기에는 복잡한 문제야. 슈가 걸즈는 계약기간하고 수익 배분이 다른 아이돌들에 비해서 아주 열악해. 겉으로 보면 MJ라 좋을 것 같지만, 사실은 그렇지 않거든."

"우릴 물건 취급하면서 협박까지 했다는 게 더 큰 문제지……."

현지가 말했다.

성윤과 채율, 미도와는 방송국 앞에서 헤어졌다. 대기실에서 큰일이 있었던 데다가 무대까지 마치고 난 후, 다들 완전히 녹초가 되어 버렸다. 물론 서로 할 말이 많아 보이는 사람들도 있었다. 채준은 미도의 가면이 벗겨진 순간부터 정신이 약간 나간 상태로 그녀의 주변을 알짱거렸고, 라온은 잘 알아들을 수 없는 낮은 목소리로 쉴 새 없이 채율에게 말을 늘어놓고 있었다. 내용은 알 수 없었지만 손짓이나 표정 어투로 보건대 변명 같아 보였다.

예희는 하재와 함께 지하철역까지 걸었다. 화장을 지우고, 평상복으로 갈아입은 그녀들을 알아보는 사람은 아무도 없었다. 방금 전까지 화려한 무대 위에서 춤을 추고 환호를 받았던 일이 꿈처럼 여겨질 정도로 고독했다.

"집으로 안 가?"

"뭐, 지금 다들 가게에 있을 텐데."

혼자 역에서 나왔을 때는 길 위에 어스름이 서리처럼 엷게 앉아 있었다. 주변 디자인 플라자의 불이 켜지고 나면 곧 휘황찬란한 쇼핑거리로 바뀌게 될 것이다. 청계천 오간수교 쪽으로 걸어내려 가면서 언니들이 일하는 대형 쇼핑몰 점포를 보았다. 광동어를 쓰는 외국인들, 사입 가방을 들고 지방에서 올라온 상인들이 바쁘게 제 갈

길을 가고 있었다.

부모님은 제일 평화 시장에서 개점 준비를 하고 계셨다. 문을 여는 시간이 되어 쪽잠을 주무시다가 막 일어나 피곤한 기색이 어려 있었다. 부모님은 거의 하루도 빠짐없이 예희가 아주 어렸을 때부터 가게를 운영해 왔다. 언니들도 마찬가지였다. 가게를 연 이후 두세 시간 겨우 자면서 열심히 뛰는데도 빚만 칠팔천 만 원이었다.

경기가 예전 같지 않았다. 손님들이 찾아와도 디자인만 보고 갈 뿐, 구매는 인터넷으로 해 버렸다. 일본, 중국 손님이 오지 않으면 입에 풀칠하기도 힘들었다.

스타가 되고 싶은 진짜 이유? 현실에서 탈출하고 싶어서였다.

부모님 연금 다 털어 부어도 감당 못할 언니들의 빚을 모두 갚고 마음껏 꿈을 펼치게 하고 싶었다. 삶의 희망을 가질 수 있다면 아무리 망가진 캐릭터로 광대 취급을 받아도, 나쁜 사람 취급을 받아도 웃을 수 있다.

"예희야, 언제 왔어? 방송은?"

립글로스도 채 바르지 못한 창백한 입술로 엄마가 다가왔다. 예희는 수심을 거두고 그동안 있었던 일을 명랑하게 이야기했다. 연예인을 만나고, 화보 촬영을 하고, 드라마 단역으로까지 나왔다는 말을 듣고 아버지와 어머니는 신기한 얼굴로 딸을 쳐다보았다.

"그래서 오늘은 무대까지 올랐어?"

"그렇다니까. 곧 스타가 될 몸이라 이거야. 엄마, 근데 가게 컴퓨터 좀 잠깐 쓸 수 있어?"

막 손님이 온 틈을 타서 예희는 점포 구석으로 자리를 옮겼다. 가방 속 지갑 안에는 아까 대기실에서 빼돌린 메모리 카드가 들어 있었다. 가슴이 쿵쾅쿵쾅거렸다.

"어쩔 수 없어."

누군가에게 말하는 것도 아니면서 예희는 혼자서 읊조렸다.

"이런 기회를 언제 또 잡을 수 있겠어."

'눈 딱 감고 한 번만, 나쁜 짓 해 보는 거야.'

벽면 가득 걸린 옷들이 아까 무대 위에서 그녀를 올려다본 관객들처럼 보였다.

고맙다고 말하던 래인과 슈가 걸즈, 탐정단, 찬기의 얼굴도 떠올랐다. 케이시도 떠올랐다.

평생 무대의 스포트라이트를 받아보지 못한 비운의 가수 지망생. 망설이다가 시간이 흘러가 버려 케이시처럼 될까 두려웠다.

가게 라디오에는 음악 프로그램이 흘러나왔다. 게스트로 초대된 젊은 트로트 가수가 새로 발표한 신곡을 소개하고 있었다.

컴퓨터가 시동이 걸리고 리더기에 연결된 메모리 카드에 담긴 내용을 불러들였다. 혹시 암호가 걸려 있으면 어쩌나 걱정했는데 그럴 필요가 없었다. 화면에는 노란 화살표로 경고창이 떴다.

'뭐?'

컴퓨터가 보낸 메시지를 읽고 예희는 자기 눈을 믿을 수 없었다.

SD 카드가 손상되었습니다.

몇 번을 다시 시도해 보아도 마찬가지였다. 컴퓨터는 정보를 읽어

들이지 못했다. 차분히 생각해 보면 당연한 일이었다. 카드는 형민재 사장과 마찬가지로 고압 전류에 닿았다.

안에 담겨 있었던 정보가 무엇이든, 래인의 사진이 어떤 것이었든 모두 사라진 후였다. 혹시나 복구할 수 있지 않을까 하는 마음에 서둘러 카드를 꺼내 보았다. 뒷면 플라스틱 안쪽으로 탄 냄새가 진동하고 있었다.

"은진호 씨는 무명 생활이 길었던 걸로 알고 있는데요. 어떻게 버티셨죠?"

DJ가 게스트에게 질문을 던졌다.

"그냥 먹고 사는 일을 열심히 했어요. 그리고 마음의 양식을 많이 쌓으려고 노력했죠. 책을 읽고 시를 외우고."

"시요?"

"예. 제가 너무 힘들었을 때, 안무가 선생님이 알려 주신 시였어요. 그분도 힘들 때 많이 위로 받았던 시라고."

"혹시 암송하실 수 있으신가요?"

"그럼요."

잔잔한 배경음악이 깔리고 게스트는 즉석에서 시를 읊었다.

뜨지 않는 별

복효근

별이라 해서 다 뜨는 것은 아니리

뜨는 것이 다 별이 아니듯

266

오히려

어둠 저 편에서

제 궤도를 지키며

안개꽃처럼 배경으로만 글썽이고 있는

뭇 별들이 있어

어둠이 잠시 별 몇 개 띄워 제 외로움을 반짝이게 할 뿐

가장 아름다운 별은

높고

쓸쓸하게

죄짓듯 앓는 가슴에 있어

그 가슴 씻어내는

드맑은 눈물속에 있어

오늘밤도

뜨지 않는 별은 있으리

"예희야, 너 우니?"

손님을 맞고 돌아온 예희의 엄마는 딸이 우는 걸 보고 깜짝 놀랐다. 무슨 일이 있었는지 딸은 얼굴을 팔에 묻은 채로 눈물을 흘리고 있었다.

"아니야. 그냥, 엄마 아빠 보니까, 마음이 풀려서……. 오늘 무대에 서느라고 장난 아니게 긴장했거든."

눈물은 좀처럼 멈추지 않았다. 가게에 비치는 거울 속에서 자신의

얼굴이 보였다. 메이크업 아티스트가 다듬어준 눈썹은 어느새 꼬리 부분이 지워져 있었고 BB크림도 바르지 못한 피부에는 주근깨가 드러나 있었다.

초라했다. 너무너무 초라해서 눈물을 멈출 수가 없었다.

D+2 day

리모델링을 위해 임시 폐쇄된 쇼핑몰은 평상시보다 더 소란했다. 이번에 퇴점 통고를 받은 점포가 100곳이 넘다 보니 공문을 받은 상인들 가운데 승복할 수 없는 사람들은 거친 항의를 계속 했고 고성이 오갔다. 관리자들은 따로 인력을 고용해 반항하는 점포의 물건들을 강제적으로 빼내기 바빴다. 에스컬레이터 위에서 배 째라는 식으로 항의하는 사장님도 있었다. 관리자들이 원하는 대로 수수료 방식을 수정하기로 한 점포들은 먼지가 쌓이지 않도록 넓은 덮개로 상품을 가려두고 있었다. 하지만 그곳 사장들도 얼굴이 좋지 않은 건 마찬가지였다.

그 스산한 풍경 속에서 예희와 미희는 말 한마디 없이 짐을 쌌다. 아무리 억울함을 호소하고, 저항해도 결국 법은 힘이 있는 사람의 손을 들어준다는 걸 가로수길, 첫 번째 점포를 폐점하고 나올 때 이미 체험한 일이었다.

"이거면 다 된 거야?"

건물 창고에 있던 재고와 가게에 진열되어 있던 상품들은 새로 구한 창고에 보관하기로 했다. 새로 제작된 가을 겨울 물품들을 쌓아 둘 장소도 부족한 좁은 곳이었다. 행거와 옷걸이, 상호 간판과 인테리어 목적으로 진열해 둔 황금 깃털들까지 모두 수거해 상자 안에 넣었다.

방문객이 없어서 에스컬레이터는 운영되지 않았고, 수하물 엘리베이터는 먼저 줄을 선 가게들의 짐들로 입구까지 가득했다. 손님들이 타는 엘리베이터도 사정은 마찬가지였다. 예희와 미희는 비상구를 이용해 짐을 옮겨야 했다. 더운 여름 날씨에 금방 땀이 흥건해졌다.

"이예희!"

계단을 올라 막 비상문을 빠져 나왔을 때 로비를 뛰어오는 큰 언니의 모습이 보였다. 대리석 바닥을 가로질러오는 굽 소리가 아주 요란했다. 회전문 너머에서는 빨간 피켓을 든 시위자들이 죽을상을 하고 운집해 있는 모습과 대비되게 지희는 미친 사람처럼 웃고 있었다.

"너 대체 무슨 짓을 한 거야?"

예희는 미희와 함께 짐을 내려놓았다. 어렸을 때부터 돌부처 소리를 듣던 큰 언니는 어지간한 일이 아니면 흥분하지 않는 사람이었다.

"지금 난리가 났어. 난리가 났다고. 이것 좀 봐."

지희는 휴대폰으로 '천사의 깃털' 인터넷 몰을 보여 주었다.

어제까지만 해도 하루 100명 남짓 찾아오던 방문객 수가 하루만에 2만이 훌쩍 넘었다.

"뭐야? 이거 왜 이래? 고장 났어?"

"차라리 고장 났으면 다행이게? 지금 주문이 얼마나 밀려드는 줄 알아? 얼른 창고로 가서 택배 좀 포장하자."

"하지만 짐은?"

"가게에 포장 다 해 놨지? 급해서 이삿짐센터 사람들 불렀어. 바로 도착해서 옮겨 줄 거야."

작업실로 가는 차 안에서 사정 이야기를 들었다.

오늘 아침 일본으로 가는 공항에서 슈가 걸즈 멤버들이 단체로 레이스 후드 케이프를 착용했고, 샤샤와 현지는 SNS에 쇼핑몰 이름까지 언급하며 구매 인증 사진을 올렸다는 것이었다.

매장을 개업한 이래로 이런 호황은 처음이었다. 눈을 깜빡일 때마다 주문이 밀려들어 왔다. 택배를 트럭째 발송해야 했다.

이삿짐센터에서 물건을 옮긴 게 3시간 전이었는데 하루만에 그 많은 물량이 재고 하나 남기지 않고 모두 품절되었다. 품절은 오히려 손님들의 구매욕에 불을 지펴서 선불 예약 주문이 500건이 넘어갔다. 눈으로 보고도 믿을 수 없는 일이 하루 동안 벌어졌다.

쇼핑몰 메인 창에는 배송 지연 공지가 떴다.

"언니가 이런 식으로 막내 동생 덕을 보게 될 줄은 몰랐네."

작업실에서 쪽잠을 청하던 지희가 잠꼬대처럼 한마디 했다. 천 공장으로 가는 발주서를 확인하던 예희는 어깨를 으쓱했다.

"나만 믿으랬잖아."

미희가 키득거리며 웃었다.

"죽으라는 법은 없나 봐. 가게 폐점 돼서 진짜 다행이다. 한동안 인터넷 몰만 집중해도 될까 말까겠어."

작업실에서 나왔을 때는 별이 총총하게 빛나는 자정 무렵이었다. 휴대폰에는 부재중 전화 12통이 와 있었다. 친구에게 온 전화가 일곱, 부모님 전화가 두 번, 나머지는.

'모르는 번호네?'

같은 번호로 온 메시지도 보였다.

MJ 엔터테인먼트 유진호 실장입니다. 문자를 확인하는 즉시, 연락 주세요.

'메모리 카드를 빼돌린 게 탄로 났나?'

예희는 겁이 덜컥 났다. 일부러 전기 충격기를 사용했다고 경찰에 신고하려나. 다른 아이들도 이미 문자를 받았나. 어쩐지 일이 너무 잘 풀리더라니, 현진건 식 「운수 좋은 날」의 결말을 맞는구나.

부들부들 떨고 있는 사이에 다시 한 번 휴대폰이 울렸다.

"아, 예. 저기."

통화 버튼을 누르고 나서 말도 잘 나오지 않았다.

문자를 보낸 유진호 실장은 연락이 안 되어 도망간 줄 알았다며 껄껄댔다.

"내일 회사로 오세요. 오전 시간이면 좋겠네요."

"왜요?"

"일단 와 보면 알아요. 주민등록등본도 가지고 오면 더 좋은 데……."

"내일은 일이 많아서 곤란한데요."

변명은 먹히지 않았다. 유 실장은 단호하게 잘랐다.

"취소해요."

D+3 day

다음 날, 언니들의 아우성을 뒤로하고 예희는 MJ 사옥으로 향했다. 죄를 지으면 대가를 받는 법이라지만, 어째서 자신만 호출되었는지 이유를 알 수 없었다. 어젯밤 다른 아이들에게 물어보니 탐정단 중 누구도 MJ에게 오라는 연락을 받은 사람이 없었다.

약속 장소는 5층 F강의실이었다. 예희는 유 실장을 기다리면서 채율이 해 준 이야기를 곱씹었다.

널 회유하려는 건지도 몰라. 네가 연예인을 하고 싶어 하니까, 연습생으로 받아준다고 하면서 미끼를 던지고 슈가 걸즈랑 무슨 일을 꾸몄는지 채근하겠지.

미도의 충고도 가슴에 새겼다.

절대 넘어가면 안 돼. 네가 넘어가면 우리 모두 쇠고랑이야.

오전 9시 15분. 문을 열고 들어온 사람은 유진호 실장이 아니라, 형민재 사장 본인이었다. 빨간 깅엄 체크 셔츠를 입은 산뜻한 모습을 본 순간 저승사자라도 만난 것처럼 목 뒤로 소름이 돋았다. 그는 예희의 맞은편 자리에 앉아 먼저 말을 꺼냈다.

"예희라고?"

"예? 아…… 뭐."

입이 바싹바싹 말랐다. 그는 책상 위에 서류 몇 장을 올려놓았다.

"이건 일단 시안일 뿐이니까 참고만 해. 가급적 우리는 네가 원하는 대로 맞춰 줄 거야. 방송국에서 보내 준 자료를 보니까 연극부 생활을 했다더군. 이번 프로그램에서도 드라마 단역으로 몸 사리지 않고 최선을 다했다고 피디가 칭찬하는 말도 들었어.

지금 당장은 어려우니까, 1년만 연습생 생활하다가 데뷔하는 걸로 하지. 개인적인 조언을 하자면, 자네는 주연급보다는 조연급을 목표로 삼아 정진하는 편이 나아. 또래 아이돌들이 하는 거 부러워하지 말고, 아침 드라마, 일일 드라마 몇 번 하면서 연기력도 붙여. 그럼 나이가 든 후에라도 회장님 사모님 같은 역할로 길게 갈 수 있을 거야."

깜빡깜빡. 예희는 지금 자신이 꿈을 꾸고 있는 것인지, 아닌지 분간하기가 힘들었다. 하지만 아무리 볼을 꼬집어 봐도 지금 앉아 있는 곳은 국내 최고의 엔터테인먼트 MJ 사무실, 눈앞에 있는 사람은 그 수장 형민재 대표였다.

"코미디언을 하라고 하지 않으셨어요? 방송국 공채 오디션을 뚫어 보라고."

"왜 그쪽으로 욕심이 더 생겼어? 원한다면 그쪽으로 매니지먼트 해 주는 방향을 잡아 보지."

이런 걸 악마와 계약한다고 하는 것일까. 영혼을 팔면 현세에서 부귀영화를 누리게 되는.

"조…… 조건은요?"

황홀했다. 독사과라는 걸 알면서도 눈앞에 주어진 미끼를 덥석 물고 싶었다. 이해할 수 없다는 얼굴로 민재는 눈썹을 치켜 올렸다.

"조건이라니?"

"저한테 이렇게 좋은 제안을 하시는 의도가 뭔가……. 아뇨. 사장님을 의심한다거나 하는 건 아닌데요. 그러니까, 음. 저는……. 도저히 믿기지가 않아서."

"자네는 내 목숨을 구했어."

민재는 낮은 목소리로 대답했다. 그것 외에 달리 무슨 이유가 필요하냐는 식이었다. 하지만 듣는 입장에서는 액면 그대로 순수하게 받아들일 수 없었다. 애초에 그가 목숨을 위협받았던 원인을 제공했기에 제 발이 저리기도 했다. 예희는 대답에 앞서 눈동자를 또르르 굴리며 주변을 둘러보았다. 안에 걸린 시계, 책장에 놓인 영어 사전, 각종 외국 드라마의 DVD, 아마도 이곳에서 연습생들은 외국어 레슨을 받는 모양이었다. 한번 휘둘러보고 난 뒤에는 눈앞에 앉은 민재를 쳐다보았다. 오늘도 이 사람은 고급 의류로 몸을 감싸고 있었다. 셔츠는 Y 브랜드, 화려한 커프스 버튼, 손목에는 지난번 망가진 시계와는 다른 디자인의 오끼오가 감겨 있었고, 검지손가락에는…….

"오늘은 반지 안 끼셨네요?"

"응. 쓸모가 없어졌거든."

그의 얼굴에 짜증스러운 빛이 순간 스쳐 지나갔다. 반지를 두고 쓸모를 운운한다는 게 이상했다.

"쓸모가 없어져요? 묵주 반지가요?"

"옷가게 딸이라더니 센스가 있네. 종교적인 반지 아니야. 귀금속도 아니었고. 그냥 일종의…… 기능성 반지였지. 호박 반지나, 옥 반지처럼 건강 반지는 아니었지만."

민재는 손가락으로 톡톡 책상을 쳤다. 쓸데없는 이야기는 하지 말라는 뜻이었다. 그러나 예희는 갑자기 민재의 손에서 사라진 반지가 여간 신경 쓰이지 않았다.

반지의 쓸모. 기능성. 귀금속이 아니다.

갑자기 번뜩 머리를 스치는 깨달음이 있었다.

'시계가 아니었구나!'

사실 하라온도, 슈가 걸즈도, 예희도 누구도 메모리 카드 안에서 파일의 흔적을 찾은 사람은 없었다. 절대 찾을 수 없는 거라면 몸에 두지 않았을까 하는 추측으로만 접근했을 뿐이었다. 그러니까, 그날 부모님 가게에서 컴퓨터를 앞에 두고 구슬프게 흘렸던 눈물들은 모두 헛물이었다.

형 사장은 예희와 슈가 걸즈가 그의 시계를 망가뜨린 걸 모르고 있다. 메모리 카드를 빼낸 것도 모른다. 우연한 사고로 반지가 망가졌다고만 생각하고 있는 것이었다.

'그렇다는 건 이게 전부 진짜 순수한, 100퍼센트 진실된 제안이라는 거지?'

예희는 침을 꿀꺽 삼켰다. 형 사장과 책상 위에 놓인 서류가 달리 보였다. 방금 전까지 느끼지 못했던 현실감이 천장에서 쏟아지는 에어컨 바람처럼 선뜻하게 감지되었다.

고개만 끄덕이면 정말로 연예인이 되는 거였다.

연기자. 대사를 외우고, 카메라 앞에서 나서고, 유명해진다. 대형 스타는 되지 못하더라도, 간간히 텔레비전에 얼굴을 비치는 그런 사람이 되는 것이다.

'진짜?'

"어느 쪽으로 할 거야. 코미디? 연기? 가요 쪽에는 욕심 내지 마. 리스크도 크고 재능도 많이 필요해."

뭐라도 대답해야 한다는 걸 아는데 한마디도 입 밖으로 나오지 않았다. 한 번도 생각해 보지 못한 상황, 꿈에서도 상상하지 못했던 장면이었다.

인생에는 세 번의 기회가 온다던데, 그 첫 번째 기회가 목전에 펼쳐졌다.

사람이 너무 놀라면 쇼크 상태가 된다. 예희는 지금 자신의 얼굴
이 얼마나 바보 같을지 알면서도 입을 다물지 못했다.

"오늘 당장 결정을 내리지 못하겠으면 나중에 천천히 해도 돼. 시
간은 많으니까."

"아니, 전……."

그때 메고 온 가방 속에서 휴대폰이 울렸다. 받지 않아도 알 수 있
었다. 분명 언니들에게서 온 전화일 것이다. 지금쯤 창고는 정신없
이 돌아가겠지. 오전 택배 발송은 마무리했으려나.

예희는 지금 딴 생각을 하는 게 옳지 않다는 걸 알고 얼른 휴대폰
을 꺼내 종료 버튼을 눌렀다.

이번에 원워크 프로그램을 하게 되면서 많은 걸 깨달았다. 사실
그동안에도 모르고 있었던 건 아니지만, 이번 기회로 더 확실하게
깨닫게 되었다. 지금까지 온갖 오디션에 참가했지만, 심사위원들은
하나같이 그녀의 재능을 인정하지 않았다. 학교 연극부 선배나, 후
배들, 하연준 선생님도 발연기라고 입을 모아 말했다. 2년 내내 무대
에는 오르지도 못했다. 항상 소품 담당이나 의상 제작을 해야 했다.
연극부에서 연기 연습을 해야 할 때도 수시로 탐정단 핑계를 대며
빠지곤 했다.

난 연기를 못했던 게 아니야. 처음부터 관심이 없었을 뿐이지. 연
예인이 진짜 되고 싶었던 것도 아니었어.

"사실 전 이루고 싶은 꿈이 따로 있어요."

민재는 속마음을 털어놓는 예희의 이야기를 차분히 들었다. 가끔

씩은 질문을 던지기도 했다. 가게를 운영하면서 생겼던 빚에 관해서, 며칠 전 있었던 퇴점 이야기도.

현장에서 오디션을 보고, 수많은 연예인 지망생들을 만나본 민재는 연예인을 꿈꾸는 십 대들이 물정 모르는 철부지라고 생각하지 않았다. 오히려 그네들 중에는 현실을 너무 잘 알아서 삶을 둘러싼 장벽을 깨 보려 일찍부터 절박하게 발버둥치는 아이들이 많았다.

부모들 연봉이 곧 자녀들 성적인 시대. 현실을 모르는 어른들은 공부 못하는 아이들을 다그치지만, 대부분의 부모들은 제대로 된 입시 정보를 가지고 있지도 않았고 자녀들의 학력 수준에 무지했으며 공부 말고 다른 재능을 살려 줄 만큼 시야가 트이지도 않았다.

"이번 프로그램에 출연해 보고 알았어요. 연예인이 되고 싶었던 건 도피였다는 걸. 스타가 되면 돈을 많이 버니까. 나중에 개인 브랜드를 런칭할 수도 있으니까. 장사하는 것보다는 나을 거라고 속 편하게 생각했었어요."

진짜 꿈은 언니처럼 옷을 만드는 디자이너가 되는 것이었다. 그거라면 자신이 있었다. 꼭 좋은 대학을 가지 않아도, 유학을 하지 않아도 독특한 옷을 만들고 사람들과 나누고 싶었다.

"내 앞에서 춤췄던 애랑은 전혀 다른 애 같군. 후회하지 않겠어?"

"에이, 제가 연기하는 걸 보셨다면 이런 제안도 안 하셨을 걸요. 그래도, 감사합니다."

예희는 자리에서 일어나 꾸벅 인사를 했다.

"그래도 천천히 생각해 봐. 어른이 되고 난 뒤에 날 찾아와도 늦지 않으니까."

민재는 문을 열고 나가는 소녀에게 한마디 던졌다.

"정말 영광이에요오. 안녕히 계세요."

첫인상과는 분위기가 많이 다른 매력적인 아이였다. 생명의 은인, 보답이라는 차원을 떠나서 순수하게 놓치기 아깝다는 생각이 들었다.

"아, 참."

반쯤 닫히던 문은 다시 한 번 열렸다. 겸연쩍은 미소를 지으며 다시 들어온 예희는 인터넷 쇼핑몰 주소가 적힌 명함을 한 장 내려놓았다.

"가끔 저희 쪽에서 물건을 보내드릴게요. 그러니까……."

생략된 말을 짐작하고 형 사장은 결국 웃음을 터트렸다. 얼굴이 벌겋게 달아오른 예희는 시선을 회피했다.

그날 이루어진 모종의 거래를 통해 MJ 엔테테인먼트 연예인들은 '천사의 날개' 쇼핑몰 제품들을 착용하고 나오게 되었다.

사라진 책가방이 다시 나타난 원인을 분석한 뒤,
채율이 라온과 체결한 조약의 정당성에 대한
자신의 견해를 피력하시오.

의균은 요즘 몸이 허공에 붕 떠 있는 기분이었다. 학교에서 수업을 듣든, 공부를 하든 한 가지 생각만 났다. 텅 비어 있던 마음이 꽉 채워진 것 같은 충족감도 있었다.

"그러니까 불카누스를 잠재우고 다리를 건너야 해. 수면 시약을 만들어서 화살에 묻힌 뒤 쏘는 거야."

"기발하네. 다들 불카누스를 무찔러야 한다고 생각했었잖아. 그래서 누구도 마경의 계곡을 건너지 못했던 거고."

"작년에 보툴리누스가 사용했던 방법이래. 내가 산삼을 팔아서 알아낸 정보야. 그때 마경의 계곡에는 71의 원석이 묻혀 있었대. 보툴리누스랑 같은 길드였던 엘프가 말해 줬어."

"산삼을 줬어? 아까비. 그건 재배도 안 되는 거잖아. 작년에 그곳에 있었다고 해서 올해도 있을 리 없는 거고."

조회대 앞, 번호대로 차례차례 수행평가를 치르는 중이었다. 이미 시험을 치른 호림과 아직 순번에 여유가 있는 의균은 흙바닥 위에 돌멩이로 글씨를 쓰며 전략을 이야기하고 있었다.

"이번 회기에서 마경의 계곡은 더욱 경비가 삼엄해진 거 알지? 모험해 볼 가치가 있다고 생각해."

"네 말이 맞아. 골든 퀘스트가 얼마 남지 않았어. 어떻게든 원석을 확보해야지."

호림은 신중하게 고개를 끄덕이며 의균의 어깨를 두드렸다.

"가끔은 말야. 네가 「헌드레드」 시작한 지 한 달밖에 되지 않았다는 게 안 믿겨. 곧 보툴리누스 이후 최고의 치료사가 될 거야. 왠지 그런 느낌이 들어."

의균은 친구의 칭찬에 수줍게 웃었다.

수많은 게임 폐인을 양산하고 있는 「헌드레드」는 악마의 낙원이라는 별명을 가진 국내산 MMORPG 게임이었다. 다섯 개의 대륙과 여섯 개의 바다를 여행하며 세계의 기초가 되는 100개의 원석을 찾아 헤매는 게 주된 줄거리로, 출시된 지 7년 만에 제작사 KL소프트는 블리자드를 위협하는 세계 최대 기업으로 성장했다. 이전까지 출시된 그 어떤 게임보다 플레이어의 자유도가 높았고 가상 세계의 면면을 정밀하게 묘사했다는 평을 받고 있었다. '컨트롤은 쉽게, 플레이는 어렵게'. 제작 단계에서부터 각 분야의 과학자들을 대거 참여시켜 마법사와 연금술사, 치료사 계열 캐릭터를 전문화시켰다. 이들 캐릭터들을 제대로 운용하기 위해서는 상당한 수준의 화학과 물리학, 지질학, 식물학 지식을 가지고 있어야 했다. 특히 치료사는 게임 속에만 존재하는 32개 종족에 관한 해부학적 지식과 현실에 실재하는 식물들의 약리학적 지식을 섭렵해야 했다. 치료사들 중에는 진짜 의학도들도 상당수였다.

또한, 계열 간 상호 작용을 통해 길드별 무기를 자체 설계할 수 있다는 점이 큰 매력이었다. 독을 바른 검, 마법으로 강화된 금속, 신형 물질로 탄생한 검, 특수 약재를 먹은 생물체 등등. 1회기에 우승한 '칠협오의' 팀은 생화학 독가스의 소용돌이 '헬루키아'를 만들었고, 5회기 '미2더친' 팀이 개발한 반물질 폭탄 '카드빗'은 파괴력이 너무도 커서 이후 반물질 폭탄은 공식적으로 금지되었다.

곧 골든 퀘스트가 시작된다. 매년 11월 셋째 주에 열리는 퀘스트는 100개의 원석 중 하나라도 가지고 있는 팀들만 이계 차원에 접속해 참가하는 일주일 간의 대전이었다. 혈맹과 배신 등 워낙 변수가 많기 때문에 보유하고 있는 원석의 수가 많다고 해서 반드시 이기는 것이 아니었다. 태풍과 우박 등 자연현상도 불규칙해서 3회기 때에는 마지막 날에만 활동했던 '꼴등이' 팀이 체력 상의 우위를 선점해 우승하는 결과가 나왔다.

퀘스트 기간에 유저들은 어느 팀이 우승할지 e-스포츠 갤러리가 되어 관람할 수 있고, 게임 머니를 걸고 일종의 도박도 벌일 수 있었다. 그러나 남은 팀이 줄어들수록 관람료는 비싸지고 마지막까지 관람을 한다고 해도 최후의 우승팀만이 보상으로 받게 되는 「헌드레드」 세계 속 비밀에는 접근할 수 없었다. 또한 우승팀은 차기 회기 「헌드레드」 대륙의 사전 테스터로 인정되고, 게임 속 대륙의 부동산을 받게 되며, 1년간 왕족으로서 게임을 좌우하는 권력을 갖게 됐다.

또한 모든 권리는 현실 세계에서 고액으로 양도 가능했다.

원석을 찾아 골든 퀘스트에 참여하는 건 모든 유저의 꿈이었다.

호림은 곧 표정을 달리하고 운동화로 바닥을 지웠다. 체육 선생님
이 눈을 부라리고 있었다.

"금호림, 오의균, 벌점 2점."

둘은 서로를 마주보며 얼굴을 찌푸렸다. 체벌이 금지되면서 선생
님들은 학생들의 모든 행동을 치사스러울 만치 점수화했다. 밤새도
록 게임을 하게 된 후로 의균의 벌점도 위험 수위까지 쌓였다. 1점
만 더 받으면 자동적으로 부모님께 문자가 간다. 최악의 경우 골든
퀘스트를 목전에 두고 컴퓨터 사용 정지를 받을 수도 있었다.

"제가 매트 다 정리할게요. 한 번만 봐주세요. 샘."

체육은 큰 선심이라도 베푸는 사람처럼 고개를 끄덕였다.

종이 친 후, 둘은 매트를 둘둘 말아 하나씩 끌고 갔다. 등 뒤에는
수행 평가 점수를 불러 주는 체육부장의 걸걸한 목소리가 들려왔다.

마지막 매트를 옮기고 화단을 올라왔을 때, 택시 기사 유니폼을
입은 남자가 돌계단을 내려와 의균을 불렀다.

"저기 학생!"

하얀 장갑을 낀 손에 맨하탄 포티지 마크가 박힌 카키색 메신저
백이 들려 있었다. 단번에 앞주머니에 달린 배지들이 눈에 확 들어
왔다. 헌드레드 배지였다.

"이거 오늘 아침에 이 학교 학생이 차에 두고 내린 거야. 주인 찾
아줘."

희귀템! 배지를 받으려면 이벤트에 응모하거나 아니면 홈페이지

에서 돈을 주고 구매해야 했다. 배지의 가격은 1만원에서 200만 원이 넘는 것까지 다양했다. 홀로그램 처리가 된 '닉스(Nix)의 반지'를 바라보며 의균은 침을 삼켰다.

"우리 학교 학생요?"

"그래. 이 학교 교복을 입고 있었어."

작년 신축된 교문 너머로 비상 깜박이를 켠 택시가 보였다. 의균은 책가방을 받아들고 먼저 매트를 옮긴 호림이 서 있는 중앙 출입구로 갔다.

"분실물이라고?"

가을 학교 축제에서 「오 솔레미오」를 부른 선배가 방송실을 지키고 있었다. 그는 오디오 세트 옆 책상에서 장부를 꺼내 넘겼다.

"가방이니까 안에 있는 내용물도 하나씩 확인해서 적어."

CD가 바뀌면서 교내에는 김동규의 「10월의 어느 멋진 날에」가 흘러나왔다.

가방 안에는 교과서는커녕 필통도 없었다. 보통 한두 개의 볼펜은 굴러다니기 마련인데 그것조차 눈에 띄지 않았다. 신원을 확인할 만한 학생증이나 지갑도 없었다. 학교 앞 도서대여점에서 빌린 판타지 무협 소설 『아슈켈론(Ascalon)』 2권과 손 때 묻은 MP3 플레이어가 들어 있을 뿐이었다. 한 권 있는 연습장에는 의미 불명의 그림들만 가득했다. 언뜻 보기에는 「헌드레드」 속에 나오는 인간형 약초들처럼 보였지만 제대로 확인하지는 않았다. 호림은 가방 앞주머니에서 솔기가 떨어진 노란색 명찰을 찾아냈다.

강보규. 노란색이라면 같은 1학년이었다.

점심시간 내내 분실물 방송이 나왔다. 오후 수업에서도 쉬는 시간마다 책가방 주인을 찾는 방송이 계속되었다. 나중에는 1학년 강보규라는 이름까지 호명했지만 가방 주인은 끝까지 나타나지 않았다.

종례 시간 담임은 의균에게 책가방을 넘겨주었다.

"우리 학교 1학년생 중에 강보규는 없다던데? 다른 학년도 마찬가지래."

"그 아저씨가 우리 학교 학생이라고 했는데요?"

택시 기사는 오늘 아침 형주고 교복을 입은 학생을 태웠다고 했다. 당연히 그 학생이 내린 곳이 학교 앞 아니었을까. 형주고 교복은 개량한복 형이었다. 재학생들끼리 죄수복 같다고 불평할 만큼 눈에 확 띄는 옷이다.

"비슷한 개량한복을 입은 사람이었나 보지. 어찌되었든 우리 학교 학생 물건이 아냐. 네가 알아서 처리해. 경찰서에 갖다 줘도 좋고."

"책가방을 찾으러 경찰서로 가는 사람이 어디 있어요?"

그럼 버려, 네가 가지든지. 굳이 말로 하지는 않았지만 담임은 그렇게 말하고 있는 듯했다.

방송반은 교감 선생님의 전두 지휘 아래서 분실물 수거함 제로 운동을 벌이고 있었다. 학교 차원의 인성 교육 캠페인이기도 했고, 방송반의 전국 방송제 출품작이기도 했다. 조회 시간이면 형주고생들은 방송반 분실함에 들어 있는 물건들을 카메라를 통해 보았고, 그 다음 날에도 보았고, 그 다음 날에도 보았다. 나중에는 유리함 속에 있는 물건들을 자기 물건이라고 착각해 찾아갈 정도였다. 물건 하나만 남아돌아도 교감은 하루 종일 짜증을 냈다.

책가방 두 개를 양쪽 어깨에 둘러메고 교실 문을 나섰다. 가방에 달린 헌드레드 배지들이 말을 걸어오는 기분이었다. 얼추 계산해도 최소 30만원 이상. 3만원 정도라면 마음 편히 꿀꺽해 볼 텐데, 30만원이면 감히 그럴 용기가 생기지 않았다.

'돈이 생기면 이번 골든 퀘스트에 필요한 장비들을 구매할 수 있는데.'

갈등하던 의균은 마지막 도박을 하기로 했다. 가방 속 책에 도서 대여점 바코드 스티커가 붙어 있었다. 학교 후문에 위치한 도서 대여점 체인과 같은 상호였다.

'만약 가방 주인이 우리 학교 학생이라면 책은 거기 물건이겠지. 책을 반납하면서 주인을 찾으면 돼.'

그렇게 한 뒤에도 주인이 나타나지 않으면 마음 편히 배지를 처분할 수 있을 것 같았다. 도서 대여점 카운터를 지키고 있던 여사장은 책을 받고 고개를 갸웃했다.

"이거 1년 전에 대출된 책이네. 분실했다고 와서 돈 지불했었는데……."

흘깃 모니터를 보니 책을 대출해 간 사람 이름이 강보규라고 나왔다. 명찰과 같은 이름을 확인하는 순간 부풀었던 마음이 푸시시 꺼져 버렸다. 여사장은 회원 명부에 등록된 번호로 전화를 걸었다. 휴대폰이 꺼져 있고 집 전화만 연결이 되었다.

"예, 강보규 학생 집이죠. 여기 책방인데요. 가방이 들어와서요."

여사장은 대여점을 나가려던 의균을 손짓으로 불렀다. 무슨 이야기를 들었는지 얼굴이 어두워져 있었다. 얼마 지나지 않아 곱슬머리에 큰 키, 근육질에 떡 벌어진 어깨를 가진 학생이 가게로 뛰어 들어왔다. 반은 다르지만 신입생들 사이에서 유명한 아이였다. 강세규. 아버지가 전직 프로복서 출신이라고. 세규는 대여점 카운터 위에 놓여 있는 책가방을 보고 멈칫거리다가 의균의 팔을 잡았다.

"형은? 형은 어디 있어?"

"형이라니?"

"우리 형! 강보규."

"그…… 그걸 내가 어떻게 알아?"

말이 끝나기도 전에 다시 가게 문이 열리고 이번에는 어떤 아줌마가 따라 들어왔다. 이목구비는 세규와 비슷했지만 체격은 아주 호리호리한 아줌마였다. 그 아줌마는 미친 사람처럼 대여점 안을 휘돌았다. 세규가 침착하게 아줌마에게 가방을 보여 주었다. 여자의 얼굴에 희색이 돌았다.

"우리 아들은? 걔 지금 어디 있니? 이 근처니?"

의균은 이 사람들이 무슨 말을 하는 것인지 도무지 감을 잡을 수가 없었다.

세규는 곧 택시를 잡아 의균을 우겨 넣고 경찰서로 갔다. 관복을 입은 경찰들이 지나 다니는 로비를 들어설 때까지 영문을 알 수 없었다. 실종팀은 경찰서 1층 계단 옆에 위치해 있었다. 수더분한 인상의 40대 여경이 세 사람을 맞았다.

여경이 어머니를 진정시키고 있는 동안 세규가 상황을 설명해 주었다. 강보규는 작년에 실종된 그의 형이었다. 수능 직전에 실종되었다. 신입생과 명찰색이 같았던 이유는 보규의 학년이 졸업했기 때문이었다.

"그래서 너는 가방을 받았을 뿐이었구나? 택시 기사 아저씨 부탁을 받고 말이야."

"예. 제 친구도 봤어요. 좀 멀리 떨어져 있었지만, 제가 가방을 받아드는 모습은 봤을 거예요."

"가출한 학생이 돌아왔나 보네요. 오늘 가방을 두고 내렸으면 곧 집에 들르겠죠. 며칠 기다려 보세요."

여경이 가족을 돌아보며 말했다. 책상 너머에 앉아 있던 대머리 팀장도 거들었다.

"어쩌면 지금 벌써 집에 돌아왔을지도 몰라요. 가방은 좋은 징조가 아닐까요."

그 말을 들은 세규의 어머니가 눈에 띄게 동요했다.

지금이라도 당장 아들을 만나러 집에 갈 기세였다. 기다림이 병이 되어 알맹이를 모두 빼앗기고 껍데기만 남아 있는 사람 같았다. 기대를 안고 집으로 돌아갔다가 아들이 돌아오지 않으면? 다들 무신경한 말을 던지고 있었다.

"그때도 며칠 후면 돌아온다고 했었잖아요. 하지만 형은 전화 연락도 없었어요. 우리 형은 학교도 한 번 빠진 적이 없는 사람이에요. 게임 폐인이었지만 그런 건 확실히 지켰어요."

"저기, 팀장님."

가방 속 내용물을 꺼내 찬찬히 살펴보던 수사원이 대머리를 불렀다. 손에는 도서 대여점에서 가져온 책 『아슈켈론』이 들려 있었다. 팀장은 수사원이 가리킨 대로 책 모서리를 유심히 바라보았다. 지금 보니 경찰들이 들고 있는 책은 뒤표지가 심하게 우그러져 있었다. 책 아래 모서리부터 뒤표지 아래가 검붉은 액체로 굳어 있었다. 팀장의 얼굴이 굳어졌다. 수사원은 가방을 가지고 감식반으로 사라졌다.

"너, 그 택시 기사가 교문 앞에 차 세웠다고 했지? 그때 시간이 언제쯤이었니?"

오늘은 원석을 찾으러 갈 수 없겠구나. 분위기가 갑자기 달라지는 걸 느끼고 의균은 생각했다. 사건은 실종팀에서 강력팀으로 넘어갔다. 그 뒤로 2시간 동안 전문 형사에게 붙들려 기억을 더듬어가며 몽타주를 작성했다.

"뚱뚱한 체격이었어? 아니면 마른 체격? 피부는 흰 편이었니? 아니면 까만 편?"

2시간 뒤에는 학교로 간 경찰들이 교문에 설치된 CCTV 파일을 압수해 왔다.

택시 기사라고 생각했던 남자는 택시 기사가 아니었다. 의균에게 가방을 넘겨 준 뒤 교문에 세워져 있던 택시의 뒷좌석에 올랐다. 남자의 얼굴은 기억이 나지 않지만 그가 입고 있었던 노란 유니폼만은 확실히 기억이 났다. 영상 속에서 남자는 교문 안에 들어오면서 한쪽에 점퍼를 벗어 놓고는 의균에게만 유니폼을 보여 주었다. 그러고는 다시 택시를 타면서 점퍼를 입었다. 교문 앞에 설치된 CCTV의 위치를 미리 파악하고 카메라의 사각지대 안에서만 움직였다. 살짝 모습이 보일 때쯤 해서는 장갑 낀 손으로 얼굴을 가렸다.

한쪽 구석에서는 형사들끼리 수군거리는 말이 들렸다.

"그래. 뭐하러 책가방을 돌려줘? 1년이나 지난 다음에 말이야. 단순 가출 아니라니까. 그랬으면 가방 안의 내용물이 충실해야지. 칫솔이나, 속옷 같은 것 말이야. 혈흔까지 나왔다고. 일단 용의자를 태운 택시 기사를 찾아야 해. 운이 좋으면 목소리 녹음된 블랙박스 찾을 수도 있고. 아무래도 원한 관계 같아."

경찰서 안에 떠도는 이 위급한 공기. 이건 실종자를 찾으려고 하는 흐름이 아니었다. 살인자를 체포하기 위한 움직임이었다.

'죽었다고 생각하는 건가?'

살인 사건에 관련되었다고 생각하니 소름이 돋았다.

학원에서 공부를 하고 있던 호림도 의균의 전화를 받고 달려왔다. 코앞에서 보고도 제대로 용의자를 기억하지 못하는 의균과 달리 호림은 비교적 남자의 외모를 자세히 이야기해 주었다.

"선글라스를 썼는데, 키도 크고, 살집도 상당했어요. 목덜미가 굵어서 조직 폭력배 같은 느낌도 있었구요."

두 사람이 몽타주 작업을 하는 동안 세규는 실종된 형의 사진을 경찰들에게 보여 주고 있었다. 집 화단에서 형제가 함께 찍은 사진이었다. 세규의 형은 아주 몸집이 작고 왜소한 사람이었다. 피부도 희었다.

"게임을 즐겼다고? 그럼 게임 친구들이 행방을 알지 않을까?"

"저도 그렇게 생각했어요. 우리 형은 게임 속에서 아주 유명해서 거의 스타였거든요. 그런데 아무도 없었어요. 그날 이후 우리 형을 만난 사람은……. 형이 갑자기 사라져서 같은 파티 친구들도 완전히 낭패를 봤구요. 형이 사라졌을 때가 굉장히 중요한 이벤트를 앞둔 시기였거든요. 대수능도 중요했지만 형은 그거에 더 미쳐 있었어요. 그게 뭐였지? 골든 퀘스트였나? 보툴리누스가 「헌드레드」를 정복할 시기가 눈앞에 왔다고."

세규는 무의식중에 게임 속 닉네임을 말했고 동시에 의균과 호림의 머리가 부러지듯 꺾였다.

"보툴리누스라구?"

"전설적인 치료자 말이야?"

두 사람이 깜짝 놀라 소리치자 형사가 팔짱을 끼고 물었다.

"너희들도 알고 있나?"

"그럼요. 「헌드레드」 하는 사람들 중에서 보툴리누스 모르면 간첩이에요."

1년 전 돌연히 자취를 감추는 바람에 다들 국가의 부름을 받은 거라 생각했었다.

'가방 속 노트에 그려져 있던 낙서들, 그게 보툴리누스의 메모였다니.'

경건한 기분에 사로잡힌 의균은 낡은 소파 위 팔걸이에 놓았던 두 손을 가슴께로 모았다. 요즘 치료자들이 게임 속에서 사용하는 공격술은 대부분 보툴리누스가 제작하고 공개한『실용 독초 입문』에 기반해 있었다. 금1고드란트에 육박하는 고가의 서적이었고 보툴리누스가 속했던 파티는 그 저작권료 수입만으로도 게임 속 성을 하나 구매했을 정도였다.

'세상에……. 보툴리누스가 우리 학교 학생이었어.'

* * *

스테인드글라스 창을 투과한 가을 햇살이 바닥에 긴 오색 그림자를 남겼다. 사무실에 모인 탐정단 아이들은 모두 각자의 자리에서 자신의 일에 골몰하고 있었다. 채율은 만족스런 얼굴로 실내를 휘돌아 보았다. 초록 벤자민 잎사귀 사이로 보이는 대장은 한껏 달아오른 얼굴로 휴대폰 화면을 두드리고 있었다. 붉은 색유리를 투과한 햇살에 물든 얼굴은 말 그대로 봉숭아빛이었다.

"겨울이 오기 전에 완성해야지."

옆에서는 머리띠 대신 줄자를 둘둘 감은 예희가 콧노래를 부르며 뜨개질을 하고 있었다. 대바늘 아래 진홍색 목도리가 꽈배기 무늬를 그리며 늘어졌다. 성윤은 중앙 테이블을 침대로 개조해 숙면 중이었고, 하재는 그동안 관리하지 못했던 '카발리스트 킴' 블로그를 정비하느라 분주히 컴퓨터 자판을 두드리고 있었다.

이 얼마나 평화로운 정경이란 말인가.

라디오 채널을 KBS1 클래식 FM으로 슬쩍 바꿔놓았는데도 시비 거는 사람이 없었다. 음반을 소개하는 정만섭 DJ의 목소리가 아로마 향초처럼 은은하게 퍼져 나갔다.

원위크 프로그램의 방영이 불발된 이후로 탐정단은 거짓말처럼 얌전해졌다.

'정말 운이 좋았어. 슈가 걸즈가 한 주만 더 늦게 계약 무효 소송을 낸다면, 우리가 출연한 원위크 걸그룹이 방영되고 말았을 거야.'

처음에는 무기한 방송 연기인지, 방송 취소인지 확신할 수 없었지

293

만 지난 주말 방영된 3인조 신인 걸그룹 '퍼스트 키스' 편을 시청하고 알았다. 슈가 걸즈 편은 방송 취소였다.

그럼에도 제작진은 탐정단이 출연한 슈가 걸즈 편이 무척 아쉬웠던 모양이었다. 방송 펑크를 때우기 위해 급조한 '퍼스트 키스' 편은 여러모로 '슈가 걸즈' 편과 닮아 있었다. 출연자가 코믹 단역을 찍는 부분이나, 포토그래퍼와 의상 문제로 마찰을 빚는 장면, 라디오 부스에서 도망치는 에피소드까지 유사했다. 누군가 대본이라도 써 준 것처럼.

"나의 멋진 메이크 오버가 방송에 나오지 않게 되다니 안타깝네. 하지만 남자들을 생각하면 다행한 일이야. 채준 씨를 생각해도 다행한 일이고. 아, 이 미친 미모."

미도가 킬킬거리며 말했다. 지금까지 메시지를 주고받던 상대가 누군지 짐작이 갔다.

'설마 결혼까지 이어지지는 않겠지?'

이번 여름 방학이 만들어 낸 최대 파란은 안채준과 미도의 화해였다. 사귀는 것까지는 아니더라도 즐겁게 연락하는 모양이었다. 성윤의 부모님은 가끔 딸에게 전화를 걸어오게 되었다. 그럴 때마다 성윤은 화를 내지만, 싫지만은 않은 눈치였다. 예희는 연예인의 꿈을 버리고 본격적으로 의상학과 진학을 준비하고 있었다. 하재는 슈가 걸즈와 고민 상담을 하는 사진을 카발리스트 킴 사이트에 공개해 광고 효과를 톡톡히 보고 있었다. 밀려오는 손님들을 감당 못하고 지금도 자판을 탁탁거리며 상담해 주고 있었다.

'나도 소득이 없는 건 아니지만……'

책상 위에 쌓인 편지 더미를 보고 채율은 한숨을 내쉬었다.

오늘 쉬는 시간 하연준 선생님으로부터 받은 편지들이었다. 쌀쌀한 가을에 어울리는 겨자색 니트를 입고 나타난 연준은 노기를 감추지 않았다.

"내가 이 나이에 메신저 노릇을 해야 하는 거냐?"

발송지는 논산 훈련소, 발송자는 펜팔 오빠, 배송지는 선암여고 연극부, 수신인은 안채율로 되어 있었다. 학사 생활을 하는 채율의 입장을 배려해 숙부에게 편지를 보낸 모양이었다. 연준은 한마디 덧붙였다.

"탐정단 우편함 만들어. 앞으로 내 우편함에 이 녀석 편지가 보이면 글자 수만큼 벌점이다."

편지의 숫자는 라온이 군대에 들어간 날짜보다 많았다. 군인이 되면 하루에 편지 두 통을 쓸 정도로 시간이 남아도는 것일까. 그것도 훈련병 주제에. 라온이 보낸 편지는 언제나 두 페이지를 넘지 않았고, 세세한 일과와 일상을 찍은 사진들도 함께 첨부되어 있었다.

군대 배식판과 반찬, 일병 마크, 선임병의 얼굴, 그가 앉은 책상, 내무반의 모습, 뒷장에는 몇 줄의 설명과 사인이 적혀 있었다. 아날로그화한 페이스북을 받아보는 기분이었다.

군복을 입은 모습이 내심 궁금했지만 한 번도 자기 모습이 찍힌 사진은 보내 주지 않았다. 카메라를 들고 찍는 과정에서 우연히 찍힌 손과 팔, 군화를 신은 발이 고작이었다. 희던 팔은 볕에 그을려 있었고, 전과 다르게 좀 더 탄탄해져 있었다.

Dear cruel lady

입대하는 날은 기분이 묘하더라. 마지막 날 아침까지 카메라를 잡고 열심히 작업을 했어. 어쩌면 2년 동안 카메라를 잡지 못하게 될 수 있다는 절망감 때문이었나 봐. 애인과 헤어져도 이보다 괴롭지는 않았을 거야. 입대하는 날 아침에도 100장 정도 셔터를 눌렀어. 그리고 내가 사랑하는 니콘과 후지와 제록스에게 이별을 고했지.

아버지께 인사를 드리고, 새어머니와 숙부의 배웅을 받으면서 입영 열차를 탔다. 혹시나 하는 마음에 플랫폼을 돌아봤지만 너는 오지 않았더구나. 영화 같은 이별신을 기대했지만 역시 현실은 좀 지루한 법인가 봐.

그래서 결정했어. 앞으로는 내가 너에게 위문편지를 쓰기로. 군인이랑 학생 중에 누가 더 불쌍할까 생각하니 아무래도 학생 같아. 곧 고3이 될 학생 말이지. 군인은 휴가라도 있지만, 고3은 아니잖냐.

내가 머리를 자른 모습 보고 싶지?

내 평생 이렇게 머리를 짧게 자르기는 처음이야. 중학교 때도 머리를 자르지 않았어.

머리 자르고 나서 얼마나 놀랐는지. 거울 속에 원빈이 있더라니까. 평소 때 이러고 다녔으면 여자들에게 못할 짓이었겠지. 입대할 때도 비니를 썼어. 팬들에게 미안하지만, 떠나는 남자가 너무 멋있어 보이면 민폐잖아. 네가 왔었다면 흔쾌히 모자를 벗어 줬을 텐데 말이다.

은평구 범생이에게

잘 지내지? 갑자기 날씨가 추워졌다. 교복 입을 때도 카디건 챙겨.

지난번에 얘기했지? 카메라와 이별하고 제정신이 아니었다고. 사진을 시작

296

한 뒤로 하루에 1000장 밑으로 찍어 본 적이 없어. 금단 증상이 일어나더라. 카메라를 쥔 것도 아닌데, 자꾸만 무의식중에 셔터를 누르는 거야. 라식 수술 한 사람들이 쓰지도 않은 안경을 치켜 올리듯이 말이야. 군대라고 하는 게 전에는 볼 수 없었던 이색적인 환경이잖아. 찍고 싶은 건 많은데 하나도 찍을 수 없으니까 미치겠더라고.

그런데 오늘 기적이 일어났어. 입대하고 사흘 만에 훈련소장님이 부르신 거야. 그리고 작년에 있었던 일에 대해서 걱정스럽게 물으시더라. 정신적인 후유증이 심하다고 들었는데 괜찮냐고. 총 맞았는데도 현역으로 입대한 게 대견하다고 하셨어. 자네 같은 젊은이들만 있다면 대한민국의 미래가 밝을 거라나.

그러고는 관심 병사에게 선물을 하나 주셨어. 테이블 위에 때 묻은 가방이 하나 올라왔지. 훈련소 재산으로 등재되어 있는 니콘 카메라가……!

군대에서는 실력자가 들어오면 검사검사 행사를 마련해서 해치우는 경우가 많은가 봐. 연예인 들어오면 홍보 영화 찍고, 해외 콩쿨 연주자 들어오면 군가 녹음하고, 내 경우가 그런 경우였어. 내가 입대한다고 하니까, 홍보용 책자 발간하고 홈페이지에 사진 코너도 만들자는 이야기가 나왔나 봐. 솔직히 입대할 만한 나이 대에서 나 정도로 경력과 명성을 쌓은 사진쟁이가 들어오기 쉽지 않잖아?

재능과 부유한 환경과 불우한 유년기가 절묘한 합을 이루어야만 나처럼 일찍 성공할 수 있는 거거든. 나 같은 인재가 들어왔을 때 얼른 빨대를 꽂고 최대한 재능을 우려먹는 게 국가적인 이득이겠지. 배려 차원이기도 하고. 몇 달 전에 총 맞은 놈, 사격 훈련시키는 거 정상은 아니잖아? 본인이 자원해서 입대했다고 해도 막상 총을 잡으면 무슨 변수가 생길지 모르는 거니까. 솔직히 카메라를 잡지 못한 갈증으로 난 이미 미치기 직전이었어. 총소리까지 들었다면 정말 무슨 짓을 했을지도 모르지. 특히 조교 중에 틈만 나면 내 작품이 마음에 안 든다며 종알거리는 놈이 있거든. 잘하면 그놈을 과녁 삼아…….

여튼 훈련소장님의 오랜 경험에서 우러난 현명하고도 위대한 처사로 논산뿐만 아니라, 육군의 모든 훈련소를 차 타고 다니면서 렌즈에 담는 일을 하게 되었어. 카메라와 눈물의 이별을 한 게 며칠 전인데 지금은 손가락에 마비가 올 정도로 셔터를 누르고 있어. 위에서는 웃고 즐거워하는 사진만 찍으라는데 어디 프로한테 잔소리야?

사회에 있을 때는 학교니, 인터뷰니, 책 작업이니, 강연이니, 너무 잡일이 많아서 작업할 시간은 턱없이 부족했어. 어느 날은 카메라만 들고 도망가고 싶을 지경이었지. 근데 군대에 들어와서 내 꿈이 이루어진 거야. 인생은 반전이야.

미도에게는 잘 말해 줘. 이건 내가 약속을 어긴 게 아니야. 적어도 내 이름으로 사진을 발표하는 게 아니니까. 국가의 부름을 받은 훈련병들의 안위를 염려하는 가족들과 친구들, 애인들을 위해 재능 기부 하는 거야.

훈련병이 뭔 힘이 있겠어.

TO. 텔레비전에 나오지도 못한 불쌍한 원위크 걸

오늘 소식 들었어. 슈가 걸즈가 계약 무효 소송을 냈다고 하데? 언젠가 올 일이라고 생각했지만 이렇게 빨리 행동에 착수할 줄은 몰랐어. 현지네 부모님이 앞장서서 일을 처리하시느라 고생이 많으신가 봐. 언론 상대하느라 앞으로는 더 난리를 겪으실 테지.

내가 MJ에서 매니지먼트 받고 있다는 걸 다들 아니까, 선임병이며 조교며, 하루 종일 시달렸어. 다들 붙잡고 물어보더라. 어떻게 되는 거냐고. 그래서 워낙 계약서가 형편없어서 무리 없이 승소할 거라고 얘기해 줬지. 다들 슈가 걸즈를 동정했어.

근데 문제는 모두 날 불쌍하게 쳐다본다는 거야. 너도 그런 노예 계약 맺고 있는 거냐고. 나야, MJ가 매니지먼트해서 큰 게 아니라서 계약서 작성할 때도 합의해서 작성했지.

이번에 너희가 수고해 준 덕분에 뒤끝도 없어졌고. 다시 재계약을 할 때도 좀 더 나한테 유리한 조항을 추가해서 MJ에 남을 생각이야. 다른 회사들은 아직 나 같은 유형(네 표현대로라면 '예술가입네' 하는 아이돌)을 현실적으로 지원할 역량이 되지 않거든. 다들 동정하기에 그냥 입 다물고 있었어. 불쌍한 사람으로 여겨지면 여러 가지로 이점이 많으니까.

너도 날 동정해 주길 바란다.

지문이 남지 않도록 면장갑을 손에 끼고 한 장 한 장 동봉된 사진들을 소중히 정리해 넣었다. 편지를 쓰지 말라고 응대하고 반송해 버릴 수도 있었지만 그러지 못하는 이유는 라온이 제일 먼저 쓴 편지에 밝혔다시피 경제적인 이유였다.

넌 내 편지를 버려서는 안 돼. 반송해서도 안 돼. 거절할 수도 없을 거야. 왜냐고? 나는 아주 잘 나가는 사진쟁이거든. 난 앞으로 사진을 보낼 때마다 뒷장에 사인을 해서 보낼 거야. 경매 사이트에 한 번만 들어가 봐. 내 사진들 시세를 보면 깜짝 놀랄걸.

열일곱 어린 나이에 집을 뛰쳐나온 독립 투사 아가씨. 부모님께 손 안 벌리고 대학가고 싶지? 그럼 얌전히 내 편지를 받아 챙기렴.

스크랩 파일 표지를 가만히 어루만지며 생각했다.

'그래, 양심의 가책을 버리자. 이 정도 보답을 받는 건 당연한 거야. 이번에 그 사람 때문에 고생하고, 시간까지 허비했잖아. 결과적으로 그 사람 경력을 구하기도 했고.'

물론 사건을 해결한 건, 채율이 아니라, 탐정단, 그중에서도 예희였지만, 세세한 사항은 넘어가기로 했다. 또 사건 해결에 지대한 영향을 끼친 쌍둥이 오빠의 기술과 능력에 대한 대가는 받아야 하지 않겠는가.

"얘들아."

컴퓨터 자판을 두드리고 있던 하재가 손짓했다. 책꽂이에 달린 화려한 드림 캐쳐 너머로 보이는 얼굴이 심각하게 찌푸려져 있었다.

"근처 남학교에서 실종된 학생 알지? 책가방만 1년 만에 돌아온 그 이상한 사건."

인근 학교에서 일어난 사건이라 미도를 비롯해서 탐정단원들도 모두 관심 있어 하는 사건이었다. 뉴스와 신문 기사를 섭렵하며 오전 회의 시간마다 정보를 나누곤 했다. 하재가 모니터를 가리켰다.

"지금 나한테 고민 상담을 해 온 학생이 개야. 범인한테서 책가방 받은 애."

* * *

의균은 설마 카발리스트 킴과 채팅을 하게 되리라고는 상상도 하지 못했다. 그저 며칠 동안 악몽을 꾼 것이 너무 고통스러워서 상담하는 상담글을 올린 것뿐이었는데 3분 만에 쪽지가 날아왔다.

악몽을 꾸고 있다고요? 더 자세히 말해 볼래요?

쪽지를 받는 순간은 정말 지푸라기라도 잡는 심정이었다. 경찰서에 다녀온 뒤 근 일주일간을 운동장을 헤매는 꿈을 꾸었고, 누군가 목덜미를 내리누르는 느낌을 받으며 하루 종일 컨디션이 좋지 않았다.

써 놓은 대로예요. 제가 형주고에서 용의자한테 책가방을 받은 사람이거든요. 그런데 그 뒤로는 잠도 못 자겠어요. 카발리스트 킴. 보규 형은 정말로 죽은 건가요?

올 여름 카발리스트 킴의 명성이 은평구 일대 학교들로 퍼져나가기 훨씬 전부터 의균은 그녀를 알고 있었다. 사이비 점쟁이가 아니라, 삶의 방향을 잡아 주는 깊이 있는 상담자라는 점도 신용이 갔다.

섣부르게 단정할 수 없는 문제네요. 절박한 상황에 처한 사람이라면 자신의 영혼을 생령으로 무의식중에 컨트롤 하는 경우가 있으니까요. 아직 희망을 버려서는 안 돼요.

카발리스트 킴은 의균에게 경찰서에서 있었던 일을 자세히 물어 왔다. 의균이 장난을 치고 있는 게 아닌지 판별하기 위해서이기도 하고, 사건에 대한 자세한 정보를 얻기 위해서이기도 했다. 의균은 경찰서에서 있었던 일을 비롯해 그동안의 일을 상세히 이야기해 주었다.

실종 학생이 게임을 좋아했다고요?

잘하는 정도가 아니었어요. 레전드였다니까요.

의균은 잠시 동안 「헌드레드」라는 게임에 대해서 설명했다. 헌드레드는 다른 게임들과는 달리 처음으로 사용자들이 게임의 정보를 전혀 알지 못하는 상태로 개방되었다. 처음 서비스되던 1회기에는 사용자들은 고작해야 자신의 종족을 정하고 게임 속 대륙을 탐험하여 이름을 붙여야 할 정도였다. 그러나 단 1개월 만에 수많은 유저들은 게임의 새로운 잠재력에 경탄했다. 처음으로 탐험한 대륙은 처음으로 그곳을 발견한 유저에 의해서 이름이 붙여졌고, 공개 지도에 지표 정보가 등록되었다. 동물과 식물, 광물 정보도 마찬가지였다. 사용자들은 자신의 이름으로 책을 등록하고 게임 속에서 마주친 동물 등을 클릭해 관찰 정보를 올리면 다른 사용자들이 게임을 할 때 그들의 관찰기록이 참조가 되었다. 잘못된 정보가 올라온 경우에는 후에 다른 사용자에 의해 수정되었다. 지금까지 공식적으로 수집되고 등록된 「헌드레드」 속 동물들은 8000종, 식물들은 지의류까지 포함해 2만여 종이었다.

「헌드레드」는 기존의 RPG에서 한발짝 더 나아가 종합 게임의 면모를 보여 준 게임이에요. 탐험과 대전, 재배와 시장, 경주 게임까지 모든 내용이 한 게임 안에 어우러져 있어요. 진정한 의미에서 또 다른 세계라고요. 사용자들 중에는 원석 수집이나, 몬스터 사냥에는 전혀 관심이 없이 탐험에만 열을 올리는 사람들이 많을 정도로. 보규 형, 그러니까 보톨리누스는 헌드레드 속 실용 약초학의 선구자였어요. 1000종이 넘는 약초들을 일일이 재배하고 실험해서 나온 결과를 토대로 책을 집필해서 엄청난 호응을 받았어요. 그 이전까지만 해도 치료자들이 사용할 수 있는 공격술이 많지 않았는데 보톨리누스의 활약으로 치료자들의 위상이 높아진 거예요. 6회기와 7회기 때 더 보완이 되었고요.

잠깐, 그러니까 사라진 학생이 보톨리누스였다는 거예요?

카발리스트 킴은 자신도 「헌드레드」의 유저라고 밝혔다. 그녀에 대한 호감이 수직 상승했다. 두 사람은 잠시 동안 보툴리누스의 업적과 그가 연구한 공격술을 찬양했다.

채팅을 마무리 할 때쯤 그녀가 말했다.

오의균 형제여. 그대는 영혼의 선택을 받았어요. 이번 사건을 해결해야만 하는 열쇠지기가 된 거죠. 그대와 보툴리누스의 운명이 하나로 연결되어 있는 게 보여요. 어둠이 두 사람을 감싸고 있네요. 원래 저는 영혼의 중계자로 개개인의 운명에 간섭해서는 안 되고 중립을 지켜야만 해요. 하지만 이번만큼은 조금이나마 그대를 돕고 싶다는 생각이 드네요. 그대를 도울 귀인들을 알려줄 테니 방문하기 바랍니다.

쪽지의 마지막에는 '선암여고 탐정단'이라는 문구가 약도와 함께 적혀 있었다. 의균은 다음 날 학교가 끝나자마자 방문하겠다는 약속을 잡았다.

* * *

과학 수사대의 차량이 학교 운동장 안으로 들어온 건 수학 시간이 끝날 때쯤이었다. 흰 바탕에 경찰 로고가 찍혀 있고 청색 띠가 둘러진 승합차였다. 플라타너스가 우거진 운동장 한 편에 차가 서고 과학 수사대 조끼를 입은 두 사람이 장비를 들고 내렸다. 멀리서 봤을 때는 구형 비디오 데크처럼 보이는 장비였다.

학생 주임이자 1학년 국사를 맡고 있는 우현용 선생님이 운동장을 가로 질러 그들을 맞이했다.

세 사람이 이야기를 나누며 본관으로 걸어오는 모습을 세규는 한참 동안 바라보았다. 겉모습만 봐서는 누가 선생이고 누가 경찰인지 분간을 할 수가 없었다. 아니 분위기로는 우현용 선생님이 보다 형사에 가까웠다. 직급도 최소 과장급 이상.

'하긴 그 정도 깡이 있으니 조직 폭력배들도 죄다 걷어낸 거겠지.'

몇 년 전만 해도 형주고는 조직 폭력배와 연결된 불량서클이 악명을 떨치는 걸로 유명했다. 선배 불량 학생들은 자신들과 어울리는 후배들을 조직 폭력배들이 모이는 체육 행사에 참석시키거나 명부를 넘기는 식으로 모르는 사이에 조직의 일원이 되게 만들었다. 본인들이 눈치를 챘을 때는 이미 발을 뺄 수 없는 상황이었다. 우현용은 학생 주임이 되자마자 교내 지역 경찰서 여성청소년계와 협력해 조직을 와해시켰다. 또한 현용은 체격 조건이 좋은 세규를 특별히 예뻐해서 내년도 선도부장을 맡으라며 자주 귀찮게 굴었다.

"선생님, 저 잠깐 화장실에 다녀오겠습니다."

세규가 손을 들자 수학은 고개를 끄덕였다.

학생부실에서 경찰들과 이야기를 나누던 현용은 노크 후 들어온 세규를 보고 놀란 표정을 지었다.

"저도 여기 있으면 안 되나요?"

"그렇게 해라. 형 일이잖니."

세규는 경찰들이 앉은 소파 옆자리에 앉았다. 형사들은 수사를 위해 압수했던 하드디스크를 다시 설치해 주고 있었다. 학교에서 계속 사용해야 하는 물품이라 가환부 신청을 해서 돌려받았다고 했다. 감식반에는 이미징 작업을 통해 만든 사본 디스크가 있어 수사에는 방해를 받지 않았다. 원래는 학교 관계자가 와야 할 일이었지만, 직접 방문한 데에는 이유가 있었다.

"기록이 남아 있는 게 있다고요?"

"예, 작년 부모님께서 학교에 방문하셨던 적이 있었어요. 그 때 카메라 기록을 열람했더라고요. 기록이 남아 있어서 혹시 했는 데……."

교무 업무 시스템 및 각종 서버 관리를 맡고 있는 과학 교사 한준이 노트북 컴퓨터를 가지고 왔다. 형주고는 다른 학교와 마찬가지로 학생부가 교내 CCTV를 총괄하고 있었다. 4층 학생부실 한편에는 철제 컴퓨터 모니터가 매립되어져 있고, 그 밑으로 녹화기가 설치되어 있었다. 16분할 화면에는 교문의 영상을 비롯해 중앙 현관, 각층 복도, 컴퓨터실, 식당 등 학교 곳곳의 모습이 비춰졌다.

마우스를 몇 번 클릭하자 CCTV 기록이라고 쓰인 폴더가 나왔다. 학생 이름을 파일 명으로 삼은 동영상들이 미리보기 상태로 떴다.

"이게 뭔가요?"

"저희 애들이 사고 친 동영상들이에요. 담배 피우는 거, 도둑질 하는 거, 치고 박고 싸우는 거, 유리창 깨는 거, 우리 하드디스크 기록이 한 달밖에 안 되니까, 사본 만들어 보관해 두는 거죠. 걸리지 않았다고 생각해서 딱 잡아떼는 애들이 많거든요. 때로는 학부모들에게 메일로 보내드리기도 하구요. 뷰어 호환이 안되서 IRF파일은 아니에요."

"개인 정보라면 기간 지나면 파기해야죠. 이거 꽤나 오래전 기록들까지 있는 건……."

경찰의 질문에 교사 한준은 의미심장한 미소를 지었다.

"저희가 업무가 많아요. 수업해야지, 공문 처리해야지. 사본 파일까지 날짜를 확인하면서 관리할 여력은 없어요. 남자 고등학교라는 게 말입니다. 완전히 들개들 집합이에요. 지들 마음대로 서열 매기고, 자기보다 우습다 싶으면 말을 안 듣죠. 어느 정도 약점을 잡아놔야 통제되는 녀석들도 있단 말입니다. 충분히 아실 텐데요. 저희 고충."

경찰들은 납득하는 표정이었다.

'최명균_절도', '육인호_담배', '이경식_싸움', '장유채_유리창 파손', 나열된 미리보기 파일들 가운데 익숙한 이름이 세규의 눈에 띄었다. '유성훈_담배'. 얼마 전 수업 시간에 성훈이 한준 선생님께 꼼짝 못했던 게 기억났다. 차라리 몇 대 때리는 게 낫지 약점을 잡아 협박하는 건 치사한 일이었다. 친구들에게 깐죽대며 폭언을 일삼는 저 튀어나온 입을 가끔 때리고 싶기도 했다.

'강보규_하교'라 쓰인 avi 파일이 재생되었다. 11시 10분. 야간 자율학습을 마친 보규가 3학년 교실을 빠져 나왔다. 화질도 떨어지고, 카메라를 등지고 있어서 얼굴이 제대로 보이지 않았다. 그러나 분명 형이었다. 특유의 걸음걸이나, 체구, 보라색 모직 카디건, 메신저 백을 걸치고 있었다. 잊은 물건이 있는 모양인지 사각지대인 중앙 계단 층계참까지 갔다가 곧 뛰어 돌아왔다. 교실에서 다시 나온 보규는 손에 휴대폰을 들고 있었다. 문자를 보내는 것처럼 오른손가락을 까닥였다.

"어?"

형사들이 시선을 교환했다. 세규도 시간을 확인했다. 11시 12분.

사라진 형이 휴대폰에 저장된 모든 사람들에게 '미안하다'는 문자메시지를 보냈던 시간이었다. 보규는 네 글자를 입력하고 전체 전송을 선택할 정도로 짧은 시간 동안만 휴대폰을 사용했다.

경찰이 수사를 한다고 해도 1년이 지난 지금 시점에 얻을 수 있는 정보는 한계가 있었다. 작년 형이 실종되자마자 아버지가 통신사에 가서 통화내역 데이터를 받아 두어 그나마 다행이었다. 자료를 보면 실종 전후 통화한 사람은 없고 11시 12분에 106통의 문자를 보냈다고 나왔다. 마지막으로 단말기에 문자가 수신된 곳은 대구였다. 그 뒤로는 전원을 꺼 놓았는지, 일체 기록이 없었다. 부모님은 지금도 차마 해지 신청을 못했다.

장면이 바뀌었다. 이번에는 중앙 현관에서 운동화를 갈아 신는 영상이 보였다. 화질이 떨어져서 보이진 않았지만 세규는 알고 있었다. 검정색 뉴발란스였다. 형의 생일날 동대문 두타에 가서 산 신발이었다.

이번에는 실외 조회대쪽에서 찍은 영상이 나왔다. 분할 화면 중 가장 아래쪽에 위치한 영상이라서 날짜 정보가 담겨 있었다. 11월 6일. 어둠 속이라 바깥으로 나가는 학생들의 모습이 거의 분간이 되지 않았다. 옆에서 수사관이 탄식했다.

"요즘 신형으로 나온 것들은 적외선 기능도 있고 짱짱해요. 교장 선생님께 말씀드려서 바꾸라고 하세요. 이래서야 밤에 도둑들 들어와도 얼굴이나 분간하겠어요? 복도 형광등 밤새도록 켜고 있는 것도 아니잖아요."

"이번 일로 바꾸게 되겠죠."

마지막은 교문 카메라 영상이었다. 가로등이 환하게 켜져 있어서 보규가 나가는 모습을 확인할 수 있었다. 시간은 11시 17분. 과학 수사대 경찰은 USB 메모리를 꽂아 백업 영상을 저장했다.

세규는 한참을 모니터 속 보규의 뒷모습을 바라보았다. 동영상 정지 화면에 담긴 형은 너무도 아득하게 보였다. 어루만지듯 손가락을 펼쳤다가 화들짝 놀라 거두었다.

"어?"

"왜 그래? 뭐 이상한 거라도 있니?"

"우리 집 방향이 아닌데요. 우리 집은 후문 쪽으로 가야 해요. 정문으로 가도 왼쪽이 아니라, 오른쪽으로 가야 하는데……."

경찰들의 인상이 굳었다. 학생부 선생님들도 마찬가지였다.

'형은 대체 어디를 간 걸까? 누굴 만나러 간 걸까? 아니면, 정말 집을 나간 걸까?'

"학교 주변 지역 카메라 기록을 보면 어디로 갔는지 알 수 있지 않습니까?"

현용이 물었다. 수사관들이 고개를 절레절레 저었다.

"이 주변 다 돌았는데, 건질 만한 게 없어요. 1년 전 일이고……."

"시간이 지난 기록이라도 복구할 수 있지 않나요? 기술 좋아진 것 같던데……. 학교 CCTV에 찍힌 택시 넘버도 우리가 봤을 때는 안 보이던데 알아내셨잖아요."

한준의 말에 현용도 고개를 끄덕였다. 수사관 중 안경을 쓴 쪽이 어깨를 으쓱했다.

"그건 자료를 중첩시키면 되는 거지만, 파일 복구는 기계마다 한계가 있어요. 이 학교처럼 고물 제품은 6개월까지가 한계고, 주변 카메라들이 서 있는 곳은 설치된 위치가 안 좋더라구요. 위치가 괜찮은 건 최근에 신형으로 기기를 교체해서."

"선생님, 저도 이 영상 보내 주세요. 메일 주소 알려드릴게요."

세규가 자리에서 일어났다.

더 이상 경찰들의 변명을 참아낼 자신이 없었다. 작년 신고했을 때 즉각 수사에 나서기는커녕 합동 심의 위원회만 형식적으로 구성해서 진로 문제로 부모님과 갈등이 생겨 가출한 것 같다고 하루 만에 내사 종결했었다.

'형은 대체 어디로 간 것일까?'

수업 시간 내내 세규는 정문만 바라보았다. 콘크리트 기둥을 양옆에 세우고 위로는 'ㅗ'자 모양의 조선시대 갓과 비슷한 형태의 구조물을 얹은 교문이었다. 철문이 둥근 형태로 만들어져서 정면에서 보면 형주고의 첫 자모 'ㅎ'으로 보였다. 형이 사라진 쪽으로는 학교 교재들을 파는 문구점과 형주고 학생들이 먹여 살리다시피 하는 쌀 피자집이 있었다. 학교가 파한 뒤에 형이 사라진 방향으로 무작정 걸었다. 피자집 옆에는 조그마한 수학 교습소와 그 2층에 위치한 논술교습소, 공인중개사, 빌라촌과 밥버거집, 2층에 위치한 독서실. 그리고…….

PC방 창문으로 「헌드레드」에 등장하는 마족들과 엘프들의 모습이 선정적인 모습으로 인쇄된 시트지가 보였다.

'여기다. 그날 형은 이곳에 온 거야.'

다리에 힘이 풀렸다. 세규는 PC방 계단을 뛰어올라갔다. 카운터를 보고 있던 아르바이트생이 말했다.

"강보규 회원요? 예. 여기 가입되어 있네요."

"이용 기록 좀 볼 수 있을까요?"

"무슨 일 때문에 그러시는데요?"

세규는 자신이 보규의 동생이며, 형은 학교를 졸업해서 더 이상 이곳에 오지 못하게 되었다고만 설명했다.

"남은 선불금을 사용하시게요?"

"아……, 네에."

아르바이트생은 학생증을 확인하고 회원 정보를 보여 주었다. 세규는 아르바이트생이 앉아 있는 카운터 쪽으로 돌아, 이용 시간을 확인했다. 최근 입실 일자부터 순서대로 정렬되어 나와 있었다. 모두 작년 기록이었다.

201×.11.5(火) 입실 23:11 퇴실 201×.11.6 00:10

201×.11.4(月) 입실 23:05 퇴실 201×.11.5 01:12

201×.11.2(日) 입실 09:12 퇴실 201×.11.2 20:11

201×.11.1(土) 입실 13:36 퇴실 201×.11.1 22:35

201×.10.31(金) 입실 22:59 퇴실 201×.11.1. 01:12

201×.10.30(木) 입실 23:12 퇴실 201×.10.31. 04:00

201×.10.29(水) 입실 23:30 퇴실 201×.10.30. 01:12

201×.10.28(火) 입실 23:13 퇴실 201×.10.29. 02:12

⋮

이용 기록을 확인하고 나니 허탈한 웃음이 나왔다. 고3이 된 이후로도 주말마다 이곳으로 와서 하루 종일 게임을 했다. 아버지가 떨어진 성적을 알고 게임을 못하게 하기 전까지는 집에서도 매일 2시간씩 게임을 했다. 대수능을 한 달 앞두고 독서실에 다닌다고 돈까지 타내서 이곳에 모두 쏟아 부은 모양이었다.

형이 변명하는 소리가 들렸다. *공부하느라 스트레스를 받아서 그래. 나도 머리 식힐 시간은 있어야 하잖아. 기계처럼 공부만 할 수는 없어!*

물론 아침 7시부터 학교에 나가 11시까지 책상에 앉아 있는 건 확실히 비인간적인 일이었다. 하지만 그렇다고는 해도 고3은 인생에서 가장 중요한 시기였다. 게임은 입시가 끝나고 할 수도 있었다. 아버지와 어머니는 떨어진 형의 성적 때문에 매일 다퉜다. 이전까지 공부 잘하는 형을 편애하며 한 대도 때리지 않았던 아버지가 성적이 떨어진 이후에는 사람 취급을 하지 않았다. 컴퓨터를 바깥으로 내던지고, 책장을 때려 부쉈다.

'그래, 경찰만의 잘못은 아냐.'

작년에는 세규 역시 형이 그냥 가출한 거라 믿었을 정도였다.

"2만 7000원 남아 있네요. 회원 가입하시면 포인트로 넣어 드릴게요."

"아, 죄송하지만, 형 이용 기록 좀 뽑아갈 수 있을까요?"

"프린트 비는 따로 주세요."

아르바이트생이 말했다. 세규는 고개를 끄덕이며 주위를 둘러보았다. 왁자지껄하게 소리를 지르며 한창 게임을 즐기고 있는 한 무리의 신입생들이 보였다. 개중에는 낯이 익은 아이들이 보였다. 경찰서에 왔던 의균이었다. 화면 불빛에 얼굴이 벌게져서는 열심히 마우스를 클릭하는 모습이 섬뜩할 정도로 형과 닮아 있었다.

"좋았어! 허준 밟아. 밟아."

"3시 방향. 멜지느 출현!"

게임에 왜 저렇게들 빠지는 걸까. 저 네모난 화면 안에서 무슨 일이 벌어지는 걸까. 가족을 저버릴 만큼 마음을 빼앗기게 만드는 뭔가가 저 안에 존재하는 걸까.

한참 몬스터를 공격하고 있던 의균은 이상한 시선을 느끼고 머리를 들었다. PC방 카운터에 세규가 서 있는 게 보였다. 눈이 마주치자 짧게 턱짓으로 아는 척을 하고는 그대로 몸을 돌려 버렸다.

'이런 데 올 타입은 아닌 것 같은데?'

카운터에 앉은 아르바이트생이 A4 종이 몇 장을 뽑아 주는 게 보였다. 세규는 그걸 받고 유리문을 열고 나가 버렸다.

* * *

사무실은 선암여고 강당의 맨 꼭대기층이었다. 주말이라고 해도 여전히 학생들이 북적이는 여고로 찾아오는 건 큰 용기를 필요로 하는 일이었다.

선암여고 탐정단실.

4층으로 통하는 문 위에는 아치형 나무 현판이 붙어 있었다. 존경스러운 마음이 물씬 솟았다. 카발리스트 킴은 탐정단 활동을 하며 영감을 이용해 많은 사람을 돕고 있었다. 홍익인간을 외쳤던 단군왕검도 그녀를 만나면 칭찬할 게 분명했다.

"저, 오의균이라고 합니다. 오늘 여기서 카발리스트 킴을 만나기로 했거든요."

문을 열고 들어서니 출입문에서 가장 가까운 곳에 앉아 있던 여학생이 힐끔 고개를 돌려 의균을 보았다. 수직선을 이루며 떨어지는 긴 머리와 하얀 피부가 인상적인 미인이었다.

"거기 앉아. 의뢰할 것이 있다고?"

의균이 머뭇거리자 다른 학생이 다가왔다. 선생님이라고 해도 믿을 정도로 원숙미가 넘치는 누님이 등에 손을 대고 테이블 의자로 이끌었다. 여성스럽고 가냘픈 손이었다.

이번에는 교복 밑에 체육복 바지를 입은 학생이 옆으로 다가와 앉았다. 체육복은 검지손가락을 빙 돌리며 한 명씩 이름을 이야기해 주었다.

"최성윤이야. 여기 있는 우리 모두 2학년."

"아, 형주고 1학년 오의균입니다."

"말 편하게 해."

"의균이에요. 누나."

와하하. 성윤은 목젖이 보일 정도로 크게 웃었다. 긴장했던 마음이 풀렸다. 어디에 시선을 두어야 할지 몰랐는데, 앞으로는 이 형에게 눈을 맞추고 있으면 되겠다는 생각이 들었다. 작고 귀여운 스타일의 대장님이 지금까지 사건의 진행을 보도한 신문 기사 스크랩을 가지고 왔다.

의균은 힐끗 카발리스트 킴을 바라보았다. 그녀는 검은색 로브를 걸치고 창 옆 의자에 앉아 있었다. 비장한 눈길로 무릎 위에 놓인 투명한 구슬을 들여다보고 있었다. 실종된 보규의 생사를 가늠하고 있는 걸까.

"오다가 단서를 하나 얻었어요. PC방 알바 형한테 물어봤더니 세규가 강보규 형 이용 기록을 확인했다고 하더라고요."

의균은 인쇄물을 내밀었다.

"실종 당일에는 PC방에 들리지 않았군."

대장은 자료를 분석하는 한편, 사건에 대한 의견을 피력했다.

"이번 사건은 고도로 계획된 사건이야. 예를 들어, 납치 대상만 해도 그래. 10대의 혈기 왕성한 남학생이야. 어린 애들이나, 여학생이 사라졌다면 경찰은 곧바로 수사에 들어갔을 테지. 경찰이 실종 수사를 벌일 때 남자 성인이나 남자 청소년은 대부분 가출로 처리해. 특히 강보규 학생은 가출할 만한 부모님과의 진로 갈등이 있었어. 사전에 알고 접근했던 거라면 보규의 주변 지인일 수도 있지.

1년 만에 책가방을 돌려보낸 건 왜일까.

일부러 남자 청소년을 희생양으로 선별했던 범인이라면 그 시간에 어떤 의미가 내포되어 있을 거야. 체포될 만한 증거가 융해되길 기다렸다든지. 휴대폰 기록이나, CCTV 기록 등등 말이야. 네게 책가방을 넘길 때도 정문 CCTV에 얼굴이 찍히지 않게 가리면서 빠져나갔다면서? 범인은 머리가 좋은 고학력자. 집 안도 깔끔하게 정리하고, 매사에 신중한 사람일 거야."

프로파일링을 들으며 의균은 감탄하지 않을 수 없었다. 과연 카발리스트 킴이 귀인이라고 소개한 사람들다웠다.

"근데요. 제가 책가방을 가지거나 버렸다면 어떻게 되는 거죠? 그럼 살인범의 계획에 차질이 생기는 거잖아요."

"너희 학교 아침마다 조회 시간에 분실물함을 카메라로 보여 준다며? 범인은 책가방 주인을 찾는 방송이 전교로 방송될 거라고만 예상했을걸? 받은 사람이 헌드레드 유저일 거라고는 전혀 생각지 못했겠지."

"분실물이 방송되는 게 그렇게 중요해요?"

"물론. 그래야 동생이 알아볼 수 있잖아. 형의 가방을."

메신저 가방에는 다섯 개의 배지가 붙어 있었다. 의균은 더 큰 의문에 빠졌다. 그렇다면 범인은 학교 내 사정까지 모두 알고 있는 사람이었다.

"그렇다면 역시 범인은 주변 인물인 거군요."

"학교 사정을 잘 안다는 점에서는 재학생이나, 올해 졸업생일 수도 있지. 친구를 죽이고, 자기는 졸업했으니까, 책가방을 돌려준 건지도."

채율이 말했다. 소름끼치는 가정이었다.

"단정하긴 일러. 그 정도는 학교 홈페이지만 방문해도 알 수 있는 내용이니까. 좌우간 사건의 핵심은 돌아온 책가방이야. 왜 범인은 책가방을 돌려보내 경찰 수사를 자처했을까."

"사이코패스라니까. 사람 죽여 놓고 으스대고 싶었던 거야. 영화나 소설에 종종 나오잖아. '흐흐. 너희들은 날 잡을 수 없을 거다. 바보 같은 경찰들아.' 하는 타입."

315

예희가 끼어들며 한마디 했다. 잘 빗질된 갈색 머리에서 풍겨 나오는 샴푸 향기가 후각을 자극했다. 의균은 재빨리 시선을 성윤에게 향했다. 테이블 위에 올린 그녀의 마디 굵은 손가락을 보고 있으려니 마음이 진정되었다. 미도는 깊은 한숨을 내쉬었다.

"경찰들도 그 점을 염두에 두고 수사하고 있다고 하는데……. 어차피 우리는 학생이야. 낮 시간 내내 학교에 붙잡혀 있어야 하고, 아무리 따라잡으려고 해도 경찰들이 가진 인원이나 역량, 전문 수사 방식엔 못 미쳐. 하지만 우리가 경찰보다 앞설 수 있는 두 가지 분야가 있지."

대장은 손가락을 펴 보였다.

"두 가지나요?"

"그래, 첫 번째는 탐문 수사. 학생인 우리가 조사를 하면 경찰 보다는 더 정보 수집이 쉬워. 특히 같은 학생들을 상대로 했을 때는 훨씬 유리하지. 실종자의 주변 정황을 폭넓고 정확하게 캐 보는 거야. 학원 강사로 있는 성윤이네 오빠가 벌써 우리를 도와 작년도 형주고 졸업생들과 접촉해 주었어. 그중에 세 명이 강보규와 같은 반이었다고 하더군. 우리는 이 세 사람을 만나 보면 되는 거야."

"두 번째는 뭐죠?"

의균이 물었다. 미도는 의뢰인의 눈동자를 깊게 응시했다. 의균은 자기도 모르게 뒤로 상체를 뺐다.

"우리가 「헌드레드」 속으로 들어가는 것. 게임 안에서 사라진 보틀리누스의 흔적을 찾아보는 거야."

그렇다. 게임 속에 실종된 학생을 찾을 단서가 남아 있을 수 있었다. 새로운 파티를 구성해 활동하는 일에도 무리는 없었다. 친구들과 함께 하는 파티에 휴가 신청을 내놓고 지인들의 아이템을 양도받거나, 친구들의 세컨 캐릭터를 빌리면 된다.

미도는 만족스러운 얼굴로 의균의 어깨에 팔을 둘렀다.

"의균 군. 우리는 학생 탐정단이고, 이런 강력 사건을 만났을 때는 우리의 한계점을 명확히 해야 해. 우리 목표는 범인을 잡는 게 아냐. 경찰이 간과할 수 있는 영역을 보완해서, 사건의 총체적인 진상을 밝히는 데 작은 보탬이 되는 거야. 보조적인 역할이 우리 목표라구."

문득 의균은 PC방에서 보았던 세규의 모습을 떠올렸다. 세규는 무리에서 떨어진 늑대처럼 고독해 보였다. 경찰 수사가 진행되면서 세규네 가정 사정을 모르는 사람이 없게 되었다. 그리고 다들 가볍게 보규 형이 죽었을 거라고 떠들고 다녔다. 세규가 이 사람들을 만났다면 고민을 나눌 수 있었을 텐데.

"참, 한 가지 더 경찰을 뛰어넘을 수 있는 방법이 있어요."

의균은 책가방에서 앨범을 꺼냈다. 독서실에서 찾은 작년도 졸업 앨범이었다. 도서부 친구에게 부탁해 특별히 빌려 왔다.

"카발리스트 킴, 원격 투시를 해 주세요. 당신이라면 보규 형이 어디 있는지 알 수 있지 않나요?"

카발리스트 킴은 눈을 번쩍 떴다. 의균의 간절한 눈빛에 일단 사진을 받아들었지만 당혹한 낯빛이었다.

"그건 말도 안 돼, 얘. 킴은 마법사도, 점쟁이도 아냐. 그냥…….음. 상담가야."

예희가 얼버무렸다.

"하지만요."

의균은 재빨리 하재를 똑바른 눈동자로 쳐다보았다.

"누나는 단순한 상담가가 아니에요. 아주 특별한 사람이라고요. 제가 잘 설명을 못하겠지만, 마음만 먹는다면 무슨 일이든 이뤄낼 수 있을 거예요. 그게 심지어 초능력이라고 해도요."

"내가 특별해?"

하재의 얼굴이 붉게 달아올랐다. 옆에서 지켜보던 예희와 성윤이 어색한 표정을 지었다. 묘하게 잘 어울리는 두 사람이었다.

"자자, 그만들 하고."

대장은 시간을 효율적으로 사용하기 위해서 수사팀을 두 개로 나누었다. 「헌드레드」 아이디를 가지고 있는 의균과 하재, 머리 회전이 빠른 채율이 온라인 쪽을 맡기로 했고, 성윤과 예희, 미도는 오프라인에서 졸업생들과 접선하기로 했다.

* * *

지금까지 한 번도 게임을 해 본 적이 없었지만 채율은 주저하지 않고 온라인 수사팀에 지원했다. 오프라인 수사팀과 엮이게 되면 어떤 상황이 초래될지 불 보듯 뻔했다.

'지들끼리 밥 먹고, 영화 보고, 잘생긴 오빠들 만나면 여자 친구 있냐고 쓸데없는 말로 수다를 떨겠지. 실제 수사는 10분도 되지 않을걸.'

그러나 온라인 수사는 훨씬 자유로웠다. 로그인 상태로 해 놓은 뒤에 스피커로 인터넷 강의를 들을 수 있을 테니까. 책상 위에 참고서를 펴 놓고 슬쩍슬쩍 볼 수도 있었다.

회원 가입하고, 익숙해지면 고향의 계곡에 있는 유창목 산장으로 오세요. 10시에 약속 잡아 놨어요.

의균이 문자를 보냈다. 채율은 하재가 말해 준 대로 유명 포털 사이트에서 '헌드레드'를 검색해 게임 홈페이지로 이동한 뒤 파일을 내려 받아 실행시켰다. 캐릭터와 닉네임을 정하고, 게임 방법을 익히는 데만도 한 시간이 훌쩍 지나갔다.

게임 속 채율의 직업은 연금술사였다. 여자 연금술사는 주홍빛 머리칼에 갈색 피부, 치맛단이 짧은 가죽 원피스를 입고 있었다. 현실에서는 입을 수 없는 과감한 차림을 할 수 있다는 것이 게임의 장점이었다. 닉네임은 '공부할란다'로 정했다.

채율은 책상 한 쪽에 화학 참고서를 펼쳐 놓고 인터넷 강의를 플레이 해 놓은 상태에서 게임 시작 버튼을 눌렀다. 업데이트 파일이 깔리는 창이 나타나더니 갑자기 모니터가 검게 변했다.

곧 어둠 속에서 눈부신 빛이 퍼져나갔다. 빛은 마치 우주의 시작을 알리는 빅뱅처럼 현란하게 화면 전체를 흔들고는 사라졌다. 뒤이어 르네상스 시대 성당 천장화처럼 그려진 천사와 악마 전투 장면이 웅장한 음악과 함께 나타났다.

태초에 어둠과 빛이 분리되지 않은 시절
악마들은 신의 그림자를 훔쳐 백 개의 원석들을 만들어 냈다.
백 개의 원석을 모으면 이 지상에 군림할 검은 신이 눈을 뜬……

Skip! 거기까지. 채율은 재빨리 시놉시스를 넘겼다. 마지막 페이지를 누르자 비로소 게임 속 인터페이스가 눈앞에 펼쳐졌다.

디기탈리스 대륙에 발을 디딘 연금술사 '공부할란다'는 감탄하며 주위를 둘러보았다.

하늘은 거꾸로 매달린 바다처럼 티 없이 맑았고 안개에 감싸인 산맥이 병풍처럼 펼쳐져 있었다. 그녀가 서 있는 곳은 목조 산성 입구였다. 저 앞에서 있는 검문하는 무장 경비들이 행객들의 신원을 확인하고 있었다. 「슈렉」에 나오는 오크들처럼 흉측하게 생겼다.

가만 보니 모든 사람들이 머리 위에 생명력을 나타내는 초록색 막대를 달고 있었다. 막대가 끝까지 충전되어 있는 사람도 있었고 얼마 남지 않은 사람도 있었다.

- 여기서 '고향의 계곡'으로 가려면 어떻게 하죠?

채율은 지나치던 남자 검사에게 물었다.

- 초짜야? 옆에서 지도 펴면 되잖아. 포털을 사용해.

지도를 펴라니 이해가 되지 않았다. 포털은 또 뭔가. 이 근처에 현관이 어디 있다고? 한참을 끙끙대다가 겨우 모니터 하단에 있는 두루마기 아이콘을 찾았다. 더블클릭. 두루마기가 펼쳐지면서 현재의 위치와 대륙의 지도가 펼쳐졌다. 현재 위치는 유포르비아 성벽이었고, 고향의 계곡은 지중해를 건너 팔라에노 대륙에 있었다.

'포털이라는 건 먼 장소로 이동하기 위한 수단이군.'

포털은 성벽 안쪽 우물 옆에 있었다. 탐욕스럽게 생긴 난쟁이 남자가 포털을 이용하는 값으로 채율이 가진 돈을 모두 빼앗았다. 푸른색 전기 구름처럼 일렁이는 문을 통과하고 나오니 음악이 바뀌면서 새 소리가 들렸다.

거대한 나무 한 그루를 통째로 깎아 만든 여관이 정면에 있었다. 청록색 용처럼 꿈틀대는 몸체를 가진 고목은 여관으로 개조된 후에 도 여전히 살아 있었다. 창문을 이루는 나뭇가지마다 해당화를 닮은 보라색 꽃이 만발해 있었다.

- 많이 기다렸어요. 못 오는 줄 알고 걱정했어요.

- 들어가자.

먼저 도착한 의균과 하재가 팔을 잡아끌었다. 채율이 가죽 원피 스만 달랑 걸치고 있는 것과는 달리, 의균의 옷은 눈이 부실 정도로 하얀 실크로 이루어진 제복이었고, 양쪽 팔에는 금으로 세공된 호박 팔찌를 하고 있었다. 평상시에 거의 검은색으로 옷을 입는 하재도 푸른빛 로브에 토파즈 서클렛을 착용했다. 손에는 영화 「반지의 제 왕」에서 간달프가 들고 다녔을 법한 나무 지팡이를 잡고 있었다.

- 작년에 보툴리누스와 같은 파티에 있었던 사람을 만나기로 했 어요.

의균의 닉네임은 '허준17대손'이었다. 처음에는 만나는 걸 거절해 서 해독 물약을 몇 개 양도하기로 하고 약속을 잡았다고 했다. 시간 이 되자 여관 앞뜰에 커다란 그림자가 드리워졌다. 하늘에서부터 커 다란 새가 착지하고 있었다. 그 바람에 마당에 있는 풀들이 사정없 이 흩날렸다.

- 보툴리누스를 찾고 있는 게 너희야?

새에 타고 있던 사냥꾼이 훌쩍 새 등에서 뛰어내렸다. 그가 휘파 람을 불자 새는 다시 창공으로 날아올랐다. 안정되지 않은 대기가 사냥꾼의 은발을 부드럽게 흔들었다. 닉네임은 '탈로스'였다.

- 일단 안으로 들어가자.

여관 1층에는 통나무 테이블이 놓인 식당이 자리 잡고 있었다. 엘프와 난쟁이가 사이좋게 앉아 정보를 교환하는 모습도 보였고, 고급 무장을 한 기사가 사람을 기다리기도 했다. 탈로스가 자리에 앉아 무얼 망설이냐는 얼굴로 푸른 망토의 마법사를 쿡쿡 찔렀다. 하재는 체념한 표정으로 베이 차를 모두에게 시켜 주었다. 투명한 색의 차를 마시자 모두의 머리 위에 있던 초록색 바가 조금씩 길어졌다.

- 나는 제주도에 살아. 보툴리누스와는 게임을 하면서 알게 되었지. 다들 알겠지만, 실력 있는 치료자는 찾기가 힘들잖아. 공부할 게 워낙 많아야지. 예를 들면, 너. 이 차의 효과를 알고 있어?

자리에 앉아 있던 의균은 고개를 끄덕였다.

- 관절통을 치료하고 감염을 예방하죠.

- 훌륭하군. 하지만 독을 해독하는 데도 도움이 되지.

- 그건 전혀 몰랐는데요.

- 보툴리누스는 거기까지 알고 있었지. 내가 스트리크닌 독에 중독되었을 때 고쳐 주었어.

탈로스의 눈빛이 과거를 회상하는 듯 아련히 젖어 들었다. 처음 게임을 하는 채율을 위해 하재가 귓말로 설명해 주었다.

- 독에 중독되면 플레이를 하다가 오작동이 일어나. 검을 휘둘러야 할 순간에 동작이 둔해진다든지, 공격이 이루어지지 않는다든지 하지. 죽었다 되살아난다고 해도 중독 상태는 이어지기 때문에 반드시 치료받아야 해.

탈로스의 말은 이어졌다.

- 보툴리누스가 있을 때 우리 파티는 최강이었어. 원석을 13개나 소유하고 있었으니까. 아니, 원석의 개수는 중요하지 않아. 보툴리누스만 있었다면 우리는 작년 골든 퀘스트의 우승자가 되었을 거야. 그만큼 실력이 있었어. 세계의 비밀을 우리의 손으로 깼을 거라고. 그런데 보툴리누스가 빠지면서 그 녀석만이 사용할 수 있는 독과 환수를 길들일 수 있는 약재들을 전혀 지원받지 못하게 되었지. 어느 날 갑자기 말이야. 정말 죽이고 싶었어.

- 보툴리누스가 왜 종적을 감췄는지 아세요? 사라지기 전에 뭔가 암시가 되는 말이라도 있었나요? 연락처를 알려 주었다거나.

아직 게임 속 세계에는 보툴리누스가 실종되었다는 사실이 알려지지 않았다. 대부분의 사람들은 그가 군대에 가 있을 거라고 생각했다. 탈로스는 말했다.

- 연락처? 그런 건 처음부터 몰랐어. 스마트폰에 헌드레드 앱을 깔면 친구로 저장된 사람들과는 무료로 채팅할 수 있어. PC로 연동이 되니까 쪽지로 남겨도 휴대폰으로 연락이 가. 우리뿐만 아니라 다들 그렇게 해. 참, 계획 비슷한 게 있다고 했었다.

- 계획이라고요?

채율은 재빨리 인터넷 강의를 중단시켰다. 대화에 집중할 수가 없었다.

- 나도 자세한 건 몰라. 지나가듯 나온 이야기였거든. 아버지가 게임을 하는 걸 엄청나게 반대한다고 했어. 집에 있던 컴퓨터를 망가뜨리는 바람에 피시방까지 나와야 한다고 했고. 보툴리누스의 꿈

은 KL소프트에 입사하는 거였거든. 골든 퀘스트에 우승하면 사전 테스터로 등록되니까, 회사 사람들과 얼굴을 익힐 수도 있고, 인턴으로 참가할 수도 있어. 대학도 게임 관련 학과에 진학하길 원했지. 구체적인 계획이 뭐였는지는 몰라. 다만 무슨 일이 있어도 꿈을 포기하고 싶지 않다고 했어.

얼마 전에 읽었던 신문 기사가 채율의 머리를 스쳐지나갔다. 같은 또래의 고교생이 가출을 했다가 뒷감당이 안 되자 납치 자작극을 벌인 사건이었다. 보규도 꿈을 이루기 위해서 충동적으로 가출을 감행했던 게 아닐까. 현실을 깨닫고 돌아가고 싶은 마음이 들었지만 아버지와 마주칠 게 두려워 먼저 책가방을 보낸 거라면. 그럼, 책에 묻어 있었다던 혈흔은 무엇일까?

- 마지막으로 연락했던 건 언제였어요?

- 날짜까지 똑똑히 기억해. 11월 6일이었어. 골든 퀘스트를 며칠 앞둔 때였지. 오전까지는 평상시와 다름이 없었어. 전략을 점검하고, 새로운 공격술에 대해서 이야기를 나눴지. 그런데 저녁 시간쯤에 갑자기 난리가 났어. 어떤 녀석이 자기 약초밭을 공격했다는 거야. 그동안 키우고 있던 약재들의 3분의 1을 허공에 날렸다면서 노발대발했어.

- 맙소사. 약초밭을!

말이 아니라 채팅 창에 쓴 글자였지만, 의균의 흥분이 그대로 전해져 왔다.

- 보틀리누스는 우리 파티원들에게 놈의 닉네임과 위치를 알려주었어. 밟아 달라는 의미였지. 자정이 되면 총 공격을 할 생각이었

어. 그런데 보툴리누스는 그걸로는 성이 안 찼는지 현피를 뜨겠다는
말을 하더라?

현피는 게임 속에서 알게 된 상대와 현실에서 직접 격투를 벌이
는 걸 뜻하는 속어였다. 탈로스는 잊고 있었던 게 기억이 난 모양인
지 킬킬대며 웃었다.

- 그러고 나더니 다음 날부터 연락이 안 되기에, 나는 현피 떴다
가 역관광 당했다고 생각했어. 쪽팔리면 잠수탈 수 있잖아. 실제로
도 소문이 그렇게 났었어. 우리도 처음에는 그렇게 생각했고. 두들
겨 맞고 나서 상대방이 두 번 다시 「헌드레드」에 접속하지 말라고
엄포를 놓으니까 잠적한 거라구. 그래서 보툴리누스 아이디를 사용
할 수 없게 된 거고.

그런데 이상하잖아. 그럼 부모 형제 주민번호를 털어서 다른 캐릭
을 만들고 게임 다시 시작하는 게 보통이야. 경험치는 어쩔 수 없다
고 해도 약재와 도감, 만들어 놓은 약물들은 양도 가능하니까. 번거
롭기는 해도 공격력은 상당 부분 보완할 수 있지. 적응되면 파티원
들에게 다시 연락을 취하면 돼. 그런데 아무리 기다려도 보툴리누스
한테서는 연락이 없었어.

창밖으로 호수가 보였다. 고요히 안개가 떠 있는 수면 위로 가만
히 바람이 불었다. 햇살은 저녁의 아스라한 등불처럼 부옇게 번지며
물속으로 녹아내리고 있었다.

'11월 6일이라면 실종 당일이야. 보툴리누스가 그날 자율학습을
마치고 현피를 뜨러 간 거라면 혹시 싸움이 잘못되어 다치거나 죽었
을 수도 있잖을까.'

325

충분히 있을 수 있는 이야기였다. 하지만 하나 마음에 걸리는 게 있었다. 채율이 물었다.

- 소문이 났다고 했죠? 그럼 누군가 그 싸움에 대한 이야기를 했다는 거잖아요. 누군지 아세요?

- 약초밭을 망쳤던 당사자. 보툴리누스 깠다고 얼마나 난리를 치고 다니던지 우리가 단체로 가서 밟아 줬지. 아, 물론 게임 속에서 말이야. 그런데 뭔가 좀 아닌 거 같더라구.

좀 아닌 것 같았다? 애매모호한 표현을 듣고 하재가 고개를 갸웃거렸다. 어떻게 키를 조작했는지 움직임이 아주 자연스럽다.

- 그게 무슨 뜻이죠?

- 말이 자꾸 바뀌었어. 처음에는 자기가 그랬다고 하더니, 나중에는 만난 적도 없다고 하고. 그런 거 있잖아. 왜 말을 나눠 보면 그냥 느껴지는 거. 아……, 이놈은 뭔가 아니다. 나 이런 거 표현 잘 못해.

이번에는 의균까지 고개를 갸웃거렸다.

- 닉네임은요?

- 무적의 트라이탄.

* * *

'내가 지금 꿈을 꾸나.'

K대학교 언론정보학과 학생으로서 다음 날 있을 발표 수업을 준비하던 한대선 군은 자신의 눈을 의심하며 눈꺼풀을 질끈 감았다. 그가 있는 나왕 나무 책상 맞은편에 교복을 입은 고등학생 셋이 나

란히 앉아 빙글빙글 웃고 있었다.

"안녕하세요? 저희는 선암여고 탐정단입니다."

세 녀석들은 마치 춤을 추기라도 하는 듯 손목 스냅을 주어 가슴께를 가리켰다. 증명사진이 박힌 탐정 대원증이 이름과 소속, 직책을 나타내고 있었다.

대선은 주변을 둘러보았다. 분명 학교 중앙 도서관이었다. 고딕 복고풍 석조 건물로 유서 깊은 역사를 지닌 진리의 요람. OMR 카드에 사인펜 잉크도 마르지 않은 고교생들이 나타날 만한 공간이 아니었다.

"법학부 신입생 한대선 씨 되시죠? 한진 학원에 다니는 명봉고생 오동수 오빠의 이종사촌형 오범수 오빠한테 소개받았어요. 작년에 형주 고등학교 졸업하셨죠? 학번은 3732. 강보규 오빠와 같이 앉았다고요."

미도라고 하는 녀석이 명함을 내보이며 다다다 설명을 했다. 대선은 대답하지 않았다.

'요즘 보규를 찾는 사람이 많네.'

며칠 전에는 경찰이 찾아왔었고, 두 달 전에는 보규의 부모님이 오셔서 행방을 물어 왔다. 이제는 인근 지역 고등학생까지.

"내가 여기에 있다는 건 어떻게 알았는데?"

대선의 말에 최성윤이라는 명찰을 달고 있는 아이가 대답했다.

"집에 전화해 봤어요. 도서관에 가셨다고 해서 찾아왔죠."

"그럼 집 전화는 어떻게 안 거야?"

"당연히 범수 오빠가 가르쳐 줬죠. 대장이 하는 말 못 들었어요?

327

그런 건 중요한 게 아니에요. 자요. 얼른 작성해 주세요."

예희라는 명찰을 단 아이가 짜증을 내며 종이 한 장을 꺼냈다.
「선암여고 탐정단 수사 협조용 질문지」라고 쓰인 출력물이었다. 요
즘에는 수행평가를 이런 식으로 하는 걸까 싶을 정도로 공들여 작성
된 질문지였다. 공문서처럼 번호가 매겨져 있고, 특징적인 테두리와
탐정단 로고까지 찍혀 있었다.

질문지에 쓰인 질문은 경찰이 물었던 내용과 여럿 일치했다. 오
히려 더 날카로운 부분도 있었다. 단순한 애들 장난이라고 하기에는
기분 나쁘게 전문적인 냄새가 났다.

1. 강보규 군은 어떤 학생이었습니까?

-교실 내에서의 계급을 체크해주세요.

　잘나가는 애. 그냥 그런 애. 하급계층. 불가촉천민.

-분류를 체크해 주세요.(중복체크)

　범생이, 날라리, 순응형. 4차원. 일진. 반항아. 빵셔틀. 부유층. 가난
뱅이. 운동남. 투명인간. 전문가(분야:　　　　　). 사이코패스. 은둔형
외톨이. 무기력. 우울증. 인기인. 익살쟁이. 싸움꾼. 권력자. 말쟁이.
머리 좋은. 아둔한. 지식인.

-교우 관계를 체크해 주시고 친구들의 이름과 연락처를 적어 주세요.

　① 어울려 다니는 무리가 있었다. (셋 이상)

　　(이름:　　　　연락처:　　　)

　② 친한 친구 한둘과 어울렸다. (이름:　　　　연락처:　　　　)

　③ 어울리는 친구가 없었다.

-그 당시 보규 군의 인상에 대해 써 주세요.

벌컥 화를 내려다 그냥 볼펜을 들었다. 대선은 경찰이 찾아왔을 때도, 보규의 부모님이 찾아왔을 때도 성심성의껏 대답했다.

대선이 기억하는 보규는 조용하고 얌전한 학생이었다. 운동장에 돋은 풀 한 포기, 교정에 심긴 나무 한 그루도 쉬이 보고 지나치지 않았다. 생물 선생님이 영농 후계자라고 부를 정도로 식물에 대한 지식이 해박했다. 가방 안에는 채집용 삽과 노트, 휴대용 식물도감이 들어 있었다.

그러나 짝으로 지내며 알게 된 보규는 첫인상과 완전히 달랐다. 아버지가 프로 복서 출신이라더니 은근히 호전적인 근성을 가지고 있었다.

학기 초 교실 내에서 껄렁껄렁한 놈들에게 얕보인 탓에 보규는 한동안 빵셔틀 신세가 되어야 했다. 그러나 햄버거든 음료수든 심부름을 받은 아이들은 예외 없이 심한 복통에 시달렸다. 탈수가 올 정도로 구토를 하기도 했다. 보규에게 체육복을 빌려오라고 시켰던 학급 짱은 희미한 풀냄새가 나는 체육복을 입고 전신에 붉게 염증이 돋았고, 사타구니 주변에 심한 물집이 잡혔다.

그 후로 보규의 학교생활은 편해졌다.

헌드레드를 좋아하기는 했지만, 생각 없이 게임만 한 타입은 아니었다. 주중 야간 자율 학습 시간에는 충실히 공부를 했다. 게임을 하는 건 주말과 잠자기 직전이었다.

"우리한테 놀이터가 어디 있냐? 고등학생들끼리 밤에 뭉쳐 다니면 다들 불량하다는 눈빛으로 쳐다보잖아. 어른들처럼 홍대나 이태원 클럽에 가서 놀 수도 없고."

"맞아. 돈도 없고."

물론 금전적인 문제만은 아니었다. 다만 술을 마시고 여자를 만나는 식의 어른들 놀이 방식에 반감이 있었다. 조금만 더 오래 소년으로 남아 순수한 모험을 꿈꾸고 싶은 그런 기분이었다.

"「헌드레드」에 접속하면 다들 나를 반겨. 대단한 플레이어라고 인정을 하지. 어디에서 그런 환영을 받을 수 있겠어? 그게 내가 게임을 하는 이유야."

하지만 정작 주말 내내 게임을 하고 등교하는 짝꿍은 행복해 보이지 않았다. 죄책감과 자기혐오가 뒤엉킨 암울한 상태로 책상에 앉곤 했다.

다른 고3들이나 다를 바가 없었다.

4. 사라지던 날, 일을 기억하고 있습니까? 그날 보규 군이 평상시와 다른 점이 있었나요? 기분이나 표정이 어땠나요? 누굴 만나러 간다고 말했나요? 특별한 사건은 없었습니까?

그날 있었던 일은 분명히 기억이 났다. 골든 퀘스트가 가까워 오던 즈음이라서 보규는 휴대폰을 제출하지 않고 하루 종일 앱으로 약초밭을 점검하고, 확인하고, 물약을 만들고 파티원들과 채팅을 했다. 점심 때쯤 누군가 자신의 약초밭을 건드렸다면서 안색이 파랗게 질렸다.

"당했어. 고투콜라도, 에키네시아도. 독말풀도 모두……."

보규가 그렇게 이성을 잃는 모습은 처음 보았다. 평상시와 달리 아주 흥분한 상태였다. 샤프펜슬 끝을 깨물면서 칠판을 응시하는 보규의 눈은 분노로 번뜩였다.

학기 초 불량한 녀석들을 손봐주었을 때가 기억이 났다. 소름이 돋았다.

9. 보규 군이 사라졌을 때 교실 분위기는 어땠나요? 평소와 다른 행동을 보이는 사람은 없었습니까?

10. 보규 군이 갑자기 자취를 감출 만한 이유가 있었다고 생각합니까?

11. 같은 반 친구가 사라졌는데 이상하다고 생각하지 않았나요?

날카로운 바늘이 심장을 뚫고 지나간 듯 여리게 아려 왔다. 대선은 고개를 들어 탐정단 아이들을 봤다. 시종 보규 군이라는 말을 쓰다가 마지막에 이르러 갑자기 친구라는 단어를 썼다.

당연히 이상했다. 대선만이 아니라 반 친구들 모두가 그렇게 생각했다. 게임을 좋아하지만 착실하던 놈이었다. 수업을 땡땡이치지도, 학교를 빠지지도 않았다.

"빨리 수능 끝났으면 좋겠다. 얼른 골든 퀘스트 뛰게." 하고 입버릇처럼 말하던 녀석. 어떻게든 부모님을 설득해서 게임학과에 가고 싶다던 애가 가출을 했다고? 하지만.

"그때는 대수능 며칠 전이었어. 다들 정신이 없었다구."

예희가 머리를 왼쪽으로 기울였다.

"시험은 곧 끝났잖아요. 여유롭지 않았어요?"

"오히려 더 바빴어. 너도 생각해 봐. 인생을 좌우지할 시험을 치고 나면 소강 상태가 찾아와. 홀가분하기도 하지만 마음을 가라앉힐 수도 없어. 채점을 해야 하고, 자기 점수로 갈 수 있는 대학이 어딘지 찾기 바빠."

"그래서 1년 동안 같이 지낸 친구가 사라졌는데도, 누구도 신경 쓰지 않았던 거군요."

초코송이처럼 끝을 부풀린 단발머리가 입꼬리를 비틀어 올렸다.

"보규한테서 미안하다고 문자가 왔었으니까. 수능을 포기한 거라고 생각했었어."

"전화는 해 봤어요?"

대선은 입을 다물었다. 걸지 않았다. 부모들이 알아서 잘 찾고 있으리라고 생각했다. 원서를 쓰기 위해 몇 번인가 교무실로 올라갔을 때 담임선생님이 보규의 어머니와 상담을 하는 모습을 보았다. 보규가 이대로 나오지 않을 경우 졸업을 할 수 있는지에 대해서 이야기를 나누고 있었다. 창백하게 질린 어머니는 대선을 보고 물었다.

"혹시 우리 애한테 연락 없었니?"

안쓰럽기도 했지만, 도망간 보규가 부럽기도 했다. 망가져 버릴 정도로 자유롭게 나는 새가 하나쯤 있어도 좋지 않겠는가. 그곳이 악마의 낙원이라고 해도 누군가에게는 그 낙원이 진짜 낙원이 될 수도 있다. 어디서 무얼 하는지 알 수는 없을지라도 어딘가에서 잘 살고 있겠지. 그렇게 생각하고 말았다.

"친구가 수능을 포기하면 설득을 해서라도 데리고 나왔어야죠."

탐정단 아이들이 말했다.

"너희들은 아직 고3을 겪어 보지 못해서 몰라. 그때가 되면 누굴 생각할 수 없어. 혼자서 버티는 것도 버겁다고."

열풍이 부는 사막에 홀로 서 있는 심정.

얼마 전 막걸리 집에서 군대에 가는 친구를 배웅하며 술을 마시다가 사라진 고교생에 대한 뉴스를 들었다. 처음에는 모교를 알아보지 못했다. 화면도 뿌옇게 비쳤고, 정문은 새롭게 바뀌어 있었다. 경찰이 나와 혈흔이니, DNA 검사니 하는 이야기를 떠들었다. 보규의 사진이 텔레비전 화면을 채웠다. 영정 사진처럼 보였다. 그런 사진이 나오면 대부분 사람은 죽었고 어딘가에서 변사체로 발견되기 마련이라는 걸 스무 해 동안 뉴스를 보며 학습했다.

"어? 쟤, 고3 때 나랑 앉았던 짝이야."

"뻥치시네."

동기들 중 한 녀석이 손에 들고 있던 병맥주를 빼앗아 갔다.

사흘 뒤 경찰에게서 연락을 받았다. 수사에 협조해 줄 수 있냐는 전화였다. 학교 강당, 평화의 전당 계단에서 같이 입학한 동창과 함께 형사를 만났다. 이야기는 한 시간 정도 이어졌다. 주변이 어두워지고 하나둘 공연 관람을 끝마친 사람들이 전당 밖으로 빠져나왔다.

"살아 있겠죠?"

대선이 마지막으로 형사에게 물었다. 형사는 아무런 대답도 하지 않았다. 인파 속으로 형사는 사라졌고, 동창과 대선만이 불편한 침묵 속에 떠 있었다.

"보규가 죽었다면 그건 우리 반 모두의 공죄야."

"우리가 원서를 쓰고 있었을 그때, 채점을 하고 있었을 그때, 시험을 보고 있었을 그때 그 녀석은 죽어가고 있을지도 몰라."

"그때 몇몇이라도 나서서 부모님들과 함께 보규를 찾으러 다녔다면, 경찰서로 가서 가출할 아이가 아니라고 설명했더라면……."

지금쯤 보규는 살아 있었을까. 둘은 차마 마지막 말을 하지 못하고 헤어졌다.

"그냥 이 자리에 앉아서 죄책감만 안고 사실 건가요? 친구를 버려두었다고 자책만 하실 거예요?"

미도가 책상을 소리 나게 탁 쳤다. 다른 녀석들도 날카롭게 대선을 쏘아봤다. 크리스마스 캐럴에 나오는 세 위(位)의 귀신 같았다. 경고를 담은 얼굴로 불길한 분위기를 풍겼다.

"그럼 이제 와서 어떡하라는 거야? 다 지난 일이야. 지금은 경찰이 수사를 해 주고 있고."

"저희는 고교생이지만 오빠가 했어야 하는 몫까지 수사하고 있어요. 여기까지 오느라 상당한 지출도 했죠. 교통비, 통신비……. 수사비가 우리 용돈을 초과하는 바람에 그만……."

"……저녁도 못 먹었어요."

성윤이 마무리했다.

말뜻을 알아챈 대선이 지갑을 꺼냈다. 명품 엠블럼이 뒤덮인 밝은 갈색의 가품 지갑에는 2만원이 달랑 들어 있었다.

"하지만 나도 돈이 없는데. 이번 주 용돈밖에는……."

소녀들은 망설이지 않고 돈을 채 갔다.

일교차가 큰 환절기 날씨의 차가운 공기를 뚫고 탐정단은 정문

334

앞 중국집으로 달렸다. 짬뽕과 자장 곱빼기, 군만두를 배불리 섭취하고 나니 비로소 힘이 솟았다.

두 번째로 만난 사람이 협조를 잘 해 주어 다행이었다. 처음에 대학로에서 만난 사람은 보규에 대해 아무 것도 기억하고 있지 않았다. 심지어 그는 소녀들에게 공부나 하라고 훈계를 했다.

세 번째 졸업생은 대학에 진학하지 않고 인디 그룹 활동을 하고 있었다. 오늘 공연은 홍대 스텝다운 클럽에서 7시부터 시작했다. 세 사람은 역에서 내리자마자 전력으로 뛰어나갔다. 네온사인이 점등된 거리는 교복을 입은 고교생들의 질주를 환영하듯 오색 불빛을 쏘아 댔다. 그들이 찾는 라이브 클럽은 세븐 일레븐 편의점 옆 계단을 통해서 들어가는 지하에 위치하고 있었다.

골목 벽면에는 공연을 알리는 레트로풍 포스터가 다닥다닥했다.

그룹 이름은 '터후가이'. 반짝반짝한 구두들이 원형으로 모여 있고 복고풍 활자로 카피가 떠 있었다. 싸그리 짓밟아 주겠어.

어느 정도 인지도가 쌓인 밴드인지 안에는 많은 사람들이 모여 열광하고 있었다. 문을 열자마자 쏟아지는 강렬한 조명에 아이들은 눈을 감았다 떴다.

개성이라고 하면 어디 가서 절대지지 않을 세 사람이었지만 무대 위를 보고는 다들 말을 잊었다. 화려한 스트라이프 양복을 입은 네 명의 아저씨들이 허리께에 전대를 매고 노래를 부르고 있었다. 전신에 물을 뿌리고 잡아먹을 듯한 눈빛으로 객석을 바라보았다. 근육 한 점 붙어 있지 않은 앙상한 몸뚱이. 관중들은 더욱더 환호했다.

"너희들은 뭐야? 고교생은 입장 불가인 거 몰라?"

입구에 서 있던 여자 히피가 물었다. 당황한 기색이 역력했다. 감히 교복 입은 것들이 어디를 들어오냐는 눈빛이었다. 미도가 무대를 가리켰다.

"공연 끝나고 만나기로 했어요. 차민길 오빠요."

"아……. 어쨌든 여기 있으면 안 돼."

여자는 탐정단을 잡아끌고 식품 창고로 데려갔다. 맥주 박스와 식재료들을 보관해 놓은 3평 공간이었다. 한쪽 구석에는 간이 옷걸이와 거울도 놓여 있었다.

"일단 여기서 기다려."

세 명은 맥주 박스를 하나씩 끌어다가 의자처럼 앉았다. 공연을 보면서 스트레스를 풀 거라고 생각했는데 결국 창고 신세였다.

"으. 이게 뭐냐? 학생은 음악도 즐기면 안 되는 거야?"

"확 여기에 있는 술이나 마셔 버릴까?"

세 사람은 병맥주들을 동경 어린 표정으로 바라보았다. 세계 각국의 맥주들이 세련된 로고를 붙이고 저장되어 있었다.

"하나쯤은 마셔도 되지 않을까?"

"되지. 청소년을 유해한 환경에 방치한 주인장 잘못이야."

미도가 품에서 만능 맥가이버 칼을 꺼냈다. 탐정 필수품이었다. 퐁 하는 소리와 함께 독일산 파울라너 병이 열렸다. 음악 소리는 점점 잦아들고 있었다. 앵콜 소리가 벽을 타고 전해져 왔다. 세 사람은 옹기종기 머리를 맞대고 시음을 시작했다. 첫 주자는 예희였다. 예희는 거만한 눈동자로 두 명의 아동을 바라보며 맥주 박스 위에 다리를 꼬았다.

"잘 봐. 맥주는 이렇게 마시는 거야."

벌컥 문이 열리고 무대 위에 서 있던 가수들이 들어왔다. 의상을 갈아입으려고 반쯤 가죽바지를 내린 상태였다. 빨간 사각 트렁크가 동공을 어루만지며 소녀의 영혼 속으로 빨려 들어왔다. 아아악. 예희가 비명과 함께 입속에 머금고 있던 맥주를 내뿜었다. 빨간 트렁크의 주인공은 당황조차 하지 않았다. 그저 화끈하게 바지를 벗어 내릴 뿐이었다. 이번에는 미도와 성윤이 기겁을 하며 일어섰다.

"뭐여? 웬 고등어들이 여서 이런 걸 빨고 있는 겨?"

뒤이어 들어온 멤버가 예희의 손에서 맥주를 빼앗아 들이켰다. 맥주병은 이 멤버에서 저 멤버의 손으로 옮겨졌다. 소녀들 앞에서 순식간에 옷을 갈아입은 아저씨들은 마지막 곡을 부르기 위해 뛰쳐나갔다. 소녀들은 빈 맥주병과 함께 덩그러니 남았다. 성윤이 말했다.

"봤냐? 그 아저씨 트렁크 위로 빠져나온 털."

셋은 몸서리를 쳤다.

터프가이들이 되돌아온 건 그로부터 3분쯤 뒤였다. 공연을 성공리에 마친 그들의 얼굴은 아주 흡족해 보였다. 민길이 가장 어린 멤버라서 쉽게 알아볼 수 있었다. 그는 창고까지 진입한 어린 팬들에게 박카스를 하나씩 주었다.

"니들이 날 만나고 싶다고 했던 학생들이구나?"

기분 탓일까. 뻐기는 느낌이었다. 올백으로 머리를 넘긴 가수를 바라보며 미도가 고개를 끄덕였다.

"사인이라도 해 줄까?"

부탁도 하지 않았는데 사인을 해 주겠다고 말하고 있었다. 안쓰러운 마음에 소녀들은 각자 가방에서 수첩과 노트를 꺼냈다. 스타는 화통하게 웃으며 사인을 해 주었다. 예희는 조심스럽게 본론으로 들어갔다.

"오빠 형주고 나오셨죠?"

"이 자식들. 내 뒷조사까지 했구나."

민길은 으스대는 얼굴로 뒤에서 짐을 챙기는 멤버들을 힐긋거렸다. 너무 행복해 보여서 마음이 더 애잔했다.

"같은 반에 강보규라는 학생이 있지 않았나요? 저희가 아는 사람의 아는 사람인데요."

"아아……. 보규한테 물어봤구나? 그렇게까지 나에 대해서 알고 싶었어?"

순간 미도의 눈길이 예리해졌다. 마치 지금도 보규와 연락하고 지낸다는 말투였다. 대장의 생각을 눈치채고 예희가 물었다.

"오빠랑 보규 오빠랑 친해요?"

"아니. 친하지는 않아. 졸업한 뒤로는 한 번도 못 봤어."

"고3때 가출했다고 하던데 가출한 뒤에 연락이 되었다거나."

"맞다. 걔가 가출했었지. 그래. 그 뒤로 못 봤어."

민길은 생각났다는 얼굴로 대답했다. 보규에게 일어난 사건을 전혀 알지 못하는 모양이었다. 옷깃 사이로 드러난 손목에는 별과 꽃 문신이 새겨져 있었다. 코에도 피어싱이 박혀 있었다. 뉴스 같은 건 전혀 보지 않는 타입이려나.

미도는 그의 기분을 맞추기 위해 개인적인 질문을 했다. 음악을 시작하게 된 계기, 좋아하는 뮤지션 등등을 물었다. 마침 이번 작문 수행평가가 정보 전달을 위한 글쓰기였고 직업 탐방이 주제였다.

'숙제 일찍 하는 셈 치지 뭐.'

성윤도 툴툴 대면서 사진을 찍고 노트에 질문 내용을 적기 시작했다. 그러다가 기습적으로 사건에 대한 질문을 했다.

"참, 근데 보규 오빠 아직도 집에 안 들어왔대요. 혹시 갈 만한 곳 아세요?"

민길은 어깨를 으쓱했다.

"모르지. 걱정 안 해도 될 거야. 내 생각에 걔 작업장 간 거 같아."

"작업장이라뇨?"

"학교 다닐 때도 몇 번 이야기하곤 했었거든. 작업장에 가서 게임하면서 돈 벌고 싶다고. 작업장은 그런 곳이야. 컴퓨터 수십 대로 캐릭터 관리하고 비싼 아이템 사고파는 곳. 남의 아이템을 해킹하기도 하구. 가출을 했든 뭐를 했든 묻지 않는대. 간혹 조폭들이 운영하는 곳도 있어서 함부로 못 나온다고 들었어."

미도는 수첩에 작업장이라고 쓰고 여러 번 동그라미를 둘러쳤다. 책가방을 주고 사라진 용의자가 조직 폭력배 같은 인상의 남자였다고 의균에게 들은 바가 있었다. 연관성이 있을지도 몰랐다.

"가출하던 날의 일은 기억나지 않으세요?"

민길은 창고에 있던 맥주 뚜껑을 열어 아이들과 박카스 건배를 했다. 멤버들은 막내에게 야식을 먹을 식당을 알려주고 창고를 나갔다. 민길도 슬슬 일어설 차비를 하며 대답했다.

"그날 무척 화를 냈었어. 당장 찾아가서 가만 두지 않겠다고 난리를 쳤지. 게임을 하는데 뭐라더라 약초밭을 불 질러 놨다고 했었어."

"그 오빠 싸움도 못했다면서요. 누군지 알고 그래요?"

성윤이 이해가 안 된다는 얼굴로 물었다. 민길의 얼굴이 바뀌었다. 아까까지와는 다른 표정이었다.

"원래 그런 애가 진짜 무서운 법이야. 조용한 사이코패스. 학기 초에 걔를 건드렸던 놈들이 있었거든? 설사 좍좍 뽑으며 나가떨어졌어. 독초 같은 거에 밝았다니까. 기억난다. 사라지기 며칠 전에 보규 가방에서 철제 상자를 봤어. 비타민 D 사탕 먹고 나면 남는 케이스 있지? 안에 한약환 같은 게 잔뜩 들어 있더라고. 총명환이면 같이 좀 먹자고 하니까, 걔가 학을 떼더라. 직접 만든 약인데 많이 먹으면 죽는다고 했어. 그러면서 하는 말이 뭐였는지 아냐? '이걸로 우리 아버지 설득시킬 거야.' 더는 무서워서 묻지 못했지.

좌우간 그날은 애가 완전히 돌아 버린 것 같았어. 환약갑을 쥐락펴락하면서 야자 시간 내내 채팅했다니까. 약초밭 망친 자식 사는 곳을 알아내려고 말이야. 야자 감독 돌던 지과 선생님한테 걸려서 엄청 깨졌는데도 소용없었어. 눈이 뒤집혀 있었다니까. 대단했지."

민길은 소녀 팬들에게 또 만나자며 손을 일일이 잡아 주었다. 음반도 곧 나올 예정이니 많은 성원을 부탁한다고도 했다. 은근히 정이 가는 사람이었다.

* * *

다음 날 학교에서 다시 만난 탐정단은 서로의 수사 내용을 종합했다. 온라인 수사팀과 오프라인 수사팀이 알아낸 바는 모두 나침반

처럼 한 사람을 가리키고 있었다.

보규는 가출한 날, 자신의 약초밭을 망친 트라이탄을 만나러 간 게 확실했다. 환약갑, 아버지를 설득시킬 계획, 작업장과는 아직 연관관계가 밝혀지지 않았지만 트라이탄을 만나게 되면 무언가 단서를 얻을 수 있을지도 몰랐다.

의균이 걱정스런 얼굴을 하며 말했다.

"트라이탄이 소속된 곳은 '고구려 길드'예요. 지금 고구려 길드는 '신라 길드'랑 일주일째 전쟁을 하고 있거든요. 원래 고구려 길드에 속해 있던 '도요토미 히데요시'가 배신을 하고 나와서 신라 길드를 만들었는데요. 도요토미 히데요시는 '디즈니랜드'까지 동맹으로 연합시켜서 고구려 길드의 수장 '아더왕'을 처단할 계획을 세웠어요. 아더는 격노해서 '장비'에게 디즈니랜드를 치라고 했는데……."

대체 어느 나라 역사인지 알 수 없는 이야기를 의균은 진지한 얼굴로 읊었다.

"문제는 트라이탄이 지금 던전에 잡혀 있다는 거예요. 위치 알아내고 나서 쪽지 보내니까 자기 캐릭터 구해 주면 협조하겠다고. 아니면 생각도 하지 말라고. 아, 던전은 성 아래에 있는 지하 감옥이라는 뜻이에요."

"감옥이라고?"

탐정단은 까르르 웃음을 터트렸다. 채율도 입술을 비집고 나오는 웃음을 참을 수 없었다.

오늘 아침 인터넷 기사로 사진작가 하라온이 서울 구치소 경비 교도대에 자대 배치를 받았다는 걸 알았다. 2012년 폐지되었던 경비

교도대가 얼마 전 교도소 탈옥 사건으로 부활하면서 라온은 신병 첫 타자가 되었다. 교도대는 교도소에 배치된 현역 군인들을 이르는 말로 교도관들의 교정 임무를 보조하기도 하고 불시의 사태를 대비하여 교도소를 지키는 부대였다. 유명인을 배치해서 일반 시민들에게 교도기관의 높아진 안정성을 홍보하려는 목적으로 보였다.

비보를 접한 라온의 팬들은 탄식했다. 혹시라도 수감자들이 라온에게 끔찍한 일이라도 할까 봐 걱정인 모양이었다. 그녀들이 가장 걱정하는 건 이번에 붙잡혀 들어간 연쇄 살인마 양무헌이었다. 양무헌은 라온이 배치된 서울 구치소에 수감되어 있었다. 같은 반 미라는 울먹였다.

"우리 자기 어쩌면 좋니?"

그에 비해 채율은 티끌만큼도 걱정하지 않았다. 오히려 작년 전시회 총격 사건을 파헤치면서 남아 있었던 앙금이 산뜻하게 가시는 기분이었다.

이틀 전 라온이 보낸 편지는 이런 말로 시작되고 있었다.

아마도 난 감옥에 갈 팔자였나 봐.

"하지만 우리가 어떻게 무슨 재주로 트라이탄을 구해?"

"그쵸? 개인적으로 메시지를 보내 봤는데요. 요구 조건이 까다로워요. 구하기도 어려운 아이템들을 달라고 하는데……. 따져 보니 1000만 원이 넘는 거예요."

의균은 하재의 노트북으로 트라이탄을 잡고 있다는 뮈엘로스 성

의 성주 캐스피언의 메시지를 보여 주었다. 요구사항을 줄줄이 늘어
놓는 옆으로 캐스피언의 캐릭터가 말하며 움직이는 GIF파일이 떴다.
성윤이 깜짝 놀랐다.

"어? 하라온이다!"

"그러네. 얼굴이 딱이야."

의균은 별 것 아니라는 얼굴로 설명했다.

"가끔 게임 제작사에서 간혹 연예인들 모습을 본 따 게임 캐릭터
로 내놔요. 슈가 걸즈 캐릭터도 있고, 에시드 제로 멤버도 있구요. 원
칙적으로 한 명한테만 분양하는데 엄청 비싸요."

연예인들 모습을 본 따 유저들에게 게임 캐릭터로 팔면서 이득을
보는 모양이었다. 실존하는 캐릭터를 사용할 때는 금칙어가 훨씬 많
이 설정되고 행동 제약도 많다고 했다. 또 아무리 돈을 많이 내도 일
정 레벨 이상 실력이 오르지 않으면 구매할 수 없었다.

"스타의 캐릭터를 구매했다는 건 말이야. 캐스피언이 하라온의
열혈팬이다. 그런 뜻이지?"

미도의 말에 의균이 고개를 끄덕였다.

"그렇죠."

"그런 거지?"

미도는 씩 웃으며 옆에 서 있던 채율을 쳐다보았다.

"안 돼. 무슨 일이 있어도 그 앨범은……."

낌새를 눈치 챈 채율이 몸을 뒤로 돌려 뛰었다. 하지만 미도가 더
빨랐다. 전광석화와 같은 움직임으로 채율의 책상 위에 꽂힌 앨범을
낚아챘다.

343

"안 돼. 안 된다고. 그건 내 등록금이야!"

채율이 미도의 조끼를 거머쥐었고, 대장을 지키기 위해 성윤까지 덤벼들었다. 서로 깨물고, 꼬집고, 머리채를 흔들었다.

추한 난투극이었다.

* * *

휴대폰을 찾았다는 연락을 받았다. 세규는 수업이 끝나자마자 경찰서로 달려가 물건을 확인했다. 발견된 곳은 강남역 근처에 있는 휴대폰 찾기 콜센터의 창고 안이었다. 8만 대가 넘는 분실폰들 가운데서 같은 기종을 추려 일일이 확인했다. 경찰들은 이밖에도 전국의 분실물 센터에 휴대폰 사진을 보내 물건을 수배했다. 시간이 많이 지나 이렇다 할 단서가 없는 상황에서 얻어 낸 성과였다. 장부에 의하면 1년 전 대구에서 버려진 휴대폰을 습득자가 주워 우체통에 넣은 것으로 되어 있었다. 대구라면 휴대폰 이용 내역을 조사할 때 마지막으로 메시지 수신이 되었다고 나온 지역이었다.

"휴대폰이 완전히 초기화되어 있었어. 그러니까 범인은 그 메시지를 받은 직후에 휴대폰을 초기화한 거지."

"뭐하러요?"

휴대폰은 비닐 봉투에 감싸여 테이블 위에 놓여 있었다. 증거물에 붙이는 라벨이 윗부분에 붙어 있었다. 세규는 고개를 끄덕이며 휴대폰을 내려놓았다. LG전자에서 만든 스마트 폰 기기에는 보규가 목숨처럼 아끼던 게임 속 '부활의 인장'이 장식으로 매달려 있었다. 뒤편에 붙은 3장의 홀로그램 스티커도 형의 것이었다. 민광석 형사는 손을 내밀어 증거물을 돌려받았다.

"혹여 누군가가 휴대폰을 습득하게 되면 그 사람이 저장된 전화번호로 연락할까 봐 걱정한 탓이겠지."

"차라리 부숴 버리는 게 낫지 않아요?"

세규에게 상황을 설명하던 민광석 형사는 잠시 입에 침을 발랐다. 곤란한 상황을 피해자 가족에게 말해야 할 때 나오는 버릇이었다.

"사실 이 휴대폰은 버려졌던 거야. 물에 완전히 빠져서 고장까지 났어. 이걸 누가 어디서 발견했는지 알 수 없어. 하지만 기기 안에 남아 있던 모래들은 금호 강변 토양과 유사한 구조를 보이고 있었고 그걸 토대로 추론해 보면 대충 시나리오가 그려지지.

너희 형이 사라지던 날, 대구에는 비가 왔다. 강물이 불어 넘칠 때였어. 범인은 이 휴대폰을 초기화 시킨 뒤에 배터리와 본체를 분리해서 물속으로 던져 버렸어. 이 휴대폰은 강물을 따라 밀려 내려오다가 물이 빠지면서 뭍이 드러난 곳 어딘가에 안착했겠지. 그걸 지나가던 누군가가 보고 우체통에 넣었나 봐. 결국 콜센터 창고에 들어가게 되었고."

휴대폰을 습득한 사람이 나타난다고 해도 수사에 아무런 의미 없을 거라고 했다. 그는 말 그대로 휴대폰을 주워 준 사람에 불과했다.

"그래서 말인데⋯⋯."

광석은 본론으로 들어가기 위해 입맛을 다셨다. 누렇게 뜬 형사의 눈에는 불길한 기운이 감돌고 있었다. 세규는 고개를 숙였다. 바닥에 깔려 있는 타일들이 깊은 물속처럼 일렁였다.

'범인이 휴대폰만 강물에 버리지는 않았을 거야. 어쩌면 형도 그 물속에서.'

보규는 수영을 하지 못했다. 범람한 강에서라면 그대로 죽고 말았을 터였다.

"그 즈음 금호 강 하구에서 무연고 시체가 발견된 게 있었어. 너희 가족이 실종 신고를 한 게 12월이었고 신고한 후에도 부모님의 유전자 정보를 채취하지 않았으니까 비교가 되지 않았지. 일단은 확인하러 너희 아버지께서 지금 대구에 내려가 계셔. 물론 그게 너희 형일지는 모르겠어. 서류에는 20~30대라고 나왔으니까. 하지만……."

광석은 절망하는 세규의 어깨에 손을 얹었다. 위로를 해 주고 싶지만 지금은 감히 위로해 줄 수가 없는 상황이었다. 그나마 다행인 것은 시체가 의과 대학으로 넘어가지 않고 매장되었다는 사실이었다. 혹시 형일지도 모를 시체가 해부되었다고 말하지 않게 되어서 천만 다행이었다.

"각오는 해 두는 편이 좋을 거야."

세규는 경찰서를 나오자마자 아버지에게 전화를 걸었다. 휴대폰이 꺼져 있다는 안내 문구만 무심히 흘러나왔다. *왜 전화를 안 받지. 혹시 백골이 된 형을 보고 오열하고 있는 건 아닐까.*

형의 방문을 열어 보았다. 어느 때부터인가 방 안에는 유령이 사는 곳처럼 냉기가 흘렀다. 어머니는 큰 아들이 돌아올 때를 기다리며 매일 같이 방을 쓸고 닦았다. 책장 선반에도 먼지 하나 없고 옷들은 구김 없이 말끔히 행거에 걸려 있었다. 수사가 시작되고 나서 경찰들이 몇 차례나 집으로 와서 형의 물건들을 뒤졌다. 그럴 때마다 어머니는 다시금 방 안을 정리했다. 창밖으로 화단이 보였다. 석산과 봉선화, 까마중, 나팔꽃, 백미꽃 등 형이 심어 둔 식물들이 자라고 있었다.

"형, 대수능 끝나면 뭐할 거야?"

지난 해 가을, 화단에서 형과 나눴던 대화가 기억났다. 형은 세심한 손길로 땅에 떨어진 봉선화 씨앗을 핀셋으로 줍고 있었다.

"골든 퀘스트 뛰어야지."

"그거 말고는 없어?"

"아버지를 설득하는 거?"

형의 얼굴에는 아버지에게 맞은 멍 자국이 선명했다.

"포기해. 아버지를 무슨 수로 설득해."

"자식 이기는 부모 봤냐? 죽을 각오하고 덤비면 안 되는 일이 없는 거야."

씨앗 주머니를 흔들며 보규는 결연한 표정을 지었다.

'죽을 각오……'

요즘 형이 했던 말이 자꾸만 세규의 머릿속에 떠오르곤 했다. 그럴 때면 이 모든 게 형의 장난이 아닐까 의심이 들었다. 어디선가 가족들을 지켜보면서 아버지가 꿈을 허락할 날을 기다리고 있다고. 하지만 그랬다면 대수능은 봤어야 하지 않는가. 혹시 어딘가에서 죽어라 공부만 하고 있는 건 아니겠지.

텔레비전을 틀었지만 마음이 복잡한 상태라서 집중이 되지 않았다. 세규는 다시 한 번 휴대폰을 열었다. 모르는 번호로 메시지 한

통이 와 있었다. 경찰이 보냈을지도 모른다고 생각하며 메시지 함을 열었다.

나 의균이야. 알지? 내가 너희 형 책가방 받았잖아.

의균이 보낸 메시지는 아주 길었다. 세규가 읽고 있는 동안에도 비슷한 분량의 메시지가 또 들어왔다. 의균은 진지한 어조로 옆 학교 학생 탐정단에 대한 이야기를 했다.

짜증이 밀려 왔지만 곧 마음을 고쳐먹었다. 아무런 관심도 없이 험한 이야기를 하는 사람들과 달리 의균은 진심으로 세규와 그의 가족을 걱정하고 있었다.

혹시 게임 속에 형을 찾을 수 있는 단서가 남아 있을지도 모른다고 생각했어. 그래서 다 함께 조사를 했거든. 너희 형 사라지던 날, 같이 게임하던 사람이랑 싸움이 붙었대. 직접 그 사람을 직접 찾아가 만났거든. 알고 보니 그 사람은

메시지는 일단 거기서 끊겼다. 세규는 새로 수신된 메시지를 열었다.

인천에 사는 초등학생이었어. 현피를 뜨겠다느니 하는 말이 무서워서 일부러 집 주소를 다르게 알려 주었대. 그러니까 그 녀석은 너희 형을 만나지도 않았던 거야. 보툴리누스가 다음 날부터 접속을 하지 않으니까 자기가 본때를 보여 주었다고 헛소문을 퍼뜨리고 다녔고.

세규는 통화 버튼을 눌렀다.

"그래서 거기가 어디야? 그놈이 알려 준 장소가 어디였어?"

만약 그곳이 대구라면 경찰이 수사한 내용과 앞뒤가 맞아 떨어졌다. 메시지를 입력하던 중에 전화를 받은 의균은 놀란 목소리로 대답했다.

"전주였어. 정확히는 전주 혁신 도시에 있는 아파트 주소를 댔대. 자기네 친척이 거기 살아서 대충 둘러댔다고 그랬어."

"전주?"

휴대폰은 금호 강변에서 발견되었다고 했다. 강물에 떠밀려 왔다고 해도 전주에서부터 물살을 거슬러 올라올 수는 없다. 범인이 전주에서 형을 살해하고 시체를 강에 유기한 게 아니라면.

"그 자식이 거짓말 한 거 아냐?"

"그런 것 같지는 않았어. 초등학생이었다고. 너희 형을 어떻게 할수 있는 아이가 아니었어. 내가 전화한 이유는 말이야. 아무래도 경찰에 알려야 할 것 같아서. 트라이탄이 해 준 이야기인데, 두 달쯤 전에 자기를 기습한 남자들이 있었대."

"기습?"

"게임하다가 알게 된 여자 캐릭을 만나려고 나갔다가……."

트라이탄은 설레는 마음을 안고 부평역 지하 분수대 광장으로 나갔다. 역 대합실과 이어져 있고 쇼핑할 수 있는 상가가 이어져 있어 사람들이 많이 다니는 곳이었다. 거기서 슬쩍 상대방을 보고 마음에 들지 않으면 도망칠 생각이었다.

약속 시간이 지나자 트라이탄은 구석에 숨어 전화를 걸었다. 전화를 받고 원형 의자에 앉아 있던 청순한 여학생이 자리에서 일어섰다. 그녀가 손을 흔들어 주자 트라이탄은 속으로 쾌재를 부르며 접근했다. 트라이탄이 다가선 순간 어디선가 우악스럽게 생긴 남자 두명이 나타나 팔을 움켜잡았다.

"두 사람은 트라이탄을 끌고 가서 보툴리누스 어디 있냐고, 눈앞에서 주먹으로 벽돌을 반 토막을 냈대. 두 사람은 모두 근육질이라서 군인 같았대. 트라이탄은 울면서 진실을 털어놓았어. 사실은 보규 형과 만나지 않았으며 그때도 다른 주소를 댔다고. 운 좋게 다음 날부터 나타나지 않으니까 거짓 소문을 퍼트린 거라고. 그런데도 두 사람은 믿지 않고 진짜 트라이탄은 어딨냐고 계속 채근했대. 트라이탄을 끌고 PC방까지 가서 접속을 시켜 본 다음에야 믿었다고 해."

트라이탄은 자신의 캐릭터를 구출해 준 탐정단이 이야기해 주기 전까지, 보툴리누스를 플레이하던 유저가 실종되었다는 사실을 전혀 알지 못하고 있었다.

"어린애라서 봐주는 줄 알아." 그렇게 말하고는 떠나갔어요. 만약 애가 아니었으면 저를 죽였을지도 몰라요. 무서워서 휴대폰, 전화번호도 바꿨죠. 뮈엘로스 성주한테 트라이탄 캐릭터를 유폐시켜 놓은 것도 사실은 반쯤 자포자기 상태였기 때문에 그래요. 이제 트라이탄으로 접속하지 않을 생각이었어요. 그런데 또 보툴리누스를 찾는 사람들이 나타날 줄은 몰랐어요. 대체 보툴리누스는 어떻게 된 거죠?

트라이탄은 겁쟁이였지만 동시에 영리했다. 두 사람에게서 놓여난 뒤 PC방을 나가는 두 사람의 모습을 복도에 있는 창문에서 찍었다.
"사진을 찍었다고?"
"그래. 지금 전송해 줄 테니까. 경찰에 가지고 가. 너희 형을 폭력 조직에서 쫓고 있었을지도 몰라."
비장한 목소리였다. 휴대폰으로 사진 두 장이 전송되어 왔다. 사거리 횡단보도에서 사내 둘이 신호가 바뀌기를 기다리고 있는 사진이었다. 한 사람은 담배를 물고 있고 또 한 사람은 어딘가를 바라보고 있었다. 담배를 피고 있는 사람은 옆사람에게 가려 정확히 보이지 않았지만 멀리를 보는 사람은 줌 기능으로 옆얼굴이 확실하게 찍혔다. 세규는 검지와 엄지를 움직여 사진을 확대했다.

"그 탐정단이라는 애들. 지금 만날 수 있어?"

* * *

전화를 받자마자 자전거를 타고 달렸다. 학원에서 수업을 받던 도중이었지만 몰래 빠져나왔다. 시간은 어느덧 9시였다. 탐정단 대장과 전화를 해 보니 늦은 시간이지만 모두에게 연락을 해 보겠다고 해 주었다.

조우하기로 한 장소는 연신내 역 앞 로데오거리에 있는 맥도널드였다. 은행 앞에서 신호를 기다리며 서 있는 동안 맞은편 버스 정류장에 세규가 내리는 모습이 보였다.

"세규야!"

스스로 놀랄 만큼 우렁찬 목소리였다. 검은색 바람막이를 걸친 세규가 의균을 발견하고 손을 흔들었다. 의균은 마음을 진정시키기 위해 핸들을 한 번 꽉 잡았다. 게임이 아닌, 현실 세계에서 누군가에게 도움이 되는 일을 해냈다는 흥분감이 가슴을 뿌듯하게 했다.

탐정단이 오기를 기다리는 동안 둘은 먼저 안으로 들어가 햄버거를 주문했다. 의균은 세규에게 탐정단의 활약상을 설명했다. 그들이 얼마나 열심히 노력하며 사건을 해결하기 위해 뛰어 주었는지.

"하라온이 선암여고에 근무하는 선생님 조카래. 그래서 탐정단도 하라온 씨랑 알게 된 거고. 군대 생활 하면서 찍은 사진을 가지고 있었는데 하라온 열혈팬인 캐스피언 성주가 트라이탄을 해방시켜 준 거야."

"하라온이라면 그 연예인 짝퉁 사진작가 말이야?"

무척 젠체하고 잘난 척할 것 같은 이미지라 세규의 마음엔 들지 않았다. 남자들 사이에서라면 이유 없이 몇 대 두들겨 패주고 싶은 얼굴이었다. 평범한 학교 소녀들과 서신 왕래를 하다니. 믿어지질 않았다.

침을 튀겨가며 말하는 걸 보니 의균은 탐정단을 무한 신뢰하는 모양이었지만 세규는 이야기를 들을수록 신용을 잃어 갔다. 탐정단이 이상한 단체이든지, 의균이 영업사원으로서의 자질이 현격히 부족하든지, 아니면 둘 다든지.

감자 튀김이 반쯤 비어 갈 때쯤 탐정단 멤버들이 속속 도착했다. 처음 들어온 사람은 미도와 성윤이었다. 플라스틱 의자에 기세 좋게 엉덩이를 걸치고 앉는 성윤을 보고 세규는 순간 같은 반 친구인 줄 알고 눈을 크게 떴다. 이럴 수가, 걘 남자앤데. 나머지 세 사람은 학교에서부터 택시를 잡아타고 왔다. 찌질이들의 모임이라고 생각했건만, 딱 보기에도 빈틈없는 우성 유전자가 하나 섞여 있었다.

'이 사람은 왜?'

자신을 안채율이라고 소개한 우성 유전자는 머리를 까닥하고는 창밖을 바라보았다. 우성 유전자의 옆에 갈색 빛이 도는 가는 모발이 어깨까지 부드럽게 내려오는 미인이 앉더니 설명했다.

"미안해. 얘가 하라온 사진들 뺏긴 뒤로는 완전히 삐져서 말이야."

"그럼 정말로 하라온이랑 아는 사이예요?"

세규의 질문에 대장이 으스댔다.

"응. 은인이야. 은인. 우리가 사람 만들었지."

"우리 덕분에 작은 아버지랑 화해했거든. 우리 학교 연극부 담당 선생님이 하라온에게는 친 아버지나 다름없는 사람이야."

연극부에 소속되어 있다는 예희는 하 씨네 재단과 국회의원 이름을 언급했다.

옆을 보니 의균은 카발리스트 킴이라고 자신을 밝힌 여자와 맞선을 보고 있었다. 비좁은 테이블을 사이에 두고 앉아서는 눈도 마주치지 못하고 자기 손가락만 보고 있었다. 의균의 귀가 빨갛게 물들어 있었다. 그러더니 한참 만에 한다는 소리가.

"그동안 잘 지내셨어요?"

"응."

처음으로 데이트를 하는 커플들 같았다. 숫기가 없어서 단둘이 만나자는 이야기를 차마 못하고 친구들 모두 불러내서 앉혀 놓고는 눈치만 보고 있는, 하지만 그것만으로도 만족하는 바퀴벌레들.

세규는 그동안 있었던 경찰들의 수사를 이야기해 주었다. 휴대폰이 발견된 이야기, 시체를 찾기 위해 아버지가 대구에 내려가신 일 등. 모두 진지한 눈빛으로 이야기를 들어서 얼결에 학교에서 받은 CCTV 파일도 USB째 대장에게 넘겨주었다. 세규는 아까 휴대폰으로 전송받았던 사진을 클릭했다.

"이건 우리 외삼촌이야. 옆에 가려 잘 안 보이는 사람은 우리 아버지고. 우리 가족들도 열심히 형의 행방을 찾아 다녔거든. 경찰들도 「헌드레드」 게임이나, 트라이탄에 대해서는 알고 있어. 우리가 이야기해 주었으니까. 그 녀석이 전주 주소를 알려 주었다는 말은 처음 들었지만."

모두들 단번에 풀이 죽었다. 사건을 풀 수 있는 단서를 찾았다고 생각했던 것이 수포로 돌아가자 실망하는 얼굴이었다. 그때까지 창밖을 보던 우성 유전자가 자리에서 벌떡 일어났다.

"그럼 내 앨범은? 그냥 사라져 버린 거야? 내 대학 등록금이?"

"아이쿠. 미안해라."

탐정단의 대장이 콜라를 소리 나게 홀짝이며 말했다. 우성 유전자는 조용히 자리에서 일어나 대장의 목을 조르기 시작했다. 얼굴이 터져 버릴 폭탄처럼 붉어졌다. 보다 못한 세규가 일어나 팔을 잡고 끌어내렸다. 흥분한 상태였지만 그래 봤자 여자 힘이었다.

"이거 못 놔……?"

손을 뿌리치려던 채율의 눈이 세규와 마주쳤다. 세규는 그대로 고개를 숙여 인사를 했다.

"정말 미안하고, 고마…… 워. 고맙습니다. 모두들."

한두 살 더 먹었다고 윗사람에게 꼬박꼬박 존댓말을 쓰는 성격은 아니었다.

하지만 아무런 성과가 없었다고 해도 상관없었다.

각오해 두는 게 좋을 거야. 형사에게 그 말을 들었을 때는 세상에 홀로 선 기분이었다. 강력계를 오락가락 하는 피해자 가족이 된 이후로 가장 힘들었던 게 마음 단속이었다.

이 세상 누군가가 형을 죽였다. 가정만 해도 가슴 속에서는 불같은 증오가 솟구쳤다. 주변을 돌아보면 다들 손가락질을 할 뿐 도움은 주지 않았다. 어쩌면 좋으니 따위의 값싼 동정뿐. 형과 같은 학교를 다녔던 그 많은 친구들은 어디에 있나. 세규는 모든 사람이 그저 원망스럽고 싫을 뿐이었다. 가출의 원인 제공자인 아버지까지도.

그러나 일면식도 없는 사람들이 열심히 수사하고 심지어 값비싼 물건까지 포기했다는 이야기를 들으니 마음속에 자리잡아가던 지옥이 무너져 내렸다.

눈물 한 줄기가 볼을 타고 흘렀다.

"밥이라도 한 끼 제대로 대접해야 하는데……. 지금 제 형편으로는 햄버거가 다네요."

"괜찮아. 우리가 얼마나 햄버거를 좋아하는데……. 그치?"

예희가 세규의 어깨를 두드리며 가만히 자리에 앉혀 주었다. 소매로 눈물을 훔치는 동안 모두 그를 배려해서 못 본 척해 주었다. 그녀들은 지금까지 한 번도 맛보지 못했던 뭉클한 감정을 맛보고 있었다. 수사를 하는 동안 시간을 낭비하고, 앨범도 잃어버렸다. 어떤 사람들은 그들을 비웃고 손가락질 했다. 하지만 지금은 이 순간 그런 것들은 아무런 상관이 없어졌다. 다 괜찮아졌다.

"오랜만에 먹으니까 정말 맛있네."

채율이 한 입 가득 빅맥을 베어 물며 말했다. 더 이상 앨범 같은 건 전혀 아깝지 않았다.

* * *

집은 모든 것이 그대로였다. 거실 벽에는 에드워드 스타이켄과 리처드 프린스의 작품이 걸려 있었고 매트리스만 덩그러니 들어 있는 침실을 지나면 사랑하는 카메라들이 최신기기까지 종류별로 수납되어 있는 카메라 컬렉션이 나왔다.

라온은 옷을 벗어 놓는 것도 잊고 제일 먼저 카메라 방으로 들어갔다. 입대한 뒤에 이 녀석들을 얼마나 그리워했던가. 군대에서 했던 작업들은 아주 만족스러웠지만, 이왕이면 좀 더 좋은 기기로 미묘한 효과까지 살리고 싶다는 충동에 시달리곤 했었다.

니콘, 코닥, 올림푸스, 소니, 시그마, 펜탁스 등. 회사 별로 진열되어 있는 카메라들을 일일이 확인했다.

한참 동안 감개무량한 상태로 아이들을 어루만지고 있는데 같이 온 매니저 형이 들어왔다.

"참. 지난번 개인전 건 때문에 좀 물어 볼 게 있는데 말이다. 그쪽 갤러리에서."

"미술관에 줄 작품이라면 벌써 골라 놨잖아. 왜? 마음에 들지 않는대요?"

개인전을 하고 나면 한두 작품을 갤러리에 상납해야 하는 관례가 있었다. 준우의 얼굴이 난감하게 변했다.

"그게 아니라. 네 작품에다가 총질을 해 놨드라고."

망원렌즈를 손질하던 라온은 렌즈 수건을 바닥에 내려놓았다. 어이가 없었다.

"영국 바이어가 네 작품 사 가면서 이왕이면 총알 자국이 남은 거였으면 좋겠다구 했었대."

"전위적이네. 그래서?"

준우는 엄지손가락으로 입에 지퍼를 잠그는 시늉을 했다. 라온은 고개를 끄덕였다. 그 정도야 못해 줄 것도 없었다. 작품에 이야기를 담는 일도 작가가 해야 할 책무라고 여기고 있었다. 이것이야말로 진정한 의미의 스토리텔링이 아닌가.

"근데 얼마에 팔렸대?"

준우가 왼쪽 엄지손가락을 치켜 올렸다. 윗입술까지 높이 올라가 있었다.

그는 타블렛 PC를 들고 현관 소파에 앉았다. 내달 국내 모 사진 잡지에 들어갈 작품들을 선별해야 했다. 입대 전에 청탁을 받아 두었는데 비슷한 풍의 작품이 전월에 실린 걸 보고 작품을 교체하기로 했다. 청년 작가상을 받게 된 일과 관련해서 협회 원로와 점심 식사도 잡혀 있었다.

저녁때쯤 숙부를 만나러 학교에 들를 생각이었다. 학교에 가면 또 누군가를 만날 수 있을 거라는 기대도 들었다. 전화를 받은 숙부가 물었다.

"군생활은 어떠니?"

"장난 아니죠. 보통 사람 상대하는 게 아니라 범죄자들이 득실대는 곳이니까요. 교도관들한테도 화풀이하는데 저 같은 일병이 눈에 들어오겠어요? 유명하다고 오히려 더 괄시하고 지옥 같아요. 지옥."

"하."

짧은 웃음소리가 수화기 저편에서 들렸다.

"참, 군대에서 찍은 사진들 봤다. 분위기가 많이 좋아졌어."

"보셨어요?"

"응. 네 팬 카페에 게시되어 있던데?"

채율이가 보여 줬나 보다고 여겼던 라온은 귀를 의심했다.

"어디요?"

연준은 팬 카페라고 능글거리며 강조했다.

'그럴 리가 없을 텐데.'

사적으로 준 사진들이었다. 준우의 타블렛을 빼앗아 재빨리 검색했다. 숙부의 말은 사실이었다.

캐스피언이라는 닉네임을 쓰는 팬이 얼마 전 어렵게 구했다고 하면서 라온이 군대에서 찍은 사진들을 게시해 놓고 있었다. 사진들마다 한 장 한 장 포스트를 따로 달아 공개해 놓았다. 익숙한 풍경들과 사람들의 모습이 인터넷 상에 아무렇게나 돌아다니는 모습을 보자 손가락이 부들부들 떨릴 만큼 화가 났다. 차라리 사진들이 작품 경매 사이트에서 돌아다니 걸 보았다면 이렇게까지 실망스러운 기분이 들지는 않았을 것 같았다.

'돈 때문에 판 것도 아니고, 다른 사람한테 줬다고? 그냥?'

전화를 착신 거부하고, 편지에 답장을 쓰지 않은 것 정도는 얼마든지 참을 수 있었다. 하지만 사진들을 통째로 다른 사람에게 준다는 건 상식 이하의 행동이었다. 자존심이 상하는 걸 떠나서 화가 났다. 사진은 라온의 분신이었다. 작업할 때는 반쯤 무아지경이 되어 기계적으로 손가락을 움직이지만 셔터를 누를 때마다 영혼의 텔로 미어가 닳아가는 기분이다. 개인적으로 사진을 준 사람은 숙부 이외에는 처음이었고, 누군가를 생각하고 사진을 찍은 것도 처음이었다.

'흥분하지 말자. 그 애가 뭐라고 화를 내. 그럴 수도 있는 거야.'

옆에 앉아 있던 준우가 얼굴을 디밀고 모니터 위에 나온 게시글을 읽었다. 어찌된 상황인지 짐작하고 키득대기 시작했다.

"천하의 하라온이 차인 거냐? 하긴 무리도 아니지."

"무리가 아니라고?"

"그렇잖아. 걔는 널 범죄자라고 생각할 거 아니냐. 질 나쁜 인격을 가진 이중인격자. 딱 보기에도 걔는 꼬장꼬장한 타입이구. 어린 나이에 그러기 쉽잖은데."

범죄자.

이중인격.

준우가 한 말이 라온의 귀에 콕콕 박혔다.

하나도 틀린 말이 아니었다.

전 국민을 속이려고 전시회를 벌이고, 소속사에 약점을 잡힌 걸 해결하려고 그녀의 친오빠를 이용했다. 어떻게 매력으로 만회해 보려고 해도……. 손바닥으로 얼굴을 가린 채 끙끙거리던 라온은 고개를 확 치켜들었다.

'만회? 뭘 만회해? 왜?'

입영 열차를 타던 때의 일이 생각났다. 숙부와 함께 이별을 하면서 라온은 계속 주위를 두리번거렸다. 팬들 속에서 혹시 누군가 섞여 있지 않을까 묘한 기대를 했다. 학교에서 수업을 들을 시간이라 그럴 리가 없다는 걸 알면서도 계속 기다렸다.

"형, 잠깐만."

라온은 준우의 손에서 휴대폰을 낚아챘다. 점심 약속을 잡은 원로 사진가에게 출발하셨냐고 물으려던 매니저는 황당한 얼굴로 그를 바라봤다.

군대에서 하도 여러 번 걸어 이제는 외울 정도가 된 번호를 키패드에 입력했다.

신호가 갔다.

* * *

사무실에는 어두운 기운이 감돌고 있었다. 점심을 먹고 난 뒤 평상시처럼 불쑥 들어왔던 성윤도 심상치 않은 분위기에 조심스레 자리에 앉았다.

어둠의 근원은 하재였다. 컴퓨터를 뚫어져라 바라보며 우물우물 주문을 외우고 있었다. 채율은 홍차를 타러 가는 척하며 하재의 뒤편으로 돌아섰다.

'도대체 뭘 보는 거야?'

어제 세규가 넘겨준 CCTV 영상이었다. 몇 분 되지 않는 영상을 반복 시청하면서 자기 암시를 걸고 있었다. 영상 속에 보이는 사람의 등에 손가락까지 얹은 상태였다.

"내게는 초능력이 있다. 초능력이 있다. 나는 특별하다. 나는 할 수 있다."

따뜻하게 끓인 복숭아 홍차를 텀블러에 담아 들고 채율도 컴퓨터

속 영상을 시청했다. 화질이 좋지 않아서 처음에는 누가 세규의 형인지 알아보지 못했다.

"어디 있어요? 살아 있어요? 대체 어디 있어요?"

흰자위까지 드러난 모습이 심각한 상태였다.

"저러다 진짜로 저승세계와 교신하는 거 아니냐?"

넘실대는 마력을 감지하고 미도가 겁을 먹었다. 채율의 팔에도 소름이 돋았다. 예희와 성윤은 아예 손을 마주 잡고 떨었다.

영상 속에서 보규는 교실에서 나왔다가 다시 들어갔다. 그리고 복도에서 휴대폰으로 문자 메시지를 보냈다. 계단을 내려가고 중앙현관에서 신발을 갈아 신었다. 현관에서 정문까지는 거의 사람이 분간되지 않는 어둠이었다. 정문을 빠져나오는 모습도 어둠에 싸여 책가방 정도만 분간될 정도였다.

"나에게 말해 보세요. 제발요."

하재가 마우스를 잡은 채 부르르 몸을 떨었다. 드디어 시작되는 건가. 대장이 어깨를 움찔하는 순간.

"어라? 이상하네?"

갑자기 예희가 고개를 갸웃거리며 말했다.

"뭐가?"

"패딩을 입은 애가 하나도 없어."

"패딩?"

"이 사람 실종되던 날이 11월 6일이잖아. 작년은 10월부터 추워서 코트 엄청 팔렸어. 근데 여기는 카디건이나 한둘 입고 있을 뿐이야. 보통 이 시즌에는 간지 나는 조끼 패딩 껴입고 다니거든……."

361

동대문의 딸다운 날카로운 관찰이었다. 패딩은 우리나라 남자 중고생의 겨울 교복이고, 신분을 나타내는 척도이자, 패션이 귀찮은 남학생들을 구제해 주는 생필품이었다. 성윤이 휴대폰으로 날씨를 검색했다.

"정말 그래. 작년 11월 6일은 아침저녁으로 초겨울 날씨였어. 온도는 영하권. 기사 읽어 줄까? 상층 기압골의 영향으로 찬 공기가 밀려 들어왔다."

아이들은 서로의 옷차림을 확인했다. 10월 말인 지금 모두들 교복 위에 니트와 카디건, 후드티를 하나씩 걸치고 있었다.

성윤이 떨리는 목소리로 물었다.

"하지만 영상에는 날짜가 나와 있잖아. CCTV 날짜는 조작할 수 없는 거 아니야? 날짜를 바꾸려고 하면 아예 깨진다고 우리 오빠가 그랬어. 강의하는 학원에도 CCTV가 있거든."

"보통은 그렇지. 하지만 이건 AVI 파일이야. 동영상 편집 프로그램으로 윗부분을 자르고, 자막 넣듯 날짜를 입력하면 돼. 자막을 아예 영상으로 합칠 수도 있어."

사고방식이 전혀 다른 사람들이 모여 다행이었다. 그전까지는 흐릿한 영상 속 인물이 정말 보규인지만 확인했다. 막연히 볼 때와 이상하다는 걸 알고 다시 보는 건 뇌의 작용부터가 달랐다.

"얘들아, 이거 봐. 여기."

저승세계와 교신하던 하재가 손가락으로 모니터를 가리켰다. 정문 앞 도로. 처음에는 누구도 문제점을 찾아내지 못했다. 하재는 기둥 그림자와 도로를 가로지르는 직선을 허공에 그렸다.

"교문 위에 얹혀진 '갓'이 없어. 그렇지? 있다면 분명 그림자가 생겼을 텐데……."

"그 학교 정문 공사 언제 했더라?"

"작년 겨울쯤?"

탐정단은 형주 고등학교 홈페이지에 접속했다. 공지란에는 작년도 교문 공사와 관련한 안내문이 남아 있었다.

교문 공사 안내

개교 20주년 기념 정문 신축 공사를 실시합니다.

10월 31일(金)부터 11월 9일(日)까지. 콘크리트 타설(7일) 전후로 학생들의 접근을 엄금합니다.

붙임: 신축 교문 정면도.jpg

　　　세부 공사 일정.hwp

첨부파일에 의하면 보규가 사라진 11월 6일에는 예전 교문이 철거되고 기둥도 남지 않았을 때였다. 보규가 정문을 나섰을 때, 정문 기둥 그림자는 아예 생길 수가 없었다.

"CCTV에 조작이 있다는 건……."

하재의 목소리가 떨렸다.

"살해당했다는 뜻이야. 학교 내부 사람에게. 세규가 그랬지? CCTV 관리하는 선생님한테 받았다고."

대장의 말에 노트북 주변에 모여 있던 아이들은 비로소 실감했다. 이건 재미있는 퀴즈 풀이가 아니었다. 살인 사건에 관한 문제였다.

성윤은 현실을 부정하며 손을 휘둘렀다.

"잠…… 잠깐. 샘이 범인일 수 없어. 책가방을 돌려준 조직폭력배는 어떻게 되는 건데? 그 사람이 범인이잖아."

질문에 대답한 건 채율이었다. 전부터 그 부분이 의심스러웠다.

"책가방이 돌아와서 범인한테 좋은 게 뭐였을까? 하나도 없어. 오히려 그 책가방으로 가장 큰 혜택을 본 건, 보규네 부모님이야."

턱에 손가락을 댄 채로 예희가 동조했다.

"그러네. 덕분에 경찰 수사를 받았으니까."

"트라이탄을 구해 줬을 때, 걔한테 받은 사진 기억나? 군인 같기도 했지만, 또 조직 폭력배 같지 않았어? 이건 순전히 추정인데……."

"책가방을 돌려 준 건 복서 출신 아버지였다?"

"그렇게 생각하면 앞뒤가 맞아. 똑같은 가방 사다가, 게임 홈페이지에서 구매한 배지를 달면 되잖아. 명찰도 새로 제작하면 돼. 그리고 집 안에 굴러다니는 소지품 몇 개 넣어 두면 사라진 아들 가방이 완성되는 거지."

"대여점 책에 있던 혈흔은?"

"단순 가출이라고 생각할 정도로 부자 사이가 안 좋았다며? 프로 복서 출신인 사람이 말로만 훈계했을 거 같지는 않아."

"그러고 보니, 의균이한테 들은 기억이 있어. 대여점 사장이 그랬다고 해. 그 책, 잃어버렸다고 하면서 빌려 간 학생이 와서 돈을 내고 갔다고."

하재가 말했다.

미도가 팔짱을 꼈다.

"잃어버린 게 아니라, 돌려줄 수 없는 사정이 생겼던 거로군. 아버지한테 두들겨 맞으면서 피가 묻었던 거야."

"얘들아……."

예희가 아이들을 불렀다. 깊은 생각에 잠겨 있던 탐정단 아이들이 일제히 그녀의 얼굴을 쳐다보았다. 탐정단 비서실장은 머리를 긁적였다.

"설마 우리가 사건 해결한 거야?"

"에이……. 그럴 리가."

"강력 사건을 어떻게?"

"그래. 어딘가 추리에 잘못된 부분이 있을 거야."

말은 그렇게 하면서도 다들 흥분한 기색을 감추지 못했다. 예희는 휴대폰을 꺼내 미도에게 넘겨주었다.

"그래도, 일단 경찰에 연락을 해 보자."

미도는 손바닥에 맺힌 땀을 닦고 전화를 받아들었다. 모두의 기대 어린 눈동자를 받으며 은평 경찰서 강력팀 번호를 검색해서 통화 버튼을 눌렀다.

"강력 1팀 민광석입니다."

"안녕하세요? 저, 저는 선암여고 2학년 학생 윤미도라고 합니다. 제가 전화를 건 이유는 그러니까, 지금 수사하고 계시는 강보규 학생 사건에 대해서 하나 제보를 드리고자."

"제보라고요? 말씀하세요."

"그러니까 CCTV에 대한 건데요."

미도는 더 이상 말을 잇지 못했다. 실제 사건을 해결했다는 기쁨이 물밀듯 밀려오면서 억 하는 소리와 함께 전화기를 손에 쥔 채로 뒤로 넘어가 버렸다.

"윤미도!"

"대장!"

"미도야!"

순식간에 벌어진 일에 모두들 깜짝 놀랐다. 바닥에 쓰러진 미도는 아무리 뺨을 때려도 일어날 줄을 몰랐다. 입가에 미소를 머금고 즐거운 꿈이라도 꾸는 사람처럼 웃고 있었다.

성윤이 미도를 둘러업고 양호실로 뛰었다. 예희와 하재도 미도의 슬리퍼를 한 짝씩 들고 뒤따라 갔다.

"안채율! 너는 문단속 하고 나와!"

마지막으로 나오는 채율을 돌아보며 예희가 외쳤다. 사무실 문을 잠그는데 조끼 주머니에서 휴대폰이 울렸다. 모르는 번호였다.

"너 내 사진들 다 어떻게 한 거야!"

받는 순간 귀청을 찢을 듯한 절규가 터져 나왔다. 이 목소리는 분명 하라온이었다.

"저기 그 일은 죄송하게 되었는데요, 지금 제가 전화를 받을 상황이 아니거든요."

"너희 지금 점심시간이잖아. 전화할 시간은 충분히 있어. 사람이 너무한 거 아니야?"

"미도가 기절했단 말이에요!"

채율은 소리를 바락 지른 뒤 전화를 일방적으로 끊었다.

양호실 침상에 눕히고 난 뒤 미도는 겨우 정신을 차렸다. 의식이

366

돌아온 뒤에도 한동안은 사건을 해결하는 꿈을 꿨다느니 하는 헛소리를 했다. 다음 교시를 알리는 종이 칠 때쯤에야 정식으로 다시 한번 경찰서에 제보 전화를 걸 수 있었다.

손가락을 다친 아이의 처치를 해 주던 양호 선생님은 전화 통화 내용을 듣고는 핀셋을 바닥에 떨어뜨렸다. 커터 칼에 베여 깊은 상처가 난 학생도 입을 헤벌리고 대화의 내용을 엿들었다. 친구를 따라온 아이들도 믿을 수 없다는 눈치였다.

성윤은 마치 자신이 사건을 해결한 것처럼 가슴을 쭉 폈다.

* * *

밤이었지만 노란 은행나무들은 가로등불 아래서 몽환적으로 빛나고 있었다. 라온은 팔짱을 낀 채로 밀려나오는 여고생의 무리를 정문 맞은편 당구장 입구에서 지켜보고 있었다. 비니를 쓰고 나무결 느낌이 나는 안경도 착용했다. 애마 벤츠는 아파트 단지에 주차시켜 놓고 왔다. 공인은 사람들의 눈을 끄는 일은 최대한 피하고 싶은 법이었다.

채율은 기숙사생이라 학교가 끝났다고 해도 밖으로 나오지 않았다. 라온이 노리는 건 탐정단 멤버들 중 아무나 한 사람이었다. 누구라도 그의 눈에 띄면 지금 당장 안채율을 불러오라고 부탁할 참이었다. 숙부에게 부탁하면 빠르겠지만 안타깝게도 벌써 퇴근하셨다는 전갈을 받았다.

채율의 번호로 다시 전화를 걸어 봤지만 받지 않았다.

'근데 뭐야, 이 녀석들은?'

라온은 못마땅한 얼굴로 바로 앞에 서 있는 두 명의 남학생을 쳐다보았다.

당구장 입구는 선암여고 정문이 훤히 잘 보이면서도 여학생들이 절대 접근하지 않을 훌륭한 망대였다. 그가 자리를 잡은 이후 똑같은 교복을 입은 고교생 둘이 그와 거의 비슷한 포즈에 비슷한 각도로 정문을 바라보고 있었다.

한 명은 키가 크고 몸이 탄탄했고, 또 한 녀석은 작달막한 키에 유약한 인상이었다. 껑다리는 인생 다 산 얼굴로 그저 서 있을 뿐이었고 땅꼬마는 무언가 몹시 초조한 듯 연신 한숨을 내쉬고 있었다. 그 가운데에선 라온은 불타는 눈동자로 정문을 응시하고 있었다. 누군가 세 사람을 본다면, 아니 누가 봐도 선암여고에 다니는 좋아하는 여학생을 만나러 온 XY 염색체의 노예들처럼 보일 게 뻔했다.

'맙소사. 내가 이런 급 떨어지는 일을 하고 있다니.'

신세가 처량 맞기 이를 데 없었다. 그러나 그럼에도 불구하고 지금 행동을 취하지 않고는 치밀어 오는 분노를 삭일 수가 없었다.

미도가 기절했단 말이에요!

점심 때 들었던 채율의 목소리가 3D 서라운드로 귓전에 울렸다.

'거짓말을 해도 말이 되는 소리를 해야지. 기절 같은 소리하고 있네. 그렇게 기력 넘치는 에너자이저 녀석이 잘도 쓰러졌겠다. 킹콩이 와서 밟아도 툭툭 털고 일어설 것 같은 애잖아.'

생각할수록 열이 받았다. 얼토당토않은 핑계를 대며 전화를 끊을 정도로 자신을 우습게 본다는 이야기가 아닌가. 담배를 피웠다면 한 갑을 너끈히 태우고도 남았을 시간이 지나갔다.

이윽고 여고생들 가운데서 아는 얼굴이 눈에 띄었다.

"최성윤!"

목소리는 우렁차게 퍼져나갔다. 그도 그럴 것이 그녀의 이름을 부른 것은 라온만이 아니었다. 양옆에 서 있던 껑다리와 땅꼬마도 똑같이 성윤의 이름을 불렀다.

'뭐야.'

라온은 불쾌하다는 듯 두 사람을 쳐다보았다. 두 사람의 얼굴도 좋지는 않았다.

신발주머니를 앞뒤로 힘차게 흔들며 나오던 성윤은 세 사람을 발견하자마자 환호하며 뛰어 왔다. 평상시보다 기분이 아주 좋은 모양이었다.

"혹시 벌써 연락 받았어? 잘 해결된 거야?"

"네. 안 그래도 인사하러 온 거예요. 아무래도 직접 와야 할 것 같아서."

"그랬구나."

껑다리와 땅딸보와 이야기를 나누던 성윤은 못마땅한 얼굴로 자신을 쳐다보는 낯선 남자를 겨우 눈치 챘다. 그녀는 퍼뜩 놀라며 뒤로 물러섰다.

"혹시?"

"잘 지냈지?"

건조한 밤바람에 목소리 끝이 버석버석 갈라졌다.

"안채율 좀 나오라고 해."

"채율이는 무슨 일로? 설마 앨범 때문에요?"

앨범이라는 말이 나오자 남학생 둘도 라온을 쳐다보았다. 두 사람 다 놀란 눈치였다.

"군대 갔다고 들었는데?"

"설마 탈영……?"

정말 바보 같은 질문들이었다.

"휴가야. 100일이 지났잖아."

"벌써요?"

성윤이 놀랐다는 듯 손을 꼽았다. 너희들에게는 '벌써'겠지만, 누군가에게는 천 년과도 같은 시간들이었다. 총이 있다면 쏴 주고 싶은 마음을 억누르고 천천히 말을 끊어가며 정중히 부탁했다.

"안. 채. 율. 불러."

"안 그래도 모두 부를 참이에요."

성윤이 전화를 걸자 나머지 네 사람이 교문으로 뛰어 나왔다. 헐떡이는 아이들 중에는 안채율도 있었다. 마지막으로 봤을 때보다 살짝 살이 오른 듯 피부가 더 하얗게 보였다. 세규와 의균을 만날 거라고 생각했던 채율은 라온을 보고 오만상을 찌푸렸다. 머리카락을 넘기며 재빨리 표정을 수습했지만, 정문에서 나올 때부터 그녀를 바라보고 있던 라온은 똑똑히 보았다.

'정말 어지간히도 싫은 모양이군.'

환영을 바랐던 건 아니었다. 하지만 격앙되었던 마음에 바람이 빠

370

지면서 초라한 기분이 들었다. 여길 뭐 하러 왔을까 하고 살짝 후회
도 들었다.

탐정단과 남학생들은 라온을 꿰다 놓은 보릿자루처럼 무시했다.
반갑다고 머리를 한 번 숙인 게 고작. 곧 자기들끼리의 이야기에 빠
져들었다.

"경찰이 와서 우현용 선생님을 잡아갔어요. 불체포 특권이라는
게 있어서 학교 내에는 들어오지 않았지만 정문에 대기하고 서 있다
가 선생님이 나오니까 잡아 가더라고요."

"불체포 특권?"

채율이 설명했다.

"경찰이 학교까지 찾아와 아이들 앞에서 교사에게 수갑을 채우면
어떻겠어? 어린 학생들이 받을 정신적 충격과 불신은 어마어마하겠
지. 그래서 교장 선생님의 동의가 없이는, 교사가 학교 내에서 체포
되는 일이 없도록 한 거야. 현행범이라면 이야기가 달라지지만."

"안 교수. 역시 넌 우리 탐정단의 훌륭한 고문이야."

미도가 채율의 등을 팡팡 쳤다. 작년 하연준 선생님을 수사하면서
조사해 두었던 일이었다. 비록 학교 내에서라지만 교사는 대통령과
국회의원, 외교관이 갖는 권리는 갖고 있었다.

"충격이 컸겠어."

"지금도 믿어지지 않아요. 우 선생님은 우리 학교에서 누구보다
도 존경받던 분이셨어요. 그런 분이 형을 죽였다는 게……."

"세규야."

예희와 아이들이 꺽다리를 둘러싸고 위로해 주었다.

라온은 그제야 사태를 파악하고 혀를 찼다. 이 녀석들의 오지랖은 대체 어디까지인지, 고등학생이면 얌전하게 공부만 할 일이지 살인 사건을 수사하고 다닌 모양이었다.

'교사가 학생을 죽였단 말이야? 쟤네 형을? 표정이 신산했던 것도 이유가 있었네.'

검지손가락이 근질거렸다. 지금 입고 있는 패브릭 패딩 안주머니에는 휴대폰처럼 들고 다니는 니콘 똑딱이 카메라가 들어 있었다. 살짝 꺼내서 몇 장 찍고픈 충동이 들었다. 요즘 교도대에 있으면서 매일 범죄자들과 얼굴을 보며 살았고, 그들의 얼굴을 보면서 또 자신의 얼굴을 보는 듯한 착각을 하곤 했다. 자연스레 다음 전시회 주제는 초상, 인물 사진으로 결정해 두었다.

'범죄자들을 어떻게든 설득해서 사진 한 장씩 찍어야지. 절도범부터 성폭행범, 사형수까지 전부. 인권 보호를 위해서 얼굴의 일부를 가리고.'

요즘 틈만 나면 하는 생각이었다. 교도대에 입대하게 된 일은 작가로서는 큰 행운이었다.

그런 와중에 피해자의 가족까지 몇 발치 앞에 서 있는 걸 보니 직업의식이 발동했다.

분노와 상처가 한데 어우러진 소년의 얼굴은 구치소 범죄자들의 얼굴처럼 생동감이 있었다.

'피해자들이나, 피해자의 가족들의 얼굴도 찾아다니며 찍는 게 좋겠어. 아니, 애초부터 누가 누군지 모르게 구역을 나누지 말고 병행 전시를 하는 거야. 이슈성은 충분하지. 상업적이라고 지탄을 받을 일도 없어. 사람들은 나도 범죄의 피해자라고 생각하고 있으니까. 피해자들을 찾아다니며 설득할 수도 있겠지. 범죄의 아픔을 알리자고……'

연예인은 아니었지만 스타성으로 주목 받는 자신의 한계를 라온은 잘 알고 있었다. 그런 만큼 군 제대 후에는 세간의 주목을 끌 수 있는 의미 깊은 전시가 필요했다. 잘만 된다면 사이비 아이돌처럼 여겨지던 굴레도 벗어 던질 수 있을 거였다.

설계도가 착착 머릿속에서 돌아갔다. 원래부터 선악 관념이나 도덕성에 얽매이지 않는 타입이라 양심의 가책도 받지 않았다.

들키지 않게 찍을 자신도 있었다. 플래시를 터트리지 않아도 가까이에서만 찍으면 컴퓨터로 충분히 복원할 수 있었다. 품속의 똑딱이 카메라를 잡은 순간 채율과 눈이 마주쳤다.

정말 질린다. 채율의 얼굴이 그렇게 말하고 있었다.

본질을 꿰뚫어보고 있는 싸늘한 눈. 변명을 하고 싶었지만, 곧 눈길을 회피해 버렸다. 라온은 카메라를 잡았던 손을 내려놓았다. 사진을 찍을 마음이 사라져 버렸다.

이야기는 자못 심각하게 이어졌다. 연행된 선생님은 무슨 속셈인지 입을 굳게 다물고 묵비권을 행사하고 있다고 했다. 변호사가 찾아왔지만 마찬가지였다.

"형을 죽인 사실은 인정했어요. 하지만 왜, 어쩌다 죽였는지, 어디에 시신을 유기했는지는 끝까지 말을 안 해요."

여덟 명이서 인도에 몰려서서 이야기를 나누고 있으니 주변 사람들의 통행에 방해가 되었다. 날씨도 추운데 커피숍 같은 데 들어가서 말을 나누는 게 어떠냐고 라온이 제안했다. 세규가 고개를 흔들었다.

"커피숍보다 지금 다들 경찰서로 가야 해요."

"우리가 왜?"

모두들 영문을 모르겠다는 얼굴로 눈을 크게 떴다. 의균은 세규와 시선을 맞추고는 환하게 웃었다.

"계장님께서 여러분의 제보와 수고 이야기를 들으셨거든요. 서장님께 말씀드려서 표창을 해 주시기로 했어요. 정말 용감하고 훌륭한 학생들이라고."

표창.

학원 승합차와 승용차들이 여러 대 지나갔다. 밤바람도 거칠게 불었다. 그러나 누구 하나 입을 열지 않았다.

물론 상을 받으려고 한 일은 아니었다. 하지만 그동안 탐정단 활동을 하며 손가락질을 많이 받았다. 그러나 이제 세상이 그녀들을 인정했다. 대장 미도가 멤버들을 돌아보았다.

"우리가 표창을……."

눈물이 어린 미도의 눈동자에 멤버들의 모습이 하나하나 담겼다. 성윤은 하늘을 보고 있었다. 눈물이 날까 봐 감정을 억제하고 있었다. 예희는 성윤과 하재에게 어깨동무를 하며 싱긋 웃고 있었고, 하재의 눈동자에는 성취감과 자신감이 맺히고 있었다. 그러나 누구보다도 가장 깊게 미도의 마음에 들어온 멤버는 역시 채율이었다. 감정을 잘 드러내지 않는 새침데기가 이번만큼은 만면에 흡족한 표정을 짓고 있었다. 대장으로서 미도는 항상 고문이 신경이 쓰였다. 다른 아이들과 달리 계급이 모범생이니 시간 낭비가 되는 일에 예민했다. 아마 수차례 머릿속으로 탐정단 활동에 대한 손익 계산서를 썼다 지웠을 터였다. 그러나 고맙게도 결국에는 탐정단에 남아 주었다. 대장으로서 이제야 면이 섰다.

'거 봐, 탐정단 활동을 해서 다행이지? 수상 경력 100개 만드는 것보다 이런 표창 하나가 면접관들을 더 감동시킬걸?'

기고만장한 얼굴로 으스대는 미도를 보고 채율은 피식 웃었다.

"그나저나 어떻게 이동한다?"

경찰서로 가려면 버스를 타야 한다, 택시를 타야 한다 옥신각신하다가 택시를 타면 어떻게 인원을 분산해야 할지 상의했다. 그러다 아이들은 당구장 입구 어둠 속에서 못마땅한 얼굴로 팔짱을 끼고 있는 인물을 바라보았다.

채율이 물었다.

"차 갖고 오셨어요?"

"그럼 내가 걸어왔겠어? 총 맞은 지 1년도 되지 않은 다리로?"

물론 상처는 완전히 나았지만 괜히 툴툴댔다. 정중한 말투도 거슬렸고, 지금껏 방치했다는 사실도 기분이 나빴고 자기들 필요해지니까 말을 거는 것도 짜증이 났다.

"내가 데려다 준다고 치자, 여덟 명이 어떻게 한 차에 타냐?"

탈 수 있었다. 운전대는 라온이 잡고 조수석에는 성윤이 앉았다. 뒷좌석에는 예희와 그 무릎에 앉은 미도, 채율과 그 무릎에 앉은 하재, 세규와 그 무릎에 앉은 의균, 체형이 큰 녀석들과 작은 녀석들이 차곡차곡 포개져 수납되었다.

여덟 명이 타다 보니 차체가 하중을 받아 낮아졌다. 실내 산소도 급격히 소모되는 기분이었다.

'사람 많이 태웠다고 단속에 걸리면 어쩌지.'

고민하던 라온은 헛웃음을 웃었다. 지금 찾아가는 곳이 경찰서였다.

* * *

사건이 마무리 단계에 이른 강력 1팀에서는 여유가 느껴졌다.

창가 쪽 2팀은 어제 신고가 들어온 유괴 사건으로 전멸에 가까울 정도로 책상이 비어 있었다. 3팀도 아파트 강도 살인 사건으로 분주했다.

급격히 추워진 날씨로 히터에서는 열기가 후끈하게 올라오고 있었다. 실내는 버석버석할 정도로 건조했다. 구석구석에서 생수병 가습기가 하얀 김을 내뿜고 있었지만 전체적인 습도를 올리기에는 턱없이 부족했다.

탐정단을 부른 민광석 형사는 1팀 책상에 앉아 세규의 어머니와 이야기를 나누고 있었다.

"……처벌을 받을지도 몰라요. 일단 위계에 위한 공무 집행 방해죄가 성립되니까요."

"저희 아들은 살해되었어요. 어떻게든 경찰 수사를 받고 싶어서 고민하다가 저지른 일이잖아요. 그게 어떻게 공무를 방해한 일이 되나요? 남편은……."

세규의 어머니가 항변했다.

"일단 기다려 보세요. 검사님도 사정을 잘 알고 계십니다. 다만 언론이 예의 주시하고 있어서 까다롭다는 거죠. 운이 좋으면 기소 유예 처분이 내려질지도 모르지만요."

탐정단 일행이 들어서자 광석은 자리에서 일어섰다. 그는 세규에게 걱정하지 말라는 눈빛을 보냈다. 탐정단을 보고는 표정을 바꿔 환하게 웃었다.

"너희들이구나. 이번 사건을 해결한 명탐정들이."

"안녕하세요!"

탐정단은 일제히 허리를 숙여 인사를 했다. 목소리에는 기합이 단단히 들어가 있었다. 성역인 경찰서에 오게 된 것이 무척 기뻤지만 세규의 형이 죽은 상황이라서 다들 표정을 감추고 있었다.

오른쪽으로 유리문으로 가려진 과학 수사실이 있었다. 만성 수면 부족 상태가 된 수사관들이 증거물을 열심히 분석하고 있었다. 하재의 눈동자가 그쪽으로 향했다. 그녀도 탐정단에서 과학 수사를 맡고 있다 보니 자연히 관심이 그쪽으로 쏠렸다.

광석은 학생들을 격려하면서 표창 추천서를 넘겨주었다. 소속과 학교 이름을 쓰면 결재를 받고, 이번 주 안으로 학교로 경찰서장 명의의 표창장을 전달하게 된다고 했다.

"혹시 저희 인터뷰도 해요? 기자들이 찾아온다든지……."

예희가 기대하는 얼굴로 물었다.

"그럴 수도 있지만, 보통은 보도 자료만 넘겨주고 말아."

"그래요?"

두 사람이 나누는 대화를 듣고 채율은 볼펜을 멈추었다. 언젠가 예희가 비슷한 말을 했던 걸 들은 기분이 들었다. 기시감인가. 은평 경찰서 홍보용 볼펜을 들고 잠시 되새기다가 다시 양식을 써 넣었다. 탐정단원이 된 후 이렇게 즐거운 적이 없었다. 동시에 상당히 불편했다. 하라온이 옆에 서서 그녀가 글자를 쓰는 모습을 허리까지 숙이고 쳐다보고 있었다.

"그런데 댁은?"

광석이 라온에게 물었다. 훤칠하게 잘생긴 남자. 어디서 많이 본 얼굴인데 기억이 나지 않았다.

"하라온이라고 합니다. 애들이 데려다 달라고 해서 왔어요. 운전 기사죠."

"그…… 사진작가인? 군대는…….'

"첫 휴가 나왔어요. 애들이랑 아는 사이에요."

라온은 영업용 미소를 지으며 광석과 악수를 했다. 유명인이 방문했다는 소식을 듣고 경찰서에 남아 있던 여직원들이 순식간에 강력계로 몰려들었다. 사진 촬영을 하는 사람도 있었고, 사인을 받는 사람도 있었다. 안경이나 모자를 벗어 보라는 짓궂은 요청을 하는 사람도 있었다. 라온은 어떤 부탁도 들어주었다. 채율은 힐끔 그쪽을 돌아보았다. 군인이 된 후 머리카락을 자른 모습을 본 건 처음이었다. 사람들 사이로 모자를 벗은 그의 얼굴이 보였다. 겉치레라는 잔가지가 쳐져 자연스런 매력이 되살아났다. 햇볕에 탄 목덜미와 어깨가 근육으로 다져진 몸의 선을 드러내고 있었다.

"뭘 그렇게 쳐다봐?"

양식을 다 작성한 예희가 일어서며 빙긋 웃었다.

"아무것도."

채율도 다 작성된 양식을 광석에게 넘겨주었다. 광석의 어깨 너머로 취조를 마치고 나오는 형사와 피의자가 보였다.

"아버지."

세규가 달려갔다. 아들과 눈이 마주친 그는 자신의 수갑 찬 손을 내려다보았다. 형사가 재빨리 수갑을 풀었다. 세규는 아버지와 포옹했다.

세규의 어머니가 남편에게 달려갔다. 그녀는 초췌한 남편을 보고 목이 메어 가슴팍을 때렸다. 아무 말도 하지 못했다. 눈물이 배어 나오고 있었다. 그녀의 손을 아들이 붙들었다.

"때리지 마. 아버지 덕분에 형 찾았잖아."

"찾기는 뭘 찾어? 그 망할 선생이 말해 줘야 찾는 거지."

"선생님 잡은 것도 아버지가 만든 가짜 책가방 덕분이야."

사인을 해 주던 라온이 펜을 멈추었다. 그는 미도를 바라보았다. 책가방 사건이라면 그도 군대에서 뉴스로 들어 알고 있었다.

"맙소사. 니들이 해결했다는 게 책가방 사건이야?"

라온이 놀란 표정으로 속삭이자 미도가 송곳니를 보이며 씩 웃었다. 긍정의 답변을 들은 라온은 더욱 놀란 표정이 되었다. 아까 차 안에서 들은 이야기와 조합해 보면 책가방 살인 사건의 범인은 학교 선생이고 책가방 발송자는 아버지가 되는 셈이었다. 실종 사건으로 수사를 받기 위해서 범죄의 혐의점을 넣어 학교로 가짜 책가방을 보냈다. 탐정단은 그 사건에 도움을 준 대가로 경찰 표창을 받게 된 것이고. 대체 이놈들의 한계는 어디까지일까.

함께 나온 형사가 세규 가족에게 말했다.

"이제 돌아가셔도 좋습니다. 조사는 다 끝났으니까."

"그놈은……."

세규의 아버지가 낮은 목소리로 물었다.

"아직 조사도 끝나지 않았고, 구속 영장도 발부되었어요. 자백은 했다지만 여러 가지 의문점도 많고, 뭣보다 시체를 찾은 상황이 아니잖습니까. 아버님은 안심하고 집에 돌아가셔서……."

아버지는 내키지 않는다는 얼굴로 자리에서 일어섰다.

세규는 탐정단 아이들을 쳐다보며 손짓을 했다. 그녀들이 다가오자 세규는 아버지에게 탐정단을 소개했다.

"아버지, 이 친구들이에요."

탐정단이 일제히 달려가 허리를 숙여 인사했다. 슬픔에 젖은 부모를 본 순간 사건을 해결했다는 데서 오는 자부심은 사라져 버렸다. 표창장을 받게 된 일도 괜히 죄송하게 느껴졌다.

"고맙다. 얘들아. 너희들이 아니었다면, 보규는 끝까지 찾을 수 없었을지도 몰라."

"아녜요. 당연한 일을 한 건데요."

살아 있었다면 좋았을 텐데……. 미도는 차마 마지막을 말을 잇지 못했다. 다들 곧 눈물이 맺혔다. 하지만 울었다가는 더 결례가 될 것 같아 울지 못했다.

"아저씨는 아무런 잘못도 하지 않으셨어요. 잘하신 거라고 생각해요. 덕분에 재수사가 되어서 결국 진실을 알게 되었잖아요."

미도의 말을 듣던 늙은 복서의 얼굴에 깊은 상념이 어렸다.

"나한테 아무 잘못이 없다고? 아니. 모두 내 잘못이야. 내가 보규와 싸우지 않았더라면, 싸우더라도 쉽게 화해를 하고 아들을 받아들였더라면 이렇게 오랜 시간을 아들을 기다리며 살지는 않았을 거다. 가짜 책가방 안에 들어 있던 책은 내가 애를 두들겨 패다가 피범벅이 된 거야."

집 나간 아들을 찾기 위해 1년 동안 사방을 헤맸다. 흥신소를 동원하기도 하고, 동창생들을 찾아다니기도 했다. 게임까지 손대 봤지만 아무 소용이 없었다. 불길한 예감은 갈수록 강해졌다.

집 안을 정리하다가 피 묻은 책을 발견했을 때 한 가지 계획이 떠올랐다. 세규에게서 '분실물 없는 학교' 이야기를 여러 번 전해 들었다. 처음에는 세규가 책가방을 알아보고 가져오면 경찰에 신고해야겠다 막연하게 생각했을 뿐이었다. 일은 계획 이상으로 잘 풀려나갔다. 겁이 날 만큼.

경찰 프로파일러가 분석한 바에 의하면 범인은 성격이 급하고 마구잡이로 달려드는 타입이라고 했다. 몽둥이를 써도 되는데 책을 쥐고 사람을 때렸다. 충동적인 성격에 상당한 완력의 소유자이며, 폭력이 몸에 밴 사람. 조직원일 가능성도 있다. 프로파일링을 듣고 그는 깨달았다.

"나는 살인마 같은 아버지였어. 보규는 내가 죽인 거야."

"그렇지 않아요."

아이들이 말했다. 하지만 진공 속에 흩어지는 말처럼 위로는 울림 없이 흩어졌다. 그는 정신 나간 사람처럼 몸을 움츠렸다. 충격과 자책으로 자기만의 세계에 침잠한 듯 보였다.

세규는 아버지와 함께 강력계를 나갔다. 탐정단은 처음으로 온 경찰서를 두리번거리며 견학했다. 형사들이 조서를 작성하는 모습을 기웃거리기도 하고 화이트보드에 사건 개요를 정리하면서 고민하는 모습을 지켜보기도 했다.

"진짜 멋있다."

하재와 성윤의 눈에는 동경이 흘렀다. 예희도 주변에 자신이 좋아하는 아저씨 타입들이 넘쳐나자 생기가 넘쳤다. 그러나 채율은 자리에 가만히 앉아 있었다. 작년 하라온 덕분에 테러리스트 여고생으로 수사를 받은 적이 있어서 경찰서가 싫었다.

"나는 그렇다 쳐. 근데 넌 왜 안 끼냐?"

채율은 옆에 앉은 미도에게 물었다. 이제 나머지 세 사람이 과학수사 랩에 들어가 도구들을 설명 받고 사진을 찍고 있었지만 정작 가장 날뛰어야 할 사람이 잠잠했다.

"그 선생님 말이야. 왜 시체를 유기한 곳을 말하지 않을까? 자백까지 해 놓고서?"

또 탐정의 혼에 불이 지펴진 모양이었다.

"시간을 벌어서 불리한 증거를 없애려고 한 게 아냐? 경찰도 그래서 구속하게 된 거고."

"며칠 뒤에 말하겠다고 한 것도 이상해."

"구속된 상태에서 자기 가족들이나, 다른 사람들을 이용하려는 걸 수도 있어."

두 사람의 대화를 듣고 광석이 말했다.

"우리도 그 가능성을 생각하고 철저히 피의자를 감시하고 있어.

염려하지 않아도 돼."

"그래요?"

우락부락한 형사 아저씨는 열심히 생각에 빠진 미도가 신통한 모양이었다. 광석이 손짓을 하자 다른 형사들도 모여 들었다. 그는 미도를 가리키며 귓속말을 했고, 이야기를 들은 사람들은 귀엽다는 얼굴로 싱글싱글 웃었다.

"그럼 언제 입을 연다고 했어요?"

"일주일 정도만 기다려 달라고 했어."

"일주일요?"

미도는 달력을 흘긋 바라보았다. 일주일 뒤면 11월 첫 번째 주가 지나간다. 둘째 주는 대수능. 셋째 주는 골든 퀘스트가 시작되는 주간이고.

'혹시 그 선생님 헌드레드 매니아?'

미도는 큰 소리로 의균을 불렀다. 하재의 뒤를 따라 쫄랑쫄랑 따라다니던 남학생은 대장의 호출을 받고 조금 아쉬운 얼굴로 앉았다. 미도는 그에게 우현용의 평소 인품에 대해 물었다. 의균의 얼굴이 굳어졌다.

"최고의 선생님이었어요. 다들 동경했다고요, 남자답고 멋지고. 인간성도 최고였어요. 정말 선생님이 사람을 죽인 걸까요?"

선생님을 믿고 싶은 제자의 마음이 강하게 전해졌다. 현용은 고3 담임이었다. 학교에서는 수험을 앞둔 아이들이 받을 충격을 감안해 철저히 비밀을 지키고 있었다. 수능이 코앞이었다. 경찰도 적극 대처해 주었다.

미도는 그의 신변에 대해 꼬치꼬치 질문했다. 개중에는 의균이 대답할 수 없는 것도 많았다. 때에 따라서는 형사들이 대답을 해 주기도 했다.

우현용은 형주고에서 근무한 지 5년 정도 되는 교원으로 재직 기간 내내 학생부에 소속되어 일했다. 그가 교내 불량 서클을 해산시킨 일은 형사들 사이에서도 유명했다. 특히 여성청소년 계에서 신망이 두터웠다. 그런 교사 둘만 있으면 학원 폭력에 시달리는 학생들은 없을 거라는 말도 들었다.

재직하는 동안 현용에게는 문제 학생들이 주로 맡겨졌다. 그리고 그가 맡은 문제 학생들은 자퇴하는 일이 없이 무사히 졸업했다.

"우리들도 뭔가 사정이 있었을 거라고 생각해. 누군가를 감싸려고 한다거나."

형사들 중 한 사람이 솔직한 심경을 토해냈다. 턱 밑으로 바늘로 꿰맨 흉터 자국이 살짝 엿보였다.

가르치는 교과 과목은 국사. 교감 선생님의 신임이 두터움. 취미는 역사 대하드라마 시청. 주말이면 친구들과 바다낚시를 즐김. 특기는 검도. 수업 시간에 풍부한 사료를 들어 설명하는 스타일. 고기라면 가리지 않지만 가장 좋아하는 건 육회. 3년 전 교통사고를 당한 후 후유증으로 운전을 그만둠. 아내는 초등학교 교사. 1남 1녀의 자녀를 두고 있음. 장남은 13세. 학교에서 친구들이 잘 따름. 막내딸은 9세. 현용의 강요로 태권도를 배움. 올해 초 부친상을 당함. 사인은 암.

한 사람에 대한 사소한 정보들이 각설탕처럼 와르르 쏟아졌다.

유치장에 있던 현용이 바깥으로 나왔다. 탐정단은 살인범을 망연히 쳐다보았다. 침묵이 흘렀다.

"너희들은 이제 가라."

형사가 말했다. 현용은 의균을 알아보는 눈치였다. 고개를 숙이더니 들지 않았다. 광석은 아이들을 바깥으로 떠밀었다. 의균을 비롯해 생각에 잠겨 있던 미도, 사인을 해 주던 라온도 같이 바깥으로 나왔다.

강력 1팀이 있는 사무실은 한 번 꺾으면 곧바로 로비가 보였다.

"밥이나 먹으러 갈래? 배고프지? 너희들 표창 받는 거 기념해서 내가 한턱 쏠게."

라온이 말했다. 이번 사건을 어떻게 수사했는지 듣고 싶었다. 밥을 사면 사진을 다른 사람에게 주어 버린 채율을 혼낼 수 있는 기회도 얻을 수 있었다. 아이들은 환호했다.

주차장에는 아직 출발하지 않은 세규네 가족들이 있었다. 조경수로 심어진 금송 옆에서 어머니가 쭈그려 앉아 흐느끼고 있었다. 경찰서를 나오자 이제껏 억누르고 있던 슬픔이 터져 버렸다.

"애한테 얼마나 끔찍한 짓을 했으면……, 어디 묻었는지 말조차 못할까."

아줌마는 울먹이고 있었다. 세규의 아버지는 여전히 아득한 눈으로 먼 곳을 바라보고 있을 뿐이었다. 산 사람 같지가 않았다. 세규는 아이들을 보자 괴로운 얼굴로 억지웃음을 웃었다.

"나왔네."

"선생님이 조사받을 차례라서……."

울먹이던 아내 옆에 서 있던 세규의 아버지가 그 말을 듣고 몸을 돌렸다.

"화장실 좀 다녀오마."

화장실은 건물 안에 있었다. 그는 가족들을 떠나 다시 경찰서 건물 안으로 들어섰다. 직업상 사람들 얼굴을 유심히 지켜보는 버릇이 있는 라온은 예감이 좋지 않았다.

"누가 같이 가야 하는 거 아냐?"

"안에 경찰들도 많은데 별일 있겠어요?"

채율이 건성으로 대답했다. 아까부터 곰곰이 생각에 잠겨 있는 미도와 마찬가지로 채율 역시 마음이 다른 곳에 가 있었다.

'왜 이야기를 못하는 걸까? 자백도 한 마당에……. 정말 공범이 있었나. 일주일을 기다려 달라고 한 건 왜일까?'

그녀도 시체의 행방이 궁금했다.

세규는 사람들 앞에서 울고 있는 어머니를 일으켜 세워 부모님이 타고 온 경차 뒷좌석에 태웠다. 한눈에 봐도 세규의 어머니는 운전할 상태가 아니었다. 아버지도 제정신이 아닌 것 같았다.

"이럴 때 내가 운전하면 좋을 텐데. 미성년자도 운전 면허를 딸 수 있었으면 좋겠어. 나 운전할 수 있거든. 근데 자격이 없어서 차를 못 몰아."

"너 운전할 수 있어?"

의균이 경악하며 물었다.

"응. 아버지가 중학교 때부터 가르쳐 줬어. 공터나 도로 만들어지는 곳에는 차들이 다니지 않잖아. 그런데서 연수시켜 주고 해서 배웠지. 시골 도로에서도 말이야."

10대 미성년자들이 부모의 차를 몰고 나가 전신주를 들이박고 죽었다는 내용의 기사들이 라온의 머릿속에 오버랩되었다. 그러나 당사자는 아무렇지 않은 듯 운전대를 돌리는 시늉을 했다. 그 모습을 보고 미도가 비명을 질렀다.

갑작스런 고함에 모두 깜짝 놀랐다. 차 안에 타고 있던 세규의 어머니도 차창 밖으로 고개를 내밀었다. 미도의 표정이 심상치 않았다. 채율은 대장의 목덜미를 쥐고 경찰서 입구 계단 쪽으로 질질 끌고 갔다. 크게 놀랐는지 얼굴이 불에 구운 오징어처럼 구겨져 있었다.

"너, 알아낸 거야? 어디에 시체를 숨겼는지."

"코…… 콘크리트."

미도는 겨우 단어를 하나 내뱉었다. 수수께끼 같은 단어였다.

'콘크리트? 왜 뜬금없이 콘크리트야?'

미도는 혹여 자신이 하는 말을 세규와 어머니가 들을까 봐 목소리를 잔뜩 내리깔았다.

"휴대폰은 위치 정보를 착각하게 만들려고 지방에 버린 거였어. 밤차 타고 가면 오전까지는 돌아올 수 있잖아. 하지만 시체는 옮길 수가 없었지. 그 선생님 운전을 못하잖아. 그러니까 세규네 형은……."

미도의 설명을 듣던 채율은 진저리를 쳤다. 그녀가 지금 무슨 말을 하는지 이해가 되었다.

시체는 학교에 있다.

학생들이 매일 지나다니는 그곳에 죽은 학생이 잠들어 있다.

미도가 거의 울먹이다시피 말했다.

"그렇지? 거기밖에 없는 거지. 내 생각 틀린 거 아니지?"

채율은 눈을 질끈 감고 고개를 끄덕였다. 일주일만 말미를 달라는 이야기도 납득이 갔다. 형주고는 대학 수학 능력 평가 시험이 치러지는 고사장이기도 했다. 수능을 며칠 앞두고 시체가 발견된다면 보안상 고사장을 갑자기 옮길 수도 없고, 그렇다고 시험을 그대로 치를 수도 없을 것이었다. 뒷수습을 할 수 없을 정도로 수험생들과 학부모의 원성이 커질 게 분명했다.

두 사람이 입구에서 숙덕대는 시간이 길어지자, 밥을 어디서 먹어야 하나 떠들썩하지 않은 장소를 머릿속으로 물색하던 라온이 다가와 채율의 어깨를 쳤다.

그 순간 쨍그랑 소리와 함께 유리가 깨졌다. 강력1팀 사무실 유리창이 산산조각 나면서 파편들이 잔디 아래로 떨어졌다. 광석이 지르는 고함 소리가 들렸다.

"아버님!"

강력 1팀 창틀을 둘러싸고 있는 쇠창살 너머로 현용이 보였다. 우악스러운 손길에 머리채를 잡힌 상태로 얼굴을 세차게 가격당한 모양이었다. 유리 조각에 긁힌 얼굴에는 핏방울이 배어 나왔다.

세규가 계단을 뛰어올라 갔다. 라온과 채율도, 성윤도 그 뒤를 따랐다.

강력 1팀은 아수라장이 되어 있었다. 돌아갔을 거라고 생각했던 피해자 가족이 갑자기 난입해 피의자를 공격했다. 공인 10단 이상의 무술 실력이 뛰어난 인재들이 모여 있는 1팀이었지만 분노한 전직 프로 복서의 주먹 앞에서는 위세를 떨치지 못했다. 그를 저지하기 위해 가장 먼저 달려들었던 광석은 안면을 가격당하고 바닥에 쓰러졌다.

반 기절 상태에 빠진 광석을 보고 형사들은 두세 명이 동시에 아버지를 잡기 위해서 거리를 좁히고 있었다. 가스총을 꺼내는 경찰도 있었다. 변호사는 가방을 움켜쥐고 저 멀리 구석으로 몸을 피하고 있었다.

"아버지!"

세규가 문을 박차고 들어왔다. 아들의 목소리를 들은 복서는 잠시 행동을 멈추었다. 슬픈 듯 웃는 듯 모든 걸 체념한 표정이었다. 복서는 현용의 목을 두 손으로 움켜잡았다.

"아버님. 안 됩니다. 저 때문에 죄를 지으시면……."

억눌려서도 현용은 세규의 아버지를 걱정했다. 그러나 곧 세규의 아버지는 그의 목을 조르기 시작했다.

"이렇게, 이렇게 죽었냐? 내 아들을?"

라온의 팬들은 어느새 사라지고 안에 있는 경찰의 수는 총 다섯이었다. 형사들은 진압봉을 뽑아 휘둘렀다. 세규까지 아버지를 떼어내기 위해서 달려들었다. 그러나 광기가 번뜩이는 그의 힘을 도무지 당해 낼 수가 없었다. 세규의 아버지는 젊은 형사들의 움직임을 훤히 읽고 있었다.

현용의 눈에는 벌써 핏발이 솟고 있었다. 생명이 위험했다.

공인이자 군인의 입장인 라온은 조심스럽게 뒷걸음질을 쳤다.

"모두 비켜."

강력계 팀장이 소리를 버럭 질렀다. 부하들이 다칠 수 있다고 판단하고 그는 가스총을 빼어들었다. 팀장의 명령을 듣고 경찰들은 뒤로 물러섰다.

그는 타깃을 조준하고 팔을 잡은 상태에서 숨을 멈추었다. 경찰서 내에서 가장 으뜸가는 명사수였다. 공포탄, 가스총, 권총, 테이저 건까지 못 쏘는 총이 없었다.

그러나 이번만큼은 상대가 더욱 빨랐다. 분출 버튼이 눌러지는 순간 그는 다리로 팀장의 손목을 쳤다.

총이 바닥으로 떨어지면서 가스가 사방으로 퍼져나갔다.

가까이에 있던 세규와 방아쇠를 누른 팀장도 눈을 뜨지 못했다. 세규의 아버지는 다시 현용에게 달려들었다.

"안 돼요. 아저씨."

카랑카랑한 목소리가 지척에서 들렸다. 라온은 눈을 크게 떴다. 바로 옆에 서 있던 채율이 어느새 세규의 아버지 등을 부여잡고 서 있었다. 그의 손에는 점점 힘이 들어갔다. 미도는 달려가다가 광석의 다리에 걸려 넘어졌다. 사무실 내의 상황을 본 예희는 도움을 요청하기 위해 당직실로 달려갔다. 의균도 반대편 다른 강력팀으로 달려갔다. 하재는 발만 동동 구르고 있을 뿐이었다.

'안 돼. 이런 일에 휘말리면……'

망설이는 라온 대신에 성윤이 나섰다. 성윤은 세규의 아버지의 등을 맨 주먹으로 마구 가격했다. 형사들도 제지하지 못했던 힘을 여고생이 이겨낼 수 있을 리 없었다. 세규 아버지는 귀찮은지 두 사람을 뿌리쳤다.

성윤은 광석의 위로 넘어져 괜찮았다. 하지만 채율은 바닥에 머리를 세게 부딪혔다. 머리가 멍해지고 정신을 차릴 수가 없었다.

"여기예요!"

의균의 목소리가 복도를 울렸다. 다른 경찰들이 달려오는 소리가 들렸다.

다급해진 늙은 복서는 유리창에 매달려 있던 날카로운 파편을 집어 들었다.

"제……발."

현용은 터질 것처럼 붉은 얼굴로 말했지만 복서는 멈추지 않았다. 정확히 급소를 노리며 빠르게 움직였다. 라온의 눈에는 한 발짝 한 발짝이 슬로 모션처럼 느리게 보였다. 미도와 성윤이 일어섰다. 어쩔 줄 모르던 하재도 돌진했다. 그러나 눈을 질끈 감은 채 달려오는 하재 때문에 미도와 성윤이 다시 넘어졌다.

"안돼애애!"

채율이 손을 뻗었다. 가장 가까이에 있던 그녀는 세규 아버지의 바짓단을 움켜잡았다.

"아저씨. 안 돼요. 살인자가 되시면 안 돼요. 멈추세요."

마침내 형사들이 문을 열고 들이닥쳤다. 그들은 초토화된 실내를 휘돌아보고 유리 조각을 움켜쥐고 있는 세규 아버지에게 다가갔다. 잡히기 직전이 되자 늙은 복서는 마음이 급해졌다. 하지만 바짓단을 잡고 있는 소녀는 끈질기게 다리를 잡고 놓지 않았다. 그는 욕지기를 내뱉고는 유리 조각을 그녀에게로 휘둘렀다.

'뭐…… 뭐하는 거야?'

몸이 어떻게 움직였는지 라온은 기억하지 못했다.

정신을 차려보니 손으로 유리 조각을 두 손으로 움켜잡고 있었다. 베인 손에서 핏방울이 흘러 바닥으로 떨어졌다. 아래에 누워 있는 채율의 머리카락에도 피가 묻었다. 그의 손에 상처가 생긴 걸 보고 채율의 눈동자도 커졌다. 예상치 못한 상황에 늙은 복서는 움찔했다. 그가 행동을 잠시 멈추자 양옆으로 달려든 형사들이 팔짱을 끼었다.

짤그랑 소리와 함께 유리 조각이 바닥으로 떨어졌다. 라온은 쇼크 상태로 자신의 두 손을 내려다보았다. 손바닥이 온통 피로 젖어 있었다. 한눈에 보기에도 깊게 베여 있었다.

'지난번 총 맞았던 건 아무 것도 아니네. 이번이 훨씬 아파……. 설마 사진을 못 찍게 되는 건 아니겠지.'

라온은 총격을 당한 충격을 아직 극복하지 못했다. 자작극이었지만 몸은 고통을 기억했다. 예상하고 당한 일이라 더 선명히 공포가 남았다. 총이 쏘아지기 직전의 떨림과 어둠 속에서 들려오는 사람들이 오고가는 소리. 팔을 잡던 손길. 심장이 옥죄어 오는 것만 같았다. 바닥을 축축하게 적시던 피. 혹시 잘못되어서 걷지 못하게 되면 어쩌지. 들것에 실려 나가면서 걱정했었다. 아직도 그때의 악몽이 반복되곤 했다. 꿈을 꾸고 난 이후에는 소스라치게 놀라 깨었고, 우두커니 앉아 자조하곤 했다. 사람들을 기만한 대가는 어떤 식으로든 치르게 된다는 걸 깨달았다.

기절하는 라온의 눈에 채율의 얼굴이 비쳤다. 놀란 토끼처럼 눈을 크게 뜨고 그를 잡기 위해 몸을 일으키고 있었다.

'그러게 뭘 그렇게 앞뒤 안 가리고 덤벼? 너 때문에 내가 이 꼴을 당했잖아.'

쏘아 주고 싶었지만 소리가 나오지 않았다. 몸이 기우뚱 흔들리면서 채율의 품에 쓰러졌다. 섬유 유연제 향기가 코끝을 스쳤다.

* * *

라온은 곧 병원으로 옮겨졌다. 매니저는 득달같이 달려와 경찰을 추궁했다. 하지만 의식을 차린 라온은 아버지의 심경을 이해한다고 말하면서 이번 일을 없던 일로 해 주길 간곡히 부탁했다.

'마음 같아서야 감옥에 집어넣고 싶지. 하지만 그랬다가는 내가 경찰서에 간 이유에 대해서 이상한 소문이 퍼질까 봐 무섭다고.'

의중은 따로 있었지만 그의 희생적인 의견에 모두들 감동했다. 경찰들도 내부에서 의뢰인이 난동을 피운 사건이 언론에 알려지는 걸 원치 않았다. 목숨을 위협당한 우현용 선생도 그에 동의했다. 그는 학생을 죽인 일을 마음 속 깊이 후회하고 있었다. 부모가 받은 충격을 이해했다.

베인 상처는 깊지는 않았지만 커서 양손에 열 바늘씩 꿰매야 했다. 마취가 풀리자마자 물밀듯 고통이 밀려 왔다.

연준은 조카가 다쳤다는 말을 듣고 곧바로 병원으로 달려왔다. 새벽 2시에 겨우 잠든 라온을 차마 깨우지 못하고 당직 의사를 불러 소견을 들었다. 몇 번이나 사진을 찍는 일에는 지장이 없다는 확언을 듣고 돌아갔다.

학교에 출근한 뒤 그는 탐정단 아이들을 불러 모아 전날 밤에 있었던 일을 자세히 보고 받았다.

"그러니까 시체가 묻힌 곳이 학교 교문이다?"

"네, 선생님. 보통 콘크리트 붓기 전에 모래로 땅을 편평하게 다져 두잖아요. 가림막도 세워 두고요. 차가 없었던 범인이 시체를 유기하기에는 최적의 조건이었던 거죠. 시체를 묻고 땅만 다져놓으면 되니까요."

다음 날 공사장 인부들은 아무런 의심이 없이 시체가 묻힌 모래 위로 콘크리트를 부었을 터였다. 학교가 폐교하지 않는 한, 다시 교문 공사를 하지 않는 한 걸릴 염려도 없었다. 또한 그때쯤에는 이미 시효가 지나게 될 거였고.

"우현용 선생님은 병중에 계신 아버지 때문에 자수하지 못하셨던 것 같아요. 아들이 살인자가 되는 모습은 차마 보여드릴 수가 없었겠죠. 죄를 숨기는 데 혈안이 되어 CCTV를 검색하다가 피해자가 휴대폰을 만지작거리는 영상을 발견한 거예요."

"그런 사정이라면 그 선생이 이야기할 때까지 니들도 입 다무는 게 좋아. 알았지?"

탐정단은 무거운 마음으로 고개를 끄덕였다.

"그리고 문병도 가. 그 녀석 첫 휴가였어."

* * *

과일을 사들고 병원으로 향하는 길. 하늘에서는 첫눈이 내렸다.

다들 한마음처럼 작년 처음으로 라온을 만났던 일을 생각했다. 그때 라온은 충격을 입고 병원에 입원했다.

"까다로운 성격 같은데 의외로 멋지지 않아?"

"맞아. 이번 일도 채율이 구하려다 그런 거잖아."

"슈퍼 솔져야."

아이들은 복도에서 시끄럽게 떠들었다. 채율의 마음속에 자리 잡아 있던 안 좋은 인상은 이번 일로 상당히 희석되었다. 만약 라온이 아니었다면 무슨 일이 생겼을지 생각만 해도 아찔했다. 품 안으로 쓰러지던 몸의 촉감이 하루 종일 두 손에 남아 있는 기분이었다. 공부에 집중할 수가 없었다. 고통스럽게 일그러지던 얼굴도 눈앞에 어른댔다.

병실 호수가 눈앞에 보였다. 채율은 심호흡을 했다. 단단히 마음의 채비를 하고 들어가지 않으면 어색하거나 촌스럽게 행동할 것 같았다. 하지만 아이들은 마음을 다잡을 시간을 주지 않았다. 들입다 문을 열어젖힐 뿐.

"안녕하세요."

라온은 침대에서 일어나 있었다. 창문 쪽으로 몸을 돌린 모습이었다. 김이 서린 창문이 희뿌옇게 번지는 필터처럼 아릿한 윤곽을 만들어 냈다. 손에 칭칭 감긴 붕대가 제일 먼저 눈에 띄었다.

"왔어? 그럼 저것 좀 까 봐."

그가 침대 옆에 콘솔에 놓인 상자를 턱짓으로 가리켰다. 안에는 한자로 브랜드명이 적힌 소금 사탕이 들어 있었다. 새어머니가 위문 차 가져다 준 사탕이라고 했다. 콘솔 가장 가까이에 서 있는 건 성윤이었다. 성윤은 사탕을 붕대 감은 손바닥 위에 올려 주었다.

"과일 바구니 사 왔네. 오렌지도 있어?"

이번에는 예희가 침대에 걸터앉아 손으로 오렌지를 까 주었다. 라온은 다 같이 먹으라며 냉장고를 발로 툭툭 찼다. 안에는 과일과 두유, 과자, 호빵 등등이 들어 있었다. 하재가 호빵을 데우기 위해 바깥으로 나갔다. 당연하듯이 명령하는 폼이 보기 좋지는 않았지만 다들 친구를 구해 준 그의 명령을 잘 받아들였다.

"감사합니다. 하라온 씨가 아니었으면 저는……."

머뭇거리며 말하는 채율의 말을 듣고 라온은 코웃음을 쳤다. 그는 예희가 까 준 오렌지를 우적우적 씹고 있었다.

"그래. 고마워 해야지."

말은 하면서도 눈은 이쪽을 보고 있지 않았다. 그게 오히려 묘한 긴장을 만들어 냈다. 예희가 눈살을 찌푸렸다.

"오빠, 그렇게 먹으면 맛 안 이상해요?"

라온은 오렌지와 소금 사탕을 모두 먹고 있었다. 그는 여전히 채율을 보지 않은 채 어깨를 으쓱했다.

"짠맛이 신맛을 눌러 주면서 새로운 풍미를 만들어 내. 아주 괜찮아."

'내가 지금 대체 뭔 소리를 하는 거야.'

라온은 자신이 내뱉은 말에 개탄했다. 아이들이 문병을 온다는 이야기를 듣고 드디어 기회를 잡았다며 굳게 마음을 먹었다. 지난번 자신이 당했던 수모와 버려진 사진들의 원한을 갚을 생각이었다. 그러나 문을 열고 들어온 채율의 얼굴은 보기에도 딱할 정도로 풀이 죽어 있었다. 마음 한구석이 짠했다.

"정말요?"

성윤이 사탕을 까서 오렌지 한 조각과 입에 털어 넣었다. 성윤의 얼굴이 금방이라도 욕설을 뱉을 것처럼 일그러졌다. 라온은 유연한 태도로 고개를 돌렸다.

"보통 사람들이 쉽게 감당할 수 있는 맛은 아니지. 예술가적인 맛이니까."

스스로 더 이상 헛소리를 하기 전에 라온은 본론을 꺼냈다.

미도가 자리에 앉아 후원자님께 차분한 어조로 사건 보고를 했다. 의균이 책가방을 받게 된 날부터, 하재에게 도움을 청한 일, 헌드레드에서 라온의 캐릭터를 만난 일과 수사를 위해 채율이 사진을 포기하게 된 경위도 들었다.

"얘가 얼마나 아쉬워했다구요. 며칠 동안 말도 안 했어요."

미도가 말했다.

"그랬어?"

그동안의 섭섭함이 팬 위에 올려 놓은 버터 한 조각처럼 스멀스멀 녹아 버렸다. 은근슬쩍 채율을 보니 고개를 푹 숙이고 들지 못했다. 부끄러운 모양이었다.

"근데 오빠, 저 섭섭해요. 왜 오빠는 채율이한테만 편지를 써요? 우리한테도 사진 보내 주세요."

오렌지를 모두 까고 이제는 사과를 깎던 예희가 의미심장하게 말했다. 다른 아이들도 호빵을 먹으며 키득거렸다. 라온은 잠시 할 말을 잊었다. 왜냐고 묻는다면 특별히 할 말은 없었다.

"난 너희들의 활동이 아주 흥미진진해. 이번에는 표창까지 받았잖아. 다음에는 무슨 사건을 수사할까. 기대하지 않을 수 없어. 매일 그런 보고를 받고 싶은데 너희들 중에 한가한 애가 없잖아. 대장은 전교생을 미행하느라 바쁘고 예희는 두 개나 서클 활동을 하니까 짬이 없을 테고. 하재도 카발리스트 활동으로 바빴구. 성윤이는 글을 쓰는 걸 별로…… 좋아하지 않을 거 같고. 그래서 특별히 탐정단에서 제일 하는 일 없는 채율이에게 부탁한 거야. 왠지 괴롭혀 주고 싶은 타입이기도 하고."

"글은 하재가 더 잘 써요. 실감나게."

"그래? 몰랐네. 그럼 앞으로 하재가 나한테 편지를 써 줄래? 다른 애들도 편지를 보내 줘."

"답장 써 주실 거예요?"

"그럼. 손만 나으면."

라온은 붕대가 감긴 두 팔을 들어 올리며 말했다.

아이들은 일단 그의 변명을 듣고 고개를 끄덕였다.

하지만 채율은 이를 악물었다. 괴롭히고 싶은 타입이라니. 어젯밤 집으로 돌아간 그녀는 사건을 해결하는 동안 그가 보낸 편지를 모두 읽어 보았다. 단순히 괴롭혀 주고 싶은 상대에게 보내는 편지라고 하기에는 지나치게 사적이었고, 불필요하게 다정했다.

받아라 모나리자 양

며칠 동안 편지를 보내지 못해서 미안해. 자대 배치를 받고 여러 가지로 바빴어. 아프기도 했고. 군대 생활이라는 게 생각만큼 쉬운 게 아니네. 인간관계라는 게 힘들어. 내가 눈에 거슬리는 타입이란다. 잘난 게 죄지.

나, 네 사진 가지고 있다. 크리스마스 때 병실에서 찍은 거랑, 원위크 화보 촬영하고 남은 거. 관물대 위에 올려놓고 틈날 때마다 자꾸 들여다 봐. 정말이지 세상에서 제일 섹시함이 없는 핀업걸이야. 너무 무표정해서 뭐랄까, 영정 사진 같달까.

그러고 보니 한 번도 웃는 얼굴을 본 적이 없네.

지금쯤 자고 있을 민간인에게

요즘 천장을 바라보며 먹고 싶은 것들을 헤아리는 게 내 일상이야. 오늘은 세수를 하는데 별안간 혀끝에서 칸쵸 맛이 맴돌더라. 작게 부서지는 과자의 떨림과 초콜릿이 혀를 타고 녹아내리는 그 아찔한 느낌 말이야. 먹을 수 있다면 영혼이라도 팔고 싶어. 쌀로별이랑 조청 유과도. 작업할 때면 박스로 사 놓고 먹었거든.

한 번도 이렇게 형편없는 식사를 해 본 적이 없어. 그 저주스런 식단을 사진으로 첨부한다. 그런데 문제는 그런 밥조차 꿀맛이라는 거야.

요즘 거울을 볼 때마다 깜짝깜짝 놀라. 내가 체질적으로 근육이 잘 붙는 체질이라서 운동을 하지 않거든. 몸이 너무 좋아져서 걱정이다.

오늘은 매점에서 칸쵸를 사서 먹어 줘. 네가 대신해서 칸쵸를 먹는다고 상상하면서 오늘 버텨 보려고.

세상에서 제일 바쁜 고삐리에게

벌써 너에게 쓰는 서른 번째 편지구나. 한 통도 답장을 받지 못했지만, 신경 쓰지 마. 나야 시간이 남아도는 외로운 군인이고, 넌 분초가 바쁜 학생이잖니. 괜찮아. 난 상처 받지 않았어. 가끔 군인들 뉴스 나올 때면 누구 생각 안 나니?

편지지와 봉투와 우표는 충분하잖아. 아니면 이메일도 좋다고.

군대에서는 시간이 정지한 것 같아. 사회에서 있었을 때 일들이 편린처럼 스쳐가면서 아쉬움을 만들어 내. 뭘 그렇게 열심히 살았나. 맛있는 음식이나 많이 먹을걸. 친구들이나 많이 만날걸. 사소한 미련들을 남기면서. 개랑 둘이서 집 지키고 있을 숙부 생각도 많이 나고. 마지막으로 만났을 때 네 얼굴도 자꾸 떠올라.

넌 날 겉만 번드르한 성격 파탄자라고 생각할지도 모르겠어. 그게 사실일지도 몰라. 하지만 나에 대한 최종 판단은 유보해 줘. 난 장점도 많은 사람이야. 일단 편지를 봐서 알겠지만 글씨를 잘 쓰고. 또, 사진을 잘 찍어. 뭐 그렇다고.

편지들은 모두 채율이 메고 온 가방에 들어 있었다. 사진은 비록 다른 사람에게 주었지만 편지는 잘 받아 보았다고 미안한 마음을 표현하기 위해서 들고 왔다. 하지만 지금 심정 같아서는 확 이 자리에서 아이들에게 펼쳐 보여 주고 싶었다. 눈이 마주치자 그는 시선을 회피했다.

"그럼, 오빠. 쾌차하세요. 저희는 이만 갈게요."

탐정단은 꾸벅 인사를 하고 바깥으로 나갔다. 채율은 아이들에게 먼저 나가라는 눈짓을 했다. 병실에는 둘만 남게 되었다.

어색함을 떨쳐 내고자 라온이 먼저 입을 열었다.

"너 나한테 미안하지? 너 때문에 다쳤잖아."

채율은 찬찬히 눈앞에 있는 상대를 뜯어보았다. 약간 그을리기는 했지만 귀골스러운 얼굴, 날렵한 콧대와 큰 키의 남자는 진중한 시선으로 그녀를 쳐다보고 있었다. 아까 친구들과 있을 때와는 전혀 다른 태도였다. 상당히 불편했다.

"미안하면 앞으로 나 제대할 때까지 연애하지 마."

채율이 번쩍 고개를 들었다.

'뭐야? 사람을 가지고 노는 거야?'

"할 생각 없었는데요."

고3이 무슨 연애를 하랴.

라온은 입맛을 다셨다.

"그래, 뭐, 그렇게 조신하게 졸업해. 나도 제대할 때까지 연애 안
할 테니까."

미안하다, 고맙다고 말하려고 남았는데 이런 식으로 대화를 끌고
가니 화가 났다.

"혹시 제가 가지고 있는 자백 파일 때문이라면 미남계 쓸 필요 없
어요. 완전히 지워 버렸으니까. 약점 잡아서 협박하는 거 성미에 안
맞거든요."

"그런 거 아닌데."

"그럼 나한테 왜 편지 쓰고 사진 보내요? 혹시 나 좋아해요?"

채율은 마지막 칼을 뽑아들었다.

어느 쪽이든 할 말은 준비되어 있었다. 좋아하지 않는다고 말하면
의미 없이 귀찮게 구는 거 정말 싫어한다고 말하고 선을 그을 생각
이었고, 좋아한다고 말하면 난 널 좋아하지 않는다 깨끗이 자를 생
각이었다. 그런데 질문을 받은 라온의 얼굴이 좀 이상했다.

"모르겠는데?"

"뭐요?"

"솔직히 모르겠다고."

"그럼 나한테 왜 그래요?"

"모르겠으니까 그러지!"

이상한 순환문답이었다.

"내가 군 생활을 하고 있어서 그냥 여자가 그리운 걸지도 몰라. 너랑 있으면 마음이 편해. 넌 뭐랄까. 날 꿰뚫어 보는 기분이란 말이야. 그런데 그게 연애 감정인지는 나도 모르겠어. 넌 그저 평범한 고등학생이니까. 그런 너를 내가 어제 구한 거야. 작가 생명과 같은 손을 상하게 하면서까지. 내가 나한테 얼마나 놀랐는지 알아?"

라온이 다친 손을 흔들며 열변을 토했다. 채율이 물었다.

"혹시……, 미성년에만 관심이 있는 특이한 성벽을 가졌나요?"

네 번이나 십 대와 결혼했던 찰리 채플린이 떠올랐다. 라온도 반은 예술가이고 보면 일반인이 이해하지 못하는 괴상한 면모를 하나쯤 가졌다고 해서 이상할 게 없었다. 라온은 시멘트처럼 단단하게 얼굴을 굳혔다.

"너 지금 그게 무슨 뜻인지 알고 묻는 거야? 네가 미성년자이기에 앞서 우리는 세 살 차이밖에 안 나."

"십 대 강간 사건의 태반이 이십 대 초중반 남성들에 의해서 생기거든요."

"너 이제 미도랑 다니지 마라."

고개를 설레설레 젓고 난 라온은 채율의 생명을 두 번씩이나 구한 은인으로서 자신의 권리를 주장했다. 첫 번째는 하연준 선생님에게서, 두 번째는 은퇴한 복서에게서 채율을 구했다.

"그러니까 난 너랑 연애를 하자는 게 아냐. 그냥 조약이나 맺자는 거지. 일명 상호 연애 금지 조약. 어차피 지금 우리 둘은 안 될 사이야. 넌 곧 고3 수험생이 될 테고, 난 군인이니까."

"그런 조약이 무슨 의미가 있어요?"

"이 조약의 핵심은 연애를 하지 않는 기간 동안 너는 나를, 나는 너를 최우선 연인 후보자로서 존중한다는 거야. 편지를 교환하기도 하고, 전화를 하고, 휴가 나오면 만날 수도 있고. 그러니까 앞으로는 내가 찍은 사진을 다른 사람에게 준다거나, 편지를 봉투째로 뜯지 않고 버려 두는 건 안 돼. 전화도 가끔은 받아."

"그건 사귀는 거랑 다르지 않잖아요."

"달라. 우리는 사귀는 사이가 아니니까, 편지 답장은 의무적이지 않아. 넌 내가 전화를 걸 때 무시할 수 있어. 내가 널 만나러 갈 수는 있지만 만나 주지 않아도 돼. 전화도, 데이트도 강제 사항이 아니야. 다만 난 네게 마음껏 편지를 쓰고 전화를 걸 수 있지. 후보의 자격으로."

거절을 당하더라도 공식적으로 접근할 권리를 확보하겠다는 이야기였다.

채율은 못마땅했지만 붕대 감긴 손을 보고 있으려니 반론을 제기할 마음이 생기지 않았다. 생각해 보면 조건을 수면으로 드러내는 것 외에는 지금까지와 달라지는 건 없었다.

"그런 의미에서 이거."

그는 침대 밑에 있는 쇼핑백을 툭툭 발로 찼다.

"뭐예요?"

403

손이 불편한 그를 위해 대신 백을 들어 올렸다.

"이 녀석이 오늘부터 발효되는 조약의 징표야."

백 안에는 폴라로이드 카메라와 필름들이 잔뜩 들어 있었다.

"편지 쓰는 게 부담스러우면 사진으로 그냥 찍어서 보내도 된다고. 난 네가 어떻게 지내는지 궁금하니까."

"답장 안 보내도 된다고 했잖아요."

"물론이야. 그냥 가지고는 있어 보라고. 쓰던 거니까, 부담 안 가져도 돼."

라온은 카메라의 사용법을 일러주었다. 손이 아픈 라온을 대신해 채율이 필름을 안에 넣었다. 그는 카메라를 살짝 쥐다시피 들어 올렸다. 다친 손 때문에 상당히 불편한 자세였지만, 앵글은 정확했다. 작게 감탄하자 라온은 피식 웃으며 얼굴을 가까이에 갖다 대었다.

"프로가 되면 눈 감고도 사진 찍을 수 있지."

찰칵. 찰칵.

셔터음이 기분 좋게 귀를 자극했다.

병실 밖으로 나왔을 때쯤 사진이 현상되었다. 또 다른 한 장은 병실 안에서 라온이 보고 있을 것이었다. 기분이 이상했다.

* * *

【강보규 학생 살인사건 피의자 진술서】

성명 우현용

직업 교사(형주고 학생부장)

주소 서울특별시 은평구 갈현2동 14×-11

주민등록번호 750831-1×××××××

아이들은 정말 이상합니다.

인간적으로 대한다고 해서 따르지 않아요. 오히려 우습게 보고 기어오르려고 하죠. 두들겨 패고 욕을 하면 싫어할 것 같죠? 아뇨. 그런 선생님들이 오히려 더 존중받아요. 최소한 무시당하지는 않죠.

학교도 그야말로 정글입니다. 짐승 같은 아이들을 길들이지 못한 선생은 철저하게 얕보이고 심지어는 두들겨 맞게 됩니다. 그게 교사 한 명으로 끝나는 문제라면 괜찮은데 아니거든요. 아이들이 한 명의 교사를 얕보기 시작하면 학교 전체의 기강이 흐트러지게 돼요.

현실적으로 강력한 교권을 만들기 위해서는 체벌에도 위계를 세워서 단계적으로 실행하는 게 중요합니다. 수업 시간에는 교과 담임이 아이들의 행동을 규제하고 그런데도 말을 안 듣는 아이들은 담임이 훈계하고 뭐 그런 식이죠. 대부분의 아이는 여기서 끝나지만 간혹 진짜로 튀는 또라이 같은 아이들이 있어요. 사실상 그런 애들은 부모도 감당 안 되는 존재들이죠.

그런 아이들을 통제하기 위해서 만들어진 게 저라는 인간. 학생과, 학생 부장입니다. 작년까지 우리 학교 선생님들이 말 안 듣는 학생들한테 입버릇처럼 하던 말이 있어요.

"너 자꾸만 이러면 학생과 보낸다."

"우현용 선생님이랑 상담 시간 좀 가져 볼래?"

누구도 함부로 할 수 없는 무서운 존재.

이름만 들어도 벌벌 떨 만한 존재.

그런 존재가 하나쯤 상징적으로 만들어져야 할 필요가 있단 말입니다. 그래야 착한 애들이 수업을 제대로 들을 수 있고, 교사들도 부담 없이 수업을 할 수 있어요.

처음 학생 부장 자리를 맡았을 때 정말 열심히 내 몸 부서져라 뛰었습니다. 학부모들이 찾아와 인사를 하기도 했죠. 자식들이 불량서클에서 벗어날 수 있게 해 줘서 고맙다고 말이에요.

아이들도 저를 싫어하지 않았습니다. 이 손으로 비록 아이들을 쥐잡듯 패기는 했지만 절대 그것으로 끝나지는 않았어요. 때린 후에는 꼭 인격적으로 보듬어 주었죠. 그래야만 하는 필요성도 있었어요. 애들은 달래 놓지 않으면 집에 가서 무슨 말을 할지 모르거든요. 앞뒤 사정은 다 잘라 놓고 선생한테 목검으로 맞았다고만 얘기하기 일쑤니까. 입단속 시키는 차원에서 잘해 준 거였죠. 그런데 학생과 오는 애들은 거의 결손가정 애들이 많고 그런 애들일수록 정에 굶주려 있어서……. 몇 번 잘해 주면 펑펑 울면서 말을 잘 듣곤 하죠.

그런 식으로 몇 번 하다 보니 다들 감탄하데요.

우 선생은 정말 애들 다룰 줄 안다, 어떻게 그런 애를 길들였냐, 요즘 수업 태도 너무 좋다 등등.

학생과에서 채찍을 마음껏 휘두르던 시절에는 정말 교사 직업에 대해 자긍심이 있었습니다. 누구도 못 다루던 애를 구슬리고 정을 주고, 때로는 때려서 학교에 나오게 만들면 졸업한 뒤에 찾아와서 '선생님, 감사합니다.' 인사를 했어요.

제 방법이 옳지 않을 수도 있다는 생각은 단 한 번도 하지 않았습니다. 아이들을 휘어잡지 못하는 선생들을 볼 때면 더 기고만장했던 거 같아요.

인격적으로 때린다.

그것이 제 사도(師道)였습니다.

물론 요즘 세상이 많이 달라졌어요. 때리는 저는 똑같은데 점점 애들 반응이 달라지고, 학부모 반응이 달라지더니 과잉 체벌을 했다고 항의 전화가 걸려왔죠.

그럼 정작 처음부터 문제를 만든 교과 담임하고 담임은 쏙 빠져버려요. 나중에는 저만 욕을 먹죠. 그렇게까지 무식하게 체벌할 필요가 있었느냐는 식으로. 참나.

그래도 상관없었어요. 폭풍 지나가고 나면 교감 선생님이(오래 교직 생활 해 본 분들은 제 처지를 더 잘 이해하십니다.) 저를 따로 불러다가 다독이곤 했거든요. 앞으로도 더 열심히 해 달라고, 우 선생 없으면 학교가 돌아가지 않는다고. 때로는 교과 담임하고 담임이 미안하다면서 밥을 사기도 하고요.

물정 모르는 젊은 교원들은 제 흉을 보는데, 그러다 정작 애들한테 무시당하거나 욕설을 들으면 득달같이 달려와서 아쉬운 소리를 해요. 저 건방진 놈, 손 좀 봐 달라고 하면서요.

산전수전 다 겪고, 별별 이상한 놈 다 만난 저였지만 그날 보규 행동은 충격이었습니다. 쉬는 시간 잠깐 교사들이 자리를 비운 사이에 담배를 피우고 들어와 보니 보규가 서 있더군요. 한준 선생님 자리 앞이었어요. 제가 들어온 걸 보고 움찔 놀라며 떨더라구요.

평소 같았다면 돈을 훔치러 왔나 생각했을 거예요. 간혹 그런 아이들이 있거든요. 선생님들 지갑에 손을 대는데 모두 훔쳐가지는 않는 애들. 만 원, 2만 원 정도만 가져가죠. 그 정도는 잃어버렸다고 생각하곤 하니까. 심리를 이용한 도둑질이죠. 그러나 아까 한준 선생님께 혼난 걸 봤기 때문에 이상한 기분이 들었어요. 애가 물러서면서 책상에 있던 원두 커피 봉투가 떨어졌습니다.

그때 제 머리를 딱 하고 스치던 이야기가 있더라고요. 예전에 그 반 문제아한테 들은 이야기였어요.

"걔, 독 같은 걸 가지고 다녀요. 없으면 지가 만들어서 마음에 안 드는 애들한테 쓴다고요. 저번에 옆 반 교실에 있는 화분 풀 뜯어다가 절 반 죽이려고 했다니까요. 그런 거 교칙으로 처벌 안 되나요? 아주 위험한 놈이라고요."

애들한테 돈을 뺏던 녀석이 해 준 이야기였어요.

"너, 지금 뭐했어?"

저는 보규가 등 뒤로 숨기고 있는 조그마한 철 상자를 빼앗았습니다. 안에는 식물 종자를 말려 빻아 만든 환약 같은 게 들어 있더군요.

한준 선생이 커피를 좋아한다는 건 전교생이 다 아는 이야기였어요. 아이의 태도로 볼 때 무언가 독성이 있는 성분을 안에 넣은 것이 분명해 보였습니다.

머리털이 곤두서는 기분이었습니다. 전에 그 반 문제아에게 들었을 때는 흘려들었지만 직접 겪어 보니 이대로 방치할 문제가 아니더라고요. 학생이 아니라, 잠재적인 범죄자처럼 보였습니다.

"내일 부모님께 연락을 드릴 테니 그렇게 알고 있어."

평상시라면 수험이 끝나고 연락을 했을 테지만, 섬뜩했어요. 혹시 나한테도, 내가 먹는 물에도 독을 탈지 모를 일이잖아요.

자율학습은 대수능 일주일 전이라 조금 일찍 끝났습니다. 학생들이 돌아가고 난 뒤 보규는 다시 저를 찾아왔어요. 보규가 무릎을 꿇고 말했습니다.

"선생님 정말 죄송합니다. 용서해 주세요. 순간적으로 너무 화가 나서 그런 엄청난 일을 저질렀어요."

진심이 느껴지지 않았어요. 진심이 느껴진다고 해도 이런 문제는 더 이상 저지르지 않도록 강하게 조치를 취해야 할 문제였습니다. 저는 단호하게 말했죠.

"그런 짓은 절대 해서는 안 돼. 그건 아주 위험한 짓이라고."

보규는 집에 돌아갈 생각을 하지 않았습니다. 무릎을 잡고 있던 두 손이 부들부들 떨렸습니다.

"그렇게 말씀하지 마세요. 교실은 주먹 쓰는 놈들이 장악하고 있다는 거 알잖아요. 선생님이 불량 서클은 없앴다고 쳐도 불량한 놈들은 존재해요. 사방이 주먹 쓰는 놈들뿐인데 저처럼 약한 놈은 어떻게 살아요? 선생님도 애들 때리기는 마찬가지잖아요. 맨날 애들 복날 개 패듯 때리잖아요. 그게 교육이라고요? 저한테는 똑같이 보여요."

순간 속에서 불덩이가 올라왔습니다. 제가 애들을 체벌하는 것과 학생이 교사를 두들겨 팬 것이 어떻게 똑같은 것으로 비교될 수 있단 말입니까?

저는 책상 위에 놓여 있던 목검을 집어 들었습니다. 정신없이 보규를 난타했어요. 느닷없는 제 목검을 맞고 보규는 균형을 잃고 바닥에 넘어졌지요.

다년간 애들을 때려 본 경험이 있는 겁니다. 이상하다는 느낌이 확 들었죠. 119를 부를 짬도 없었습니다.

제가 사람을, 학생을 죽인 겁니다.

* * *

수능이 끝나고 이틀 뒤. 피의자는 시체가 묻힌 장소를 밝혔다. 경찰들은 학교의 동의를 얻어 학생들이 모두 돌아간 밤이 되어서야 형 주고 교문을 부쉈다. 시체를 발굴하는 작업은 철저히 비밀에 부쳐졌다. 교내에서 일어난 성폭행 사건이나, 폭력 사건 등 학생들의 2차적 정신 피해는 분별없는 언론에 의해 저질러지곤 했다. 이번 사건은 재학생들이 받을 정신적 충격을 고려해 엄중한 보도 통제가 이루어졌다.

피의자가 시체가 묻힌 장소를 밝힌 후 경찰들의 반응은 두 가지였다.

'어떻게 그런 곳에 시신을 묻을 수 있을까'와 '그래서 말을 하지 않았던 거로군'이었다. 경악과 이해 속에서 콘크리트 밑에 잠들어 있던 실종 학생이 발견되었다. 교복을 입고 몸을 웅크린 모양이었다. 이미 백골화된 상태였다.

책가방은 흙먼지를 뒤집어 쓴 채 시신의 머리맡에 놓여 있었다. 안에는 반쯤 푼 모의고사 문제집과 해설서, 휴대할 수 있는 요점 정리 노트와 직접 정서한 게임 속 식물 도감 초안이 들어 있었다. 필통 안에는 수능 날을 대비해 사둔 컴퓨터용 수성 사인펜과 연필 한 자루, 샤프펜슬과 다색 볼펜, 수정액이 들어 있었다. 가방 앞주머니에서는 죽던 날 아침 학교 앞 문구점에서 구매한 수능 시계가 들어 있었다. 독 가루가 들어 있는 철제 상자도 나왔다.

1년 만에 돌아온 아들을 품에 안고 어머니는 오열했다.

충동적으로 시신을 유기했던 우현용 교사는 매일 출근을 할 때마다 생지옥 같은 1년을 보냈다. 복장 단속을 위해 정문에 서야 하는 날이 오면 현기증이 날 지경이었다. 책가방이 돌아왔을 때는 혹시 아이가 어딘가 살아 있는 게 아닐까 하는 망상을 품기도 했다.

1년 만에 해골이 되어 나온 제자를 본 현용은 학부모의 울음소리를 들으며 고개를 들었다. 밤하늘은 한없이 맑고 별들이 총총했다.

* * *

그해 12월 라온은 처음으로 여자 친구 후보자가 보낸 크리스마스 카드를 받았다.

군인아저씨,

사건은 잘 마무리 되었어요. 대수능이 끝난 뒤 하재는 의군의 파티로 스카웃되어 갔구요. 운 좋게 곧든 퀘스트 직전에 원석을 발견해서 참여했어요. 저도 갤러리로 구경을 했는데, 정말 신세계를 만난 기분이더라고요. 다음 전시회는 '게임'을 컨셉으로 해 보는 거 어때요?

오늘 표창장도 받았어요. 운평 경찰서 4층에서 다들 교복을 입고 서장님과 한 명 한 명 악수를 나누었죠. 미도가 얼마나 좋아했는지 사진으로 보면 아시겠죠?

표창장은 월요일 조회 시간에 전교생이 보는 앞에서 교장 선생님께서 다시 저희에게 전달해 주신다고 하네요. 어중이떠중이로 취급받던 탐정단이 실력파 전문인으로 인정받은 거죠. 기분이 너무 좋아서 누군가에게 편지를 쓰고 싶었습니다.

Merry Christmas!

카드 속에는 폴라로이드 사진 한 장이 첨부되어 있었다. 표창을 받은 장면이었다.

작가의 말

　고마운 분들이 정말 많다. 게임적 세계관과 캐릭터에 관해 날카로운 조언을 주신 김준혁 편집장님과 영화제에서 화려한 피칭 실력을 보여 준 최고운 과장님, 지칠 때마다 아이를 돌봐준 고마우신 부모님, 시부모님, 남편, 김혜자, 송영옥 선생님. 이분들이 아니었다면 원고를 끝내 완성하지 못했을 것이다.

　임신과 육아에 찌들려 상경하지 못하지만, 언제나 격려해 주시는 한국 추리작가 협회 강형원 회장님과 선배 후배 작가님들, 한국 미스터리 작가 모임 최혁곤, 정명섭, 한이 선배님. 서미애 선배님. 송시우 작가님. 충북 소설가 협회 안수길, 박희팔, 김창식 선생님께 감사한다. 하나님께서는 나에게 좋은 분들을 정말 많이 붙여 주신 것 같다.

선암여고 탐정단: 탐정은 연애 금지

1판 1쇄 펴냄 2014년 12월 1일
1판 5쇄 펴냄 2022년 8월 12일

지은이 | 박하익
발행인 | 박근섭
편집인 | 김준혁
펴낸곳 | 황금가지

출판등록 | 2009. 10. 8 (제2009-000273호)
주소 | 135-887 서울 강남구 신사동 506 강남출판문화센터 5층
전화 | 영업부 515-2000 편집부 3446-8774 **팩시밀리** 515-2007
홈페이지 | www.goldenbough.co.kr

도서 파본 등의 이유로 반송이 필요할 경우에는 구매처에서 교환하시고
출판사 교환이 필요할 경우에는 아래 주소로 반송 사유를 적어 도서와 함께 보내주세요.
135-887 서울 강남구 신사동 506 강남출판문화센터 6층 민음인 마케팅부

ISBN 978-89-6017-167-1 04810 (2권)
ISBN 978-89-6017-166-4 04810 (set)

㈜민음인은 민음사 출판 그룹의 자회사입니다.
황금가지는 ㈜민음인의 픽션 전문 출간 브랜드입니다.

Black
Romance
Club

블랙 로맨스 클럽을 열며

로맨스 소설에도 흐름이 있다. 한참 인기를 지속하던 칙릿 이후 10대에서 출발해서 무서운 속도로 영역을 넓혔던 인터넷 소설 시장에 이어, 과히 광풍이라고 부를 수 있을 정도로 전 세계를 평정한 뱀파이어 소설이 최근의 주류를 이루고 있다. 하지만 한 작품이 인기를 끌고 나면 그 뒤로는 아류작이 쏟아져 나오는 시장의 특성상, 너무나 천편일률적인 작품들이 유행에 따라서 서점을 채우고 있다.

블랙 로맨스 클럽은 바로 이 획일화 되어 있는 로맨스 소설 시장에 대한 고민에서 출발했다. 사실 로맨스 소설은 다 비슷한 게 당연한 것 아니냐고? 천만의 말씀. 그냥저냥 잘생긴 남자랑 예쁜 여자가 만나서 악역 조연들에게 시달리며 오해를 겹겹이 쌓아가다가 어느 순간 너를 너무 사랑하니까 하고는 결혼에 골인하면 되는 거 아니냐고? 부디 블랙 로맨스 클럽을 통해 그 편견을 버려 주시길 바란다.

블랙 로맨스 클럽 편집부는 로맨스라면 흔히 떠올리는 소재나 플롯 등에서 벗어나 다양한 소재를 다룬 신선한 소설, 탄탄한 이야기 구조를 기반으로 재미와 감동을 전해 주는 소설만을 엄선하고자 한다. 시리즈의 작품들은 하나 같이 기존의 로맨스 소설의 공식을 깨는 개성 넘치는 작품들로, 시대를 초월한 재미를 추구하는 작품만을 선정했다. 추리, 호러, 스릴러, SF, 판타지, 역사, 좀비 등 소설에서 기대할 수 있는 모든 이야기에 로맨스라는 양념이 덧붙여진 종합 선물 세트와 같은 다양한 소설들로 독자들에게 색다른 재미를 드리고자 한다. 블랙 로맨스 클럽의 '블랙'은 하얀색, 분홍색, 빨강색 등의 색조로 흔히 표현되는 로맨스 소설을 뒤집어 개성 넘치는 로맨스 소설을 담고자 하는 출판사의 마음을 담고 있다.